# 시한부
## 엑스트라의 시간

# 시한부
## 엑스트라의 시간 II

자은향 장편소설

초판 1쇄 찍은 날 | 2021년 12월 23일
초판 1쇄 펴낸 날 | 2021년 12월 30일

지은이 | 자은향
발행인 | 이진수
펴낸이 | 황현수

기획 | 정수민
편집 | 윤수진

펴낸곳 | 주식회사 카카오엔터테인먼트
등록번호 | 제2015-000037호
등록일자 | 2010년 8월 16일
주소 | 경기도 성남시 분당구 판교역로 221 6(일부)층

제작·감수 | KW북스
E-mail | cl_production@kwbooks.co.kr

ISBN 979-11-385-0225-2 04810
     979-11-385-0223-8 (set)

# 2

### 시한부
### 엑스트라의 시간

자은향 장편소설

Yeondam

# CONTENTS

# Chapter 6

헤르타를 떠나보낸 후 방으로 돌아온 카리나가 가장 먼저 한 일은 편지지를 꺼내고 펜을 손에 쥐는 것이었다.

편지를 보는 순간, 그녀는 깨달았다. 그들에겐 감정을 쏟는 것조차 아깝다는 사실을. 더 이상 그 차가운 말을 봐도 눈물 한 방울도, 슬픔 한 점도 느껴지지 않는다는 것을.

제 감정이 드디어 그곳을 떠나려 한다는 것을 알게 됐다. 그리고 카리나는 그것을 더는 부정하지 않았다.

'……없어도 난 행복할 거야.'

다정한 사람을 만났다. 제 능력을 인정해 주는 사람을 만났다. 병에 걸린 자신을 의심하지 않고 상냥하게 감싸 주는 사람들을 만났다. 모든 것들이 새로운 세계였다.

사각, 사각-

머릿속으로 정리를 끝낸 카리나는 연습도 없이 곧장 편지지에 글을 적어 내려갔다. 망설임 없이 슥슥 써 내려가는 글씨에 떨림은 남아 있지 않았다.

카리나가 하고 싶은 말은 많지 않았다. 이것은 그저 안녕을 고하는 것뿐이다.

"카리나, 뭘 하길래 불러도 대답이 없어?"

"……밀라이언?"

한참 한 문장 한 문장 적어 내려가던 도중, 뒤에서 들리는 목소리에 카리나의 눈이 크게 뜨였다. 그녀가 냉큼 펜을 내려 두곤 몸을 돌렸다.

"그래, 뭘 하고 있어?"

"……편지를 쓰고 있어요."

"편지? 누구에게?"

"이제는 아무것도 아닌 이들에게요."

카리나의 담담한 말에 밀라이언이 어렵지 않게 답을 깨달았다.

"분명 누군가는 불효막심하다고 비난하겠죠."

"불효라는 건, 부모에게 가지는 마음이지. 단순히 키우는 것이 부모의 역할이라면, 집에 돈을 던져 주고 옷만 던져 줘도 사람은 자랄 거야."

팔짱을 낀 밀라이언이 책상 옆의 벽에 기대어 말했다. 비스듬히 몸을 기울인 그를 카리나가 쳐다봤다.

"아이가 태어나는 건 부모의 욕심에 따른 결과지. 욕심을 부렸다면 책임을 지는 것이 당연해."

그것을 하지 못했다면, 불효를 논할 자격이 없었다. 밀라이언이 힐끗 시선을 내렸다. 그녀의 손이 새하얗게 질려 있었다. 얼마나 펜을 꽉 쥐고 있었는지 굳이 묻지 않아도 짐작이 갔다.

"그대가 원한 일이라면, 난 지지할 거야."

밀라이언이 팔을 뻗어 그녀의 두 손을 한 손으로 꽉 붙잡았다. 온기가 천천히 퍼져 나갔다.

"그러니 자신을 믿어."

"네."

손끝에서부터 전해져 오는 온기에 카리나가 웃었다. 한 차례의 대화가 끝나고 다시금 사각거리는 소리가 울려 퍼졌다.

밀라이언은 그저 말없이 그녀가 편지를 봉투에 넣을 때까지 곁을 지켰다.

레오폴드 백작의 편지를 불태운 다음 날, 밀라이언이 불쑥 찾아왔다. 시간이 되냐고 묻더니 제 손을 붙잡고 성큼성큼 걸어 도착한 곳은 저택 꼭대기에 있는 다락방 같은 공간이었다.

"……어, 이게 뭐예요?"

"그대에게 줄 화실이다. 일단 기본적인 물품은 전부 구비해 놓으라고 했는데, 더 필요한 게 있나?"

말이 다락방이지, 다락방치고는 무척 넓었고 정면으로 창문이 탁 트여 있었다. 무엇보다 이젤을 비롯한 각종 미술용품이 가득 차 있었다.

그녀의 눈이 크게 뜨였다.

"세상에……."

그녀가 제 입을 가렸다. 괜찮다고, 몇 번이고 괜찮다고 그렇게 말했는데 기어코 그는 저에게 화실을 선물했다. 그것도 저택에서 햇빛이 가장 잘 드는 넓은 방이었다.

그녀가 멍하니 화실 안을 바라보다가 쓰게 웃었다.

"……괜찮다고 했잖아요."

"내가 그대에게 주는 선물이라고 생각해."

"나는 밀라이언한테 아무것도 주지 못했는데요."

"……."

카리나의 말을 들은 밀라이언의 입술이 꽉 닫혔다. 그런 건 필요 없다고 말하고 싶었으나, 동시에 그렇게 대답해 버리면 자신이 대체 왜 이 화실을 준비한 것인지에 대한 의문을 떨쳐 버릴 수 없을 것 같았다.

"헤르타의 약점을 알려 줬잖아."

밀라이언이 빠르게 대답을 찾아냈다. 확실히 그녀 덕에 인명 피해를 줄일 수 있을 것은 분명했다.

약점을 찾기 위해선 마수를 죽이는 것이 아니라 생포를 해야 했는데, 생포는 죽이는 것보다 더 번거로운 일이다. 하지만 어제 그 일 덕분에 과정을 한 가지 줄일 수 있었다.

"……그 값은 나중에 받기로 했는데."

작게 웅얼거린 카리나의 목소리에 밀라이언이 고개를 돌렸다. 그녀가 언제 그랬냐는 듯 화실 안을 천천히 둘러보았다.

"정말 멋지네요."

"그런가?"

"네, 이런 곳을 제가 가질 수 있을 거라곤 생각지도 못해서요. 반 년만 쓰기엔 너무 아깝네요."

덧붙여진 말에 밀라이언이 입을 꾹 다물었다.

반년.

그 단어가 두 사람을 현실로 끌어들였다. 사실 지금 이 모든 것은 끝이 정해진 것들이다. 언젠가 끝날 것들이다.

밀라이언은 그녀에게 파혼 서류를 받았고 그녀가 머물기로 한 날은 정해져 있었다.

"백작저에 있기 싫다면 종종 와서 써도 된다."

밀라이언의 말에 카리나의 눈이 크게 뜨였다. 그가 제 등을 바라보는 것이 느껴졌다.

다정한 사람이다.

가족과의 관계가 좋지 않은 자신을 배려해 주는 상냥함.

……아마도 그런 것이겠지.

"밀라이언한테도 새사람이 생길 텐데 제가 멋대로 여기에 들락날락거리면 안 되죠."

그녀가 애써 웃으며 말했다. 아무렇지 않다는 듯, 최대한 가볍게 던진 말이었다.

밀라이언에게서 답은 없었지만 굳이 그의 답이 필요했던 것은 아니라 카리나도 더는 재촉하지 않았다.

"내일, 그 화방 주인이 다시 오기로 했으니 필요한 게 있으면 그에게 말하도록 해."

"알겠어요. 전 여기에 조금 더 있다 갈게요. 먼저 가세요."

카리나가 이젤 앞에 놓인 의자에 조심스럽게 걸터앉으며 말했다.

도화지가 아닌 제대로 된 캔버스들이 화실 안에 가득했다. 관리가 잘된 듯 깨끗하고 새하얬다. 십수 개는 되어 보이는 캔버스는 전부 백지였다.

밀라이언이 화실을 나가는 소리가 들렸다. 귀를 쫑긋거리고 있던 카리나는 그가 사라지고 나서야 몸에서 힘을 빼곤 고개를 숙였다.

"정말 과분하다니까……."

밀라이언도 선물도 그녀에겐 과분했다.

그가 주는 것들을 품에 끌어안고 끌어안아도 밀라이언은 자꾸 무언가를 얹어 준다.

카리나는 그의 태도에서 묻어나는, 자신을 걱정하고 있는 그 행동들이 좋았다.

똑똑–

나무문을 두드리는 소리에 카리나가 흠칫 놀라며 고개를 들었다. 꼭 닫힌 다락방 문 밖에서 들리는 소리였다.

"네."

"페리얼입니다. 들어가도 될까요?"

"네, 들어오세요."

카리나가 반사적으로 대답했다.

'……무슨 일이지?'

그녀가 의아해하는 사이 손잡이가 돌아가며 문이 열렸다.

"좋은 오후네요."

"아, 네. 그러게요."

페리얼이 웃는 낯으로 안으로 들어왔다. 그가 건넨 인사에 가볍게 대답한 카리나가 여전히 의아한 표정으로 고개를 기울였다.

"방금 윈스턴이라는 의원을 만났습니다."

"아, 정말요?"

"네, 그리고 나니 이제 카리나랑 얘기를 하고 싶어져서요. 혹시 시간 되나요?"

"그럼요. 응접실로 갈까요?"

"아뇨, 여기가 적당합니다. 아무도 듣지 못할 테니까요."

싱그럽게 웃는 페리얼의 미소 뒤로 후광이 떠올랐다. 실제로 그런 건 아니겠지만 그렇게 느껴졌다. 그의 미소는 정말 어떤 악의를 가진 사람도 호의적으로 만들 수 있을 정도로 치명적이게만 보였다.

"……예술병에 관한 이야기군요."

윈스턴과 대화한 후에 찾아왔다는 것과 아무도 듣길 원하지 않는 것은 분명 윈스턴에게 자초지종을 들었기 때문이리라.

페리얼은 칼로스 가문의 가주였다. 예술병이라면 자신보다 더 질리게 겪어 봤을 게 분명했다. 꿀꺽, 긴장을 삼키는 소리가 적나라하게 들렸다.

바싹 긴장한 카리나를 본 페리얼이 입가를 허물어뜨리며 무해하게 웃었다.

"그렇게 겁먹지 마세요, 카리나. 마치 내가 악인이 된 것 같잖아요."

"그런 건 아니에요."

"알아요. 난 단지 몇 가지 확인하고 싶은 것뿐이에요. 그리고 아무것도 모르는 카리나에게 예술병에 대해 좀 알려 드리고 싶을 뿐이고요."

페리얼이 구석에 있는 책상에서 의자를 하나 덥석 들고 와 카리나가 앉은 이젤 옆에 내려놨다. 자연스럽게 그녀의 맞은편에 앉은 페리얼이 빙긋 미소 지었다.

"윈스턴에게 카리나의 이야기를 좀 들었습니다. 다른 건 아니고 카리나의 몸 상태에 대해서요."

페리얼이 자리에 앉자마자 본론부터 시작했다. 카리나가 허리를 뻣뻣하게 굳힌 채 고개를 끄덕였다. 윈스턴에게 절대 말하지 말라고 신신당부를 했었는데…….

'……전부 말씀하신 건가?'

작은 서운함이 피어올랐다.

"참고로, 나는 카리나가 예술병 중에서도 가장 질 나쁜 쪽에 걸렸다는 걸 처음부터 알고 있었어요."

"어떻게…….."

카리나의 경악한 음성을 들으며 페리얼이 쓰게 웃었다.

"다만 윈스턴은 말해 주려고 하지 않아서요. 내가 먼저 얘기를 꺼낸 것이니 그를 탓하진 말아 주세요."

"어떻게 아셨어요?"

"기록 덕분이죠."

"기록이요?"

페리얼이 닫힌 창문을 한 번 보고 꽉 닫혀 잠긴 화실의 출입문을 한 번 바라보고 입을 열었다.

"칼로스 가문의 역사는 제법 깁니다. 우리는 오래전부터 예술병을 연구했지요. 그리고 그 안에는 당신과 같은 창조의 기적을 가진 예술가들도 있었습니다."

난생처음 듣는 이야기였다. 이런 이야기는 예술과는 전혀 관련이 없던 카리나로서는 들을 수 없는 종류였으니까.

"창조의 기적은 귀합니다. 그것은 신이 인간에게 준 가장 큰 권능이죠. 그중에서도 카리나의 능력은 상당한 힘을 가지고 있습니다."

"……상당한 힘이요?"

"네, 생명체를 하루 이상 살려 둔 적이 있다고 하셨죠?"

"네."

"기록상 최대로 살아 있었던 생명체의 시간은 대략 16시간이었습니다. 하지만 카리나는 제게 평균적으로 24시간이라고 하셨지요."

페리얼의 말에 카리나는 대답하지 않았다. 설마 그런 기록까지 있을 줄 생각지도 못했고 자신이 그 정도의 힘을 가지고 있다는 건 더더욱 상상하지 못했다.

"그리고 애초에 저런 거대한 마수에게 생명을 불어넣은 예술가도 없었습니다."

"그게 뭔가 문제가 되는 건가요?"

페리얼이 옅게 웃으며 고개를 저었다. 힘이 강대하다는 것은 그만큼 타고난 것이 많다는 사실이다. 그것 자체가 문제가 되진 않았다.

"다른 기적을 가진 예술가들과 다르게 창조의 힘을 가진 이들에겐 공통점이 있었습니다."

"공통점이요?"

"네, 모두 서른 살을 넘지 못하고 죽었습니다."

단호한 페리얼의 말에 카리나의 눈이 크게 뜨였다.

페리얼의 말을 이해하는 것은 어렵지 않았다. 이건 난센스 퀴즈 따위가 아니었다. 그녀가 겪고 있는 삶 그 자체였다. 그 삶을, 그 길을 밟고 지나간 사람들이 있다는 것이었다.

"전부 생명을 담보로 하는 예술병이었나요?"

"네, 창조의 기적을 가진 이들을 '창조자'라고 하겠습니다. 칼로스 가문에 기록된 창조자들은 전부 예술병에 걸렸고 전부 목숨을 갉아먹는 종류였습니다."

"……전부 예술 활동을 하는 걸 멈추지 않았다고 했죠?"

"네, 기록된 바에 따르면 그들 모두가 삶에 애착이 없었다고 합니다."

카리나의 입술이 꾹 달라붙었다. 그의 색소 옅은 회색 눈동자가 가늘어진 채 자신을 향해 있었다. 어쩌면 그렇지 않은데 혼자서 그렇게 느끼는 것일 수도 있겠지만.

"왜요?"

"글쎄요, 어째서인지는 모르겠지만…… 작품을 만들면 만들수록 그들은 광증에 걸렸다고 하더군요."

페리얼은 의자 등받이에 느릿하게 몸을 기대며 팔짱을 꼈다.

그는 천천히 제 머릿속에 있는 칼로스 가문의 기록을 뒤적였다. '창조자'에 관한 기록은 많지 않았지만 그 모든 기록이 해괴하기 짝이 없어서 잊을 수가 없었다.

"자신이 창조한 것을 '유일한 이해자'라고 칭하며, 자신의 전부라고 여기게 되었다고 적혀 있었습니다."

"……."

"시간이 지날수록 그들은 예민해지고 감정적으로 되어 갔고, 나중에는 최면에라도 걸린 것처럼 쉬지 않고 작품을 만들었다고 합니다."

흡, 카리나가 숨을 크게 들이마셨다. 커다랗게 뜨인 눈은 어제와는 다르게 투명하고 순도 높은 아쿠아마린처럼 빛나고 있었다.

페리얼이 가만히 그녀의 눈을 바라보다가 짧게 숨을 뱉었다.

"비슷한 증상이 카리나에게도 있나요?"

"……."

쉽게 입을 열지 못했다. 입을 열 수가 없었다. 아무도 모르던 사실을 생판 남에게 들켜 버린 듯한 느낌은 기분이 좋지 않았다.

"……광증이라는 게 어떤 건가요?"

"작품에 모든 것을 쏟아 붓습니다. 제 생명이 작품의 재료가 되는 것을 성스럽게 여겼고 기어코 제 피와 살을 재료로 쓰기도 했다고 합니다."

카리나가 숨을 들이켰다. 그런 적은 없지만 그럴 수도 있겠다는 생각은 들었다. 필요하다면 그럴 수 있을지도 모른다.

그리고 그렇게 생각한 스스로에게 소름이 돋았다.

"카리나."

페리얼의 회색빛 시선이 카리나에게 닿았다. 카리나가 그 눈을 마주보다가 숨을 멈췄다. 팔걸이에 손을 얹은 채 턱을 괸 그 눈은 다정하거나 따뜻하지 않았다. 도리어 이것이 본모습이라도 되는 것처럼 차갑고 냉정하게 보였다.

"내가 당신을 도와주기 위해선…… 당신이 내게 숨기는 것 없이 솔직해져야 해요."

"……."

"다시 물어볼게요, 카리나."

페리얼이 긴장을 풀라는 듯 다시 옅게 웃었다.

"제가 말한 증상 중에, 이미 당신이 겪고 있는 것이 있나요?"

느릿한 말이었지만 목소리만큼은 또렷하고 확실했다. 얼버무려서 넘어간다고 '아, 그래요?' 하고 넘어가 줄 사람이 아니었다.

"……있어요."

"어떤 종류인가요?"

"하지만 그건 광증이라기보단 그냥 정말 그런 거예요! 헤르타도 그렇지만 제가 창조한 이들은 제 이해자가 맞아요."

그들은 카리나의 유일한 이해자였다. 말하지 않아도 원하는 대로 행동해 준다. 아무리 제 감정을 쏟아 내고 쏟아 내도 싫다고 하지 않는다. 어떤 말이든 어떤 속 이야기든 할 수 있었다.

"그건 광증이라고 하지 않았어요. 단지 그런 증상이 다른 창조자에게도 나타났다는 거뿐이에요."

페리얼이 양손을 살짝 들어올렸다.

"너무 날을 세우지 마세요, 카리나."

"아…… 미안해요. 그럴 생각은 아니었어요."

날을 세웠다고 생각하진 않지만 그랬을지도 모른다고 생각하니 조금 미안했다.

그녀가 손끝으로 이젤을 매만지며 한숨을 내쉬었다.

"시한부라고 들었어요."

"……네."

"그림을 놓을 생각은 있어요?"

"제겐 이것밖에 없어서 놓을 수는 없어요."

이건 언젠가 밀라이언에게도 내뱉었던 말이다.

마치 예상한 질문이라는 듯 담담하게 들려온 대답에 페리얼이 말없이 카리나를 바라봤다.

"그렇군요. 사실 우리는 뭔가를 창조해 내는 사람들이잖아요. 거기서 오는 쾌감을 쉽게 포기하긴 힘들죠."

페리얼이 나직하게 말했다.

실제로 그도 음악에 많은 것을 쏟아 부었다. 어린 시절의 대부분이 플루트라고 할 수 있을 정도로 동고동락했다. 쉽게 버릴 수 있다면 그거야말로 거짓말이었다.

"힘들 때 그림을 그리면 기분이 나아지나요?"

"네."

"하지만 카리나."

카리나의 무표정한 얼굴을 본 페리얼이 쓰게 웃었다. 갈 곳 없는 이들에게 유일하게 매달릴 장소란 그것이 제 목숨을 앗아간다고 해도 놓지 못하는 것이다.

"힘들 때마다 그림으로 도망치지는 마세요."

"……."

"그건 당신을 잡아먹습니다. 당신의 손끝으로 그림을 창조해야지, 분노나 슬픔이 그림을 그리게 두면 안 돼요."

예술이란 광기와 집착을 가진 것이다. 한 가지에 몰두하면 몇 날 며칠이고 밥을 굶기도 하고 마음에 드는 작품이 나오지 않으면 수십 번을 더 갈아엎고도 너덜너덜해진 손으로 다시 붓을 쥔다.

"백작저에서 당신의 그림을 봤어요."

"……그걸 그 사람들도 봤나요?"

"네, 본 것 같더라고요. 몇 번이고 그저 취미일 뿐이라며, 당신이 예술병일 리가 없다고 말했지만요."

"……그 사람은 늘 그래요."

어떤 표정으로, 어떻게 언성을 높였을지까지 훤하게 눈앞에 보였다. 카리나는 더 이상 백작의 언급에 동요하지 않았다.

"곤란한 일이 생길 것 같으면 일단 부정부터 하고 보거든요. 정말 믿지 않는 건지…… 단순히 믿기 싫은 건지 잘 모르겠어요."

카리나의 입술 사이로 바람 빠진 웃음이 새어 나왔다.

"아니, 전자겠죠."

다른 일에는 머리 회전이 그렇게 빠른 사람이 불리한 일이라고 머리 회전이 느려질 일은 없을 테니까.

"혹시 괜찮으시다면 돌아갈 때 제 편지를 백작저에 전달해 주실 수 있나요?"

"편지요?"

"네, 돌아갈 일 없을 거라고 전해 주려고요."

단호한 목소리가 무척 차가웠다. 그렇게 되기까지 걸린 시간이 상당했을 것 같아서 페리얼은 그녀를 만류하는 대신 순순히 고개를 끄덕였다.

"내 시체라도 받아야 그 사람은 당신의 말이 사실이라고 생각할 거예요."

"……."

"그리고 아주 잠시 후회하고 곧 화를 내겠죠. 왜 미리 말하지 않았냐고. 마지막까지 자신의 속을 썩이느냐고요."

"설마 그렇게까지……."

냉정하고 차가운 목소리를 듣던 페리얼이 말을 얹으려 했다.

고개를 숙이고 있던 카리나가 턱을 들자 거무죽죽하게 죽은 그녀의 눈동자가 보였다.

그는 조용히 입을 닫았다. 그럴 수밖에 없었다. 상처투성이의 소녀가 그곳에 있었다. 눈앞에 앉은 건 고작 스무 살이 된 영애인데도 불구하고.

"할 거예요. 제가 집에 가면 도대체 무슨 생각이냐고 화부터 낼 걸요."

"……."

"그 편지에 뭐라고 적혀 있었는지 알아요?"

"아니요."

대답을 들은 카리나가 무엇이 웃긴지 키득키득 웃음을 터뜨렸다. 정말 즐거워서 웃는다고 하기엔 거리가 먼 그 서글픈 웃음에 페리얼은 반사적으로 천에 감싸 품에 안고 있던 제 플루트를 매만졌다.

"얼마나 짧으면 읊으라고 해도 읊을 수 있을 것 같다니까요."

웃으며 하는 말인데 왜 심장이 지끈거리는지 알 수가 없다. 페리얼은 플루트를 두 손에 꽉 쥔 채 가만히 그녀의 이야기를 들었다.

"한마디도 없더라고요. 괜찮은지, 잘 지내고 있는지에 대한 내용은. 도리어 아벨리아와 가문에 날 소문이 더 신경 쓰이셨던 모양이에요."

"……외람되지만 한 가지 여쭤도 될까요, 카리나?"

"네."

"백작은 당신을 좋아하지 않나요?"

페리얼의 말에 카리나의 눈꼬리가 느리게 아래쪽으로 내려갔다. 카리나는 텅 빈 눈동자로 그를 마주보곤 고개를 저었다.

"차라리 그랬으면 이렇게까지 비참하진 않았을 텐데요."

제 걱정은 한마디도 없던 그 편지는 부모로서의 자존심을 세우기 위한 오기인 걸까? 아니면 정말 제 걱정은 조금도 하지 않고 있는 걸까?

'단순한 게 아니군.'

페리얼은 솔직히 아무런 말도 할 수 없었다.

수많은 고서와 기록에서 보았던 '창조자'들의 광기를 글자만으론 이해할 수 없었다. 창조자들은 하나같이 순탄하지 않았다는 공통점이 있다. 어떤 이는 쓰레기 같은 가정에서 매일매일 학대에 노출되었다. 또 어떤 이는 유복한 가정에서 자랐음에도 엄하고 강제적인 부모 밑에서 자유가 제한되어 허락받지 않으면 아무것도 없는, 꼭두각시와도 다를 것 없는 삶을 살았다.

그리고 페리얼은 오늘, 창조자의 본모습을 마주하고 있었다.

"······혹시 백작과 이야기는 해 보셨습니까?"

그는 조심스럽게 줄곧 기록 속의 창조자에게 묻고 싶었던 말을 혀끝에 올렸다. 그녀는 전형적인 창조자의 양상을 보이고 있다.

카리나는 쓴웃음을 짓고 있던 입가를 허물어뜨렸다.

페리얼이 그림처럼 무너져 흩어지는 카리나의 입술을 물끄러미 바라봤다.

"그 사람도 그러더라고요. 불만이 있으면 말을 하지 그랬냐고."

"······."

"근데요, 제가 그렇게 죽을 둥 살 둥 봐 달라고, 싫다고 말했던 건 하나도 기억이 나지 않나 봐요. 도대체 어떻게 해야 제 목소리가 닿을 수 있었을지."

아마 평생 닿지 않았겠지. 아벨리아가 아프고 후계자인 인프릭이 언제나 좋은 소식을 가져오고 페르던이 사고뭉치인 이상, 카리나의 목소리는 평생 닿을 일이 없을 거다.

"이제는 어느 쪽도 좋아요. 그냥 마지막 시간만큼은 그 사람들이 없는 것처럼 살아 보려고요."

"······죽으려는 생각입니까?"

딱딱해진 페리얼의 목소리에 카리나가 눈을 동그랗게 뜨고 어깨를 으쓱였다.

"당연히 살고 싶죠. 그런데 뻔히 안 될 걸 알면서 거기에 희망을 걸고 싶지 않아요."

"······."

"이제까지는 매일매일 과거만 뒤돌아보며 살았으니까 이제는 지금만 보고 살려고요. 그러려면 그 사람들과의 관계를 청산을 해야 할 것 같아요."

헤르타를 떠나보내던 날 카리나는 결심했다.

누구나 때가 되면, 떠날 준비를 한다. 보금자리가 어떤 곳이었든 떠나는 날은 반드시 오는 법이다.

아무리 애원해도 자신은 언제나 건강하고 큰 문제를 일으키지 않는 착한 아이였고 앞으로도 그들은 그렇게 생각할 것이다.

더는 그러고 싶지 않았다.

그러니까 그녀는 오랜 시간 묵혔던 것들을 떠나보내기로 했다.

"······카리나, 괜찮으시다면 내게 그림을 그리는 걸 보여 주실 수 있나요?"

"그림이요?"

"네, 능력을 쓰는 걸 한번 보고 싶습니다."

"아······. 그러면 페리얼을 통하지 않고 편지를 전해 주러 가야겠네요."

저를 통하지 않고 편지를 전해 준다고?

페리얼의 의문을 잠식시키기라도 하는 듯 카리나는 곧바로 붓을 손에 쥐었다. 이젤에 캔버스를 올리고 팔레트에 물감을 짜고 붓을 쥐자 카리나의 표정이 빠르게 뒤바뀌었다.

"……밑그림 없이 가시나요?"

"아, 네. 지금은 밑그림 없이 조금 빠르게 그려 보려고요."

고개도 돌리지 않은 채 대답을 마친 카리나의 눈이 천천히 가라앉았다.

방금 전까지는 세상을 포기하고 어느 날 갑자기 먼지처럼 흩어져 버릴 사람이었다면, 지금은 누구보다도 삶에 강한 의욕을 가진 사람처럼 보였다. 캔버스를 바라보는 눈길이 매서울 정도로 날카롭다. 언제 텅 빈 눈동자를 했냐는 듯, 그녀의 눈에는 새하얀 캔버스가 가득 담겼다.

페리얼이 입을 다문 채 그녀의 옆얼굴을 가만히 바라봤다.

스윽-

카리나가 움직였다. 동시에 캔버스 위에 긴 직선이 그려졌다.

그녀의 손길은 거침이 없었고 터치하는 곳에는 망설임이 없었으며 자신이 자아내는 풍경에는 확신이 있었다.

페리얼의 시선은 카리나의 손끝에 고정한 채 무력하게 이끌려 다녔다. 그럴 수밖에 없었다. 이것은 분명히 시선을 잡아끄는 움직임이다.

유명한 예술 가문의 가주로서 그는 재능 있는 자와 그들의 예술품을 수없이 봐 왔지만 이렇게 압도되어 끌려 다닌 것은 처음이었다.

스케치부터 자신을 압도하는 사람을 본 적은 없었다. 밑그림도 없이 바로 물감을 사용하면서 어쩌나 싶을 정도로 힘 있게 쭉 내리 그은 선. 차분하게 정리해 나가는 손길과 거기서부터 뻗어나는 곁가지들이 아름다운 문양을 만들어 가는 것을, 페리얼은 멍하니 바라봤다.

아름다웠다. 선은 유려했으며 그렇게 많은 종류의 물감을 사용하는 것도 아닌데 색은 다채롭게 느껴졌다.

어느 쪽은 투명하고 어느 쪽은 묵직하고 진하다.

그녀의 꾹 다문 입매는 굳건했고 반짝이는 아쿠아마린의 눈동자는 그 어느 때보다 선명했다.

눈동자에 비치던 새하얀 캔버스는 어느새 빈 공간 가득 다양한 색으로 빼곡하게 찼다.

페리얼 칼로스는 카리나 레오폴드에게서 감히 시선을 떼는 것도, 감히 이 순간을 머릿속에 담지 않는 것도 기만이라고 느꼈다.

허리춤에서 흔들리는 다갈색 머리카락이, 그녀의 푸른 눈동자가, 움직이는 새하얀 손목이 그저 풍경처럼 다가왔다.

이곳이 물이 찬 호숫가였다면 얼마나 좋을까. 사방이 조용하고 숲과 안개로 둘러싸인 호수.

그 호숫가에 자신이 있었으면 했다. 그 호수 가운데에 그녀가 앉아 있다면 아름다울 것 같았다.

눈도 깜빡이지 못한 채, 페리얼은 그저 그녀의 붓이 움직이는 대로 다채롭게 물들어 가는 캔버스를 바라봤다.

문득 그는 그 그림에 제 음악을 얹고 싶어졌다.

서서히 모습을 드러내는 완성된 작품은 유려한 움직임에 비해 제법 투박한 물체였다. 투박하고 회색빛이 조금 도는, 아무것도 쓰이지 않은 짙은 고동색의 문. 어느 저택의 방문쯤 되지 않을까 싶은 문이었다. 제작될 때 새겨진 문양을 제외하면 장식이라곤 아무것도 없어서 조금은 싸늘하게 느껴질 정도로.

페리얼은 어느샌가 플루트를 천에서 풀어내어 꺼내 입술 끝에 댔다.

새하얀 플루트가 모습을 드러냈다. 곳곳에 금장식이 고급스럽게 들어간 플루트는 오래도록 잘 관리한 듯 매끄러웠다. 섬세한 세공과 상아의 독특한 색감은 절로 사람의 시선을 빼앗을 만큼 웅장했다.

페리얼도 아름다운 것을 보면 저도 모르게 반응하는 예술가였다. 예술품엔 저마다의 아름다움이 있고 그는 그것을 무척이나 사랑했다.

정교하고 아름답고 사랑스럽다.

페리얼은 저도 모르게 카리나를 보며 그렇게 생각했다. 그녀는 사랑받아야 마땅했다. 충분히 사랑받아서 그 재능을 세상에 알렸다면 죽어서도 두고두고 이름을 남길 위대한 예술가가 되었으리라.

'⋯⋯조금만 더 빨리 만났어도.'

아쉬움이 먼저 들었다. 페리얼이 숨을 크게 들이마시곤 그것을 천천히 플루트에 불어넣었다.

카리나가 마지막 붓 터치를 끝내고 천천히 붓을 내려 두는 순간, 귓가를 울리는 아름다운 선율이 들려왔다. 붓을 내려놓던 카리나의 눈이 크게 떴다. 잔잔한 선율은 바로 옆에서 들려오고 있었다.

그녀의 푸르른 눈동자 안에 황금색 아지랑이가 피어오르는 순간, 페리얼의 눈은 이미 황금빛으로 빛나고 있었다.

두 사람의 시선이 허공에서 맞았다. 카리나가 멍하니 페리얼을 바라보다가 그의 움직이고 있는 긴 손가락으로 시선을 내렸다.

처음에는 잔잔하고 아름다운 선율이었다. 하늘에서는 반짝이는 황금색 빛가루가 떨어지기 시작했다.

그녀의 눈에서 피어오르는 황금색 아지랑이를 보며 페리얼이 조금 더 빠르게 손가락을 움직였다.

잔잔하던 선율이 순식간에 다채로워졌다. 혼자서 플루트를 연주하고 있는 것뿐인데 그 안에서 수많은 음률이 들려왔다. 놀라울 정도로 아름다웠다.

'……이런 노래가 있었나.'

처음 듣는 노래였다. 그런데도 어디선가 들어 본 듯 익숙했고 온몸에서 힘이 빠지며 나른해졌다. 한층 숨쉬기가 편해지고 조금은 무거웠던 몸이 가벼워지는 느낌도 들었다.

'칼로스의 가주는 치유의 힘이 있다고 들었는데.'

설마 그것이 이런 종류일 줄은 몰랐다.

사방에 눈처럼 아름답게 펑펑 쏟아지는 황금빛 가루는 손에 닿으면 톡 터지듯 빛나며 녹아내려 사라졌다. 달아올랐던 흥분마저 서서히 가라앉는 기분에 카리나는 저도 모르게 눈을 감고 플루트 소리를 감상했다.

잠시 후 플루트의 소리가 멈추자 카리나가 천천히 눈을 떴다. 빠르게 뛰던 심장은 어느새 차분해졌고 몸을 달아오르게 했던 열기는 한층 식은 듯했다. 하지만 가라앉은 카리나와는 다르게 페리얼의 눈은 열기에 휩싸여 있었다.

"……카리나."

페리얼이 잔뜩 가라앉은 목소리로 카리나를 불렀다.

방금 느낀 감정을 숨길 수가 없었다. 난생처음 보는 아름다운 광경이었다. 시선이고 마음이고 전부 빼앗아 가는 듯이.

그는 진심으로 그녀를 제 품에 끌어안고 싶었다.

욕심이 났다. 그녀가 다른 이가 아니라 자신만을 봐 주면 좋을 텐데.

"네."

"그거 아십니까? 지금 난 마치 당신에게 사랑에 빠진 기분입니다."

갑작스러운 페리얼의 말에 카리나가 멍청하게 눈을 끔뻑였다.

자신이 지금 무슨 소리를 들었는지 조금 이해가 되지 않았다. 노래도 좋았고 그림도 좋았는데, 갑작스럽게 사랑이라니.

"……네?"

"음악은 좋았습니까?"

"네, 무척…… 아름다웠어요."

"당신이 그림을 그리는 모습을 보고 만든 음악입니다."

페리얼의 말에 카리나가 눈을 크게 떴다. 그렇다는 건 지금 즉석에서 작곡한 음악이라는 것이 아닌가. 그의 천재성에 절로 탄복할 정도다.

"당신의 그림을 본 내 감상이 그렇습니다. 무척 아름다웠어요. 마치 여신이 내려온 듯했습니다."

"……고마워요."

페리얼의 열기에 휩싸인 눈동자를 보다가 그녀가 고개를 끄덕였다.

카리나가 캔버스를 안고 한쪽 벽으로 다가가 그것을 내려 뒀다. 어느새 카리나의 눈동자는 완전히 황금색으로 변해 있었다.

"카리나의 기적은 발동까지 시간이 조금 걸리는군요."

"아마도…… 완성이 된 직후부터 발동하는 것 같아요."

그녀와는 다르게 페리얼은 플루트를 부는 것과 동시에 능력이 발동되었다.

그가 고개를 끄덕이며 캔버스에서 두어 걸음 물러서는 카리나를 바라봤다.

"무슨 문입니까?"

페리얼이 묻는 순간 화악─ 빛이 퍼지더니 캔버스가 벽에 스며들 듯 사라지고 순식간에 그 자리에 그녀가 그린 문이 모습을 드러냈다.

"집…… 아니, 백작저로 가는 문이에요."

"저 문을 열면 백작저가 나온다는 말입니까?"

"네."

카리나는 정면을 응시한 채 페리얼의 말에 순순히 대답했다. 페리얼은 절로 혀를 내둘렀다. 이것은 인간의 영역을 아득히 뛰어넘은 능력이었다.

그녀는 정말 창조하는 것만으로도 모든 것을 가능하게 만들 수 있었다. 그리고 그것은 지금껏 기록에 남겨진 어떤 창조자들보다도 더 강력한 권능이었다.

페리얼은 등줄기에 돋는 소름을 애써 털어 내리려고 노력했다. 머리털이 쭈뼛 설 정도로 충격적이었고 동시에 저 거대한 힘이 그녀의 생명을 갉아먹는 원인이라는 확신이 들었다.

"……카리나."

"네?"

"그림을 완성하면 능력이 자동으로 발현되나요?"

페리얼의 말에 카리나가 고개를 기울였다.

당연히 그렇게 되는 것 아니던가.

그녀가 의아한 표정으로 고개를 끄덕이자 페리얼이 숨을 들이마셨다.

"그림을 그린 주기는 보통 얼마나 됩니까? 그러니까, 이렇게 완성된 그림을 그리는 주기 말입니다."

자못 심각한 얼굴로 물어 오는 페리얼의 말에 카리나가 조심스럽게 기억을 뒤적였다.

완성된 그림을 그린 것은 그리 많지 않았다. 능력을 숨겨야 했으니 상황이 제한적이었다. 대부분의 그림은 스케치나 칠하다 만 그림이었다. 완성된 그림은 늦은 밤, 참을 수 없을 때나 그린 것들이었다.

"……불규칙적이었어요. 제한적이기도 했고 감정을 주체할 수 없을 때만 그렸으니까."

"대략 얼마나 되는 것 같습니까?"

"이 능력이 발현된 게 아마도 열 살 무렵이었고…… 완성작을 그린 건 200장이 채 되지 않을 것 같아요."

"……200장이요?"

"네."

완성본이 겨우 200장?

그녀의 생명은 반년 정도밖에 남지 않았다고 들었다.

이제 스무 살. 단명하는 창조자 중에서도 비교적 이른 나이였다.

그들은 하루에 한 장씩 그림을 완성했다. 수천 장 이상이 축적되어 생명을 갉아먹은 것이다. 그런데 겨우 이백 장이라니. 그것은 그녀의 생명을 스물에 끝내게 하기엔 부족했다.

페리얼이 기묘한 눈으로 그녀를 바라봤다. 카리나는 여전히 아무것도 모른다는 눈으로 고개를 기울이고 있었지만.

"뭘 하러 가시려고요?"

페리얼이 말을 돌렸다.

지금 얘기하기엔 확신이 없는 것들뿐이다. 조금 더 몸 상태를 확인하고 주치의라는 윈스턴과도 대화를 해 봐야 할 듯했다.

"편지요. 제 편지를 전해 주려고 해요."

"저 문을 통해서요?"

"네."

카리나가 묵묵히 고개를 끄덕였다.

심란한 눈으로 문고리를 바라보던 그녀가 조심스럽게 손을 뻗어 그것을 붙잡았다. 페리얼이 그녀의 뒤로 따라붙었다.

"페리얼도 가시려고요?"

"네, 무슨 일이 있을지 모르니 동행하겠습니다."

"음……."

"카리나에게 무슨 일이 생기면 밀라이언이 절 가만두지 않을 테니까요."

장난스럽게 덧붙이는 페리얼의 말에 슬며시 볼을 붉힌 카리나가 고개를 끄덕였다. 붉어진 그녀의 볼을 본 페리얼의 눈이 크게 뜨였다.

'이런…….'

페리얼이 속으로 혀를 찼다.

'설마 이미 마음을 둔 상대가 있을 줄이야.'

세상에 무관심해 보이기에 사람에게도 큰 관심이 없을 줄 알았는데. 어제 밀라이언에게 두 사람의 관계에 대해 듣고 괜찮다고 생각한 건 자만이었던 모양이다.

카리나가 문고리를 돌려 열었다. 익숙한 풍경이 보인다. 그녀의 유일한 쉼터, 그러나 매번 들이닥치는 이들 때문에 쉼터가 될 수 없었던 장소.

"여긴⋯⋯."

"제 방이에요."

카리나가 문을 닫았다. 바뀐 것은 아무것도 없다. 약간 먼지가 쌓인 듯 퀴퀴한 냄새가 나긴 했지만 방은 바뀐 것 없이 그대로였다.

카리나의 눈동자는 아직도 황금빛이었다.

"돌아갈 때는 어떻게 합니까?"

"다시 문을 열면 돼요."

페리얼이 의아한 눈으로 카리나가 닫은 문의 문고리를 잡아 돌렸다. 그러나 다시 연 문에 보이는 풍경은 햇빛이 들어오는 화실이 아니었다. 그저 여느 저택에서나 볼 수 있을 법한 평범한 복도였다.

"제가요."

뒤늦게 한마디 더 덧붙인 카리나의 말에 페리얼이 미간을 좁혔다. 그가 불만스럽게 그녀를 슬쩍 흘겨보자 카리나가 냉큼 고개를 획 돌려 버렸다.

"그걸 미리 말씀해 주셨으면 좋았잖아요."

"설마 열어 보실 줄은 몰랐어요."

카리나가 민망한 듯 볼을 긁적였다.

"늘 혼자 다녔던 거라 누가 열어 볼 줄은 몰랐죠."

페리얼의 불만에 카리나가 변명하듯 덧붙여 대답했다.

어깨를 으쓱이는 그녀의 옆얼굴을 본 페리얼이 느릿하게 방을 훑었다.

"보통 영애의 방이랑은 다르군요."

"보통 영애의 방은 어떤데요?"

"음, 다 알고 있는 대로입니다. 레이스가 가득하고 다양한 색의 커튼이나 침대가 놓여 있고…… 장식품이 이곳저곳에 많죠."

페리얼이 제가 아는 대로 느릿하게 대답을 꺼냈다. 카리나가 어깨를 으쓱였다. 누군가의 집에 초대받은 적이 없어서 다른 영애의 방과 저택을 구경할 일도 없었다.

"전 몰라요. 매번 동생을 돌보라는 가족들 때문에 있던 친구도 다 떨어져 나갔거든요."

카리나가 창틀에 손을 올린 채 담담하게 말했다. 페리얼이 아차 싶었는지 황급히 입을 닫았다. 건조한 목소리엔 더 이상 상처가 느껴지지 않았지만 쓸쓸함만큼은 아플 정도로 날카롭게 전해졌다.

"……친구도 사귀어 보고 싶었는데, 아쉽네요."

그건 죽기 전에는 결코 하지 못할 일이니까.

"나를 앞에 두고 그렇게 말하기 있나요?"

"네?"

"통성명도 했고 같이 여행도 왔는데, 이 정도면 우리도 친구지요."

"……그런가요?"

원래 친구가 통성명하고 여행 오면 되는 것이던가. 그나마 여행도 문 하나 넘은 것뿐이다. 여행이라고도 할 수 없고 외출이라고 하면 그나마 조금 이치에 맞을지도 모르겠다.

"네, 그럼요. 상담도 할 수 있게 됐는데 친구죠."

"……난 친구를 어떻게 사귀는지 잘 몰라요. 친구가 되면 뭘 해야 하나요?"

"아무것도요. 힘들 때 기댈 수 있고 고민이 있을 때 상담할 수 있고 같이 여기저기 다닐 수 있는 게 친구겠죠."

페리얼이 웃으며 말했다. 사실 그에게도 친구라고는 밀라이언이라는 친우 아닌 악우가 한 명 있을 뿐이었다. 페리얼이나 밀라이언이나 성격이 좋은 편은 아니었으니까.

"그렇…… 군요."

카리나가 잠시 고민했다. 어차피 정상적인 방법으로 친구를 사귀는 데엔 무리가 있다. 그녀에게 남은 시간은 얼마 없었고 그의 제안이 어쩌면 최선일 수도 있다.

"그럼, 그럴…… 까요?"

"물론이죠, 카리나."

페리얼이 카리나의 손을 붙잡고 위아래로 가볍게 흔들었다. 그 가벼운 스킨십에 카리나가 소처럼 멍하게 눈을 끔뻑거리다 푸시시 웃음을 흘렸다.

"네, 잘 부탁해요."

그녀가 페리얼의 손을 맞잡으며 대답했다.

"……근데 페리얼."

"네?"

"단순한 궁금증인데요, 페리얼은 어떻게 다른 영애들의 방을 알고 있어요?"

곰곰이 생각해 보니 조금 이상한 일이다. 우습지만 페리얼이 알리가 없지 않은가. 왜냐하면 그는 남자고 보통 약혼자가 아닌 이상 다른 영애의 방에 들어갈 수 있을 리가 없으니까.

"……음."

페리얼이 무해한 듯 화사한 미소를 지으며 조용히 입술을 꽉 물었다.

"……."

"……."

의미 모를 무거운 침묵만이 두 사람 사이에 내려앉았다.

"그냥 여성분의 티타임에 초대받은 것뿐이니 괜한 오해는 하지 말아 주세요."

"……음, 네."

카리나가 떨떠름한 표정으로 담담하게 대답했다.

전혀 납득한 기색은 아니었지만 페리얼이 어깨를 으쓱이자 그녀도 순순히 다른 쪽으로 말머리를 틀었다.

"편지를 여기다 놓으려고 하는데, 그러면 언제쯤 발견할까요?"

"청소하는 사람은 매일 오는 거 아닙니까?"

"……그랬으면 좋겠는데."

창틀에 쌓인 먼지나 방에서 나는 약간의 퀴퀴한 냄새를 생각하면, 어쩐지 편지가 전해지는 건 아주 오랜 뒤일 수도 있겠다는 불안감을 떨쳐 낼 수 없었다.

"근데 편지는 어디에 있어요? 설마 깜빡한 건 아니겠죠?"

"어제 써서 가지고 왔어요."

카리나가 제 가슴팍을 툭툭 두드려 보이며 대답했다. 최대한 짧게 전하고 싶은 말만 쓴다고 썼는데도 한 장이 조금 넘어 버렸다.

"확실하게 말하지 않으면 평생 모를 것 같아서요. 그렇게 말해도 과연 얼마나 그 사람의 귀에 들어갈지는 모르겠지만."

"다른 데 두려고요?"

"네, 기왕이면 그냥 집무실에 가져다 두는 것도 좋겠지만……."

아무래도 저택 안에는 사용인들이 많으니 걸리지 않고 간다는 것은 거의 불가능에 가까웠다. 굳이 서로 얼굴을 봐서 좋을 것도 없는 관계고.

"그럼 그렇게 하죠."

"그러면 좋지만 저택에 일하는 사람도 많아서…… 뭐 하세요……?"

페리얼이 당당하게 가져온 플루트를 감싼 천을 풀곤 입술 밑에 가져다 댔다.

"아, 카리나. 창문 좀 살짝 열어 줄래요? 제가 도와 드릴 수 있을 것 같군요."

페리얼이 어쩐지 즐겁다는 표정으로 싱그럽게 웃으며 말했다. 뭐가 그렇게 신나는지는 모르겠지만 카리나는 순순히 창문을 반쯤 열었다.

페리얼은 방문을 조금 열곤 다시 플루트를 입술에 가져다 댔다.

"카리나, 귀 막으세요."

"……네?"

"어서요."

천진난만한 어린아이 같은 얼굴로 그가 말했다. 허리께에서 흔들리는 아름다운 은발이 쏟아지는 햇빛 아래에서 반짝였다.

그녀가 더듬더듬 손을 올려 양손으로 귀를 꽉 틀어막았다.

"좋아요, 착하다."

카리나의 시야에 입술을 달싹이는 페리얼이 보였다.

이윽고 페리얼이 카리나를 마주본 채 빙긋 웃으며 플루트에 숨을 불어넣었다.

잔잔한 선율이 천천히 저택에 퍼져 나가기 시작했다. 살짝 열어 둔 창문과 방문 틈으로 새어 나간 선율이 천천히 저택을 휘감았다.

카리나는 멍하니 자신을 직시하고 있는 페리얼을 보았다.

그의 색소 옅은 회색 눈동자에 황금빛 아지랑이가 피어오르더니 이윽고 그것이 다른 색을 밀어 내고 그 자리에 똬리를 틀며 점점 제 영역을 넓혀 가는 그 경이로운 모습을.

그녀는 단 한 번도 그림을 그릴 때 혹은 눈동자가 황금색으로 물들 때의 자신을 본 적이 없었지만…… 저도 모르게 그 눈에서 시선을 뗄 수 없을 정도로, 황금빛 눈동자는 아름다웠다. 누군가 반짝이는 금가루를 뿌려 놓은 것처럼 피어오른 아지랑이가 점점 제 영역을 넓혀 가는 모습이라니.

처음에는 어리둥절했던 표정의 카리나의 눈은 서서히 가라앉았다. 그녀의 시선은 오로지 페리얼의 눈동자에 고정되어 있었다. 페리얼은 그녀의 눈동자에 비치는 자신을 바라봤다.

'……얼굴보다 눈동자에 시선을 빼앗길 줄이야.'

제 얼굴에 넋을 놓는 이들은 많이 봤지만 설마 눈동자에 꽂히는 사람이 생길 줄은 몰랐다. 독특한 색이긴 하지만 그것을 덮을 정도로 빼어난 외모를 가진 탓에 그다지 눈동자를 칭찬하는 이들은 없었으니까.

그는 확신하고 있었다. 그녀는 지금 제 눈동자를 작품으로 바라보고 있다. 속이 들끓는 느낌에 페리얼이 미소 지었다.

페리얼은 그녀가 지금 자신을 '작품'으로 보고 있다는 걸 깨달았다. 그리고 머지않아 그녀의 손끝에서 자신을 볼지도 모른다는 생각을 하자 절로 웃음이 새어 나왔다.

페리얼이 자아내는 음악이 점점 고조되어 갔다. 저택 전체로 울려 퍼지는 음악을, 카리나는 그의 눈동자에서 읽고 있었다. 그의 음악에 따라 조금씩 달라지는 눈동자 속의 황금빛에서.

"제 눈은 다 보셨나요?"

페리얼이 천천히 플루트를 아래로 내리며 말했다.

그녀가 서서히 썰물처럼 빠져나가는 황금색을 바라보며 느리게 입술을 열었다.

"페리얼의 눈…… 무척 아름다웠어요."

카리나의 한마디에 페리얼이 숨을 삼켰다.

"마치 태양 빛을 받은 꽃이 피었다 진 것 같았어요."

적나라한 그녀의 말은 보통 상대의 눈앞에서는 하지 않는 말이었다. 그녀가 얼마나 사람과 거리를 두고 살았는지 조금은 알 것 같았다.

훅 치고 들어온 그녀의 말에 큰 의미가 없다는 걸 알면서도 페리얼은 기묘한 기분을 숨길 수가 없었다.

"지금껏 받은 칭찬 중에 가장 호화롭게 느껴지는 칭찬이네요."

페리얼이 빙글 낮게 웃으며 말했다. 카리나가 그를 물끄러미 올려다보다가 고개를 끄덕였다.

"그래서 갑자기 플루트는 왜 부신 거예요?"

"돌아다니기 좀 편하게 할까 싶었죠."

페리얼이 당당하게 방문을 활짝 열었다. 의아한 눈을 한 카리나가 망설이자 페리얼이 그녀의 손목을 붙잡고 그녀를 방 밖으로 끌어당겼다.

"아무도 방해하지 않을 거예요."

당당한 그의 말에 카리나의 미간이 좁아졌다.

그녀는 페리얼을 따라 복도를 걷다가 그 이유를 어렵지 않게 발견했다. 사용인인 듯 보이는 시녀 한 명이 바닥에 엎드린 채 쓰러져 있었다.

"설마 죽인 거예요?!"

카리나가 경악 어린 목소리로 입을 열었다.

"네? 아뇨, 아뇨! 당연히 그냥 잠이 든 겁니다. 아무리 저라도 사람을 죽이진 않습니다."

"아……."

페리얼의 곤란한 표정에 카리나의 얼굴이 새하얗게 질렸다가 이윽고 새빨갛게 물들었다.

시시각각 변하는 그녀의 얼굴색을 보던 페리얼이 키득거리며 웃음을 터뜨렸다.

"이런, 카리나가 절 살인마로 보고 있을 줄은 생각지도 못했는걸요."

"아니에요……. 이런 일은 처음이라서."

설마 잠이 들게 할 줄이야.

확실히 저택에 사람이 많을 텐데도 주변은 적막했다. 복도를 걷던 그녀가 조심스럽게 아벨리아의 방문을 바라봤다.

반사적으로 문을 열려던 그녀의 손을 페리얼이 붙잡았다.

"조건이 있다면서요."

"아……."

그제야 그녀가 놀란 눈으로 냉큼 손잡이에서 손을 뗐다.

맞다. 제 손으로 열면 원래 있던 곳으로 돌아가는 통로가 생길 뿐이다.

카리나를 보며 웃음을 터뜨린 페리얼이 대신 손잡이를 붙잡아 문을 열어젖혔다.

"……정말 자네."

그녀가 낮게 중얼거렸다.

아벨리아는 뭘 하고 있었는지 책상에 앉아 엎드려 있었다.

카리나가 가만히 잠이 든 아벨리아를 바라보다가 레이스와 각종 인형, 장신구로 가득한 방을 훑곤 그대로 몸을 돌렸다.

아벨리아의 방 밖으로 나온 그녀는 곧장 집무실로 향했다.

"보고 싶은 사람은 없어요?"

"보고 싶은 사람이요?"

"네, 모두 잠에 들었으니 가서 보고 와도 돼요."

"없어요."

카리나가 일말의 망설임도 없이 대답했다. 보고 싶은 사람은커녕 지난 몇 달간 생각나는 사람도 없다.

집무실로 걸어가는 내내 카리나의 심장은 버거울 정도로 빠르게 뛰었다. 그것이 공포감에서 비롯된 감정이라는 것을 그녀는 잘 알고 있었다.

도망가고 싶다는 생각이 머릿속을 가득 채운다. 그를 마주보고 있다는 상상만으로도 호흡이 가빠지고 숨이 버거웠다.

페리얼은 새파랗다 못해 아주 새하얗게 질려 가는 카리나를 가만히 바라봤다.

그녀가 집무실 앞에 멈춰 섰다. 페리얼이 미소 지으며 그녀 대신 집무실 손잡이를 돌려 느리게 문을 열었다. 점점 벌어지는 문틈을 바라보며 카리나는 숨을 멈췄다.

"아……."

활짝 열린 집무실을 본 카리나가 낮게 탄식했다. 집무실 안에는 아무도 없었다.

텅 빈 집무실 안을 멍하니 바라보던 그녀가 조심스럽게 발을 들였다.

딱 한 번, 어릴 적 집무실에 왔다가 일을 방해한다는 이유로 크게 혼이 났던 카리나는 그 뒤론 이 근처로 얼씬도 하지 않았다. 이 근처에 올 때마다 우레처럼 쏟아지던 그 커다란 목소리가 다시 머리 위부터 자신을 짓누르는 느낌이었으니까.

"괜찮아요, 카리나?"

"네, 고마워요."

카리나는 집무실에 놓인 책상을 향해 천천히 걸어갔다.

바닥에 깔린 러그는 부드러웠고 집무실 책상은 펜과 몇몇 액자 등을 제외하면 깔끔했다.

그녀가 품에서 새하얀 편지 봉투에 담긴 편지를 꺼내 책상 중앙에 내려놨다. 밀랍으로 밀봉도 하지 않은, 어떻게 보면 성의 없는 편지였다.

그녀가 천천히 고개를 들어 책상 위를 살폈다. 책상 위에는 작은 초상화들이 놓여 있었다. 아벨리아의 것, 인프릭의 것, 페르던의 것, 어머니의 것.

다양하게 놓여 있는 액자 가운데 제 것은 없었다. 카리나의 얼굴이 천천히 굳었다.

"가끔 이런 걸 제 눈으로 확인할 땐 무척 서글펐어요."

페리얼이 뜬금없이 입을 여는 카리나의 이야기를 조용히 경청했다.

"근데 지금은 그냥 내가 이것밖에 안 됐구나 싶어요."

세상 밖에 나가 보니 따뜻한 사람들이 많았다. 생판 모르는 남이 걱정되어 남쪽에서 북쪽까지 먼 길을 달려와 주는 이도 있었고 몇 년을 왕래가 없었는데도 제게 다정하게 대해 주는 사람도 있었다.

"그럼 그냥 저도 이 사람들을 이 정도로만 대해 주는 게 맞는 것 같아요."

굳이 더 아플 필요가 있을까? 생각해 보면 간단했다. 이 관계에서 자신이 아팠던 이유는 자신을 향해 가시를 두른 사람들을 자꾸 붙잡으려고 했기 때문이다.

애초부터 그 가시를 붙잡으려 하지 않으면 아프지 않을 텐데.

"페리얼."

"네."

"밀라이언에겐 제 예술병에 대해 말하지 말아 주세요."

"……어째섭니까?"

페리얼이 미간을 좁혔다. 도움을 청한 것은 밀라이언이었고 어쨌든 그는 페리얼의 친우였다. 아무래도 속이는 것은 내키지 않는 일이다.

"내가 밀라이언을 이용했다는 걸 알게 되면 분명 절 싫어하게 될 걸요. 그리고 죄책감도 느끼겠죠."

"……."

"저는 이번 겨울이 지나고 봄쯤 되면, 제 상태를 보고 저택을 떠나려고 해요. 밀라이언과는 계약을 마친 깔끔한 상태로 헤어지는 거죠."

약속을 지키는 것뿐이다. 그렇게 말하면 아마도 밀라이언은 그녀를 더 이상 막지 않을 것이다. 함께 지내면서 그의 성격이 우직하다는 걸 알게 된 카리나는 그 점을 이용하기로 했다.

"굳이 안 좋은 기억으로 남고 싶지 않아요."

"……왜 자꾸 죽는 걸 전제로 두는 겁니까?"

"사람에겐 감이라는 게 있잖아요."

카리나는 두려움도 없는 표정으로 그저 부스스 웃음을 흘렸다.

어쩔 수 없다는 듯 허물어뜨리는 입가를 바라보며 페리얼은 주먹을 꽉 쥐었다.

"내 몸 상태는 내가 잘 알아요. 이건…… 고칠 수 있을 것 같지가 않아요."

고칠 수 있을 거였다면 애초에 많은 사람들이 고쳤을 것이다. 그림을 놓기에도 사실 이미 늦었다. 남은 시간은 겨우 반년 남짓이다. 이제 와서 그림을 놓아도 달라지는 것은 크게 없다.

페리얼이 가만히 그녀를 바라봤다.

끝을 준비한 사람답지 않게 그녀의 심지는 굳건했다. 카리나는 그 심각한 눈빛을 보며 쓰게 웃음을 삼켰다.

"……할 일을 다 했다면 돌아갈까요?"

"네."

페리얼은 무언가 하고 싶은 말이 가득한 눈으로 그녀에게 제안했다. 카리나가 고개를 끄덕이자 그가 열어 둔 집무실을 닫고 살짝 몸을 비틀어 비켜섰다.

카리나가 집무실 손잡이를 붙잡고 그것을 조심스럽게 돌려 밀었다. 복도가 나와야 하는 방문 밖에는 유화 냄새가 풍기는 화실이 자리하고 있었다.

'……이 정도면 정말 못하는 게 없을 정도군.'

창조자들에겐 각자 어느 정도 제한이라는 것이 있었는데 그녀에겐 그런 한계가 없는 듯한 느낌이었다. 정말 신과 같은 일을 할 수 있을 정도로.

"음, 같이 가 줘서 고마웠어요, 페리얼. 덕분에 조금 더 편하게 움직일 수 있었던 것 같아요."

"천만에요."

페리얼이 웃음기 가신 표정으로 담담하게 대답했다. 우뚝 자리에 선 그는 어쩐지 말이 없었다.

심각한 그 표정을 가만히 바라보던 카리나가 눈동자를 도르르 굴렸다.

'뭔가 기분이 나빴던 건가?'

비스듬히 모로 고개를 숙이고 있던 페리얼이 천천히 시선을 들어 카리나를 바라봤다.

"궁금한 게 있는데 물어도 되겠습니까?"

"궁금한 거요?"

"네, 예술병의 진행 속도에 관해서입니다."

속도? 무슨 진행 속도를 말하는 걸까?

그녀가 의아한 표정을 하자 페리얼이 숨을 들이키며 천천히 입을 열었다.

기적이라는 것은 그렇게 무한하지만은 않다. 반드시 제약이 있고 해서는 안 되는 일이 존재하고 한계점이 있다.

기적을 쓰는 이들 중에서 예술병에 걸리는 이들이 드물게 나타나고 그들은 무언가를 대가로 내주며 '한계점'을 넘어서곤 했다. 페리얼은 예술병에 걸리지 않은 기적의 사용자였기에 그도 한계는 존재했다.

"혹시 기적을 사용할 시에 절대 해서는 안 되는, 그러니까 금기시 되는 사항을 알고 있습니까?"

"금기요? 아뇨……."

페리얼이 짧게 한숨을 내쉬었다. 보통 예술을 정식으로 배우게 되거나 이쪽 계열에 조금이라도 관심이 있으면 누구나 아는 이야기였다.

그러나 너무 협소한 생활을 해 온 카리나는 아는 것이 많지 않았다. 왕래하는 사람이 그다지 많지 않았을 테고 그러다 보니 자연히 접하는 정보도 줄어 들었을 거다. 페리얼은 그 부모가 그림을 보여 준 그녀에게 그런 설명을 해 줬을 거라고 생각하지도 않았다.

'조금만 관심을 줬어도…….'

하다못해 그녀에게 미술 선생 하나만 붙여 줬더라도 그녀가 이날 이때까지 모르진 않았을 이야기였다.

"흔히 사용하는 사람은 없고 사용하면 거의 즉사를 하는 경우뿐이라서 아마도 손을 대지 않으셨던 것 같긴 하지만……."

세상에 백 퍼센트는 없다. 어쨌든 그녀가 알아 두면 좋을 이야기이기도 했다. 카리나는 이쪽에 발을 들이고 있으면서도 아는 것이 하나도 없었다.

"일단 예술병의 정의부터 조금 설명해 드리겠습니다."

페리얼이 이젤 앞에 있는 의자를 가리키며 말했다. 카리나가 멀뚱히 서 있다가 그의 손에 이끌려 의자에 앉혀졌다.

'……그림을 그리고 싶었는데.'

페리얼의 눈에서 발견한 아름다운 아지랑이를 그리고 싶었다. 조금만 더 지켜보고 있었다면 빠져들었을 것 같은 아름다운 풍경이었는데.

그녀가 입맛을 다시자 페리얼이 웃었다.

"그림은 나중에 그리는 걸로 해요."

"아…… 네."

생각을 읽힌 것에 당황한 카리나가 얼굴을 푹 숙이며 대답했다. 욕망과 의욕으로 점철된 눈을 보면 누구든 모를 리가 없다. 그녀가 지금 무슨 생각을 하고 있는지.

"일단 예술병의 근본을 찾아가 보자면, 그건 사실 병이라기보단 대가를 바탕으로 한계점을 뛰어넘는 거라고 보시면 됩니다."

"한계를 뛰어넘다니……."

"우리가 예술을 통해 일으키는 기적에는 한계점이라는 게 있습니다. 저만 해도 일정 이상의 상처는 치료하지 못하고 원하지 않는 사람을 억지로 치료할 수도 없습니다."

페리얼이 차분하게 입술을 달싹였다. 카리나는 난생처음 듣는 이야기에 눈을 끔뻑였다.

"이건 사실 잘 알려진 이야기가 아니라 아마 아는 사람이 없을 겁니다. 어쨌든 예술병에 걸린 사람과 아닌 사람의 차이는 그겁니다. 한계점의 유무죠."

페리얼의 말에 카리나가 고개를 끄덕였다. 그녀의 눈이 한층 진지해지자 페리얼이 다시 입을 열었다.

"하지만 그래도 각자 능력에 따라서 불가능한 건 있습니다. 그건 한계점이라고 하기보단 사실 가지고 있는 최대치의 차이죠."

"음…… 네."

"그중에서도 금기로 꼽는 게 있습니다. 한 번 기적을 일으키는 대가로 가지고 있는 전부를 잃는 종류의 금기입니다."

페리얼의 조곤조곤한 목소리에 카리나가 숨을 크게 들이마셨다.

윈스턴도 그런 얘기는 해 주지 않았다. 물론 그로선 너무나도 당연한 얘기였기에 미처 생각하지 못한 것이었지만.

"네."

"첫째는 섭리를 거스르면 안 됩니다."

"섭리요?"

"네, 죽은 자를 되살리거나 시간을 되돌리는 일 등입니다. 이미 지난 과거를 기적을 통해 바꾸는 일이 여기에 해당합니다."

페리얼은 사뭇 진지했다.

그의 목소리를 들으며 카리나는 다시 한번 고개를 끄덕였다. 왜 그가 갑작스럽게 이런 이야기를 꺼내는지는 알 수 없지만 알아서 나쁠 것은 없을 것 같았다.

"둘째는…… 사실 이건 창조자들에게만 해당하는 말이긴 합니다."

"네."

"인간을 만드는 겁니다."

페리얼의 말에 카리나의 등이 조금 딱딱하게 굳었다. 허벅지 위에 올려 둔 손으로 주먹을 꽉 쥔 카리나가 페리얼의 눈동자를 가만히 바라봤다.

"식물이나 동물, 마수 등은 상관없지만…… 인간은 신의 피조물입니다. 신에게만 허락된 창조물이 바로 인간이죠. 신의 영역을 침범하는 일은 해선 안 됩니다."

"……."

"인간을 창조한다는 것은 없는 인간을 만들든 있는 인간을 복제하든 똑같습니다."

"……네."

카리나가 낮은 목소리로 대답했다. 그녀가 입을 다물었다.

페리얼은 가만히 그녀를 살피다가 짧게 한숨을 내쉬었다. 무슨 생각을 하는지 알 수는 없지만 부디 그녀가 금기를 범한 일은 없길 바랄 뿐이다.

"마지막은 기적을 이용해 살생을 하는 경우입니다."

"살생이요?"

"네. 보시다시피 기적이라니, 정말 놀라운 능력이 아닙니까. 하지만 그것을 이용해서 살생을 하면 안 됩니다."

금기는 그렇게 많지 않았으나, 확실히 지켜지지 않으면 여러모로 문제가 많이 생길 것이 분명해 보였다.

카리나가 고개를 끄덕이자 페리얼이 웃었다.

"……만약 금기를 어기면 어떻게 되나요?"

"보통은 바로 그 자리에서 기적을 사용한 대가가 소멸합니다. 본인의 생명이나 혹은 몸의 어떤 부위라거나요. 결국, 죽거나…… 영원히 예술을 하지 못하게 되는 거죠."

"예술병을 가지지 않은 사람이 금기를 어기면요?"

"그들은 한계점이 있어서 애초에 그런 일 자체가 불가능합니다."

여태까지도 없었고요. 덧붙이는 페리얼의 말에 카리나가 입을 닫았다. 즉, 예술병에 걸리는 사람들은 한계점이 풀리는 대신 압도적인 힘을 가지게 된다는 거다.

"금기가 금기인 이유는 우리 같은 인간의 몸으론 그 능력의 대가를 지불하지 못하기 때문이죠."

"……그렇군요."

"기록에도 시간을 되돌리려고 했던 사람이나 죽은 사람을 살리려고 했던 사람도 있었습니다. 전부 팔다리를 잃거나 시력을 잃었지만요."

그녀가 천천히 고개를 끄덕였다. 그런 이야기가 있을 줄은 생각지도 못했다. 금기라니. 금기라는 게 존재했을 줄이야. 그녀의 얼굴이 한층 가라앉았다.

"카리나."

"네."

"지금 내가 말한 금기 중에 혹시 시도해 본 것이 있습니까?"

페리얼의 말에 카리나가 입을 다물었다.

그녀는 한참이나 아무런 말을 하지 않더니 이윽고 천천히 고개를 저었다.

"없어요."

담담하게 내뱉어지는 말을 들으며 페리얼이 눈을 가늘게 떴다.

만약 금기를 범한 게 아니라면…… 도저히 이해되지가 않았다. 그녀의 비정상적으로 빠른 예술병의 진행 속도가.

"정말입니까?"

"……네."

긴 눈꺼풀이 아래로 길게 내려앉으며 짙은 음영이 드리워졌다.

페리얼이 이마를 짚었다. 그녀의 말대로 금기를 어긴 것이 아니라면 도대체 무슨 문제가 있었던 거지?

'하긴…… 만약 금기를 범했다면 살아 있는 것 자체가 기적이지.'

페리얼이 턱을 매만지며 생각했다. 창조자들이 금기를 어긴 경우, 살아남았다는 기록은 없다. 그들은 목숨 자체가 대가였으니까. 물론 기록 자체가 많지 않으니 무조건이라고 확정할 순 없었다.

"창조자들이 단명한 이유는 기적을 너무 많이 일으켜서 많은 대가를 지불했기 때문입니다. 그건 아시지요?"

"네."

"하지만 그들은 적게는 몇 년에서 길게는 십수 년 동안 최소한 하루에 한 번씩은 기적을 일으켰습니다."

카리나의 눈이 크게 뜨였다.

그녀가 조금 당황한 눈으로 페리얼을 쳐다봤다. 페리얼이 그녀의 흔들리는 눈동자를 마주본 채 마저 입을 연다.

"그들은 작품을 완성하는 것에 쾌감을 느끼고 기적을 일으키는 것을 영광으로 여겼으니까요. 하루라도 하지 않으면 좀이 쑤셨던 모양이죠."

그리고 그 강박은 그들이 광기를 보이고 난 뒤론 더욱더 심해졌다. 그래서 더 빠르게 생명이 소모되고 빠르게 죽어 갔다. 서른을 넘긴 경우가 없다는 건 그 때문이었다.

"기적을 일으킨 예술품은 사라지기 때문에 남은 작품은 거의 없지만요."

페리얼이 설명했다.

"사실 사람은 큰 사고가 없다면 최소 70년까진 살 수 있습니다. 창조자들에겐 그 70년이라는 시간 자체가 말 그대로 기적을 위한 먹이인 겁니다."

그것을 수년에서 십수 년에 걸쳐 쉬지 않고 매일매일 사용해 대니 닳는 것은 당연한 일이다. 생명은 무한하지 않고 그들은 그 유한한 것을 거리낌 없이 사용했다.

"하지만 카리나는 너무 빨라요."

페리얼의 가장 의문스러웠던 점을 입에 올렸다.

"기적을 일으키기 위해 그린 작품이 채 200장이 안 된다고 한다면, 그건 지금까지 우리 역사서에 기록된 창조자들 사이에서도 손에 꼽힐 정도예요."

"그게 무슨 의미예요?"

"아무리 기적이 인간의 능력을 넘어선 것이라고 하지만 겨우 그 정도로 단명하진 않는다는 말이에요."

스물에 죽은 창조자는 거의 없다. 물론 그보다 빠르게 죽은 이는 한 사람 정도 있었지만 그건 그가 짧은 시일 내에 미친 듯이 작품을 만들었기 때문이다. 광기에 미쳐 버린 그 창조자를 제외하면, 이 정도로 빠르게 생명을 갉아 먹힌 창조자는 없었다. 겨우 200장으로 없어질 생명이 아니다.

"그래서 물어본 겁니다. 혹시 금기를 범한 적이 있는 것은 아니신지."

페리얼이 천천히 고개를 들어 다시 그녀의 시선을 바라봤다.

카리나는 여전히 아무런 말없이 조용히 고개를 내저을 뿐이었다. 조용히 입을 다문 카리나를 보며 페리얼이 짧게 한숨을 내쉬었다.

"그렇군요. 그렇다면 다른 원인이 있는지 조금 더 찾아봐야겠습니다."

"만약 이유를 찾으면 나을 수 있다고 생각해요, 페리얼?"

"……."

안개가 어슴푸레 피어나는 잔잔한 호숫가처럼 들려오는 목소리는 한 점 흐트러짐이 없었다. 고개를 비스듬히 돌린 채 조용히 물어 오는 초연한 모습에 페리얼은 잠시 넋을 잃었다.

"솔직하게요."

"……가능성은 낮아요."

"지금껏 창조자라는 사람 중에서 생존자는 있었고요?"

"……."

페리얼의 말문이 턱 막혔다.

아무리 기다려도 돌아오지 않는 대답에 카리나가 부러 헤실헤실 웃음을 흘렸다.

"페리얼, 나 부탁이 하나 더 있어요."

"……부탁이요? 밀라이언에게 숨겨 달라는 것 같은 어려운 부탁은 더 이상 수용하기가 힘들 것 같아요."

페리얼이 쓰게 웃으며 덧붙였다. 그에게는 친우가 부탁한 일에 거짓을 만드는 것만으로도 이미 제법 양보한 터였다.

그나마도 카리나의 의지가 단단하고 그녀가 오로지 밀라이언에게 상처를 주지 않는 방법을 있는 힘껏 고민하고 있기 때문에 상당히 양보한 것이다.

"그렇게 힘든 일은 아닐 거예요. 물론 얼마든지 거절해도 되고요."

"뭔데요?"

"'카리나'를 세상에 남기고 싶어요."

그녀가 아주 천천히 말을 덧붙였다. 편지를 받고 답장을 쓰면서, 그리고 그림을 그리면서 조금씩 깨달았다. 가족에게조차 언젠가 잊힐 거라면 결코 잊을 수 없는 사람이 되자고.

그녀에겐 그럴 수 있는 힘이 있었다. 재능을 가지고 있었다. 신이 준, 목숨을 담보로 하는 아름다운 기적을 일으키는 양날의 검.

기적을 일으킬 때마다 황금빛으로 빛나는 그 풍경을 세상에 각인시키고 싶었다. 언젠가 그 황금빛을 잃더라도 영원히 그 모습이 남도록.

"카리나 레오폴드도, 레오폴드 백작가의 장녀도, 아벨리아의 언니도 아닌…… 카리나라는 사람의 이름을 남기고 싶어요."

"시간이 얼마 남지 않아서 곤란할지도 모르겠지만요."

카리나가 입가를 허물어뜨리며 힘없이 웃었다.

창백한 피부와 창백한 입술, 새하얀 손끝. 핏기 없는 손등과는 다르게 그림을 그리는 그녀의 눈만큼은 환하게 빛이 났다.

"미리 말하지만……."

"네?"

"난 밀라이언의 부탁을 받고 당신을 살려 보기 위해 왔습니다."

페리얼이 천천히 대답하곤 입술을 일자로 꽉 다물었다. 카리나가 눈을 한 차례 깜빡이며 입술을 사리물었다.

몰아치는 파도처럼 의지를 담은 잔잔한 목소리가 귓가를 때렸다. 카리나가 한차례 눈을 다시 깜빡였다. 기적을 쓴 것이 아님에도 불구하고 그의 눈이 순간 황금빛으로 물들어 반짝인 듯했다.

"과거의 기록에 사례가 남아 있지 않다고, 당신이 처음이 되지 말라는 법은 없지 않습니까."

"아……."

"인간은 생각하고 발전합니다. 노력하지 않으면 될 것도 안 됩니다."

페리얼의 목소리는 여전히 꿀처럼 달콤하고 사람을 녹일 듯 다정하고 상냥했지만, 흐물거리는 듯 들렸던 아까와는 다르게 단단한 심지가 들어간 듯 흔들림이 없었다.

"카리나."

"네……."

"당신이 좁고 작았던 우리의 문을 열고 스스로 앞으로 나아갈 길을 정했다면 나와 밀라이언은 기꺼이 당신이 걸어가는 길 곁을 지킬 겁니다."

낮게 읊조려지는 목소리에 카리나는 멍하니 눈을 깜빡였다.

사람은 끼리끼리 만난다고 하더니, 페리얼 칼로스는 무척이나 밀라이언을 닮았다. 문득, 그의 얼굴 한편에서 보인 밀라이언의 심지 굳은 얼굴에 카리나의 입가에 미소가 번졌다.

"자갈을 치워 주거나 돌부리를 걸러 주진 않겠지만…… 넘어지면 일어날 수 있게 손을 뻗을 거고 길을 찾는다면 함께 찾을 겁니다."

페리얼의 말을 카리나는 조용히 경청했다. 밀라이언도 페리얼도 모두 좋은 말을 늘 아낌없이 해 준다.

"스스로 걸어 나가는 이는 아름다운 법입니다."

카리나가 고개를 끄덕였다. 그 말에는 공감했다. 언젠가 다친 날개를 치료해 줬던 새가 필사적으로 다시 날아오르기 위해 애를 쓰던 모습은 지금도 기억에 남았다.

문득, 그 순간을 다시 보게 되면 감동이 사그라질까 봐, 차마 색을 칠하지 못한 그림이 떠올랐다.

"그리고 난 아름다운 걸 좋아하고요."

"네?"

뜬금없는 페리얼의 말에 그녀가 고개를 기울였다.

"지금 당신, 내가 봤던 그 어떤 때보다 눈이 부실 정도로 빛나고 있어요."

"아…… 네……. 감사, 합니다……?"

반짝거리던 페리얼의 뒤로 후광이 확 비쳤다. 아름다운 사람에게 그런 말을 들어도 전혀 감흥이 없다. 도리어 조금 놀림을 당하는 건가 싶은 생각이 들기도 하고.

하지만 한없이 다정한 말이기도 했다.

"페리얼은 밀라이언을 닮았네요."

"……그거 정말 끔찍한 모욕이군요."

"밀라이언만큼 다정한걸요?"

덧붙인 그녀의 말에 페리얼 칼로스의 얼굴이 왈칵 일그러졌다. 카리나가 그런 페리얼을 보며 웃음을 흘렸다. 햇빛이 쏟아지는 오후였다.

"……저택이 좀 어수선하군."

볼일을 마치고 돌아온 레오폴드 백작이 미간을 좁힌 채 말했다. 저택 입구에서부터 시작해서 집무실에 도착할 때까지 저택이 어딘가 정돈되지 않은 이상한 느낌을 받았다.

레오폴드 백작의 뒤를 쫓아 걷던 집사가 어리둥절한 표정으로 고개를 숙였다.

"그것이, 낮에 조금 기묘한 일이 있었던 터라 아직 그 이야기로 떠들고 있는 모양입니다. 단단히 주의시키도록 하겠습니다."

"기묘한 일?"

레오폴드 백작이 집무실 문을 열며 반문했다. 집사가 다시 허리를 굽혔다. 설명하기엔 그도 차마 이해하지 못한 일이었다. 그렇다고 주인이 명령하는데 감히 시종이 망설일 수도 없는 노릇이다.

"네, 일정 시간 동안 저택에 있는 모두가 잠이 들었던 모양입니다."

"모두?"

"네, 저택 안에 있던 모두가……."

"너도 말인가?"

레오폴드 백작의 지적에 집사의 입이 꾹 다물어졌다. 공교롭게도 그 역시 그사이의 기억이 아무것도 없었다. 그저 이런저런 이야기를 조합해 봤을 때 어디선가 기묘한 플루트 소리가 들렸다는 것뿐이었다.

"송구스럽게도 그렇습니다."

집사가 고개를 숙인 채 힘겹게 입술을 열었다.

이게 무슨 실책인가. 그는 저택을 총괄하는 집사였고 저택에서 일어나는 모든 일을 알아야 했으며, 주인의 궁금증에는 언제든지 대답해 줄 수 있어야 하는 사람이었다. 그런데 플루트 소리가 들렸고 모두가 잠들었다는 말 외엔 아무런 이야기도 할 수 없다는 것이 그의 자존심을 몹시 상하게 했다.

"상황을 말해 보도록 해라."

우두커니 집무실 앞 책상에 선 레오폴드 백작이 책상 위를 가만히 쳐다보며 입술만 움직였다.

집사가 황급히 고개를 들었다가 천천히 미간을 좁혔다.

무척 기묘한 표정의 백작은 마호가니 나무로 된 책상을 가만히 바라보고 있었다. 입은 꾹 닫힌 채였으며 표정은 묘했고 무슨 생각을 하는지 알 수 없을 정도였다.

백작이 고개를 들어 가늘어진 시선으로 집사를 바라봤다.

"내 말을 듣지 못했나, 집사?"

"죄송합니다. 주변에서 플루트 소리가 들렸고 그 뒤론 어떤 기억도 없습니다. 설명해 드릴 게 더 없어 송구할 뿐입니다."

불쾌감이 느껴지는 레오폴드 백작의 목소리에 집사가 빠르게 대답했다.

그가 천천히 시선을 다시 내려 책상 위로 손을 뻗었다. 약간의 격식도 느껴지지 않는 새하얀 편지 봉투를 붙잡은 그가 그것을 앞뒤로 돌려 가며 살폈다.

수신인도 발신인도 적혀 있지 않은 오로지 공백만이 존재하는 새하얀 편지.

"이 편지는 자네가 내 책상에 가져다 둔 건가?"

"······아뇨, 제가 한 것이 아닙니다."

그렇겠지.

낮게 중얼거린 레오폴드 백작의 눈빛이 천천히 가라앉았다. 집사가 했을 리는 없다. 수신인도 발신인도 불명인 편지를 사전 허락도 없이 가져다 뒀을 리는 없을 테니.

"이건 언제부터 있었지?"

"……잘 모르겠습니다."

"마지막으로 내 집무실을 확인한 시간은?"

"플루트 소리가 들리기 직전입니다."

레오폴드 백작의 미간에 깊은 골이 자리 잡았다.

집사의 말을 조합해 보자면 이야기는 간단했다. 누군가 어떠한 수작을 부렸다. 그리고 이 편지를 두고 나갔다.

'백작가에 적의가 있는 사람인가?'

누구지? 굳이 몰래 편지만 두고 갈 필요가 무엇이 있는가. 아카데미에 다니는 파릇파릇한 청춘들의 연애편지가 아니고서야.

"없어진 물건이나 다친 사람 혹은 이상이 생긴 점은?"

"눈을 뜨자마자 혹시 몰라 전부 확인했으나 모두 이상이 없었습니다. 창고는 물론, 아벨리아 아가씨도 무사하셨고 사용인들도 모두 괜찮았습니다."

이상은 전혀 없었다. 레오폴드 백작은 다시 편지 봉투를 뒤집었다.

상징이 될 만한 건 없다. 밀봉조차 해 놓지 않은 편지는 도리어 성의가 없어 보이기까지 했다.

"제가 확인해 보겠습니다."

집사가 허리를 굽힌 채 양손을 내밀었다.

레오폴드 백작은 가볍게 편지를 흔들어 보곤 고개를 저었다. 무슨 장치가 되어 있을 리는 없다. 편지지는 가볍고 안에선 어떠한 장치의 낌새도 느껴지지 않았다.

백작이 편지지를 손가락으로 휘릭 돌려 입구 부분을 아래로 향하게 했다. 먼지라도 털어 내듯 편지 봉투를 털어 내자 반으로 두 번 접힌 편지 한 장이 툭 책상 위로 떨어졌다.

레오폴드 백작이 그제야 손을 뻗어 천천히 편지를 붙잡았다.

그가 조심스럽게 접힌 편지를 펼쳤다. 처음 예상했던 대로 편지에는 아무런 장치도 되어 있지 않았다. 도리어 웃음이 나올 정도로 간단하게 펼쳐졌다. 애초부터 그를 막을 것은 아무것도 없었다.

레오폴드 백작이 얼굴을 굳힌 채 그제야 편지를 두 손으로 붙잡아 제대로 펼쳤다.


[레오폴드 백작 각하께.]


차가운 한마디로 시작한 편지의 첫 줄을 레오폴드 백작이 가만히 노려봤다.

'처음 보는 서체 같은데, 도대체⋯⋯.'


[이렇게 시작하면, 분명 당신께서는 내가 누구인지에 대해 먼저 고민하시겠지요.]


수신인을 알린 후 다음 줄에 적힌 한마디에 그는 또 다른 이유로 멈칫했다.

편지에 적힌 상대가 자신을 꿰뚫고 있는 듯 말하고 있기 때문이기도 했으며, 실제 자신의 행동이 편지의 주인이 예상한 것과 크게 다르지 않기 때문이기도 했다.

"도대체 뭐지?"

불쾌감이 섞인 의아한 목소리가 새어 나갔다. 레오폴드 백작은 곧장 다음 줄을 향해 시선을 내렸다.

[언젠가 기회가 된다면 하고 싶은 말도 많았고 묻어 놨던 말도 많았던 것 같은데, 이제는 다 의미 없어졌네요.]

담담하게 읊조리기 시작한 뜬금없는 말에 백작은 어정쩡하게 서 있던 몸을 낮춰 의자에 앉았다. 집무실 의자에 앉으면서도 그는 이 편지의 발신인이 누구인지 감을 잡을 수 없었다.

[전 병에 걸렸어요. 아마 다시 그 저택으로 돌아가는 일은 없겠죠. 페리얼을 통해 보내 주신 편지에 대한 대답은 이걸로 됐으리라 생각해요.]

"······카리나?"

편지의 다음 줄을 읽은 레오폴드 백작의 입술에서 뜬금없는 이름이 튀어나왔다. 곁에서 걱정스러운 표정을 하고 있던 집사가 고개를 기울였다.

"큰 아가씨의 편지인가요?"

집사의 질문에도 백작은 대답도 없이 다음 줄로 시선을 내렸다.

카리나가 편지를 보내왔다. 그 사실에서 유추할 수 있는 것은 카리나든 칼로스 공작이든 둘 중 하나는 이곳에 발을 들였다는 사실이다.

'……플루트 소리라면 칼로스 공작인가?'

그는 흔하지 않은 상아로 된 플루트를 이용해 기적이라는 것을 일으킨다. 그것을 어떤 식으로든 이용해서 저택 사용인을 전부 재웠음이 분명했다.

레오폴드 백작의 얼굴이 일그러졌다.

"괴물 같은……."

예술로 유명한 제국이지만 기적을 사용하는 사람들은 꺼림칙하게 여겨지는 경향도 있었다.

많은 이들이 그러한 경지에 다다른 이들을 신성시하곤 하지만, 나이가 있는 이들 중에 그러한 힘을 사용하는 자들을 두려워하고 기분 나쁘게 여기기도 했다. 인간이 가진 신의 힘이라니. 그토록 달콤하면서도 두려운 말이 어디에 있을까.

[이 편지는 마지막 인사라고 생각해 주세요.]

짤막한 말은 짧은 고민의 흔적도 엿보이지 않을 정도로, 망설임이라곤 없이 깔끔한 필기체로 쓰여 있었다.

[저는 카리나 레오폴드가 아닌 '카리나'로서 유명해질 거예요. 제가 그린 그림은 사람들에게 기억될 거예요. 그러기로 결심했어요.]

레오폴드 백작의 머릿속에 언제나 조용했던 카리나를 떠올렸다. 그녀가 이렇게 단호하고 차가운 말을 할 수 있었던 사람이었던가? 그는 더 생각할 것도 없이 단호하게 고개를 저었다.

그의 딸은 그런 사람이 아니었다. 애교도 없고 말수도 적지만 말은 잘 듣는 아이였다.

레오폴드 백작이 숨을 삼키며 다음 줄을 향해 시선을 내렸다.

[아마도 이 먼 북부에서 당신께서 있는 그곳까지 내 이름이 울려 퍼지겠죠.]

힘이 실린, 결연한 의지가 느껴지는 담담한 편지는 전체적으로 깨끗했다. 망설임이나 떨림 같은 건 조금도 느껴지지 않았다. 협박당해서 적었다고도 생각할 수 없었다는 이야기다.

[당신께선 늘 내게 가문에 누가 되는 일은 하지 말라고 하셨죠. 무슨 행동을 해도 언제나 그 말이 머릿속에 맴돌아서 아무것도 하지 못했어요.]

백작은 편지에서 거리감을 느꼈다. 마치 단단한 벽을 쌓아올려 다가오지 말라고 경고라도 하는 느낌이었다.

'그 애가 그럴 리가 없지.'

레오폴드 백작이 바람 빠진 웃음을 흘렸다. 그럴 담력이 있는 아이가 아니다. 분명히 부모에게 사과를 듣고 싶어서 안달 나 있는 것이 분명했다.

굽혀 주길 바라니 이런 편지를 적은 것이겠지. 그가 생각하며 다음 줄을 바라봤다.

[이번엔 제가 부탁할게요. 부디 앞으로 울려 퍼질 제 이름에 먹칠하는 일은 하지 말아 주세요.]

방금 그가 한 생각의 답을 고스란히 돌려주는 듯한 말에 백작의 눈이 크게 뜨였다. 누군가 조곤조곤하게 저를 돌려 깐 느낌을 지울 수가 없었다. 뒤통수를 맞은 느낌에 그는 멍하니 눈을 끔뻑였다.

[사망 처리는 언제든 편하게 해 주세요.]

"……뭐?"
편지 너머로 느껴지는 냉기에 레오폴드 백작의 시선이 그 줄에 멈췄다. 그의 표정이 단단하게 굳어 펴질 기미가 없었다.
황당한 눈으로 읽어 내리던 백작의 얼굴에 분노가 가득 차올랐다.

[저는 지금은 심장이 두근거리고 얼굴이 절로 붉어지는, 기분 좋은 짝사랑을 하고 있어요. 오랜 짝사랑에 기다리다 지쳤거든요. 두 분의 안에선 언제나 제 자리는 없을 테니까요.]

단호했던 위의 글씨들과 다르게 그 줄만큼은 고민한 기색이 역력하게 느껴졌다. 미묘하지만 글씨의 굵기가 다르고 진하기가 달랐다.

[당신께서는 알고 계셨나요? 밖에는 아벨리아나 페르던이나 오라버니가 아닌, 내가 주인공인 세계도 있었어요.]

위에서 그 수많은 비수 같은 말을 쏟아 낼 땐 느껴지지 않던 망설임이 이런 내용에서야 느껴지다니.

레오폴드 백작의 입술 사이로 헛웃음이 새어나갔다.

"……도대체 키워 준 부모에게 무슨 말버릇이야!"

레오폴드 백작의 거친 일갈에 집사가 더 몸을 숙이며 걱정스러운 기색으로 백작을 살폈다.

백작이 목덜미를 붙잡으며 벌겋게 물든 얼굴로 씩씩 거친 호흡을 내쉬었다.

"밖에서 무슨 물이 든 거냐고!"

벌겋게 물든 얼굴이 곧 터질 것처럼 보였다. 집사가 탕비실로 가 냉수를 가져와 백작의 탁자 위에 조심스럽게 올려 두었다.

"진정하십시오, 각하. 몸에 좋지 않습니다."

집사가 가져온 냉수를 벌컥벌컥 들이켠 레오폴드 백작이 그제야 심호흡을 하곤 다음 줄로 시선을 내렸다.

몇 줄 남지 않은 편지는 다 읽으면 한층 더 혈압이 오를 것만 같았다. 자존심이 상하는 기분을 지울 수가 없었으나 그렇다고 읽지 않을 수도 없었다. 결국 하고자 하는 말이 무엇인가?

[소리를 지르며 손을 들거나 집에서 쫓아내겠다고 하지 않아도, 널 사랑해서 그렇다는 말을 방패로 삼지 않는 다정한 호통도 있었어요.]

결국 다음 줄로 시선을 내린 레오폴드 백작의 표정이 다시 단단해졌다. 불만을 토하는 것인가? 아니면 제 교육이 잘못되었다고 말하는 것인가.

"불만이 있었으면 미리 말했으면 됐을 것을⋯⋯!"

이런 식으로 일을 복잡하게 만들 필요가 무엇이 있는가. 그런 기분 나쁜 능력까지 빌려 가면서, 대체 뭐 하러.

[당신께선 분명 키워 준 은혜도 모른다고 크게 화를 내시겠죠. 어쩌면 도대체 뭐가 문제였냐며, 미리 말하지 않은 저를 탓할지도 모르겠고 이상한 물이 들었다고 할지도요.]

다음 줄로 시선을 내린 백작의 입이 완전히 다물어졌다.

카리나는 모든 것을 꿰뚫고 있었다. 백작의 얼굴이 붉으락푸르락 물든다. 정곡이 찔렸다는 짜증과 함께 담담한 듯한 말투가 어쩐지 속을 뒤집었다.

[제가 정말 아무런 말도 하지 않았나요? 저는 언제나 정말 모든 일에 조용히 고개를 끄덕였나요? 나는 정말 어릴 때부터 한 번도 울지 않는 착한 아이였나요?]

카리나는 고민 끝에 줄곧 묻고 싶었던 질문을 펜 끝을 적셔 새하얀 종이에 묻혔다. 그것을 상대가 어떻게 생각할지, 어떤 대답이 들려올지는 최대한 생각하지 않으려고 노력하면서.

[나는 말하지 않은 게 아니라, 당신들께 내 이야기를 하길 포기한 거예요. 그리고 이제, 절 오랜 시간 저택에 가둔 그림자를 포기하려고

해요.]

그 '그림자'가 도대체 뭐냐고 물을 필요는 없었다. 이미 그 내용은 다음 줄에 나와 있었으니까.

[그러니 저를 보길 원한다면 북부 검문소가 열리면 직접 오세요. 전 내 발로 다시 거기 안 갈 겁니다.]

카리나는 최선을 다했다.
최선을 다해 그녀의 생각을 전했다.
그리고 있는 힘껏 참아 왔던 이야기를 적어 내려갔다.
"……."
그쯤 되어서야 레오폴드 백작의 표정이 굳고 한층 심각해졌다. 이 것은 협박이나 아집 따위가 아니었다. 마치, 보이지 않는 상대에게 경고라도 하는 듯했다.
그녀는 원래 이런 사람이 아니었다. 언제나 순종적이고 어떤 말이든 잘 듣는, 착한 아이였을 터다. 정략결혼에도 잡음이라곤 없었다. 그저 순순하게 행동했다.

[궁금해서 묻는데 당신께선 늘 내게 부족하지 않게 모든 걸 해 주었다고 하셨지요. 그건 돈인가요? 날 키울 유모를 고용하는데 필요했던 돈, 먹고 자고 사는데 필요했던 돈.]

그 물음을 보는 순간 레오폴드 백작의 시선이 멈췄다.

돈? 이렇게 차갑고 매정한 말이 다 있나. 돈이라니. 겨우 그 아이와 자신의 관계가 돈 하나로 정의될 정도로 가벼운 관계였던가.

[만약 내가 그걸 전부 돌려주면 당신과 내 사이엔 뭐가 남나요? 당신께서 불효라는 말을 쓸 자격이 있는지 궁금하네요.]

'돈을 돌려받으면 남는 거라니……'
입을 다문 백작이 조용히 머리를 굴렸다. 당장 딱 떠오르는 것은 없다. 아니, 없을 리가 없지. 뭔가가 있을 것 아닌가. 자신이 부모고 그녀가 자식인 이상은.

[기억하세요. 나는 고분고분하고 말 잘 듣는 인형도, 두 분이 설계한 인생을 살아가는 당신의 두 번째 인생도, 체스판 위의 체스 말도 아니에요.]

길다면 길고 짧다면 짧은 편지는 그것이 전부였다.

# Chapter 7

레오폴드 백작은 글을 끝까지 읽어 내린 후에 다시 한번 편지를 훑었다.

아버지라고도 어머니라고도 적지 않은 그 편지에는, 그저 온통 타인을 부르는 듯, '당신'이라는 말로 도배가 되어 있었다. 그건 그녀가 준 거리감이었다.

"……공작에게 카리나를 돌려보내라고 해야겠다."

"하지만 북부는 이미 검문소를 닫았습니다. 더는 출입이 불가능합니다."

"공작이 괜한 물을 들인 게 분명해. 아니, 협박을 당해서 썼을 수도 있다. 카리나는 이런 말을 할 애가 아니야."

고개를 젓는 레오폴드 백작의 말에 집사의 표정이 미묘해졌다. 그는 이 저택에 가장 오래 근무하고 있는 사용인 중의 한 명이었다.

"카리나 아가씨께 무슨 일이 있으신가요?"

"병에 걸렸으니 사망 신고는 아무 때나 하고 저택으로 돌아갈 일 없으니 보고 싶으면 직접 찾아오라는군."

편지를 던지듯 집사에게 넘긴 백작이 사납게 말했다. 집사가 조심스럽게 편지를 눈에 담았다.

낮게 가라앉은 백작의 목소리에는 분노가 가득했다.

"병이라니 대체 거짓말은! 여태 말이 없다가 갑자기 무슨 병에 걸려!"

떨어진 지 얼마나 됐다고 카리나는 변했다.

얼굴을 확 구긴 레오폴드 백작이 성마른 손길로 얼굴을 쓸어내렸다. 그사이 편지를 다 읽은 집사의 얼굴이 어두워졌다.

"정말 병에 걸리셨을 수도 있지 않습니까."

"자네, 내 화를 더 돋우려는 게 아니라면 헛소리하지 말게. 녹턴도 아무런 말이 없었고 그 아이가 떠나기 전까지도 멀쩡한 얼굴로 식사를 한 걸 아직도 똑똑히 기억하는데."

입술을 달싹이던 집사가 편지를 내려다보며 다시 입을 다물었다. 그가 아랫입술을 살짝 깨문다. 비슷한 보고를 받았던 기억이 있으나 그것을 말해도 될지 아닐지 감이 잡히지 않았다.

"제 생각엔 사실일 수도 있을 것 같습니다."

"뭐?"

"몇 달 전에…… 시녀에게서 카리나 아가씨의 방에서 속을 게워 내는 소리가 난다는 보고를 받았었습니다."

집사의 말에 레오폴드 백작이 인상을 썼다.

집사가 고개를 깊이 숙였다. 곤란한 표정을 짓는 집사를 보던 백작이 무겁게 닫힌 입술을 연다.

"내게 알리지 않고 뭐 했지?"

차가운 목소리에 집사가 입을 다물었다. 그로서는 억울한 일이긴 했다. 그는 몇 차례 보고를 올리려곤 했으나, 번번이 가로막혀 나중엔 그도 잊게 된 일이었기 때문이다.

"죄송합니다."

"이유를 설명해."

"보고하려고 할 때마다 공교롭게 자꾸 일이 겹쳤었습니다."

집사가 조심스럽게 입을 열었다.

숨을 삼킨 채 눈치를 살피는 집사의 이야기를 들은 백작이 기묘한 눈으로 고개를 기울였다.

"일이라니?"

전혀 기억이 나지 않는다는 되물음에 집사가 헛숨을 삼켰다. 그 뒤로 말을 꺼내지 않는다고 생각은 했지만, 설마 진짜 기억을 하지 못할 줄은 몰랐다.

"둘째 아가씨의 상태가 어떤지를 물으시거나 혹은 다른 일이 바쁘시다며 나중에 보고하라고 명령하셨습니다."

"……내가?"

"네, 큰 아가씨께선 나이도 있으니 알아서 하실 거라면서……."

집사가 조심스럽게 눈치를 살폈다. 백작은 여전히 그런 이야기는 처음 듣는다는 눈을 하고 있었다.

집사가 조금 더 기억을 더듬어 입을 열었다.

"매번 그런 걸 일일이 보고하지 말라고 하셔서……."

의아했으나 주인의 명령이었으니 집사로선 어떻게 말을 더할 수 없었다. 더는 보고하지 말라고 하는 사항에 대해서 계속해서 말을 덧붙이는 순간 제 자리가 위태로울 것을 짐작했기 때문이다.

"아무리 그래도 그런 사안이면……!"

입을 열던 레오폴드 백작의 입술이 굳게 다물어졌다. 하긴, 자신이 보고하지 말라고 했는데 일개 집사가 어떻게 보고할 수 있었겠는가.

"죄송합니다."

집사가 결국 고개를 숙였다.

백작이 집사를 조금 노려보다가 얼굴을 쓸어내렸다. 최근 자꾸만 일이 흐트러지는 기분이다. 무언가가 망가지는 기분을 지울 수가 없었다.

"그래서 그대로 둔 건가?"

"아닙니다. 몸이 좋지 않으시냐고 여쭈었더니 괜찮다고 하시기에…… 검진을 권유해 드렸으나 나중에 시간 날 때 하신다고 하셨습니다."

"그리고 결국 하지 않았단 말이군."

"……."

집사는 대답하지 않았다. 그 말이 맞긴 했으나 사실 과연 그럴 만한 경황이 그녀에게 있었을지 의문이 들기도 했다.

집사가 기억하는 카리나는 언제나 무표정한 얼굴을 한 채 책 한 권을 손에 들고 있거나 아니면 아무것도 하지 않는 멍한 표정으로 아벨리아의 곁에 멍하니 앉아 있던 모습 정도였다.

'그리고 보면 어릴 때는 조금 달랐던 것 같기도 하고……'

어린 시절의 카리나는 표정도 다양했고 사용인들에게도 재잘재잘 말을 걸 때가 많았다.

"아무리 서운했다고 한들, 굳이 부모 마음에 굳이 비수를 놓아야 하는 건가. 대체 왜 그런다고 생각하나, 집사?"

주인의 물음에 집사는 대답하지 못했다.

"……유명해져서 돈을 갚겠다니."

백작이 헛웃음을 흘렸다. 도대체 그 돈이 얼마나 될 줄 알고 저리 가볍게 입을 여는 것인지. 아집인지, 아직 덜 자라 철이 없는 것인지 알 수가 없다.

"편지를 가져와라. 밀라이언 페스텔리오 공작에게 편지를 써야 겠다."

"편지 말입니까?"

"그래, 돌려보내라고 해야겠어. 만약 걸린 병이 진짜라면 그곳보 단 여기가 더 치료하기에도 걸맞을 테니."

레오폴드 백작이 긴 한숨을 내쉬며 의자에 몸을 묻었다. 집사가 고개를 숙이곤 빠르게 집무실을 빠져나갔다.

[나는 말하지 않은 게 아니라, 당신들게 내 이야기를 하길 포기한 거예요. 그리고 이제, 절 오랜 시간 저택에 가둬 둔 그림자를 포기하려고 해요.]

무엇을 얼마나, 어떤 이야기를 했다고 포기한다는 것인지. 웃음이 절로 새어 나왔다.

'투정이라고 생각하지.'

나름대로 그 아이도 서운한 게 있었으니 불만을 표시하고 있는 것 이 분명했다. 병에 관해서도, 만나서 물어보면 될 테고.

"죽을병이라니."

솔직히 믿기지 않았다. 그렇다기엔 편지에 절박함이 없었고 마 지막 떠나기 전 나왔던 식사도 제법 멀쩡한 모습으로 먹지 않았 던가.

'대화를 나눠 보면 되겠지.'

그렇게 생각한 레오폴드 백작이 한숨을 삼켰다. 어긋난 것이 있으면 다시 맞추면 될 일이다.

이미 그 조각이 완전히 망가져 다시 이어 붙이는 것조차 불가능하게 됐다는 것을 모르는 백작은 편지에 쓸 문구를 천천히 생각했다.

남부의 하늘은 여전히 푸르고 눈이 부실 정도로 반짝거렸다.

"오늘은 뭘 할 예정이지?"

"아……."

"카리나는 오늘 나랑 공부할 예정이네만."

대답을 고민하는 사이 냉큼 페리얼이 웃으며 대답을 가로챘다. 카리나가 느리게 눈동자를 굴리다 그와 눈이 마주치자, 페리얼이 언제나처럼 반짝거리는 미소를 지으며 입꼬리를 끌어올렸다.

"네게 묻지 않았다."

"카리나에게 묻는 말도 아니었잖아?"

"그녀에게 묻는 말이었어."

"이런, 주어가 없어서 무심코 나한테 묻는 줄 알았지 뭔가."

능글맞은 목소리의 페리얼이 밀라이언의 말을 가볍게 쳐 냈다. 한마디도 지지 않고 대답하는 두 사람의 대화를 지켜보던 카리나가 결국 웃음을 터뜨렸다.

청량한 웃음소리가 퍼져 나갔다. 이 정도로 소리 내서 웃는 카리나는 무척 드문 모습이었기 때문인지 페리얼과 밀라이언이 서로를 한 번씩 바라보곤 바람 빠지듯 가벼운 웃음을 흘렸다.

"왜 웃지?"

그녀의 웃음이 끊기자 밀라이언이 물었다.

"그냥, 두 분은 정말 친한 친구구나 싶어서요."

"악연이다."

"악연입니다."

동시에 들려온 단호하면서도 똑같은 대답에 카리나의 얼굴에 흐
뭇한 웃음이 번져 나갔다. 그녀가 느릿하게 고개를 끄덕인다. 전혀
믿는 기색은 아니지만 그렇게 말하니 믿어 주겠다는 의미가 역력
했다.

"정말이다만."

"아무 말 안 했어요."

"전혀 믿지 않는 표정이라서."

추운 겨울이 되었는데도 불구하고 테라스에서 들어오는 햇볕만
큼은 따스하기 그지없었다.

카리나가 물끄러미 밀라이언을 보다가 부스스 웃음을 흘렸다.

"왜 웃지?"

"그냥, 좋아서요."

당신이 좋아서. 당신과 함께 앉아 있는 이 시간이 좋아서.

차마 거기까지 말을 내뱉진 못한 카리나는 그저 웃었다.

모든 상황이 그저 행복했다. 누군가와 이렇게 웃으며 밥을 먹을
수 있다는 사실도. 그것이 제가 마음에 둔 사람이라는 사실도.

상대가 알아줬으면 하는 감정이면서도, 평생 몰랐으면 하는 감정
이기도 했다.

이 찌르르 심장을 울리는 듯한 간지러운 감정은 언젠가 그를 아프게 할 것이 분명했으니까.

"실없기는."

이제는 습관처럼 손을 뻗은 밀라이언이 카리나의 머리카락을 한 차례 부드럽게 쓸어 넘겼다. 자연스럽게 열을 재듯 손바닥이 이마에 닿았다가 떨어졌다.

"무리하지 말고 몸 상태가 안 좋으면 곧바로 말해서 돌아오도록 해."

"네."

걱정이 담긴 다정한 목소리에 이마를 손끝으로 훑던 카리나가 포르르 웃음을 흘리며 고개를 끄덕였다. 다정한 목소리가 얼마나 위로가 되는지 그는 모를 것이다.

식탁에 앉아 고기를 썰던 페리얼의 눈매가 가늘어졌다. 두 사람 사이에서 느껴지는 이상 기류를 어렵지 않게 눈치챈 탓이다.

'곧 파혼한다고 하지 않았던가?'

그렇다고 치기엔 이 달콤한 기류는 무엇인가?

눈을 가늘게 뜬 채 두 사람을 살피던 페리얼이 카리나를 한번 바라보곤 아랫입술을 느릿하게 핥았다. 물론, 지금으로선 천칭이 한참이나 기울어 있는 것 같기는 하지만.

"밀라이언은 오늘 뭘 하나요?"

"그대가 무리해서 알려 준 정보를 실험해 보러 잠시 밖에 나갔다 올 예정이야."

"영지 밖으로요?"

"그래, 그러니 오늘 밤은 돌아오지 못할 수도 있어."

카리나가 입을 다물었다. 그건 또 싫은데.

그렇다고 솔직하게 말하기엔 괜히 그의 미움을 사고 싶진 않았다. 마수를 토벌하는 것은 그가 해야 할 일이었고 그는 그 일을 무척 좋아하는 듯했으니까.

"알겠어요, 조심해서 다녀오세요."

서운한 티가 팍팍 흐르는 그 표정을 바라보며 밀라이언이 웃음을 터뜨렸다. 말은 조심해서 다녀오라는데, 눈망울은 버림받은 강아지쯤 되는 듯했다.

"저번에 말했던 하론, 구할 수 있다면 더 좋은 걸 구해 올 테니."

밀라이언이 그녀의 뒷머리에 손을 얹은 채 달래듯 작게 속삭였다. 순식간에 확 달아오른 얼굴로 카리나가 고개를 여러 차례 위아래로 끄덕였다.

"그게 있으면 확실히 몸이 조금 편해지는 것 같긴 해요. 밀라이언의 효과일지도 몰라요."

솔직담백한 그녀의 말에 밀라이언의 눈이 크게 뜨였다. 그녀는 종종 사람과의 거리감을 확인할 수 없는 것처럼, 다른 사람이 들으면 부끄러워할 말을 아무렇지도 않게 내뱉었다.

"효과가 있는 것 같다니 다행이군."

어울리지 않게 옅은 웃음을 흘리며 밀라이언이 대답했다.

'저 목석이 저렇게 웃다니.'

페리얼이 그 모습을 바라보며 심드렁한 눈으로 턱을 괸 채 성의 없이 샐러드를 쿡 찔렀다.

"하지만 그보다는 그냥, 밀라이언이 다치지 않고 돌아왔으면 좋겠어요."

그가 괜히 다치지 않았으면 했다. 솔직하게 말해서 바라는 것은 그것뿐이다.

하론의 효능은 알지 못하지만, 몸이 편안해진다는 느낌이 있는 것 같았다. 그리고 그가 선물해 줬다는 것만으로도 이미 기분은 좋으니까.

푸시시 웃음을 흘리던 카리나의 얼굴이 조금 어두워졌다. 갑작스럽게 입을 다문 그녀를 본 밀라이언이 미간을 좁혔다.

"어디 불편한가?"

"아! 아니에요. 조금 피곤해서 쉬고 싶어서요."

"그럼 이만 일어나지."

밀라이언이 데려다주려는 듯 자리에서 일어나려고 하자 카리나가 고개를 저었다. 그녀가 자리에서 일어나며 밀라이언의 손등을 살짝 눌렀다.

"저 혼자 가도 괜찮아요. 마저 식사해요."

"밥은 다 먹었어."

"아직 잔뜩 남았잖아요. 페리얼도 아직 덜 먹은 것 같고요."

부득불 작은 손으로 밀라이언의 어깨를 꾹꾹 눌러 가며 그를 앉힌 카리나가 웃었다.

조금 창백해진 그녀의 피부를 보던 밀라이언이 결국 한숨을 쉬곤 고개를 끄덕였다.

"알겠어. 조심히 올라가도록 해."

"네, 가다가 넘어질 정도로 약해 빠지진 않았어요."

"……."

가늘게 뜬 눈의 밀라이언이 마지못해 고개를 끄덕였지만 믿는 기색은 전혀 아니었다.

"시녀라도 붙여 줄까?"

"아니, 괜찮아요. 그럼 가 볼게요."

살짝 고개 숙여 인사를 건넨 카리나가 조금은 다급하게 몸을 돌렸다. 빠른 걸음으로 멀어져 가는 그녀를 바라보며 밀라이언이 짧은 한숨을 내쉬었다.

"걱정이 많은 모양이야?"

"……빨리 처먹고 사라져."

"이런, 네 부탁에 여기까지 날아온 친우에게 너무한 거 아니야?"

"네놈의 일이다. 반쯤은 호기심이 있었으니 온 거겠지. 그림을 그린 주인이 궁금했던 거잖나."

카리나를 대했던 것과는 정반대의 한층 싸늘하고 차가운 목소리였다.

페리얼은 굳이 그 말을 부정하지 않았다. 흥미가 없었다면 그의 부탁에도 오지 않았을 확률이 높긴 했으니까.

"요망하긴. 그러니까 넣어 준 거 아닌가? 그것도 미완성 그림으로."

"그건 선물 받은 거다."

"음, 완성이 기대되는 그림이었지."

무엇보다 가장 흥미를 끌었던 것은 창조의 기적을 가지고 있을 것이 분명한 그녀의 이력이었다. 그러나 그것이 이토록 씁쓸한 마음을 가지게 할 줄이야.

"그래서 제대로 말을 해 주지 않았다만. 그녀의 병은 위험한 상태인가?"

식기를 내려놓은 밀라이언이 물었다. 일이 바쁜 데다가 정확히 살펴보지 못했다며 말을 돌리던 페리얼을 생각하며 밀라이언이 물었다.

"글쎄, 잘 모르겠는데."

"장난치자는 건가?"

"아니."

페리얼이 어깨를 으쓱였다. 따지자면, 그에게 말을 해 줘야 하는 것이 옳았다. 밀라이언이라면 어떻게든 살리기 위해 함께 노력할 테고 그의 지원이 있으면 페리얼도 한층 편해질 테니까.

*"밀라이언에겐 제 예술병에 대해 말하지 말아 주세요."*

*"굳이 안 좋은 기억으로 남고 싶지 않아요."*

이미 모든 것을 인정하고 체념한 눈을 하고 있던 그 얼굴을 도저히 잊을 수가 없었다. 그녀 몰래 말을 해 주는 건 어려운 일이 아니지만 페리얼은 그러고 싶지 않았다.

"이유를 말해."

"그녀가 네가 알길 바라지 않아."

"……."

밀라이언은 말문이 턱 막혔다.

페리얼의 솔직한 말에 상처를 받은 것은 아니다. 다만 그 내용을 저는 모르고 상대는 알고 있다는 사실이 어쩐지 속을 불편하게 했다.

"그러니 그 점은 이해해 줘."

담담한 말에 밀라이언은 더 이상 입을 열지 않았다.

페리얼은 밀라이언을 잘 알고 있었다. 이리저리 돌려 말하는 것보단 솔직하게 말하는 편이 그가 순순히 물러날 것이다. 그리고 그의 예상대로 밀라이언은 그 이상 입을 열지 않았다.

"그리고 물어볼 게 하나 있는데, 하론이라는 게 뭐야? 그녀가 몸이 편해진 느낌이 든다고 말했던 거."

페리얼이 불편한 기류를 던지기 위해서 궁금했던 것을 물었다. 턱을 괸 페리얼의 물음에 미간을 좁힌 밀라이언이 못마땅한 표정을 하면서도 순순히 입을 열었다.

"북부에서 나는 특수한 광석이다. 마수를 죽이면 드물게 그 뱃속에서 나오는 물건이지."

"근데 그걸 왜 줬어?"

"북부의 오래된 풍습 중의 하나다. 아프거나 몸이 좋지 않은 사람에게 선물하면 몸이 좋아진다는 미신이 있어."

"언제부터 미신을 믿는 성격이 됐어?"

페리얼의 물음에 밀라이언이 입을 닫았다. 어차피, 그에게 설명해 봐야 이해하지 못할 풍습이다. 마수를 잡는 북부에서는 그렇게 귀하지 않은 광석이기도 했다.

"그나저나 네가 그녀랑 무슨 공부를 한다는 거지?"

"예술병에 대해서도 좀 알려 주고…… 기적에 관해서 아는 게 아무것도 없는 것 같아서 그거에 대해서도 조금."

설명하던 페리얼이 눈을 반으로 접어 살살 웃었다. 그가 일이 잘 풀리지 않을 때마다 짓는 웃음이었다.

밀라이언의 얼굴이 확 일그러졌다. 끔찍한 것을 보는 듯한 시선에 페리얼이 한층 더 짙은 미소를 그렸다.

"부러워?"

"뭐?"

"아니, 나랑 카리나가 둘이 있는 게 부럽나 해서."

"헛소리."

밀라이언이 손을 닦으며 자리에서 일어났다.

페리얼이 앉아서 식당을 빠져나가려는 그의 등을 바라보며 미소 지었다.

"내가 그녀에게 관심이 생겼거든."

"……뭐? 미쳤나? 아직 한참 어린애를."

"20살이면 성인식을 치른 지도 2년이나 됐으니 어엿한 여인이지."

페리얼의 말에 밀라이언이 얼굴을 일그러뜨렸다. 갑자기 또 저건 웬 개소리인가.

"미친 새끼."

짓씹듯 내뱉은 말을 들은 페리얼의 눈웃음이 한층 더 짙어졌다.

"자넨 모를 거야. 그녀가 그림을 그려 기적을 만드는 순간이 얼마나 황홀하고 신비로웠는지."

살짝 풀어진 동공의 페리얼이 입맛을 다셨다.

아름다웠다. 지금껏 본 어떠한 기적보다도 어떠한 황금빛보다도 황홀했다.

샐쭉하게 휘어진 눈동자가 요사스럽게 보였다.

"말하겠는데, 아카데미에서처럼 쓸데없는 색기 흘려서 홀리지 말도록 해. 내 저택에서 불미스러운 일이 있었다간……."

"걱정 마, 카리나는 무척 마음에 드는 그림을 그리는 사람이야. 내 손으로 그 색을 더럽히는 짓은 하지 않아."

어깨를 으쓱한 페리얼이 한층 더 짙게 웃었다. 다정하게 카리나를 대할 때와는 분위기가 180도 달랐다.

밀라이언이 질렸다는 듯 페리얼을 한 차례 쳐다보곤 식당을 나섰다.

그 뒤를 따라 페리얼도 천천히 자리에서 일어났다. 제법 만족스러운 식사 자리였다.

식당을 빠져나온 카리나가 입을 가린 채 빠르게 2층으로 올라갔다. 숨이 멎을 것 같았다. 심장이 아프고 속이 울렁거려서 게워 내고 싶은 것을 힘껏 참았다.

'갑자기 또 왜…….'

한동안은 분명히 괜찮았었는데.

방으로 뛰어 올라간 카리나가 문을 잠그고 화장실에 달려 들어갔다. 먹은 것이 전부 역류했다. 음식을 게워 내고 나니 머리가 띵하다.

그녀가 대충 뒤처리를 끝내고 힘없이 침대 위에 무너져 내렸다. 그녀의 얼굴이 새하얗게 질렸다. 핏기가 빠져나간 얼굴은 이미 정상적이지 않았다.

"괜찮아."

아직은 괜찮다. 윈스턴도 페리얼도 있으니까. 조금만 쉬면 괜찮아지겠지.

혼잣말로 계속해서 중얼거리며 카리나는 심장께를 부여잡았다.

"아직 괜찮아."

시간은 남아 있다.

죽을 날은 차근차근 다가오겠지만, 아직 시간은 있다. 그녀가 손을 뻗어 협탁 밑 서랍에 넣어 둔 하론을 꺼내 손에 꽉 쥐었다.

'밀라이언……'

그의 다정함이 돌에도 스며든 것일까? 천천히 심장이 편해지는 것도 같았다. 울렁거리던 속이 가라앉는 느낌에 카리나가 흐릿하게 웃었다.

분명 나 혼자만의 생각이겠지만 그래도 그가 곁에 있는 것 같아서 충분히 만족스러웠다.

"하고 싶은 목록 적어야지."

이제 두 번째 버킷 리스트를 이뤘다. 손을 잡고 싶어서 손을 잡았고 그것으로도 행복했지만 남은 시간은 얼마 없다. 하고 싶은 것을 해야 했다.

한층 진정된 그녀가 자리에서 일어나 책상에 앉았다. 펜을 손에 쥐고 2번째 목록에 긴 줄을 그어 지웠다. 세 번째와 네 번째는 간단했다. 저택에 전달할 편지를 쓸 때 정했으니까.


[작품으로 유명해지기.
레오폴드 백작가에 돈 변제하기.]


이건 스스로의 마음을 편하게 하기 위해 이기적으로 정한 것이다. 누군가 과한 처사라며 손가락질해도 어쩔 수 없다. 그렇게 해야 마음이 편할 것 같다.

그렇게라도 하지 않으면 그들은 평생 자신에게 해 준 것이 많다고 생각하겠지. 어릴 때조차 유모의 손에 길렀다는 것을 완전히 잊은 채로.

"다섯 번째는 뭘 하지."

그녀가 조심스럽게 고민했다. 하나하나 이뤄 가면 얼마나 뿌듯할까. 유명해져서 돈을 갚고 나면 남은 돈은 전부 밀라이언에게 주고 싶었다.

'무덤에 가지고 들어갈 수도 없는 노릇이니까.'

포슬포슬 웃다가도 제 남은 시간을 생각하면 웃음은 순식간에 사라졌다. 인정하고 이해하고 체념했어도, 그럼에도 심장이 묵직해지는 것까진 어쩔 수 없는 노릇이다.

"시간이 조금 더 늘어나진 않겠지?"

밀라이언과 조금 더, 지금껏 못해 봤던 것을 다양하게 해 보고 싶었다. 한 번이라도 좋으니 경험하고 싶다.

고민하던 그녀가 천천히 다음 줄로 펜 끝을 내렸다.


[친구 사귀기.]


페리얼이 친구를 하자고 해 줬지만, 그래도 같은 성별의 다양한 이야기를 할 수 있는 친구가 있었으면 했다. 물론…… 무리라는 것을 알고 있지만.

'페리얼은 모든 걸 다 아니까.'

그러니까 큰 부담 없이 그의 친구 요구를 받아들였다. 그는 자신의 병을 알고 있다. 윈스턴을 제외하면 거의 유일한 사람이었다.

그녀가 느릿하게 다음 줄로 써 내려갔다.


[좋아하는 사람에게 선물해 주기.
좋아하는 사람에게 도시락 싸 주기.
좋아하는 사람과 포옹해 보기.]


해 보고 싶은 것이 순식간에 머릿속에 우르르 떠올랐다. 하나둘 쓰는 것도 벅찰 지경이다.

카리나가 멍하니 종이를 내려다봤다. 쓰고 싶은 것이 많지 않았는데 지금은 빼곡하게 채우라면 채울 수 있을 것도 같았다.

"곤란하네."

하고 싶은 게 전부 밀라이언과 연관되어 버렸으니.

똑똑.

노크 소리에 카리나가 퍼뜩 몸을 떨며 노트를 닫아 빠르게 서랍으로 집어넣었다.

그녀가 잠갔던 문을 조심스럽게 열었다. 살짝 연 문틈으로 단단한 손가락이 들어오더니 문을 힘주어 열었다. 밀라이언이었다.

"뭘 하기에 문을 잠그고 있어?"

"아, 미안해요. 잠시…… 뭘 좀 했어요."

밀라이언을 본 카리나의 입가가 또다시 허물어졌다. 뭐가 좋은지 눈매를 반달로 접은 채 사르르 녹아내리는 그녀의 미소에 밀라이언이 입을 꾹 다물었다.

'그놈이 웃는 거랑은 확실히 다르군.'

밀라이언이 옅게 마주 웃었다.

"뭔가 할 말이라도 있어요?"

눈을 동그랗게 뜨고 물어 오는 카리나의 모습을 밀라이언이 말없이 바라봤다.

*"그녀가 네가 알길 바라지 않아."*

페리얼이 전해 준 단호한 한마디와 말랑말랑해 보이는 그녀는 전혀 어울리지 않았다. 그러나 그녀는 분명히 일전에도 자신을 피했다.

"아니, 곧 떠날 거라 그대를 한번 보러 왔을 뿐이야. 안색이 좋아 보이지 않았으니 확인도 할 겸 해서."

밀라이언의 말에 카리나가 웃었다.

"괜찮아요, 멀쩡하고. 밀라이언이 준 목걸이도 있으니까요."

카리나가 냉큼 목에 걸고 있던 목걸이를 보여 주며 말했다.

반짝반짝한 눈동자를 바라보며 밀라이언이 손을 뻗어 그녀의 흘러내린 앞머리를 쓸어 넘겨 줬다.

"무리하지 말고 잘 있도록 해. 필요한 것이 있으면 팽에게 거리낌 없이 말하고."

"네, 알겠어요. 조심해서 다녀오세요."

"……그래, 다녀오지."

이런 종류의 배웅을 사용인이 아닌 다른 사람에게 받게 될 줄은 생각지도 못했다. 기묘한 느낌을 애써 털어 내며 밀라이언이 몸을 돌렸다.

"아, 그놈, 페리얼 칼로스가 혹시나 허튼수작하면 칼로 찔러도 좋아."

"……네?"

"아, 좀 과격했나."

카리나가 당황한 얼굴로 눈동자를 도르르 굴리자 밀라이언이 조금 곤란한 눈으로 제 입술 끝을 매만졌다.

"발로 차도록 해."

"네?"

어디를?

그런 눈으로 눈을 끔뻑이자 밀라이언이 시선을 내렸다가 빙긋 웃었다. 그의 시선이 다리 사이에서 한 번 멈췄다가 다시 카리나를 향해 올라왔다.

"……."

"힘껏 무릎으로 찍어 올리면 그놈도 물러날 거야."

떨떠름하긴 하지만 그가 하는 말이 걱정이라는 것을 알기에 카리나는 조용히 고개를 끄덕이는 것으로 대답을 대신했다.

'허튼수작이 뭔데?'

그것에 대한 정의를 찾지 못했지만 말이다.

"내일 보지."

"내일, 언제쯤 와요?"

"빨라도 저녁…… 이 아니라, 점심때쯤엔 올 수 있겠지."

저녁이라는 말을 듣자마자 축 처지는 입꼬리와 눈꼬리를 본 밀라이언이 황급히 말을 바꿨다.

'……미쳤군.'

말을 해 놓고도 후회했다. 점심때쯤이라니, 무리도 이런 무리가 없다. 그냥 솔직하게 말해도 됐을 일을 왜 저도 모르게 말을 바꿨는지 모를 일이다. 순간 심장이 덜컹 떨어지는 느낌에 반사적으로 말을 바꿔 버렸다.

그가 골치 아프다는 듯 이마를 짚었다가 카리나를 향해 시선을 내렸다.

"……."

순간 밀라이언의 머릿속을 가득 채웠던 쓸데없는 생각이 순식간에 풍화되어 사라졌다. 눈이 녹아 봄이 찾아온 것처럼 화악 밝아진 그녀의 얼굴을 보는 순간 다른 생각은 들지 않았다.

"기다릴게요, 다녀오세요."

"……그래, 다녀오지."

휴식 없이 최대한 빠르게 움직여야 한다는 것도, 마수를 찾는 데 변수가 많다는 것도, 그때만큼은 아무런 생각이 떠오르지 않았다.

뻣뻣해진 몸을 돌리며 계단을 내려가면서도 밀라이언의 미간은 좁아진 채 펴질 기미가 없었다.

멀어지는 밀라이언의 등을 물끄러미 바라보던 카리나가 한숨을 푹 내쉬었다. 조금 더 다양한 말을 해 주고 싶었는데 아무런 말도 할 수가 없었다.

"말주변이 조금만 더 있었어도."

무슨 걱정이 있는지 마지막에는 미간에 깊은 골까지 새겨진 채였다.

"충분히 말주변 있던데요, 카리나."

"……페리얼?"

"하도 즐겁게 대화를 나누기에 이제 끼어들었네요."

페리얼이 한쪽에서 모습을 드러내며 말했다. 모퉁이에 있었던 모양이다.

카리나가 조금 당황한 기색을 내보였다가 이내 부끄럽다는 듯 볼을 붉혔다.

"왔으면 말을 하지 그랬어요."

"꿀이 뚝뚝 떨어져서 언제쯤 마르나 기다리고 있었습니다."

"……으, 그러지 마세요."

제 볼을 이리저리 꾹꾹 누르며 카리나가 한숨을 삼켰다.

그녀가 눈치를 보더니 제 방으로 쏙 들어가 페리얼을 바라봤다. 안으로 들어오라는 것이 분명한 제스처였다.

"무슨 일이 있었나요?"

페리얼의 물음에 카리나가 숨을 크게 들이마셨다.

"몸…… 상태가 좀 안 좋아진 것 같아서요."

"왜 그렇게 느꼈어요?"

"방금, 사실 먹은 걸 전부…… 음."

카리나가 화장실을 살짝 눈짓하며 말끝을 흐렸다.

아픈 상황을 얘기하고 싶지 않지만 말을 해야 어쨌든 윈스턴에게 전해질 테고 페리얼이 조금이라도 도움을 줄 수 있지 않을까 싶어서였다. 페리얼과 윈스턴에게만큼은 몸 상태에 대해 거짓을 말하고 싶지 않았다.

"……음식이 몸에 받지 않습니까?"

"여기 온 뒤로 괜찮았는데 오늘 갑자기 또 그러네요."

"윈스턴이라는 주치의를 데리고 와 봐야겠네요. 의원인 그가 현

재 상태를 살피는 데 더 도움이 될 겁니다."

페리얼의 말에 카리나가 고개를 끄덕였다. 다행인 건 그래도 몸이 아픈 것에 대해 말을 할 상대가 있다는 것이다. 저택에서 혼자였던 때와는 달랐다.

"솔직하게 말해 줘서 고마워요. 앞으로도 내겐 숨김없이 말해야 해요."

"그럴게요."

"그림을 그리고 싶은 욕구는 어때요?"

"그리고 싶어요."

눈에 보이는 모든 것을 그리고 싶었다. 계속 그리고 또 그려서 그 기적 속에 파묻히고 싶다는 욕망도 분명히 존재했다. 아마도 백작 저에 계속 있었다면 그렇게 됐을지도 모르겠다.

"그리고 묻고 싶은 게 있는데요."

"네."

"……기적은 제어할 수가 없는 건가요?"

카리나가 조심스럽게 물었다. 그녀의 질문에 페리얼의 입가에 부드러운 미소가 떠올랐다.

볼을 긁적이던 그녀가 다시 덧붙여 입을 열었다.

"그림으로 제 이름을 알리려면 기적을 쓰지 않는 작품을 만들어야 하지 않나요?"

"맞습니다."

"기본적으로 예술병이라는 건 병이다 보니 제어가 되지 않습니다. 그림을 완성하면 무조건 기적이 일어나고 대가를 내죠."

페리얼의 설명에 카리나가 고개를 끄덕였다.

"다만 약간 비겁한 수단을 쓸 수는 있습니다."

"비겁한 수단이요?"

"네, 작품을 완성 직전에 멈추는 겁니다."

그녀의 미간이 좁아졌다. 완성하지 못한 그림은 판매할 수 없다.

"사실 이건 몇몇 예술에 한해서의 편법입니다."

카리나의 눈이 동그래졌다.

페리얼이 낮게 웃음을 터뜨렸다. 평소에 말이 없을 땐 무표정한 그녀는 한번 표정이 무너지면 무척 다양한 표정을 짓곤 했다.

"예를 들어서, 음악의 경우는 시작하는 것과 동시에 기적이 발현되지요?"

"네."

"그런 종류는 편법을 쓸 수가 없어요. 하지만 그림은 완성이 되는 순간 기적이 일어나지 않습니까."

"네."

"그 점을 노리는 겁니다. 완성되기 직전, 붓 터치 한 번을 포기하면 그건 완성작이 아니게 되니까요."

페리얼의 의외의 제안에 카리나가 눈을 끔뻑였다. 올곧게만 살 것 같던 남자도 저런 편법을 생각하는구나 싶어서.

"……확실히 그렇겠네요."

"네. 최선을 다해 그런 그림을 그려 주면, 내가 당신을 유명하게 해 줄게요. 그러기 위한 인맥이니까요."

페리얼의 칼로스 가문에는 유능한 인재들의 작품을 제값을 치러 그들이 유명한 예술가가 될 때까지 지원해 주는 루트가 있다. 처음에는 제값을 받지 못하고 헐값에 작품을 팔게 되는 신인 예술가들을 보호하기 위한 정책이었다. 그 루트를 이용하면 그녀의 그림을 유명하게 하는 것은 쉬운 일이었다. 무엇보다 이 그림의 가치는 상당했다.

"그러니 그림을 그리되 완성을 지양하세요."

"……어려운 주문이네요."

마지막 붓 터치 한 번을 하지 말고 참아야 한다니. 그런 욕망을 과연 참을 수 있을까?

아니, 할 수 있고 없고가 아니다. 스스로의 가치를 알려 주기 위해서라도 반드시 해야 했다.

"그리고 윈스턴을 불러올 테니 검사를 받고요."

"……네."

카리나가 내키지 않는 표정으로 대답했다. 검사가 세상에서 제일 무섭다. 무슨 말이 돌아올지 모르니까.

'설마…… 시간이 줄었단 얘기는 아니겠지.'

그 뒤론 그래도 최대한 그림을 그리는 일을 참고 있으니까.

"그 목에 걸고 있는 건 뭔가요?"

"아, 밀라이언이 준 하론이라는 북부의 광석이에요."

"으흠……."

눈을 가늘게 뜬 페리얼이 시선 끝으로 투박한 광석을 살폈다. 들어오는 햇빛에 반사되어 다채롭게 빛나는 광석은 무척 독특했다. 그리고 확실히 어디에서도 본 적 없는 종류의 광석이었다.

'미술 재료로 써도 괜찮을 것 같은데.'

다채롭게 빛나는 것이 무척 독특했다. 북부에 이런 광석이 있을 거라곤 생각지 못했는데. 페리얼이 턱을 매만졌다.

"그러고 보니 신기하죠."

"뭐가 말입니까?"

허리를 굽힌 채 하론을 보던 페리얼의 시선이 쓱 올라갔다.

"하론을 손에 쥐면 몸이 좀 편해지는 것 같아요. 물론, 착각이겠지만……. 사람 생각이 참 신기해요. 믿는 것만으로도 신비한 힘을 발휘하기도 하니까요."

페리얼이 가늘어진 눈으로 카리나와 페리얼을 번갈아 바라봤다.

"……몸이 편해진다고요?"

"네."

"정확히 어떤 식으로 편해지는 것 같나요?"

페리얼의 물음에 그제야 카리나가 진중해진 눈으로 기억을 더듬었다. 아플 때마다 그냥 반사적으로 잡은 것이기 때문에 자세한 기억이 많지는 않았다.

"음…… 심장이 조이듯 아플 때가 있는데 그 통증이 완화되거나 울렁거림이 조금 줄어든다거나……. 그 정도인 것 같아요."

유의미한 큰 변화가 있는 건 아니지만 통증이 줄었다는 느낌이 드는 것만으로도 그녀에겐 큰 의미가 있었다. 혼자만의 착각이라도 힘이 되어 주는 뭔가가 있는 것만으로도 충분했다.

"제가 한번 봐도 될까요, 카리나?"

옅은 미소를 띤 그의 말에 카리나가 순순히 목걸이를 빼 그에게 내밀었다. 페리얼이 목걸이를 받아 들며 조심스럽게 그것을 살폈다.

"특이한 돌이군요. 이렇게 봐선 별다른 건 없어 보이긴 하는데……."

"아마 제가 그냥 그렇게 믿어서 느끼는 걸 거예요."

페리얼이 하론을 꽉 쥐었다가 느릿하게 펼쳤다. 그의 눈이 한 차례 가늘어졌다.

"카리나, 실례가 되지 않는다면 이걸 가져가서 한번 분석해 봐도 될까요?"

"……네, 괜찮긴 한데 제 말 때문이라면 너무 진지하게 듣지 않아도 괜찮아요."

혼자만의 착각일 거예요. 덧붙인 카리나의 말을 들으면서도 페리얼은 그녀의 목걸이를 주머니에 넣으며 미소 지었다.

"그래도 미지의 광석이니 알아볼 가치는 있을 것 같습니다. 윈스턴을 불러 줄 테니 일단 그에게 진단을 받아 보세요."

"……알겠어요."

페리얼이 자리에서 일어났다.

창문 밖으로 시선을 돌린 카리나를 따라 고개를 돌린 그가 입을 다물었다. 그녀의 시선 끝에는 말을 타고 출발하고 있는 밀라이언의 원정대가 있었다.

페리얼의 눈이 가늘어졌다.

"카리나는 밀라이언을 정말 좋아하는군요."

"……네?"

페리얼의 지적에 화들짝 놀란 카리나가 고개를 돌렸다. 그녀가 어색하게 웃었다.

"밀라이언에겐 비밀이에요."

"친우에게 비밀로 해야 할 게 너무 많은 것 같은데요."

"미안해요."

카리나의 대답에 페리얼이 장난이었다며 고개를 저었다. 맹목적인 시선은 마치 태어나자마자 부모를 각인한 병아리처럼 보이기도 했다.

"페리얼은 누군가 좋아해 본 적 있어요?"

"글쎄요."

"전 누군가를 짧게 스치듯 좋아해 본 적은 있지만, 이렇게까지 심장이 뛰고 무섭고 두려우면서도 행복한, 형용할 수 없는 감정을 가져 본 건 난생처음이라 그냥 모든 게 다 좋아요."

누군가를 떠올리는 것만으로도 아프던 심장이 아프지 않을 수 있다니, 이토록 신기한 감정은 난생처음이었다. 그리고 이렇게 무서운 감정도 처음이고.

"윈스턴을 부를게요."

"네, 고마워요. 페리얼."

무덤덤한 듯 입가에 설핏 미소만 있던 카리나의 얼굴에서 눈꼬리가 휙 휘어지자 분위기가 순식간에 달라졌다. 페리얼이 가만히 그 얼굴을 바라봤다.

"그럼 가 보겠습니다."

"네."

페리얼이 몸을 돌리고 방을 나섰다.

*"기다릴게요, 다녀오세요."*

귓가에 속삭이듯 머릿속에 맴도는 목소리에 밀라이언의 표정이

묘해졌다. 사용인에게도 언제나 비슷한 인사를 받곤 했지만 유달리 그녀의 인사는 뇌리에 박혀 떠나질 않았다.

"대장님, 속도가 너무 빠른 거 아닙니까?"

"문제 있나?"

"문제……."

밀라이언을 호위하는 기사가 흘끗 뒤를 바라봤다. 거리가 조금 벌어졌다. 밀라이언이 너무 빨리 달린 탓에 나머지가 그의 속도를 따라오지 못했기 때문이었다.

"기사들의 말이 조금 버거워하는 게 같습니다. 급한 일정은 아니니 여유롭게 움직이셔도 될 것 같습니다."

"내일 정오까지 돌아가는 게 목표다. 속도를 더 높이라고 해."

밀라이언이 그 말을 끝으로 대화를 나누느라 늦췄던 속도를 다시 빠르게 했다.

"내일 정오 말입니까?"

기사가 당황한 목소리로 소리치며 황급히 밀라이언을 쫓았다. 느려진 속도에 한숨 돌리고 있던 토벌대가 다시 빨라지는 그들의 대장을 쫓아 고삐를 흔들었다.

이번 토벌대는 정예들로만 구성된 토벌대로서 척후병과 같은 임무를 수행하는 부대였다. 실제로 마수 토벌을 나서기 전에 실력 있는 기사들만 소수 모아서 마수의 동향이나 종류, 서식지 등을 탐색하고 가끔은 새로운 마수의 토벌법을 연구하기도 했다. 그 후 북부의 각 영지들과 정보를 공유, 이야기를 나눠서 본격적인 토벌대를 편성한다.

척후대는 어떤 상황에든 임기응변을 발휘해서라도 대처해야 하므로 각 영지에서 뛰어난 기사들만 차출했다. 그리고 척후대의 뒤를 따라 후발대가 한 무리 더 온다. 의료병을 포함해 식사를 준비하거나 척후대의 말을 관리하는 등 각종 편의를 봐주는 이들이었다.

"속도가 너무 빠르지 않습니까? 처음 말씀하셨던 일정도 휴식을 거의 줄이고 빠듯하게 한……!"

"명령 불복종인가?"

"그건 아닙니다!"

"그럼 할 수 있다. 내가 직접 선두에서 지휘할 테니까."

무뚝뚝한 말에 기사가 눈을 빛냈다. 자신감 가득한 그 목소리에 뒤따라오던 다른 기사들이 소리를 내질렀다. 호위 기사가 쓰게 웃으며 결국 물러났다.

"명에 따르겠습니다."

말을 탄 서른 명 남짓의 척후대가 빠르게 움직여 북부를 에워싼 숲 초입에 도착했다.

스산한 숲 입구는 위험 구역으로 분리되어 있어서 겨울에는 허락이 없이는 들어갈 수 없었다. 겨울바람이 나뭇잎을 스치는 소리가 귀를 때렸다.

그오오오-!

그 바람에 섞여 넓은 숲 어딘가에서 들리는 마수의 울음소리에 밀라이언이 고개를 젖혔다.

곧 토벌이 시작된다. 그 고양감이 절로 병사들의 사기를 증진시켰다.

북부는 마수의 둥지라고 불릴 정도로 겨울이 되면 위험 요소가 다분했다. 허가가 없으면 영지 밖으로 나가는 것도 불가능하다.

오래된 구전에 의하면 원래는 마수의 영역이었던 이곳에 영웅이 태어나 마수를 몰아내고 지금 인간의 영역을 구축한 것이라는 얘기도 있었다.

왜 하필이면 모두가 움츠러드는 겨울에 마수가 눈을 뜨는지는 아직 밝혀진 바가 없지만.

"이곳을 집합 장소로 한다. 전원 말에서 내려서 채비하도록. 간단히 식사를 마치고 후발대가 오면 바로 들어가도록 하지."

"네, 알겠습니다!"

우렁찬 대답을 들으며 밀라이언이 말에서 내렸다. 검을 뽑아 한차례 상태를 살핀 그가 일사불란하게 움직이는 이들을 보며 나무에 기댔다.

'헤르타를 찾으면 좋겠는데.'

지금은 마수가 하나둘 여름잠에서 깨어나는 시기이기 때문에 이렇게 소수 정예로라도 움직일 수 있는 것이다.

날씨가 추워지고 눈까지 내려 세상의 시간이 멈춘 것처럼 얼어붙으면, 그때부터 마수의 진면모가 드러난다. 여름 내내 굶주린 마수는 미쳐 날뛰기 시작하고 그 흉포함은 이루 말할 수가 없다.


*"만약 토벌이 끝나고 제가 도움이 됐다고 생각한다면…… 헤어질 때 한 번 꼭 끌어안아 주지 않을래요?"*

*"안…… 될까요?"*


가만히 찬바람을 맞으며 있으려니 문득 그녀의 목소리가 떠올랐다. 무엇이 그렇게 긴장됐는지, 손이 새하얗게 질릴 정도로 옷자락을 붙잡고 있었던 조심스러운 목소리가.

"……하론, 찾으면 좋겠군."

하론은 분명 무작위로 마수의 사체 안에서 발견할 수 있지만, 확실한 것은 상대하기 버거운 마수일수록 그 크기가 크다는 사실이었다.

지금껏 밀라이언은 하론을 전부 양보해 왔다. 그런 미신은 믿지도 않았고 선물해 줄 사람도 없었으니까. 가지고 있던 하론은 전대 공작, 그러니까 아버지에게 받은 것이었다.

그러나 이번에 난생처음 그는 누군가에게 하론을 선물해 주고 싶어졌다. 부는 바람에도 날아갈 것 같은 여인은 멋대로 그에게 파고들어 멋대로 자리를 잡아 버렸다. 그리고 그 자리에서 강단 있게 버티고 있었다.

*"그러니까…… 제가 이 저택을 떠나는 날에요."*

덧붙여 떠오른 또 다른 목소리에 밀라이언의 표정이 어두워졌다. 반짝거리는 눈동자로 언제나 끝을 말하는 그녀를 보는 기분은 아주 묘했다.

"대장님, 준비 다했습다아악!! 왜 때림까?"

"대장님이 아니라 각하라고 몇 번을 말해? 그리고 보고를 누가 여기서 해! 제대로 안 할 거야?"

밀라이언의 오른팔이자 가장 밀접한 곳에서 그를 호위하는 호위
기사인 제론이 앳된 기사의 뒤통수를 때리며 말했다. 앳된 기사가
뒤통수를 쓰다듬으며 입술을 쭉 내밀었다.

"저희끼리밖에 없는데 뭐 어때서 그렇습까?"

"너……."

"뭣보다, 대장님도 별말 안 하시고 말임다."

툴툴거리며 덧붙이는 기사의 말에 제론의 주먹이 부들부들 떨렸
다. 그가 손을 올리려다 말고 이내 짧게 한숨을 내쉬었다.

"우린 이제 용병이 아니잖아. 각하께서도 이제 우리랑 어울리던
도련님이 아니라 어엿한 공작이시니 그에 걸맞게 행동해야 욕을 안
먹지."

"……쳇."

제론의 한층 누그러진 목소리에 앳된 기사가 혀를 차면서도 순순
히 물러났다.

밀라이언이 오래된 전우인 두 기사를 바라보다가 느리게 검을 뽑
았다.

"잡담은 그쯤하고 후발대도 도착한 것 같으니 슬슬 출발하지."

"네, 알겠습니다!"

"으아! 드디어 겨울! 오래 기다렸습다!"

앳된 기사가 등에서 쌍검을 뽑아 들며 말했다. 하나는 무척 길고
하나는 조금 짧았다. 기묘한 검이 아닐 수가 없었다. 밀라이언의 눈
이 붉게 번뜩였다.

"알다시피 첫 번째 목표는 헤르타고 두 번째는 마수의 동향을 살

피는 거다. 마수를 쫓겠다고 결코, 혼자서 깊숙이 들어가지 말고 문제가 생겼을 땐 반드시 집합 장소로 돌아온다."

"네, 알겠습니다!"

"위험한 상황엔 지시를 따르지 말고 생존을 목표로 스스로 선택해서 움직여라. 가장 중요한 것은 살아서 돌아오는 것이다."

"네, 알겠습니다!"

밀라이언이 몇 가지 당부를 끝내고 몸을 돌렸다. 숲 안쪽으로 들어가는 입구는 스산함이 맴돌았고 거대한 뱀이 아가리를 벌린 것처럼 시커멓게만 보였다.

"가지."

일제히 검을 뽑은 기사들이 밀라이언과 함께 숲 안으로 들어갔다. 어둠이 순식간에 그들을 집어삼켰다.

"아가씨."

"네, 윈스턴."

"급격히 상태가 나빠지진 않은 것 같구려. 다만 말했다시피 순차적으로 몸이 나빠지고 있는 상태야."

그의 말에 카리나가 고개를 끄덕였다. 몸이 갑작스럽게 나빠진 것이 아니라면 다행이다. 자신의 시간이 평소대로 흘러가고 있다는 거니까.

"이건 예술병의 근본적인 문제라서 내가 어떻게 할 수 없는 것이네."

"네, 알고 있어요. 걱정 마세요."

인정한 것을 다시 생각하고 싶지 않았다. 생각하면 또 어딘가에 숨어 있던 살고 싶어지는 자신을 발견할 테니까. 그러는 것은 사양이다.

어디까지나 지금을 즐기는 거다. 지금을 즐겨서, 가족들에게 보란 듯이 행복하게 살다가 자신의 가치를 알려 주고 밀라이언과 포옹을 한 뒤 깔끔하게 이별하는 것이다.

"앞으로도 음식을 자꾸 게워 내게 될까요?"

"아마도 그렇겠지. 하지만 그렇다고 먹는 걸 멈추면 안 되네. 먹지 않으면 몸 상태는 더 나빠질 거야."

"먹고 뱉어내길 반복해도요?"

"그래, 곡기를 끊으면 사람은 순식간에 망가지네. 그래선 안 돼."

윈스턴의 단호한 말에 카리나가 미간을 좁혔다.

안 되는 걸 이해는 했지만 까마득했다. 먹고 뱉어내길 반복하는 감각은 정말 끔찍했다. 자연스럽게 흘려 넘겼던 음식이 역류해서 되돌아오는 기분은 영 좋은 것이 아니었으니까.

"……그것만 주의하면 될까요?"

"그래, 물도 자주 마셔 주고. 물론 살고자 하는 의지도 있어야 하네."

윈스턴이 눈을 가늘게 뜬 채 고개를 들었다. 처음 봤을 때 다 죽어 가던 눈과는 확연히 다르게 그녀의 눈에는 생기가 있었다.

그러나 그것은 살고자 하는 생기는 아니다. 어디까지나 그녀는 이 상황을 수긍하고 인정한 것뿐이다. 최선을 다해서 살고 죽어야지. 그런 생각을 하고 있는 것이 분명했다.

"물론이죠, 밀라이언의 앞에서…… 꼴사나운 모습을 보이고 싶진 않아요."

다정한 사람에게 죄책감까지 얹고 싶지 않다. 예정대로 여행을 하겠다고 하고 떠나는 것이 카리나의 목표였다. 그러다 소식이 들려오든 들려오지 않게 되든 조용히 잊히면 그것이 서로에게 가장 좋은 결말이었다.

"페리얼과 윈스턴에겐 미안해요. 원래라면 두 사람도 몰랐어야 했는데."

"나는 이게 직업이네. 죽은 사람도, 죽기 직전의 사람도 내 손을 거쳐 갔지. 난 사람을 살리는 게 일인데 그것을 미안하다고 표현하면 못쓰네."

윈스턴의 엄한 목소리에 카리나가 한 차례 눈을 깜빡였다. 늘 다정하던 노인의 가라앉은 목소리는 무서웠으나 차갑지는 않았다.

"네, 죄송해요."

"사과할 필요는 없지만 다시는 그런 소리 하지 말게."

윈스턴이 이윽고 장난스럽게 웃어 보였다. 순식간에 가벼워진 분위기에 카리나가 마주 미소 지었다.

"약은 지금보다 조금 센 걸 써야 할 수도 있겠구먼. 통증 부위는 어디에 있는 편이지?"

"심장이랑 손이요. 심장이 아프면 호흡도 조금 힘들어요. 가끔은 온몸이 그냥 아플 때도 있어요."

"특정한 부위는 없는 건가?"

"음, 심장이 제일 잦아요."

카리나가 엄지로 제 가슴 사이를 꾹 누르며 말했다. 너무 아파서 가끔은 심장을 끄집어내 터뜨리고 싶다는 위험한 생각도 들 정도다.

"통증이 오는 주기는 어떤가?"

"……음, 간헐적이에요."

카리나가 기억을 더듬었다. 늘 통증이 오면 아픔에 신음하느라 정확한 시간을 기록하지 못했으며 아쉽게도 특정할 수 있는 시간이 있는 것도 아니었다.

"언제인지 딱 특정할 수 없고 늘 제멋대로라 기간도 없어요. 어느 때는 일주일동안 아무런 반응이 없다가 어떤 날은 온종일 숨쉬기가 힘들 때도 있거든요."

"예술병이라는 게 참 곤란한 병이야."

"치료할 수 없어서요?"

"그것도 그렇지만 사람마다 증상이 전부 다르거든. 그저 어딘가에 통증이 온다는 것만 같다네. 통증 부위, 기간, 통증의 강도, 전부 다르지."

윈스턴은 카리나의 일을 알게 된 뒤로 예술병에 관해서 의원 자격증을 딸 때보다 더한 공부를 시작했다. 그러나 어느 기록도 일치하는 게 없고 어느 기록도 일정한 것이 없었다. 모든 것이 중구난방이다. 그러니 발병 원인을 수백 년이 지난 지금도 밝혀내지 못한 것이겠지만.

"만약 약도 넘길 수 없을 때가 온다면 주사기로 투여해야 할 수도 있네."

"……그런가요?"

"그래, 약까지 못 먹게 되어 버리면 자네가 더 괴로울 거야."

윈스턴의 말에 카리나가 고개를 끄덕였다. 그래도 그의 약 덕분에 최근 밤에는 편히 잠을 잘 수 있게 됐다.

"저녁 약에는 수면제가 섞여 있나요?"

"그래, 수면제랑 혹시 몰라 약간의 진통제도 있네."

"어쩐지, 잠이 잘 오더라고요."

약을 먹고 누웠다가 눈을 뜨면 언제나 아침이라 최근에는 수면 부족 같은 증상도 줄었다. 그래서인지 몸 상태가 더 좋다고 느끼는 부분도 있다.

"그 페리얼 공과 고민하고 있어. 어떻게든 자네를 살려 보자고 말이야."

"……그래요?"

"그래, 그러니 아가씨도 포기하진 말게. 살고 싶다고 생각해야 조금이라도 더 오래 살 수 있을 테니."

"걱정하지 마세요, 윈스턴."

카리나의 낮은 웃음소리가 섞인 말에 윈스턴이 눈을 가늘게 떴다. 그 의심스러운 눈빛에 그녀가 곤란한 눈으로 볼을 긁적였다. 화장조차 독이 되어 화장기도 없는 새하얗고 투박한 피부가 살짝 붉게 달아올랐다.

"저 진짜 예전처럼 죽어야겠다는 마음은 없어요. 그냥 조금 후회하고 있어요. 이런 세상이 있는 줄 알았다면 조금만 더 빨리 나와 볼걸."

그런 후회들이 가득 모여서, 지금은 죽는 것보다 남은 시간 동안 하고 싶은 것을 찾기 바빴다. 조금이라도 시간이 남아 있을 때 최대한 많은 것을 하고 싶었다.

"계기 없인 움직일 생각도 하지 못하던 과거의 제가 원망스러울 정도예요."

멍청했죠?

덧붙이며 포르르 웃는 카리나의 얼굴엔 더 이상 암울함이나 우울함이 보이지 않았다. 햇빛에 비춰 반짝이는 듯한 푸른 눈동자는 시시각각 감정을 내비치고 있었다.

"자네가 행복해 보여서 다행이야."

"행복해요. 너무 행복해서, 최근엔 원래의 저였다면 절대 하지 못할 일도 벌였어요."

"무슨 일을?"

고개를 기울인 윈스턴이 의아하게 물었다.

"가족들에게 절 키워 준 돈을 돌려주고 완전히 독립하려고요. 카리나 레오폴드가 아니라, '카리나'의 이름이 세상에 남도록 할 거예요."

"키워 준 돈을 갚았다고?"

"정확히는 갚을 예정이에요. 그림으로 유명해져 볼 생각이거든요. 가족 모두가 무시했던 그림으로요."

칭찬 한 번 받지 못했던 그림이 세상에서 어떤 평가를 받게 되는지 그들에게 보여 줄 거다. 듣기 싫어도, 알고 싶지 않아도 자연스럽게 듣고 알 수밖에 없을 정도로 유명해질 거다.

"그러니 저는 조금이라도 더 오래 살면 좋아요."

다가올 죽음을 막을 순 없겠지만, 그래도 조금이라도 더 살 수 있다면 충분했다. 이 이름이 어디까지 퍼질 수 있을지는 모르겠지만.

"두 분은 내게 늘 못해 준 게 어디 있느냐고 했거든요. 그래서 그 뒤로 얼마 전까지 곰곰이 생각해 봤어요."

카리나가 느리게 입을 열었다.

윈스턴은 편해서 그런가, 항상 가족사를 얘기하게 된다. 그는 언제나 진지한 눈으로 들어 준다. 아무도 고민해 주지 않았던 것을 함께 고민해 주려고 한다.

그때야 깨달았다. 이것이 의지하는 것이라는 걸. 이것이 제대로 된 이야기 상대라는 것을.

누구도 제 의견을 묵살하지 않고 중간에 끊지도 않으며, 눈을 마주치고 하는 것이 진짜 대화였다. 바쁘다고 매번 피하는 것도, 한숨을 내쉬며 비난하는 것도 아니라.

"그런데 아무리 생각해도 내가 받은 건 의식주밖에 없는 것 같은 거예요."

카리나가 웃었다.

"간병인 대신 형제라는 이름 아래에서 무료 노동을 해 준 거면 몰라도."

비식거리는 웃음이 그녀의 잇새로 새어 나왔다. 한층 차가워진 목소리는 의외로 싸늘했다.

정에 약해서 계속해서 무르게 굴 것이라고 생각했던 윈스턴의 생각은 제대로 빗나간 것이다.

"어쩌면 두 분에게도 생각이 있었을지도 모르겠죠. 알게 모르게 사랑해 줬을지도요."

전혀 느끼지 못했지만 말이다.

카리나가 어깨를 으쓱였다. 흥미라곤 조금도 느껴지지 않는 눈동자였다. 예전에 보였던 미련이라곤 보이지도 않는다.

"근데 밀라이언과 대화를 나누고 페리얼과 윈스턴과 이야기를 나누면서 문득 그런 생각이 드는 거예요."

카리나가 나직이 말했다.

"세 사람이 나를 걱정하는 건 잘 알겠어요. 굳이 말로 표현하지 않아도 행동 하나하나에서 배려가 느껴지거든요."

카리나는 그만큼 예민했다. 그리고 스스로 예민하다는 것을 잘 알고 있었다.

그런 그녀가 단 한 번도 느끼지 못한 것이다. 처음 만난 이들에게도 하루 만에 느꼈던 다정함 혹은 배려 등을.

"평생 느껴 본 적 없는 걸 만난 지 하루 된 윈스턴이나 밀라이언에게 느꼈다는 걸 생각하니 더는 의미가 없더라고요."

카리나의 시선은 이미 굳건했다. 쉽게 흔들리지 않는 뿌리가 내린 식물처럼.

"이제 와서 사과를 받아도 사라진 제 시간이 돌아오진 않을 테니까요."

바람에 휘둘렸던 가지가 드디어 땅에 뿌리를 박았다. 언젠가 또 봉오리를 만들고 꽃을 피울 테지. 윈스턴은 그저 말없이 그녀의 이야기를 들었다.

"그래서 그냥 저도 잊으려고요. 잊고 버리려고 해요. 이기적이라고 생각해도 어쩔 수 없어요."

담담한 눈빛은 이미 과거를 보고 있지 않았다.

"태어나게 해 준 것을 걸고넘어진다면 할 말은 없겠지만 낳아 준 것이 전부는 아니잖아요."

카리나가 입가에 옅은 미소를 베어 물었다.

그토록 아팠던 이야기도 인정하고 현실을 직시하고 나니 그렇게 아프지 않았다.

그녀는 시간이 아까웠다. 남은 시간 동안 버킷 리스트에 적을 목록을 얼마나 완벽하게 끝낼 수 있을지도 모르는데, 시간 안에 그 아쉬운 것들을 다 할 수 있을지도 모르는데 과거에 발목을 잡히고 싶지 않다.

"오랜 시간 품어 주고 배 아파 낳아 준 것을 부정하진 않지만 그것이 제 인생을 저당 잡을 권리가 되는 것은 아니에요."

윈스턴이 고개를 끄덕였다. 그제야 한층 안도한 표정을 한 카리나가 창문 밖으로 고개를 돌렸다.

"부모는 자식의 주인이 아니잖아요."

"그래, 아가씨의 말이 맞네. 부모는 자식의 주인이 될 수 없지."

그의 말에 카리나가 눈꼬리를 휘어 부드럽게 웃었다. 잔뜩 긴장했던 얼굴이 순식간에 풀어졌다. 가슴을 쓸어내리는 그녀를 보던 윈스턴이 제 허리를 두어 번 두드렸다.

"부모는 길잡이야. 자식의 손을 잡고 이끌어 줄 수는 있어도 아이는 언젠가는 그 손을 놓고 떠나가기 마련이지."

아이는 떠난다. 뒤뚱뒤뚱 걷던 아이에게 발맞춰 걸어 주던 부모는 언젠가 아이에게 뒤처지고 만다. 부모는 늙고 아이는 건장한 청년이 되어 가니까.

아이의 속도를 따라가지 못하는 부모는 결국 뒤처지고 아이의 뒷모습을 보며 성장을 뒤에서 바라보게 된다. 그것은 어떤 부모라도 마찬가지인 것이다.

"혼자 걷기 시작한 아이는 이제 돌아갈 필요가 없어. 자신만의 둥지를 틀고 자신의 길을 스스로 찾기 시작했으니까."

혼자가 된 아이는 새로운 가족을 찾아 떠난다. 그사이 부모는 늙고 아이는 이제 온전히 혼자 힘으로 우뚝 설 수 있게 되는 것이다.

"하지만 그런 아이가 다시 돌아와 늙은 부모의 손을 다시 잡아 준다면 그건 그들이 아이에게 좋은 부모였기 때문이라네."

"……"

"아이에게 그런 마음이 들게 하지 못했다면 그 부모는 뒤를 돌아볼 필요가 있는 것이지."

윈스턴의 말에 카리나가 말없이 웃었다.

솔직히 말해서 그녀는 그런 좋은 부모가 될 자신은 없다. 그러니 아이를 낳지 않을 수 있는 이 상황은 어쩌면 조금은 다행일지도 모른다.

"혼자 우뚝 서서 당당히 걸어가는 아이가 왔던 길을 다시 돌아보기란 쉽지 않은 일이지."

잔잔한 울림이 파도가 되었다. 카리나는 그저 누구에게도 듣지 못한 이야기를 귀에 담으며 주먹을 쥐었다.

"아쉽게도 그런 부모가 많지 못하다는 것이 서글플 뿐이야."

카리나가 고개를 끄덕였다. 그녀는, 적어도 그녀에 한해서는 그런 부모를 만나지 못했다.

카리나가 입을 다문 채 느리게 침대 헤드에 몸을 기댔다.

"밀라이언이 보고 싶어요."

"이른 봄이 왔구먼."

윈스턴이 그녀의 어깨를 살살 두드렸다.

이제야 뉘엿뉘엿 해가 지고 있었다. 밤은 아직도 멀었다는 듯이.

"거리를 벌려서 뒤쪽을 잡아라!"

"으아악! 이런 얘긴 없었잖습까!"

채앵-!

챙-!

콰드득-!

검날이 부딪치며 사방이 번쩍였다.

달려드는 헤르타로 인해 성인 남자 셋이 둘러싸도 충분할 정도의 나무가 반쯤 으깨져 위태롭게 서 있었다.

"대장! 쉬지 않고 몰려듭니다!"

안쪽으로 들어가며 헤르타의 흔적을 쫓고 있을 때였다. 한 마리를 발견한 순간 놈이 비명처럼 울음소리를 내지르더니, 이윽고 5분도 되지 않아 헤르타에게 둘러싸였다.

모두가 예상하지 못한 결과였다.

달려온 헤르타들은 척후대를 둘러싸고 퇴로를 차단했다. 지능이 없는 마수의 짓이라곤 상상도 할 수 없었다.

무엇보다 이렇게 무리를 부를 줄이야.

"……."

밀라이언이 대답 없이 눈앞에서 콧김을 훅훅 내뿜는 헤르타를 향해 땅을 박차고 달려들었다.

순식간에 몇 걸음 사이를 좁힌 그의 검이 헤르타의 높게 치켜든

발과 발톱 사이를 노리며 내질러졌다.

뒤늦게 눈치챈 헤르타가 몸을 빼려 뒷걸음질을 쳤으나 밀라이언이 훨씬 빨랐다. 그의 안광이 번쩍 빛나더니 이내 잔상을 남기며 순식간에 헤르타의 발톱 밑에 칼을 꽂아 넣었다.

크와아아아악-!

비명과 같은 위협적인 울음소리에도 밀라이언은 놈의 샛노란 눈에서 시선을 피하지 않았다.

밀라이언이 짐승처럼 이를 드러냈다. 균형을 잃은 헤르타가 공격당한 발을 바닥에 내려놓지도 못한 채 세 발로 서서 형형한 눈빛으로 밀라이언을 노려봤다.

"와, 저게 효과가 있긴 하구나."

"다들 봤으면 제대로 임해라."

서릿발 같은 그의 목소리가 예리한 칼날처럼 날을 세운 채 뱉어졌다. 밀라이언의 경고 아닌 경고에 기사들이 다시 검을 바로잡았다.

밀라이언이 그대로 놈의 다른 쪽 발의 발톱 밑을 찔렀다.

끼야아아아악-!

쿵-!

아까보다 더 끔찍한 비명을 지른 헤르타가 옆으로 넘어졌다. 그 비명에 다른 헤르타들의 샛노란 시선이 곧장 밀라이언에게 돌아갔다.

밀라이언의 입술이 비뚜름하게 올라갔다.

"이제야 좀 마수 새끼의 비명 같군."

낮게 중얼거린 밀라이언의 말을 알아 듣기라도 한 것인지 제 발을 핥으며 낑낑거리던 헤르타가 샛노란 눈을 번뜩이며 그를 노려봤다.

밀라이언이 피식 바람 빠진 웃음을 흘렸다.

"눈 깔아, 주제도 모르는 마수 따위가."

분수처럼 뿜어 나오는 헤르타의 피를 뒤집어쓴 채 밀라이언이 그대로 땅을 박찼다. 붉은 안광이 그가 지나간 자리에 잔상처럼 남았다.

밀라이언의 검이 엎어진 채 바닥을 구르고 있는 헤르타의 드러난 철갑 밑을 향했다. 단단하게 철갑으로 둘러싸인 곳과 다르게 헤르타의 배는 검이 충분히 들어갈 정도로 부드러워 보였다.

문제는 그 약점을 지키기 위해 헤르타들의 방어가 상당하다는 거였다. 그 틈을 만들지 못해서 여태 골머리를 썼었는데, 설마 발톱으로 공격하기 위해 발을 힘껏 들었을 때 그 발과 발톱 사이의 틈을 노리면 될 줄이야.

'카리나에게 얘기를 듣곤 반신반의했는데…….'

확실히 발을 들었을 때는 철옹성 같은 놈도 방어할 수단이 없다. 그리고 또 하나 알게 된 것은…….

'동료 의식이 있는 건가?'

밀라이언이 발을 쿵쿵 구르기 시작한 헤르타들의 분노를 느끼며 생각했다. 놈들이 화가 났다. 이유는 아마도 그가 헤르타 하나를 죽였기 때문에.

"우습군."

피 냄새에 밀라이언의 눈이 한층 풀렸다.

오랜만의 피 냄새다. 오랜만의 전장이었다. 곧 시작될 토벌을 위한 식전 운동으론 완벽했다. 이를 드러내며 웃은 그가 곧장 방향을 틀어 다른 헤르타에게 달려들었다.

크와아아앙-!

울음소리와 동시에 헤르타들이 일제히 몸을 돌렸다.

상대하고 있던 다른 기사들을 뒤로한 채 그들이 일제히 밀라이언을 향해 콧김을 훅훅 내뿜었다. 까드득, 까드득 땅을 긁어 대는 철갑 소리가 거슬릴 정도다.

밀라이언이 아랑곳하지 않고 눈앞에서 공격하기 위해 날카롭게 발톱을 세운 채 발을 드는 헤르타의 발톱 밑을 노련하게 찔렀다.

끼에에에엑-!

비명처럼 소리를 내지른 헤르타가 엎어졌다. 아까보단 훨씬 작은 크기의 헤르타였다.

밀라이언이 뒤집어진 놈의 목덜미를 찌르려는 순간 옆에서 느껴지는 거대한 살기에 황급히 몸을 틀어 검끝을 아래로 향했다.

까드드득-

철갑 재질의 코뿔소처럼 날카로운 뿔과 밀라이언의 검이 맞부딪쳤다. 빠른 속도로 달려든 놈의 공격을 막아 내느라 밀라이언의 몸이 상당히 밀렸다.

색소 옅은 노란색 눈동자. 닳고 닳아 색이 빠진 남색 철갑, 철갑 위에 자리 잡은 몇몇 개의 깊은 자상까지.

다른 헤르타의 두 배는 되어 보이는 거대한 크기였다. 헤르타의 눈은 날카로웠고 감정이라곤 보이지 않았다. 텅 빈 눈동자에서 느껴지는 것은 오로지 살의와 살의와 살의뿐.

순수한 살의가 밀라이언의 등줄기를 섬찟하게 했다.

"……네놈이 대장이군."

콰드득-

밀라이언을 힘으로 나무 기둥까지 몰아붙인 헤르타가 크르르, 낮게 울었다.

크와아앙-!

다른 헤르타에 비해 짧은 울음이었지만 그 크기는 우레와 같았다. 밀라이언이 이를 악문 채 집채만 한 몸으로 밀어붙이는 헤르타의 공격을 다리로 버텨 냈다.

대장 헤르타의 울음 때문인지 순식간에 몰려든 헤르타가 다쳐서 바닥을 뒹구는 어린 헤르타를 뿔로 일으켜 세우더니 절뚝거리는 녀석을 보호하며 숲 너머로 사라지기 시작했다.

"미친, 쫓아가겠습니다!"

"헨리! 멈춰! 명령이 떨어지지 않았다!"

제론이 앳된 기사의 앞을 가로막으며 말했다.

도망가는 헤르타 대여섯 마리를 쫓아가려던 헨리가 가로막힌 길에 얼굴을 확 일그러뜨렸다. 그가 뒤를 돌아 헤르타와 대치하고 있는 밀라이언을 바라봤다.

밀라이언과 대치하고 있던 헤르타가 낮게 울며 두 걸음 뒤로 물러났다. 형형한 시선은 조금이라도 움직이면 공격을 감행할 듯했다.

밀라이언이 검을 아래로 내리며 고민했다. 이대로 놈을 베는 것은 어렵지 않다. 단, 얼마만큼의 효과가 있는지는 장담할 수 없었다.

놈은 강했고 밀라이언은 다른 기사들을 지키며 놈과 싸울 자신이 없었다.

크왕-!

대장으로 보이는 헤르타가 한 차례 짧게 울자 순식간에 남아 있던 열댓 마리의 헤르타가 몸을 돌렸다. 마치 봐주겠다는 듯 혹은 다음을 기약하듯이.

형형한 눈빛은 끝까지 사그라지지 않았다. 마지막까지 서로 눈을 마주치고 있던 헤르타와 밀라이언 중에 먼저 눈을 뗀 것은 헤르타였다.

헤르타 무리가 순식간에 멀어져 갔다.

"개 같군."

피가 덕지덕지 묻은 제 머리카락을 거칠게 흩뜨리며, 밀라이언이 거칠게 언성을 높였다.

건진 건 결국 헤르타 시체 한 마리다.

"대장, 괜찮으십니까?"

제론이 달려와 말했다. 너무 급박한 상황이어서 그런지 정신없이 예전에 부르던 대로 밀라이언을 대장이라고 불렀지만, 아무도 지적하지 않았다.

"쫓아갔으면 그놈은 죽일 수 있었을 거 아닙까, 마지막 그놈. 아깝게."

"쫓아갔으면 개죽음을 당했을 거다."

밀라이언이 낮게 말했다.

밀라이언과 몇몇 기사들의 실력이라면 능력껏 도망을 갔겠지만 특출난 능력을 갖춘 기사 안에서도 헤르타를 상대하기엔 아직 경험이 부족한 이가 분명히 존재했다. 상대하기엔 수적으로도, 단순한 힘으로도 불리했다.

"젠장!"

짜증스럽게 횡으로 그는 밀라이언의 검이 곁에 있는 나무를 베었다. 헤르타의 공격에 반쯤 꺾여 있던 나무가 쿵 소리를 내며 완전히 무너져 내렸다.

"헤르타가 이번 토벌의 관건이겠군."

"네, 저 정도로 수가 기하급수적으로 늘어났을 줄은 생각지도 못했습니다."

"저런 놈이 대체 몇 마리나 있을지."

밀라이언이 머리를 짚었다. 헤르타의 수가 저것뿐이라고는 생각할 수 없다. 한 마리, 한 마리가 병사 여러 명을 맞먹을 텐데 저들과 맞서기엔 압도적으로 수가 부족했다.

"근데 의외로 순순히 물러났네요."

"놓아준 거다. 이유는 모르겠지만."

밀라이언이 자연스럽게 품 안에서 궐련을 꺼내 입술에 물었다. 제론이 다가와 그의 궐련에 불을 붙여 주었다.

화르륵 타오르다 순식간에 잦아든 불길을 보며 밀라이언이 궐련을 깊게 빨아들였다.

"······그 정도의 지성이 있다는 말입니까?"

"아마도."

밀라이언이 눈을 감은 채 자신을 몰아붙이던 헤르타를 떠올렸다. 그 눈은 포기한 눈이 아니다. 어떻게든 제 목을 물어뜯으러 올 눈이었다.

"이번 토벌은 평탄할 것 같지가 않군."

영주들과의 모임을 조금 더 앞당겨야 할 듯했다.

밀라이언의 입술 사이로 희뿌연 연기가 뿜어져 나왔다. 형형하게 빛나던 밀라이언의 눈이 살짝 풀어졌다.

"도대체 어디에 숨어 있다가 나온 걸까요?"

"글쎄, 겨울의 끝에서부터 여기까지 밀려났다는 가정도 있을 수 있지."

대장인 헤르타는 상당히 나이가 있어 보였다. 그러나 여태 토벌하면서 헤르타는 단 한 번도 본 적이 없었다. 올해가 처음이었다. 저 정도의 수를 단 한 마리도 목격하지 못했다는 건 말이 안 된다.

"겨울의 끝은…… 설마요. 그 동굴은 막혀 있었습니다."

"할 일이 많겠어."

겨울의 끝. 마수들이 들어오는 통로라고도 불리는 유명한 곳이었다. 그렇다는 확신은 없지만 북부의 다양한 설화에 전해져 온다. 북부 끝에는 거대한 산맥이 있고 그 산맥엔 동굴처럼 생긴 통로가 하나 있는데, 그곳은 영원한 겨울이 잠들어 있는 곳이라고.

밀라이언 역시 가 본 적이 있지만 그곳은 인간이 차마 오를 수 없는 거대한 절벽과도 같은 곳이었다. 단단하게 막힌 그 뒤에 과연 무엇이 존재하는지 아는 사람은 없었다.

"그것도 아니면 땅속에서 솟아났나 보지."

궐련 한 대를 전부 피운 밀라이언이 그것을 바닥에 던졌다. 발끝으로 남은 불씨를 비벼 끈 그가 배를 뒤집은 채 혀를 빼고 죽어 있는 헤르타 쪽으로 천천히 다가갔다.

"여기에 그게 있을까?"

"그게 뭡니까?"

"하론."

"열어 보지 않으면 모르겠습니다. 열어 볼까요?"

"그래."

밀라이언이 고개를 끄덕이자 제론이 곧장 거대한 헤르타의 배 위로 올라탔다. 검을 획 돌려 검끝을 아래로 향한 그가 그대로 배를 찔러 넣었다.

푹―

살을 파고드는 소리가 들림과 동시에 살덩어리를 써는 소리가 들렸다. 헤르타 한 마리를 잡은 것도 큰 수확이긴 했다. 다른 약한 부위가 있는지 알아볼 수도 있을 테니.

"아, 있습니다!"

"있나? 크기는?"

"음, 주먹만 합니다. 그리 크진 않네요."

제론이 헤르타의 심장 부근에 박혀 있던 하론을 뽑아내며 말했다. 말이 주먹만 하지 손바닥보다 조금 더 큰 수준이었다.

"닦아서 챙겨 둬."

"알겠습니다."

제론은 의아한 표정을 하면서도 순순히 고개를 끄덕였다. 그가 손수건을 꺼내 하론을 감싸는 것을 보며 밀라이언이 몸을 돌렸다.

"근데 대장님, 원래 하론 안 가져가잖습까?"

"줄 사람이 있다."

"누구…… 아! 그분이시구나? 최근에 오셨다는 몸 약한 예비 마님!"

밀라이언이 헨리를 힐끗 쳐다보곤 몸을 돌렸다. 오늘은 이 이상 수색을 하는 건 무리였다. 뭣보다 피 냄새를 맡고 마수들이 몰려들기 시작했으니.

"돌아간다."

밀라이언이 집합 장소를 향해 몸을 돌렸다. 헤르타 사체라는 소득에도 불구하고 진 것 같은 느낌이 짙었다. 그의 눈이 차갑게 가라앉았다.

Chapter 8

"흡……!"

곤히 잠을 자던 카리나가 몸을 둥글게 웅크리며 번뜩 눈을 떴다. 심장을 조이는 통증에 순식간에 호흡이 거칠어졌다.

"허억……!"

카리나가 시트를 힘껏 그러쥐었다. 새하얀 손등이 한층 더 핏기 없이 질리고 카리나의 신음이 점점 커졌다. 밤에 약을 먹고 잤는데도 벌어진 일이었다.

눈앞이 새하얗게 점멸하고 숨소리가 점점 거칠어졌다. 그녀가 베개에 얼굴을 묻으며 바들바들 몸을 떨었다. 꽉 악문 잇새에서 고통스러운 신음이 여지없이 흘러나왔다.

"흐윽……."

눈물이 핑 돌았다. 이러고 있으면 언젠가 괜찮아진다는 것은 알고 있지만 그때까지 얼마나 기다려야 하는지 모르는 것이 가장 문제였다. 시커먼 구덩이로 밀어 넣어져 끝도 없이 떨어져 내려가는 기분이었다.

"괜찮…… 괜찮아……."

잇새로 간신히 내뱉은 한마디는 스스로에게 던지는 말이었다.

괜찮다. 아직은 괜찮다고 했었다. 단순히, 언제나처럼 찾아오는 발작이었다.

"아직……."

버틸 수 있다. 무엇보다 이 밤이 지나면 밀라이언이 돌아올 거다. 곁에 있었으면 좋았겠지만…… 그에게 이런 모습을 보이고 싶지는 않았다.

"훗……."

목걸이도 페리얼이 분석하겠다고 가져가서 손에 없다. 위안이 될 만한 것이 하나도 없었다. 애꿎은 손은 갈 곳 없이 시트 위를 맴돌았다.

시트에 주름이 짙어질수록 카리나의 손은 점점 더 새하얗게 변해갔다. 식은땀이 뚝뚝 떨어졌다. 카리나가 거친 호흡을 내쉬며 침대에서 간신히 몸을 일으켰다.

물기에 젖은 그녀의 시선이 협탁 위에 가져다 둔 붓으로 향했다. 호흡은 여전히 거칠었으나 그녀는 마치 기갈에 허덕이는 난민과도 같은 눈빛으로 붓에 시선을 고정했다.

광기를 닮은 번들거리는 눈동자로 그녀가 손을 뻗었다. 그러곤 이윽고 붓을 쥐었다.

"그림을……."

카리나의 짙푸른 눈동자가 살짝 탁해졌다.

"그려야…… 그리고 싶은……."

어눌한 말이 기묘하게 들렸다. 한 손으론 심장을 부여잡은 채, 다른 손으론 붓을 쥐곤 천천히 몸을 일으켰다. 그녀가 문손잡이를 돌렸다.

거친 호흡을 내뱉으면서도 그녀는 천천히 계단을 올랐다.

저택의 맨 꼭대기, 이제는 카리나의 작업실이 된 공간이었다. 카리나는 통증에 일그러진 얼굴로 힘겹게 화실의 문을 열었다. 아직 남아 있는 유화의 냄새가 확 풍겼다. 그 냄새를 맡자마자 통증이 줄어들었다.

카리나가 천천히 벽에 등을 기댔다. 그녀는 붓을 쥔 손에 한층 더 힘을 줬다.

"아……."

느릿하게 눈을 끔뻑였다. 끔찍한 통증은 방에서와는 비교도 할 수 없을 정도로 크게 줄어들어 있었다. 그림을 그리면 통증은 사라질 것이다. 그러나 생명은 갉아 먹히겠지.

*"창조자들이 단명한 이유는 기적을 너무 많이 일으켜서 많은 대가를 지불했기 때문입니다."*

페리얼의 목소리가 떠올랐다.

문득 조금은 알 것 같았다. 왜, 그들이 그럴 수밖에 없었는지. 눈앞에 달콤한 과실이 있는데 그것을 손에 쥐려고 하지 않을 사람이 과연 어디에 있을까.

"……그리라는 거지?"

이젤 위에 놓인 캔버스가 달빛에 비춰 유혹하는 듯 보였다. 그녀가 천천히 캔버스로 다가갔다. 독한 유화 냄새가 이토록 달게 느껴질 수가 있다니.

머릿속에는 딱 한 녀석의 모습이 떠올랐다. 물감을 짠 카리나가 천천히 붓을 움직이기 시작했다. 달빛이 가루를 뿌리듯 카리나의 위로 쏟아져 내렸다.

굳이 불을 켜지 않아도 달빛 앞의 캔버스는 시야를 확보하기에 충분했다. 카리나는 캔버스 두 개를 붙여 천천히 손을 뻗었다. 입을 꾹 다문 채 카리나는 쉼 없이 손을 움직였다.

캔버스 위에 붓을 움직이면 색이 생겨났다. 그것을 수십 번 반복해서 칠하니 이윽고 형태가 나타났고 수백 수천 번 반복하자 윤곽이 잡혔다.

밖은 초겨울에 창문이 살짝 열려 있음에도 불구하고 그녀의 턱을 타고 땀이 또르르 흘렀다.

탁. 그녀가 이윽고 붓을 내려놨다.

거대한 헤르타 한 마리가 이어 붙인 두 개의 캔버스 위에 자리하고 있었다. 눈을 번뜩이는, 위험이 그득해 보이는 마수였다.

"……왜 이걸 그리고 싶었지?"

카리나가 고개를 기울였다.

머릿속에 온통 사라진 헤르타의 모습만 떠올라서 저도 모르게 본능적으로 그리긴 했지만 이유는 알 수 없었다. 그냥 그려야만 할 것 같아서 그렸으니까.

'아프지 않아.'

심장에 통증이 전혀 없었다.

카리나가 숨을 크게 들이마시곤 천천히 내쉬었다. 호흡이 불편하지도 않고 괴롭지도 않았다.

다만 캔버스가 빛나기 시작하면서 카리나의 짙푸른 눈동자가 황금빛 아지랑이에 잡아먹혔다.

순식간에 기묘한 황금색 눈동자가 되었다. 금수의 것보다 더 생생하고 반짝거리는 눈이었다.

쿵─

헤르타가 천천히 캔버스에서 그 모습을 드러냈다. 낮에 봤던 것보다도 훨씬 더 거대하고 훨씬 더 기운이 셌다. 카리나가 이마를 짚으며 한 발자국 물러났다.

'……어지러워.'

누군가가 영혼의 일부분을 빨아들인 듯한 기분이었다.

휘청이는 카리나를 빠져나온 헤르타의 뿔이 받쳤다. 그것은 일전에 카리나가 만들어 냈던 헤르타보다 두 배는 더 커 보였다. 화실이 넓었으니 망정이지, 아니었으면 지붕을 반쯤 부수고도 남았을 크기였다.

"……어떻게 내보내지."

밖으로 내보내야 하는 것은 알겠는데 어떻게 내보내면 좋을지에 대한 확신은 없다.

쿵─

고민하는 사이, 헤르타는 온전히 모습을 드러냈다.

콰득, 그에게 밟힌 캔버스가 형체도 없이 일그러졌다. 키도 너무 컸다.

땡! 땡! 땡─!

땡! 땡! 땡! 땡─!

멀리서부터 들리는 경종 소리에 카리나가 고개를 들었다.

바깥이 소란스러워지기 시작했다. 기사들의 움직임 소리가 들리고 저택 이곳저곳의 불이 켜졌다. 적막해야 할 새벽녘이 시끄러워졌다.

헤르타의 코 뿔을 붙잡고 있으려니 한층 어지럼증이 가셨다. 카리나가 그제야 제 발로 몸을 세웠다. 마주한 헤르타의 생기 없는 눈동자가 정확히 카리나에게 꽂혔다.

"무슨 일 있는 걸까?"

카리나가 헤르타의 얼굴을 팔로 쓰다듬으며 속삭였다.

크릉-

낮게 운 헤르타가 카리나를 뿔로 들어 올려 등에 태우더니 그대로 테라스를 향해 달려들었다.

쿠웅-

육중한 몸이 생각보다 가볍게 착지했다. 그러나 바닥의 떨림을 막을 순 없었다. 헤르타의 발이 떨어진 곳에서부터 작은 지진이 일었다.

"잠……!"

그녀가 무슨 소리도 더 지르기 전에 헤르타가 그대로 다시 한번 크게 도약했다. 육중한 몸과는 정반대로 날아오르듯 도약한 헤르타는 공작저의 담벼락을 뛰어넘었다.

"어디를 가는……!"

묻기도 전에 헤르타의 생각이 머릿속으로 번쩍이며 흘러들어 왔다. 헤르타의 등에 타 울퉁불퉁하게 난 등껍질 중 하나를 끌어안은 카리나가 눈을 크게 떴다.

"내가 무슨 일인지 궁금해서 그래?"

그녀를 태운 헤르타는 지금 성문으로 향하고 있었다. 마수의 습격을 방지하기 위해 쌓아 둔 성문으로. 그녀가 무슨 일이 있는지 궁금해했기 때문에.

"……다 좋은데, 널 보면 놀랄 거야. 사람이 없는 곳으로 가 줄 수 있어?"

귀가 어디에 있는지 몰라 얼굴 부근에 열심히 속삭였더니 헤르타가 낮게 울며 방향을 크게 틀었다. 의외로 헤르타는 운동신경이 좋은 것인지 몸이 가벼운 것인지, 움직임이 날렵하고 육중한 느낌이 덜했다.

'원래 헤르타도 이런 느낌인가?'

헤르타의 무게가 적게 나가는 것은 결코 아니다. 그러나 녀석의 착지는 어쩐지 조용했고 작은 지진과도 같은 진동이 일긴 했지만 주변을 부수거나 파괴하진 않는다.

"이렇게 높이 점프할 수 있구나."

헤르타가 성벽 앞에서 다시 도약했다. 한 번에 오르긴 힘들다고 생각했는데, 예상대로 헤르타는 날카로운 발톱을 세워 한 차례 성벽에 발을 꽂더니 그대로 한 번 더 도약했다.

"허업……!"

숨을 크게 들이켠 카리나가 눈을 질끈 감고 몸을 낮췄다.

헤르타가 성벽 위에 발톱을 세운 채 드디어 걸음을 멈췄다. 거대한 몸체가 성벽 한쪽에 굳건하게 섰다.

콰앙-! 쾅-! 콰득-!

들려오는 심상치 않은 소리에 카리나가 눈을 한 차례 끔뻑였다. 그녀가 탄 헤르타는 움직이고 있지도 않은데 성벽이 거세게 흔들렸다.

그녀가 헤르타에 매달린 채 조심스럽게 고개를 내밀었다. 작은 산

등성이 같은 헤르타의 등 사이에서 몸을 살짝 비틀어 목을 쭉 내민 카리나의 황금빛 눈동자가 크게 뜨였다.

"……헤르타?"

어둠에 잘 보이진 않지만 드문드문 달빛에 반짝이는 등껍질이나 코 뿔 등이 보였다.

땡땡땡-! 땡땡땡-!

경종이 쉼 없이 울리고 여기저기서 횃불이 밝혀졌다. 자다 깬 기사들이 저 멀리서 달려오는 것이 보였다.

헤르타는 머리가 좋은지 눈에 띄지 않는 그림자가 진 곳에 한껏 몸을 낮춘 채 였다.

"마수다! 마수가 나타났어!"

"헤르타야!"

"젠장, 지금은 웬만한 기사들이 다 사전 토벌에 동원됐다고!"

"성벽이 부서질 것 같아!"

"무슨 힘이……!"

어둑어둑했던 영지가 순식간에 횃불로 가득 찼다. 영지민들도 하나둘 얼굴을 내비치는 것이 생각보다 심각한 상황인 모양이다.

"헤르타, 쟤들 왜 저렇게 화가 났어?"

콧김을 훅훅 내뿜으며 성벽을 공격하는 헤르타들의 성난 느낌이 아프게 느껴졌다. 살기와 악의가 가득했다.

카리나의 물음을 들은 헤르타가 고개를 젓는다.

"다들 진정하도록."

낮은 목소리에 카리나가 고개를 들었다. 낮지만 무척 힘 있는 목소리였다.

"고레든 단장님!"

"마수 상대의 경험이 있는 자들은 앞으로 나와라."

우왕좌왕하던 병사와 기사들이 순식간에 낮은 목소리의 사내 앞으로 몰려들었다. 짙은 검붉은 머리카락의 사내는 가벼운 갑옷을 입고 있었다. 아마도 기사인 듯했다.

'……고레든 단장? 그게 누구지?'

밀라이언에게 딱히 영지에 누가 있는지를 소개받은 적이 없는 카리나는 눈앞의 남자가 누구인지 알 수 없었다.

"너희는 5명씩 조를 나눠서 헤르타를 상대한다. 죽이는 것보단 쫓아내는 것에 집중하도록."

"네!"

"몇 마리나 되는 거지?"

"어두워서 제대로 확인하지 못했습니다!"

성벽 밑에서 이뤄지고 있는 대화를 듣던 카리나가 황급히 고개를 돌렸다. 밖으로 보이는 헤르타의 수는 제법 많았다. 족히 열몇 마리는 되어 보였다.

'어둠 속에 숨어 있는 게 몇 마리인진 모르겠지만……'

성벽에 부딪치는 건 세 마리, 뒤에 숨어 있는 것은 여덟 마리 정도 되는 듯했다.

"어쩔 수 없지."

"열 마리가 조금 넘는 것 같아요!"

카리나가 헤르타의 몸에 기댄 채 소리를 크게 내질렀다. 그러자 모두가 고개를 들어 목소리가 들린 곳으로 시선을 돌렸다. 우르르 쏟아지는 시선에 그녀가 숨을 삼켰다.

"헤르타, 저기까지 내려가 줄 수 있어?"

크르르–

헤르타의 목소리가 날카롭다.

"살살!"

덧붙인 자신의 말 때문인지 녀석은 별말 없이 순순히 낮췄던 몸을 세워 조용히 뛰어내렸다.

"흐억! 헤, 헤르타다아!!"

"헤르타가 안에······!"

"잠, 잠깐만요! 저예요."

카리나가 헤르타의 등을 툭툭 치자 헤르타가 콧김을 훅 내뿜으며 앞발을 툭 내밀곤 몸을 낮췄다.

카리나가 끙끙거리며 조심스럽게 바닥으로 내려갔다.

"······엥? 아가씨?"

카리나가 고개를 들자 저번에 헤르타를 처음 알려 줬던 그 정찰병이 보였다. 그도 검을 들고 있는 것이 성벽 밖으로 나가려는 듯했다.

"아가씨라면····· 이번에 방문하신 각하의 손님입니까?"

"아, 네. 카리나라고 해요."

카리나가 놀란 눈으로 고개를 젖히며 말했다.

키가 190㎝가 족히 넘고 2m에 가까워 보이는 커다란 덩치의 사내는 카리나가 고개를 힘껏 젖혀야만 볼 수 있을 정도로 커다랬다.

'······보라색 눈동자라니, 신기하네.'

짙은 보라색 눈동자의 무뚝뚝한 사내였다.

"처음 뵙겠습니다. 공작저의 기사단 단장을 맡고 있는 고레든이라고 합니다. 편히 불러 주십시오."

"아…… 음, 그래요, 아니, 그래."

그녀가 조심스럽게 고개를 끄덕였다. 그가 팔 한 번만 휘둘러도 자신이라면 훌쩍 날아갈 것 같아서 조금 놀랐다. 키와 덩치만 봐선 밀라이언보다도 훨씬 커 보였다.

고레든이 물끄러미 카리나의 눈동자를 마주 봤다. 세상에 존재하지 않을 것 같은 황금빛 눈동자는 무척 기묘해서 그는 한참이나 말을 할 수 없었다.

"……그, 고레든?"

끝없이 이어지는 침묵을 이기지 못한 카리나가 결국 그의 이름을 불렀다. 그제야 짙은 보라색 눈동자가 천천히 그녀의 눈에서 떨어져 나갔다.

꾹 닫혀 있던 고레든의 입이 벌어졌다.

"상황이 여의치 않으니 단도직입적으로 묻겠습니다. 뒤에 있는 건 헤르타로 보입니다만, 마수를 길들이신 겁니까?"

"음, 아니. 이건…… 내가 만든 마수야."

카리나가 눈동자를 한 차례 굴리곤 대답했다.

"만드셨다는 건?"

"내가 그림을 그리면 그린 생명체가 생명을 갖거든. 그 원리로 헤르타를 그렸더니 헤르타가 나왔어."

"안전합니까?"

"……내가 붙어 있으면 아마도."

"그렇습니까. 알겠습니다."

무슨 생각을 하는지 여전히 무뚝뚝한 표정으로 고레든 단장은 순순히 고개를 끄덕였다. 그러곤 다시 놀란 눈을 한 다른 병사들 쪽으로 몸을 돌렸다. 고개를 돌리기 전 카리나를 향해 허리를 굽히는 것도 잊지 않는다.

"다들 집중."

"네! 단장님!"

"날 빼면 딱 다섯 명씩 일곱 조가 만들어지는군."

눈으로 조를 확인한 고레든이 말했다.

카리나가 열 마리 정도가 있다고 했고 나눠진 조는 겨우 일곱 조였다.

쿠웅- 쿠웅-!

쉬지 않고 성벽을 들이박는 헤르타에 땅이 울렸다. 영지민들도 걱정스러웠는지 집에서 나와 서성이는 것이 보였다.

카리나가 헤르타의 등을 툭툭 쳤다.

크르르-

헤르타가 순순히 몸을 낮췄다.

하지만 여전히 카리나가 끙끙거리자 혹 한숨 쉬듯 콧김을 뿜는 소리가 들리더니 아예 네 발을 쫙 펼쳐 드러눕듯 몸을 낮춘다.

"……미안."

카리나가 민망함에 작게 중얼거렸다. 하다하다 만들어 낸 마수에게까지 사과를 하는 저질 체력일 줄이야.

카리나의 손끝이 헤르타의 등을 붙잡자 헤르타가 느리게 몸을 일으켰다.

"늘 강조하지만 토벌보단 생존이 목표다. 여의치 않으면 각하께서 돌아올 때까지 공성전으로 버텨도 되니까."

"알겠습니다!"

"한 조에서 한 마리를 붙잡는 걸 목표로 하도록."

"네!"

"들은 바에 의하면 헤르타는 발톱 밑과 껍질로 싸이지 않은 배 밑이 약점이라고 한다. 발을 들어 공격할 때를 노리도록."

"네, 알겠습니다!"

우왕좌왕하던 병사들이 고레든 단장의 말 한마디에 일사불란하게 움직였다.

"아가씨께서도 위험하니 성으로 돌아가셨으면 합니다."

"이 녀석도 있고 위험하진 않을 거라고 생각해. 조금 상황 보고 들어갈게."

고레든이 헤르타와 카리나를 번갈아 한 번씩 보더니 이내 고개를 끄덕였다. 그러곤 한쪽에 세워 둔 거대한 대검을 한 손으로 가볍게 들어 올렸다.

"아가씨께 일이 생기면 각하께서 무척 화를 내실 테니 모쪼록 조심하십시오."

"아, ……응."

고레든이 묵묵히 허리를 굽혀 인사를 건넸다. 그러곤 조금 열린 성문을 향해 성큼성큼 걸어 나갔다. 토벌을 위한 병사들이 나가자 남아 있던 다른 병사들이 성문을 굳게 닫았다.

'……무섭지 않은가.'

문이 닫히면 돌아올 길이 없다. 그 말은 즉 무슨 일이 있어도 굳건히 성문을 지킨다는 것이다.

"헤르타, 위로."

카리나의 명령을 들은 헤르타가 순순히 몸을 한껏 낮췄다가 뒷발에 힘을 주며 도약했다.

성벽을 치는 소리는 줄어들었지만 대신 검과 검이 부딪치는 소리가 생생하게 들리기 시작했다.

콰앙-!

쿠구구구-

그리고 그사이로 돌이 무너지는 듯한 엄청난 굉음에 카리나의 눈이 큼직해졌다.

'뭐, 뭐야?'

작은 금속음과 철과 철이 부딪치는 빛이 간헐적으로 비추는 가운데, 모래 폭풍을 휘날리는 곳이 한곳 있었다. 대검을 가벼운 나뭇가지를 휘두르듯 자유자재로 움직이는 고레든 단장이 헤르타와 힘을 겨루고 있었다.

"……."

헤르타랑 힘을 겨뤄? 성벽을 아무렇지도 않게 쾅쾅 부숴 대는 저 덩치 큰 마수랑?

카리나를 태우고 있는 헤르타도 어쩐지 황당해하는 것만 같았다. 고레든 단장의 표정은 무표정했으나 눈빛에선 어쩐지 희열이 느껴지는 듯했다.

콰아앙-!

헤르타와 고레든 단장이 또다시 부딪쳤다. 그 굉음에 성벽이 다 흔들리는 듯했다.

그러나 압도적으로 싸우고 있는 듯 보이는 고레든 단장도 겨우 헤르타 한 마리를 상대하고 있는 것뿐이다. 당연하지만 다른 기사나 병사들은 헤르타의 공격을 피하거나 막는 것에 급급해 보였다.

"으아악!"

병사 하나가 검을 놓치고 헤르타의 꼬리에 맞아 멀리 날아갔다. 카리나의 얼굴이 절로 찌푸려졌다.

"……저번보다 발을 안 드는 것 같지?"

저번에 헤르타 무리가 침입해 왔을 땐 앞발을 들어 날카로운 발톱을 이용한 공격이 많았는데, 이번엔 유난히 몸을 낮춘 채 달려 들기만 했다.

그것은 무척 기묘한 현상이었다. 마치 발을 드는 것 자체를 경계하는 것처럼. 헤르타는 자신들의 약점이 인간에게 알려졌다는 것을 눈치챈 것처럼 굴었다.

크르르-

"헤르타?"

그때 몸을 낮게 깐 헤르타가 발톱을 세운 채 낮게 울었다. 녀석에게서 살의가 넘실거렸다. 당장에라도 달려들어 무언가를 죽이고 싶은 충동에 휩쓸리기라도 한 듯했다.

"싸우고 싶어?"

크르르-

대답하듯 목을 울린 헤르타의 목소리에 카리나가 숨을 삼켰다. 녀석이 죽이고 싶어 하는 것이 인간인지 아니면, 같은 동족인지는 모르겠지만…….

'본능도 그대로 남는 건가?'

아니면 그녀가 그린 게 싸우는 모습의 살의에 휩싸인 헤르타였기 때문인가?

카리나가 천천히 고개를 끄덕였다.

"저 나무 밑에 날 내려 줘."

헤르타가 높게 도약했다. 녀석이 밟은 성벽 위가 소리를 내며 부서져 내렸다. 그녀가 그린 헤르타는 무척 호전적인 듯했다.

녀석은 나무 그늘 밑에서 몸을 낮췄다. 카리나가 헤르타의 몸에서 내려왔다.

"사람은, 인간은 절대 공격하면 안 돼. 알았지?"

헤르타의 탁한 눈동자가 카리나를 향해 한 차례 굴러 오더니 이윽고 천천히 다른 마수들을 향했다.

까득-

헤르타가 줄곧 숨기고 제대로 드러내지 않던 발톱을 길게 뽑았다. 카리나에게 보여 줬던 것은 장난이라는 듯 길게 뽑힌 발톱은 위협적이었다.

헤르타가 콧김을 훅 뿜으며 그대로 내달리기 시작했다. 헤르타가 한 발을 내디딜 때마다 땅이 쿵쿵 울렸다. 다른 헤르타에 비해 압도적인 크기를 자랑하는 그녀의 헤르타 주변으로 살기가 넘실거렸다.

쿠웅-

병사들을 쫓는 또 다른 헤르타를 향해 뿔을 들이박았다. 옆구리를 맞은 헤르타가 멀리 날아가 바닥을 굴렀다.

-죽인다.

머릿속을 파고드는 전음에 카리나의 몸이 굳었다. 쇠로 또 다른 쇠를 긁는 것처럼 낮고 낮은 목소리였다. 오로지 악의로 가득한 그 목소리에 카리나가 좌우로 고개를 두리번거렸다.

─죽여서, 차지한다.

눈앞이 번쩍이며 시커먼 어둠이 보였다. 정확히는 어둠 속에서 몸을 웅크리고 있는 샛노란 눈동자가.

카리나가 퍼뜩 고개를 들었다. 어디에서 들려오는 목소리인지 짐작됐다.

"······헤르타?"

그녀가 만든 헤르타의 목소리였다. 놈이 다른 헤르타들에게서 무언가를 원하고 있었다.

녀석은 자신이 날려 버린 놈에게 달려들어 두 앞발을 들어 올렸다. 날카롭게 벼려진 발톱이 번뜩이며 그대로 배를 드러낸 무방비 상태의 다른 헤르타에게 내리꽂혔다.

푸욱─

날카로운 발톱이 등껍질로 둘러싸이지 않은 여린 살을 파고들었다.

끼에에에에에엑─!

끼에엑─!

숨이 넘어갈 것 같은, 비명 같은 울음에 병사를 상대하던 헤르타들이 모두 그녀가 만든 헤르타에게 시선을 돌렸다.

헤르타에게 파고든 녀석의 발톱이 천천히 배를 가르듯 움직였다. 다른 발로 발버둥 치는 헤르타를 제압한 녀석은 그대로 마수의 배를 갈라 버렸다.

힘없이 발을 허공에 휘젓던 헤르타의 육중한 다리가 묵직한 소리를 내며 쓰러졌다.

툭, 제 발 위에 닿은 죽은 헤르타의 다리를 쳐 낸 녀석이 유유히 시선을 내렸다.

녀석이 가른 뱃속에 얼굴을 박으며 내장과도 같은 것을 씹어 삼켰다.

"……."

우적거리는 소리와 그 경악스러운 광경을 모두가 멍하니 바라봤다. 덩치가 큰 헤르타 한 마리가 다른 헤르타의 배를 가르고 무엇인지 모를 내장을 먹고 있었다.

-없다. 다른 것을 먹어야 한다.

무언가를 찾는 듯 뱃속을 헤집으며 내장을 씹던 녀석이 코 뿔로 죽은 헤르타를 멀리 던져 버렸다. 허공에 피가 튀었다.

-찾지 않으면, 죽는다.

귓가에 계속해서 들리는 목소리는 흡사 광기에 휩싸인 듯 위험하게 들렸다. 숨을 삼킨 카리나는 어둠을 향해 걸어가는 녀석에게 시선을 빼앗겼다.

"……죽는다니?"

그림으로 그려 낸 생명체가 그런 사고를 하는 것이 가능했던가?

카리나가 멍하니 눈을 끔뻑이는 것과 동시에 녀석이 다른 헤르타를 향해 달려들었다.

크와아아아아-!

어둠 속에서 들리는 거대한 울음소리에 등이 쭈뼛했다. 악의가 넘실거리는, 말 그대로 그것은 포효였다. 병사들이 굳었고 카리나의 몸도 굳었다.

쾅-!

끼에엑-!

그 와중에 들려온 소리에 카리나가 고개를 돌렸다.

고레든 단장이 헤르타 한 마리에게 상처를 입히는 데 성공한 듯했다. 그녀가 숨을 삼킨 채 다시 녀석에게로 시선을 옮겼다.

모두가 섬찟한 감각에 얼어붙은 가운데, 움직이는 것은 고레든과 카리나가 그려 낸 헤르타뿐이었다.

녀석이 다른 헤르타에게 달려들었다.

크와앙-!

어디선가 들린 포효에 굳은 듯 움직이지 못하던 헤르타가 황급히 몸을 뒤로 물리며 고개를 숙였다.

쿵-!

헤르타 한 마리가 녀석의 돌진을 막아 냈다. 두 개의 코 뿔이 까드득 거리는 소리를 내며 힘겨루기를 시작했다. 그러나 그것도 잠시였다.

콰득-

균열이 생기며 쨍-! 하는 소리가 들렸다.

공격당한 야생 헤르타의 코 뿔이 부러졌다. 때를 놓치지 않고 녀석은 헤르타를 코 뿔로 들어 올려 뒤집었다. 그리고 날아간 놈에게로 곧장 도약해 그대로 발톱을 세워 배를 갈랐다.

끽소리도 내지 못하고 죽은 헤르타 앞에 있던 녀석이 그대로 가른 배에 얼굴을 박고 이번에도 내장을 헤집었다.

-찾았다.

희열이 느껴지는 목소리가 들리는 것과 동시에 녀석이 무언가를 씹어 삼켰다. 씹어 삼키는 날카로운 이빨 사이로 무언가가 달빛에 비춰 반짝이는 것이 엿보였다.

헤르타의 샛노란 눈이 또 다른 먹잇감을 찾아 움직였다. 녀석의 눈이 조금씩 움직이더니 이내 어둠 속에 숨어 있는 무언가를 향했다.

쿵, 쿵, 쿵-!

땅이 울렸다. 어둠 속에서 다른 헤르타들의 두 배는 되어 보일 정도의 거대한 헤르타가 모습을 드러냈다.

달빛 아래로 드러난 거대한 헤르타는 등껍질은 물론, 코 뿔이나 다리에 오래된 흉터들이 가득했다.

다른 헤르타에게서 느껴지는 느낌보다 훨씬 더 섬뜩했다. 순수한 악의와 살기에 휩싸인 듯했다. 놈은 화가 나 있었다. 아마도 그녀가 만들어 낸 헤르타로 인해서.

크르르, 크릉-!

거대한 헤르타가 낮게 울었다. 대화라도 하는 듯한 울음소리였다. 모두가 숨을 죽였다. 헤르타들도 녀석의 기세에 눌렸는지 한층 공격성이 옅어진 듯했다.

-내 주인은 따로 있다.

크릉-!

-네놈의 것, 내가 먹겠다.

무언가 대화를 하는 듯하긴 했다. 상대의 말을 그녀가 전혀 알아들을 수가 없었다는 것이 문제겠지만.

마주 본 두 헤르타가 한껏 몸을 낮춘 채 그대로 서로에게 달려들었다.

콰아아앙-!

두 개의 뿔이 맞부딪치며 거대한 굉음과 모래 폭풍을 만들었다.

쿠구구구-

땅이 울리고 바닥이 흔들렸다.

휘몰아치는 모래 바람에 멀리 떨어져 있던 카리나의 몸이 크게 휘청거렸다. 그녀가 나무를 붙잡은 채 흔들리는 시선으로 모래 폭풍의 중심을 보려 애썼다.

그 뒤론 말 그대로 난장판이었다. 겁에 질린 헤르타들이 뒤로 물러나고 쉼 없이 몰아치는 폭풍에 병사들도 더는 가까이 다가갈 수 없었다.

두 개의 뿔이 계속해서 굉음을 내며 부딪쳤다. 쉽게 부러졌던 다른 헤르타의 뿔과 다르게 덩치 큰 녀석의 뿔은 부러질 기미가 전혀 없어 보였다. 도리어 그녀의 헤르타가 밀리는 듯 보이기도 했다.

크와아앙-!

거대한 헤르타가 또다시 짧게 포효했다.

끼에에에엑-!

어디선가 들리는 헤르타의 비명에 모두의 시선이 다시 돌아갔다. 방심하고 있던 다른 헤르타를 고레든이 죽인 것이었다.

쿵-!

거대한 헤르타가 분노한 듯 거세게 발을 굴렀다. 아마도 그가 헤르타들 사이의 대장인 듯 보였다. 놈이 한 걸음 뒤로 물러갔다.

크와아아악-!

헤르타가 포효했다. 놈이 포효하자 다른 헤르타들이 순식간에 뒤로 물러났다.

대장 헤르타는 그녀의 헤르타를 한참이나 살기등등한 시선으로 노려보더니 결국 다른 헤르타들이 몸을 돌리고 난 후 뒤따라 몸을 돌렸다.

-도망은 없다.

그녀의 헤르타가 낮게 중얼거렸다.

다시 한껏 몸을 낮추는 그녀의 헤르타를 바라보던 카리나가 결국 녀석을 향해 빠르게 걸음을 옮기며 배에 힘을 줬다.

"헤르타, 멈춰!"

있는 힘껏 소리치자 도망가는 무리에게로 달려 들려던 녀석이 뚝 걸음을 멈췄다. 불만스러운 시선이 그녀에게 향했지만 다행히 놈은 더 쫓으려고 하지 않았다.

흠칫-

어딘가에서 느껴지는 싸늘한 시선에 그녀가 황급히 고개를 돌렸다.

멀리서 어둠 속에 탁하게 빛나는 샛노란 눈동자가 보였다. 그녀의 짙푸른 눈동자와 거대한 헤르타의 샛노란 광기 어린 눈동자가 허공에서 시선이 마주쳤다.

그녀가 숨을 삼키자 놈이 천천히 몸을 돌리며 멀어져 갔다.

크릉-

헤르타가 낮게 울며 몸을 낮췄다. 카리나는 조심스럽게 손을 뻗어 코앞까지 다가온 헤르타의 눈 사이를 손바닥으로 살살 쓸었다.

"……헤르타! 너, 대체 뭘 먹은 거야?"

카리나가 놀란 목소리로 타박하자 헤르타가 시선을 피하며 느리게 눈동자를 굴렸다.

그러더니 이윽고 무언가가 생각난 듯 자리에서 벌떡 일어났다. 육중한 몸에 비해 가뿐하게 일어난 헤르타가 가벼운 발걸음으로 성큼

성큼 고레든이 서 있는 곳을 향했다.

대검을 땅에 박아 둔 채 매무새를 다듬고 있던 그가 비스듬히 고개를 들어 제게 곧장 다가오는 헤르타를 향해 시선을 옮겼다.

모두가 긴장한 채 검을 쥐고 있는데, 유일하게 고레든만이 움직이지 않았다. 고레든은 대검을 힐끗 쳐다보곤 헤르타를 가만히 직시했다. 당장에라도 검을 뽑아 들 줄 알았던 남자는 굳건히 서 있었다.

쿵쿵거리며 무서운 기세로 걸어가던 헤르타는 고레든을 유유히 지나쳤다.

헤르타는 고레든이 쓰러뜨린 두 마리의 헤르타에게 다가갔다. 아까처럼 배를 가르고 내장을 헤집더니 머리를 처박고 무언가를 또 우걱우걱 씹어 삼켰다.

고레든이 그 모습을 가만히 바라봤다.

"……하론?"

그가 낮게 중얼거렸다. 헤르타가 걱정되어 뒤따라온 카리나가 작게 중얼거리는 그의 목소리를 듣고 미간을 좁혔다.

"하론?"

카리나의 목소리를 들은 고레든이 반사적으로 몸을 돌렸다. 그의 미간에 깊은 주름이 자리 잡았다.

"위험하다고 말씀드려…… 눈 색이 바뀌셨군요."

"눈 색?"

카리나가 손등으로 제 눈을 꾹꾹 눌렀다. 눈 색이 바뀌었다는 게 무슨 뜻이지? 황금색으로 바뀌었다는 건가?

하지만 그를 처음 만났을 때도 헤르타는 있었다.

"지금은 푸른색이군요."

"푸른색이라고?"

"네."

"……그럴 리가 없는데."

카리나가 당황한 표정으로 소매를 뒤적였다.

그래 봐야 가벼운 차림으로 나온 것이라서 작은 손거울조차 없어 아무것도 할 수 없었다.

"황금색이 아니라, 정말 푸른색인 거야?"

카리나가 제 눈을 가리키며 물었다. 고레든이 고개를 끄덕였다.

카리나가 고개를 돌리자 입가에 피를 가득 묻힌 헤르타가 앞발로 제 입을 슥슥 닦고 있는 모습이 보였다.

"……그럼 쟨 어떻게 존재하는 거야?"

그녀가 멍한 목소리로 읊조렸다.

황금색 눈동자는 기적의 증거, 그것이 없다는 건 기적이 일어나는 시간이 끝났다는 거다. 기적이 끝나면 눈동자를 물들였던 황금은 사라진다.

─주인, 지쳤다. 가서 쉬어라.

코앞까지 다가온 헤르타가 콧김을 훅 내뿜었다. 머릿속으로 들리는 전음에 카리나가 당황한 듯 눈동자를 도르르 굴렸다.

"……방금 이 목소리 안 들렸지, 고레든?"

"무슨 목소리 말입니까."

"아니, 아냐."

역시 자신에게만 들리고 있다. 아까는 상황이 너무 급해서 생각할 겨를이 없었는데, 마수가 말을 하다니.

물론 지금까지 기적으로 탄생한 녀석들이 무슨 생각을 하는지는
알 수 있었다. 어렴풋이 떠오르는 이미지나 행동들로 어느 정도 유
추하는 것도 가능했다. 그러나 이렇게 직접적으로 또렷하게 말을 한
적은 없었다.

-주인, 쉰다.

불만스럽다는 표정으로 헤르타가 다시 말했다.

카리나가 반응을 하기도 전에 녀석이 몸을 낮춰 그녀를 등에 태
우더니 그대로 높이 도약했다. 성벽을 한 차례 밟고 꼭대기로 올라
간 녀석이 인적이 드문 곳으로 재빠르게 움직였다.

"⋯⋯."
"⋯⋯."
"⋯⋯."

카리나가 찌를 듯한 시선에 눈동자를 도르르 굴렸다.

무겁디무거운 공기에 숨을 쉬는 것도 힘들었다. 분명히 만나고 싶
었던 것 같은데, 아주 조금⋯⋯ 늦게 와도 좋았을 것 같다.

"카리나."

"네!"

"그대, 내가 분명히⋯⋯."

잔뜩 긴장한 채 대답하자 밀라이언의 낮은 목소리가 귓가를 웅웅
울렸다. 당장에라도 언성을 높이려는 것이 보였다. 아니 정확히는,
그는 무척이나 짜증을 억누르고 있는 듯했다.

"……두 번 다시 이런 일 하지 말라고 하지 않았던가."

"……."

"그대도 그러겠다고 했던 것으로 기억하는데."

팔짱을 낀 채 내리꽂히는 매서운 시선에 카리나가 침을 꿀꺽 삼켰다. 그의 붉은 눈동자가 찌를 듯 아팠다.

어제 카리나를 저택, 그러니까 부서진 화실의 테라스까지 데려다준 헤르타는 그대로 화실을 제 안방 삼아 드러누워 버렸다.

어쩐지 몸에서 힘이 쭉쭉 빠지는 기분에 그녀도 결국 헤르타의 곁 어딘가에 자리 잡고 잠을 자 버린 것이 문제라면 문제였을까, 아침 일찍 눈을 뜨지 못한 것이 문제였을까.

"……이번 건 밀라이언을 위해서가 아니었어요."

"뭐?"

"그, 갑자기 그림을 그리고 싶어진 거라서."

"갑자기 마수 따위를?"

머릿속에 떠오른 것이 그것밖에 없었던 것을 어찌하리. 나름 억울했지만, 그렇다고 그것을 설득시킬 말재간이 있는 것도 아니다. 카리나가 아랫입술을 꾹 깨물었다.

"그리고 너는 대체 뭘 했길래 그녀가 고삐 풀린 망아지처럼 휘젓고 다니는 걸 두고 봤나."

"실험할 게 있어서 지하실에 틀어박혀 있었더니."

페리얼이 팔짱을 낀 채 여상하게 어깨를 으쓱였다. 무척 자연스러운 대답에 카리나가 그를 슬쩍 곁눈질했다. 긴장한 자신과는 다르게 코웃음까지 치는 것이 아주 멀쩡해 보였다.

"너야말로 뭘 했는데 토벌 못한 마수가 영지를 침략하지?"

"놈들의 우두머리가 있다. 머리가 좋아. 산전수전 다 겪은 노장을 보는 것 같더군."

마수가 지성을 가지고 있다는 얘기는 어디에서도 들어 본 적이 없었다. 그들에겐 본능이 있을지언정 지능은 없었다. 그러나 이번에 나타난 신종 마수, 헤르타는 달랐다.

"마치 군대 같았어."

대장의 명령에 무조건 복종한다. 명령에 따라 움직이고 명령에 따라 공격과 방어, 후퇴를 반복했다. 놈들이 영지로 찾아올 거라는 건 상상도 하지 못한 일이었다.

"그리고 학습하더군."

약점이 밝혀진 뒤 두 번째 만난 헤르타 무리는 앞발을 들지 않았다. 몸을 낮춘 채 오로지 달려 들기만 하는 녀석들 덕분에 척후대에서도 결국 부상자가 나왔을 정도다.

대책 마련을 다시 해야 할 것 같아 예정보다 빠르게 말을 돌려 돌아왔다가 발견한 것이 일부분 무너져 있는 성벽과 그것을 수습하는 병사들의 모습이었다.

"어젯밤에도 네가 있었으면 더 간단했을 것을."

"정말 몰랐어. 알았으면 내가 나섰을 거다."

페리얼이 한숨처럼 덧붙였다.

그로서도 정말 뒤통수를 맞은 일이었다. 지하실은 아무래도 여러모로 소식이 느린 데다 소리도 닿지 않아 적막하기까지 하니 눈치챌 수 있을 리가.

"카리나를 움직이게 한 건 내 실수였어."

"알긴 아는군."

페리얼의 자책에 코웃음을 친 밀라이언이 말을 덧붙였다.

"그래서 다친 곳이나 몸이 안 좋은 곳은 없나?"

밀라이언이 다시 그녀에게 시선을 옮겼다. 뻗은 그의 손바닥이 카리나의 이마를 한 차례 쓸었다. 발갛게 물든 볼로 그녀가 고개를 저었다.

"없어요."

"그래서 저건 언제 없어지지?"

그가 테라스에서 선 채 꼬리를 말고 햇볕을 쬐며 잠을 자는 거대한 헤르타를 턱 끝으로 가리키며 말했다.

"……저도 모르겠어요."

"저번처럼 없앨 순 없나?"

"그게 안 돼서……."

그녀도 왜 돌아가라고 말하지 않았겠는가.

문제는 저 헤르타에겐 전혀 통하지 않는다는 거다. 이미 눈동자도 황금색에서 본래의 색으로 돌아왔고 그래서 그런지 헤르타에겐 명령이 통하지 않았다.

'그런데도 주인이라고 하는 이유가 신기하지.'

원래대로라면 헤르타는 사라져야 옳다. 만약 그녀의 통제에서 벗어났다면 어쨌든 본능대로 날뛰어야 옳았다.

그러나 저 헤르타는 그 모두에 해당하지 않았다. 그녀의 명령을 여전히 따랐으며, 하룻밤이 지난 지금에도 사라지지 않았다. 물론 24시간을 기준점으로 둔다면 아직 멀쩡한 것이 당연한 일이었지만.

"안 된다는 게 무슨 말인가요?"

"보다시피…… 통제에서 벗어난 것 같아요."

카리나가 손가락으로 제 눈을 가리키며 말했다. 푸른색이었다. 페리얼의 눈이 크게 뜨였다.

황금빛 눈동자는 기적의 증거다. 황금색 물결이 눈동자에서 **빠져**나갔다는 것은 말 그대로 기적이 끝났다는 것을 의미했다. 그렇다면 당연히 저 마수는 이미 없어졌어야 옳지 않은가.

"위험한가?"

카리나가 고개를 저었다.

"제 말을 아직 들어주긴 해요."

차마 헤르타가 언제 변덕을 부릴 수 있을지 모른다는 얘기는 할 수가 없었다. 그렇게 되면 밀라이언이 취할 행동은 하나밖에 없을 테니까.

"그건 둘째 치고."

밀라이언의 시선이 다시 카리나에게 닿았다.

"그대, 도대체 화실 바닥에서 잔 이유가 뭐지? 몸도 성치 않으면서 대체 몸을 왜 그렇게 막 굴려? 그대가 무슨 빗자루야?"

카리나가 눈을 끔뻑였다. 그녀가 느리게 시선을 모로 내리깔곤 숨을 삼켰다.

문제는 따로 있었다. 사라진 카리나를 가장 먼저 발견한 것이 밀라이언이었다는 거다.

저택은 전체적으로 정신이 없었고 페리얼은 간밤의 조사에 나가 떨어져 있었다. 이른 시간 돌아온 밀라이언이 그녀의 부재를 알아채고 이곳저곳을 뒤지고 다니다 발견한 것이다. 화실 바닥에서 붓, 팔레트, 물감, 그리고 거대한 헤르타와 함께 이리저리 굴러다니고 있는 그녀를.

"으흠……."

카리나가 배시시 무해하게 웃어 보이자 밀라이언의 얼굴이 한층 더 험악해졌다.

그녀가 입을 꾹 다문 채 도르르 시선을 굴렸다. 잔뜩 긴장한 얼굴에서 곧 식은땀이라도 흘러내릴 듯했다.

밀라이언은 표정에 다 드러나는 그녀의 생각을 눈으로 감상하며 속으로 한숨을 내쉬었다. 사실 모든 것은 그의 책임이었다. 토벌하지 못한 것에 대한 책임.

"놈들을 전부 죽였어야 했는데."

턱을 괴며 밀라이언이 중얼거렸다.

"몸은 정말 괜찮은 건가?"

밀라이언이 불쑥 얼굴을 들이밀며 말했다. 얼굴이 붉은 것도 같고 열이 좀 오른 것도 같았다.

밀라이언의 얼굴이 다가올수록 카리나의 고개가 점점 익은 벼처럼 무겁게 숙어졌다.

"안 되겠군. 가서 쉬도록 하지."

"……네?"

"그대, 오늘 하루는 방에서 움직이지 말도록 해."

카리나가 자리에 앉은 채 좌우로 고개를 저었다. 아픈 곳도 없고 피곤하지도 않은데 왜 방에만 박혀 있어야 하는가!

입술을 앙다문 그녀가 눈을 홉뜬 채 자신의 건강함을 열심히 어필했다.

팔을 좌우로 붕붕 흔드는 그녀를 보던 밀라이언이 그대로 자리에서 일어나 몸을 숙여 그녀를 훌쩍 안아 들었다.

"아! 밀라이······!"

발버둥을 치는 그녀가 가소롭다는 듯 유쾌하게 웃음을 터뜨린 밀라이언이 고개를 숙여 그녀의 귓가에 입술을 바싹 가져다 댔다.

"쉿, 가서 쉬도록 해."

"······윽."

순식간에 새빨갛게 달아오른 카리나가 저도 모르게 입을 다물었다.

깜짝 놀랐다. 쿵쾅거리는 심장을 숨기는 것만으로도 힘에 겨워 그녀는 결국 아무런 말도 하지 못하고 몸을 빳빳하게 굳힌 채 그에게 옮겨져야 했다.

"······."

어깨 너머로 어쩐지 심기가 불편해 보이는 페리얼이 카리나와 밀라이언을 바라보고 있었다.

카리나가 어색하게 웃어 보이자 언제 그랬냐는 듯 페리얼이 눈을 반으로 접으며 상냥하게 웃었다.

"나중에 봐요, 카리나."

뒤로 닿는 그 인사에 카리나가 고개를 끄덕였다. 밀라이언의 시선이 잠시 페리얼과 카리나에게 닿았다가 떨어졌다.

"페리얼과 제법 친해졌군."

"아, 그래 보여요?"

카리나가 설핏 미소 지으며 말했다. 어딘가 부끄러워 보이는 것 같기도 한 그 작은 행동에 밀라이언은 저도 모르게 미간을 일그러뜨렸다. 이상하게 가슴이 술렁였다.

"페리얼과 친구를 하기로 했어요."

"친구?"

"네, 제 인생에서 처음으로 사귄 친구라 무척 기뻐요. 물론, 친구끼리 뭘 어떻게 해야 하는지는 잘 모르겠지만요."

"그렇군."

밀라이언의 짤막한 대답에 카리나가 입을 닫았다. 그가 별로 대화를 하고 싶지 않아 하는 것 같았기 때문이다. 그녀는 굳이 밀라이언의 심기를 어지럽히고 싶지 않았다.

"그대, 자꾸 무리를 하는 이유를 물어도 되나?"

"네?"

"내가 예술병이나 예술에 관해서는 잘 알지 못하지만, 그래도 저런 거대한 것을 만들어 내려면 꽤 많은 힘이 필요하다는 것 정도는 알고 있어."

밀라이언이 카리나의 방문을 열며 말했다. 그는 자연스럽게 그녀를 침대 위에 눕혔다. 카리나가 꼬물꼬물 일어나 침대 헤드에 몸을 기대고 그와 시선을 마주했다.

"굳이 저렇게 거대한 것을 그린 이유가 뭐지?"

진지한 눈이 그녀를 향했다. 거짓말을 하고 싶지 않은, 올곧고 또렷하고 맑은 눈이었다.

아파서 그랬다고 할 수는 없는 노릇이다. 심장이 아파서, 살기 위해 그림을 그렸다고 해도 그는 분명 이해하지 못할 거다. 혹여 이해한다고 해도…….

"저도 모르겠어요."

카리나는 설핏 웃으며 또다시 익숙한 거짓말을 입에 올렸다.

"그냥 자다가 일어났는데 문득 그림이 그리고 싶어졌어요."

카리나가 눈을 동그랗게 뜨며 말했다. 밀라이언은 팔짱을 낀 채 그녀를 바라봤다.

"아무래도 헤르타를 그냥 없앴던 게 아쉬웠나 봐요."

흔한 거짓말이었다. 아쉬움은 없었다. 그녀라고 스스로의 목숨을 줄이는 행위를 하고 싶었던 건 아니다. 저런 거대한 것을 그리면 그 반동은 오래지 않아 찾아온다.

'……또 언제 찾아올는지.'

벌써 그 시간이 두려웠다. 충동을 이겨냈다면 분명 조금 나았겠지만…….

심장이 조여 들고 숨이 멎어 가는 그 고통을 참을 용기가 없었다. 그림을 그리기만 하면 그 통증이 쉽게 사라진다는 것을 알면 더욱더.

"최대한 하지 않을게요."

"그대의 예술병이 뭔지, 아직도 내게 말해 줄 마음은 없는 거지?"

그의 물음에 카리나가 쓰게 웃었다. 말해 줄 수 있었다면 이미 오래전에 말을 해 줬을 거다. 말할 수 없는 것을 품에 안고 있는 것은 무척 쓸쓸했다.

"싫어요, 밀라이언은 알게 되면 어쩐지 깨질 것 같은 유리구슬 대하듯 절 대할 것 같단 말이에요."

그녀가 애서 퉁명스럽게 입을 연다. 주제를 회피하고 싶어 하는 그녀의 의도가 적나라하게 느껴져서 밀라이언은 입을 닫았다.

"그렇게까진 아니야."

"밀라이언은 상냥하니까 그럴걸요."

"상냥함으로 따지면 페리얼 칼로스가 더하지 않나?"

뜬금없이 나온 페리얼의 이름에 카리나가 눈을 동그랗게 떴다. 밀라이언이 저도 모르게 나온 말에 낭패감 짙은 표정을 했다.

"페리얼의 상냥함과 밀라이언의 상냥함은 좀 다르죠."

"달라?"

"페리얼은 누구에게나 다정해요. 아마, 필요하면 언제나 다정하지 않을까요? 사람을 상대하는 게 무척 익숙한 사람이니까, 상대가 원하는 말도 어렵지 않게 눈치챌 거예요."

그녀가 느릿하게 입술을 달싹였다. 그녀가 머릿속에 페리얼 칼로스를 그렸다. 뭘 해도 능숙한 사람이다. 그는 무엇을 하든 어디에 서든 분명히 상대를 휘어잡을 수 있을 거다.

"아마, 페리얼은…… 어딜 가든, 누구와 있든, 가진 게 아무것도 없더라도 중심에 설 수 있는 사람일 거예요."

"입만 살긴 했지."

페리얼의 사교성을 밀라이언이 한마디로 일축했다.

그 박한 평가에도 카리나는 무엇이 좋은지 까르르 웃음을 터뜨렸다.

밀라이언은 자신의 재미없음을 잘 알고 있었다. 어디 가서 살가운 성격도 아니고 페리얼처럼 누군가의 입안의 혀처럼 굴 수 있는 사람도 아니었다.

하고 싶은 말은 해야 했고 아닌 것을 따를 마음은 없다. 페리얼은 그런 밀라이언을 보고 거센 바람이 불면 부러질 나무라고 했다. 가끔은 억새처럼 휘어질 줄도 알아야 한다고.

그러나 밀라이언은 그럴 마음이 없었다. 거센 바람이 분다면 그만큼 더 굳건하게 서 있으면 되는 일이다. 더 깊이 뿌리를 박고 거대한 고목처럼 단단해지면 될 일이었다.

"근데 밀라이언은 좀 달라요."

"어떻게?"

"으음. 요령 없는 사람이라고 생각해요."

눈치를 살살 보던 카리나가 한마디 툭 내뱉었다.

밀라이언이 하고 있던 팔짱을 풀며 입을 벌리자 그녀가 푸시시 입가를 무너뜨렸다.

"……뭐?"

"어디에 가도 페리얼처럼 쉽게 중심에 설 순 없을 것 같아요."

"평이 박하군 그래."

헤실헤실 웃음을 흘린 카리나가 고개를 돌렸다.

창문을 향해 시선을 돌린 그녀의 뒷모습을 보며 밀라이언이 말없이 눈을 깜빡였다.

"하지만 반드시 중심에 설 거예요. 함께하다 보면 머지않아 모두가 당신의 좋은 점을 알게 될 테니까요."

"내 좋은 점?"

"험한 말투는 상대를 걱정하기 때문이고 위험한 일엔 직접 뛰어들고 중요한 곳에선 사람을 내치지 못해요."

뜬금없이 찾아온 자신을 결국 내치지 못하고 받아들인 것처럼 말이다.

카리나가 다시 밀라이언을 바라보며 설핏 웃었다.

"쉬도록 해. 오랫동안 그림을 그리고 싶다면 몸을 아끼는 걸 추천해. 아프지 말고."

"걱정해 주는 거예요?"

"그래, 걱정돼. 그대가 건강했으면 좋겠어."

밀라이언의 말에 어색하게나마 웃으려던 카리나가 표정을 굳혔다.

욱신-

그녀가 숨을 크게 들이켠 채 숨을 멈췄다. 카리나의 고개가 천천히 아래로 떨구어졌다. 통증이, 심장에 통증이 일었다. 이것이 무엇의 대가인지는 굳이 생각할 필요가 없었다.

"카리나?"

"쉴…… 쉴게요."

그녀가 고개를 들어 최대한 환하게 웃어 보였다.

"밀라이언도 얼른 가서 쉬세요. 오늘 아침에 막 돌아왔잖아요. 그…… 처리할…… 흡……."

빠르게 말을 잇던 그녀가 황급히 제 심장을 부여잡았다. 욱신거리는 통증에 얼굴이 절로 일그러졌다. 숨길 수 없다. 그 순간 그녀의 표정이 절망에 물들었다.

"……카리나!"

밀라이언이 황급히 심장을 부여잡고 몸을 웅크린 그녀를 살폈다. 새하얗게 질린 얼굴은 물론 깨문 아랫입술은 핏기가 없었다. 그녀의 표정은 고통에 일그러진 채였다.

"그 예술병 때문인가? 의원과 페리얼을 불러올 테니……!"

"전, 괜찮…… 괜찮아요."

카리나가 손을 뻗어 밀라이언의 손을 붙잡았다. 그의 손에서 전해지는 온기만으로도 심장이 조금은 편해지는 것 같았다. 물론, 그건 어디까지나 그녀의 생각일 뿐이지만.

"조금 있으면…….."

괜찮아지겠지. 괜찮아질 거다.

이 통증은 페리얼에게 얘기해도, 윈스턴에게 얘기해도 어쩔 수 없는 것이다. 오롯이 그녀가 버텨 내야 하는 고통이다.

"미련하게 굴지 말고!"

"정말 괜…… 흑……."

밀라이언의 손을 붙잡고 있던 카리나의 손이 바들바들 떨렸다.

통증을 견디지 못하고 힘없이 툭 떨어지는 그녀의 손을 다급히 붙잡은 밀라이언의 눈이 떨렸다.

"카리나."

나직한 그의 목소리에 카리나가 결국 고집을 꺾었다.

급하게 나서려는 그를 보며 그녀가 두 눈을 질끈 감았다. 누군가 검으로 심장을 쑤시는 기분이었다. 뺐다가 다시 쑤시고 또다시 검을 빼길 반복하는 그 과정에 있는 것 같았다. 그것이 그저 수없이 반복된다. 언젠가 멎을 때까지.

숨이 멎고 다시 트이고 또 트이면 트인 대로 고통스러워서 가끔은 영원히 이대로 숨이 멎었으면 할 때도 있었다. 차라리 이런 고통을 끊임없이 겪을 거라면 이대로 멎게 해 달라고 바랄 때도 있었다.

"금방 다녀올 테니……."

카리나가 힘겹게 고개를 끄덕였다. '네' 한 마디를 내뱉을 힘이 없었다.

사실은 가지 않았으면 했지만…….

그는 분명 제가 아파하는 꼴을 가만히 두고 보지 않을 거라는 것을 알고 있었다.

밀라이언은 신음 한번 내지 않고 익숙하다는 듯 한껏 몸을 웅크린 채 침대 시트를 꽉 쥔 그녀를 쳐다봤다. 얼굴은 일그러져 있었지만 한두 번 이런 통증을 겪은 것이 아니라는 듯 그 눈빛에선 체념의 기색이 엿보였다.

심장 한쪽이 지끈거렸다. 이유 모를 감각에 그는 몸서리를 쳤다. 마치 발밑이 뻥 뚫려서 끝도 없는 무저갱으로 빨려 드는 것 같은 소름이 끼치는 감각이다.

"젠장!"

밖으로 나가려던 밀라이언이 결국 발걸음을 돌려 그녀를 품에 안아 들었다. 어린아이를 안 듯 그녀의 허벅지를 받쳐서 한 손으로 든 그가 재빠르게 방을 나섰다.

밀라이언의 품에 안긴 카리나는 소리조차 내뱉을 수 없었다. 밀라이언이 자신을 안았다는 놀람보단 통증이 훨씬 더 강했다. 시트를 잃어버린 그녀는 밀라이언의 어깨 부위의 옷자락을 꽉 쥐었다. 그러면서도 구석을 찾는 어린아이처럼 한껏 몸을 웅크리고 웅크렸다. 더 도망갈 구석이 없음에도 불구하고 통증에서 도망이라도 치려는 듯이.

그 행동이 밀라이언을 더 초조하게 만들었다. 쉽게 아프다는 소리도, 힘들다는 소리도 하지 않는 여자였다.

카리나는 이곳에 와서 아쉬운 소리를 한 적이 없었다. 수도보다 불편한 것이 많은 생활일 텐데도 불구하고. 병에 걸렸다는 사실을 알고 단 한 번 봤던 타지의 약혼자를 찾아와서 약한 모습을 보인 적도 없었다.

"카리나, 괜찮아."

귓가에 속삭여지는 따뜻한 목소리에 몸을 웅크렸다.

그대로 밀라이언에게 파고든 카리나가 그의 가슴팍에 이마를 비볐다.

"아프면 울어, 아프다고 소리쳐도 돼."

밀라이언은 차마 그녀에게 큰 반동이 갈까 봐 빠르게 뛰진 못하면서도 계단을 내려가며 카리나의 등을 계속해서 쓸어내렸다.

"아무도 널 탓하지 않을 거다."

숨을 끅끅 삼키는 카리나를 보다 못한 밀라이언이 애절하게 말했다.

숨이 넘어갈 것 같은데도 비명 한번 지르지 못하는 그녀가 안쓰러웠다.

속이 쓰렸다. 몰래 숨어서 들었던 그때, 그녀의 가족과 그녀의 사이가 어떤지 깨달았기 때문에. 이 버릇이 어디서, 무슨 생각으로 시작되었는지 감이 잡혔다.

"……신경 쓰게 해도 돼."

밀라이언의 품에서 이를 악문 채 색색 숨을 내뱉던 카리나의 몸이 딱딱하게 굳었다. 그녀의 눈동자가 풍랑을 맞은 배처럼 흔들렸다.

"내가 네 일에 관여할 수 있게 해 줘."

"귀찮…… 흐읍……."

간신히 입을 열었던 카리나가 또다시 밀물처럼 들이닥치는 끔찍한 통증에 울음을 삼켰다.

"카리나, 그런 걸 일일이 말하지 마렴. 녹턴에게 말해서 약 받아서 먹으면 해결되잖니. 리아랑 페르던 때문에 정신없으니 약 받으면 얼른 방에 가고."

그의 다정함에, 다정하지 않았던 기억이 도리어 떠올랐다. 카리나가 이를 악물었다.

"쉬이, 괜찮아."

그가 다정하게 귓가에 속삭였다. 등을 쓸어내려 주는 손길이 따뜻해서 눈물이 날 것 같았다.

"페리얼이나 윈스턴은 어디에 있지?"

"페리얼 님께선 아직 응접실에……. 세상에, 아가씨께서 문제가 있으신가요?"

"발작 같다. 윈스턴을 데려와."

언제까지 지속될지 모르는 고통을 버티는 것은 끔찍했다. 차라리 죽고 싶었을 때가 많았다. 그런데 겨우 그의 품에 안겨 있을 뿐인데 버틸 만한 고통이라고 생각되다니.

카리나의 입술 사이에서 저도 모르게 비식거리는 웃음이 새어 나왔다. 인간이란 간사하기 그지없다.

"페리얼 칼로스!"

"깜짝이야, 간 떨어질 뻔했…… 카리나?"

"예술병으로 인한 발작 같은 것 같은데, 좀 봐 봐."

밀라이언이 그녀를 응접실 소파에 눕히며 말했다. 페리얼이 다급히 웅크린 몸을 펴지도 못한 채 숨만 헉헉 들이마시는 그녀에게 다가갔다.

"카리나, 어디가 어떻게 아픕니까?"

"심장이……."

그녀가 말을 제대로 끝맺지도 못한 채 다시 숨을 삼켰다.

호흡 자체가 힘이 든 것인지 숨을 깊게 삼켰다가도 쉽게 내뱉지 못하곤 얼굴이 벌겋게 변할 때까지 참았다가 숨을 내뱉길 반복했다.

"……그 헤르타 때문입니까?"

"헤르타……? 정원에 있는 거 말인가?"

뜬금없이 나온 헤르타의 이름에 밀라이언의 눈이 매서워졌다. 그가 손을 뻗어 페리얼의 어깨를 붙잡았다.

"기적엔 대가가 따라. 헤르타는 거대한 기적이야. 실제로 캔버스를 두 개나 썼을 정도로 큼직한 그림이었고."

페리얼이 웅크린 그녀의 몸을 조심스럽게 펴려고 했지만, 그럴수록 더 아파지는 느낌에 카리나가 필사적으로 고개를 저었다.

뱃속의 태아처럼 몸을 웅크린 그녀가 손톱을 세워 가죽 소파를 긁어내렸다.

"……죽이고 오지."

밀라이언이 응접실 한쪽에 놓인 장식용 검을 손에 쥐며 말했다. 카리나가 고개를 저었다.

"다녀올 테니 그녀를 돌봐."

"소용없어."

"뭐?"

"이미 일어난 기적이야. 게다가 어찌 된 일인지는 모르겠지만 그 마수는 이미 그녀의 통제에서도 벗어났지."

"씨발! 어쩌라고!"

콰앙─!

투두둑.

짜증스럽게 소리를 지른 밀라이언이 주먹을 쥔 채 응접실 벽을 거세게 내려쳤다. 굉음을 내며 균열이 생긴 벽에서 잘게 부서진 벽돌이 우수수 쏟아졌다.

똑똑.

노크 소리에 밀라이언이 얼굴을 일그러뜨린 채 허락의 말을 내뱉었다. 응접실 문을 열고 윈스턴이 다급하게 들어왔다. 소파 위에서 숨도 제대로 쉬지 못하고 있는 카리나를 본 윈스턴의 얼굴이 낭패감에 물들었다.

밀라이언이 쉬이 움직이지 못하는 윈스턴을 보며 숨을 삼켰다.

"그대도 어찌할 수 없는 일인가?"

"예술병으로 인한 통증은 환상통에 가까워."

그의 질문에 옆에 있던 페리얼이 대답했다.

"환상통?"

"그녀에겐 끔찍한 통증이지만 웬만해선 약도 통하지 않아."

밀라이언의 얼굴이 확 일그러졌다. 그런 병이 세상에 어디에 있다는 것인가. 약이 통하지 않는다면 지금 괴로워하는 그녀의 통증은 누가 가라앉혀 주는가.

"그딴 병이 세상에 어딨나."

"네 눈앞에 있잖아."

"그대도 같은 의견인가?"

밀라이언이 매서운 눈으로 윈스턴을 바라보며 말했다. 윈스턴이 쓰게 웃으며 대답 대신 허리를 굽혔다.

"미쳤군."

"이런 경우는 수면제를 처방할 수밖에 없는데…… 통증이 심하면 수면제도 효과가……."

윈스턴이 말끝을 흐렸다. 숨도 제대로 쉬지 못하는 카리나를 보는 것은 그로서도 괴로웠다.

예술병은 이것이 문제였다. 말 그대로 기적의 대가이기 때문에 인간의 지식으로 할 수 있는 게 없었다.

'그래서 밤에는 최대한 잠을 잘 잘 수 있는 약을 처방했는데.'

통증이 이런 식으로 불현듯 찾아오게 되면 방법이 없었다. 통증이 시작되고 난 뒤엔 손을 쓸 방법이 없다는 얘기다.

"카리나, 빌려 갔던 하론이야."

페리얼이 주머니에서 가죽 끈에 달린 작은 돌멩이를 그녀의 손에 쥐여 주었다. 카리나가 눈을 크게 뜨더니 구원줄이라도 잡은 듯 하론을 손에 꽉 쥐었다.

"……하악……!"

그녀의 숨이 크게 터져 나왔다.

카리나가 천천히 숨을 몰아쉬었다. 아까보단 숨을 쉬는 것이 편해졌다. 확 트인 숨에 그녀의 얼굴이 한층 편안해졌다. 하지만 그렇다고 고통이 가라앉은 것은 아니다. 아까보다 약간 통증이 덜해졌을 뿐이다. 그래도 그것만으로도 그녀로선 물속에서 만난 산소 같은 느낌이었다.

"역시……."

페리얼이 낮게 중얼거렸다.

"카리나, 통증이 좀 덜한가요?"

그녀가 차마 입을 열진 못하고 고개만 끄덕이는 것으로 대답했다.

페리얼이 천에 감싸 두었던 플루트를 꺼내 들었다.

"아, 나머지는 귀 좀 막는 거로."

그가 눈을 접어 살갑게 웃어 보였다. 찰랑거리는 은발에 화사한 외모의 사내가 짓는 웃음은 무척 치명적이었다. 윈스턴이 멍한 눈을 했다가 이내 화들짝 놀라며 고개를 홱 돌렸다.

윈스턴이 귀를 틀어막았다. 그러나 밀라이언은 팔짱을 낀 채 가만히 카리나에게 시선을 고정했다.

이윽고 페리얼이 느리게 연주를 시작했다.

울려 퍼지는 음악은 잔잔했고 마치 눈앞에 선율이 떠다니는 것처럼 아름다웠다. 듣는 이들은 모두 그렇게 생각할 터였다. 그러나 밀라이언은 질리도록 들어 봤던 선율이었다.

'여전히 저를 닮은 노래군.'

한없이 달콤하고 산뜻한 음악이었다. 어딜 가든지 누구에게든지 입안의 혀처럼 구는 그다운 노래다.

하지만 그렇다고 그가 무른 것은 아니었다. 밀라이언이 애초부터 강한 인상이나 몸으로 부딪쳐 상대의 진심을 알아본다면, 페리얼은 오히려 달게 굴어서 제게 해가 되는 자를 내치는 사람이었다.

음악을 듣는 카리나가 서서히 눈꺼풀을 감기 시작했다. 무겁게 감기는 그녀의 눈꺼풀을 보던 밀라이언이 그녀에게 성큼성큼 다가갔다.

"자도록 해, 카리나."

"……네."

꺼질 것 같은 낮은 목소리를 들으며 밀라이언이 그녀의 땀에 젖은 앞머리를 쓸어 넘겼다. 이윽고 숨소리가 편안해지며 카리나가 잠이 든 듯 조용해졌다.

잠에 빠진 덕에 통증에 둔감해진 듯 반사적으로 끙끙거리는 소리 외엔 숨을 제대로 쉬지 못하는 현상은 없었다.

밀라이언이 그녀가 필사적으로 손에 쥔 하론을 가만히 바라봤다.

'……난 대체 뭘 그리 열을 낸 거지?'

오랜만에 격양된 분노를 온몸으로 표현했더니 아직도 여운이 남았다. 느낌이 얼떨떨했다. 스스로나 영지가 아닌 타인을 위해 이렇게 감정을 소모하다니. 그에겐 무척 흔치 않은 일이었다.

"밀라이언, 아무래도 저 하론이라는 돌, 예술병에 효과가 있는 것 같은데."

턱을 매만지며 한참을 뭔가 골똘히 생각하던 페리얼이 적막 속에 가장 먼저 입을 열었다. 얼굴을 일그러뜨린 밀라이언이 무슨 개소리를 하느냐는 시선으로 페리얼을 향해 시선을 돌렸다.

"그건 불치병이라고 하지 않았나?"

"불치병이지."

입술을 달싹였던 페리얼이 이내 입을 닫곤 고개를 저었다. 그가 느리게 다시 입을 벌렸다.

"……불치병이었지, 지금까지는."

예술병은 고칠 수 없다. 그 병의 속도를 늦추는 방법도 없으며, 증상을 완화시키거나 고통을 옅게 해 주는 치료제도 존재하지 않았다. 지금껏 그랬다.

"조금 방법이 생긴 것도 같아."

온종일 하론을 가지고 밤새 처박혀 있던 이유는 그 돌멩이가 기묘했기 때문이다. 생각을 집중하기 위해 피리를 부는 순간 돌멩이가 공명했다.

"내가 네게 지하실을 달라고 한 이유를 알지?"

"네 그 거지 같은 습관 때문이잖나."

"거지……. 너 말 좀 제대로 쓸 수 없어? 카리나 앞에서는 무슨 꼬리 내린 맹수처럼 굴더니."

날이 선 밀라이언의 말에 페리얼이 똑같이 날카롭게 대답했다. 밀라이언의 미간이 한껏 좁아지자 페리얼이 코웃음을 쳤다.

'도대체 저게 어디가 좋다고.'

순 내숭덩어리가 아닌가. 성격 파탄자 따위의 대체 어디가 좋은지 알 수가 없다.

"정신 통일이야. 무식하게 검을 휘두르는 것보단 훨씬 고급스러운 습관이지."

"웃기는군. 나무 피리나 삑삑 불어 대는 게 퍽이나."

"허허. 계속 싸우실 겁니까, 두 분께선?"

보다 못한 윈스턴이 결국 사람 좋게 웃으며 중재에 나섰다.

페리얼과 밀라이언의 시선이 윈스턴에게 닿았다가 이윽고 한숨처럼 떨어져 나갔다.

"그래, 그 피리가 뭐 어쨌다는 거지?"

먼저 물러난 것은 밀라이언이었다.

페리얼의 눈이 크게 뜨였다. 원래대로라면 끝까지 고개를 뻣뻣하게 세우고 있었을 놈이다. 먼저 물러나 질문을 던지는 경우는 없었는데.

"피리를 불었더니 저 하론이라는 돌이 공명했어."

"공명?"

"그래, 마치…… 내 힘을 상쇄시키는 것 같았지."

눈을 가늘게 뜬 페리얼이 대답했다. 피리 소리에 공명하듯 웅웅 울던 작은 돌은 피리의 음파가 닿자 그것을 없애 버리기까지 했다.

몇 가지 실험한 결과 알아낸 것은 간단했다. 하론에는 기적의 힘이 닿지 않는다. 기적을 일으키는 소리에는 공명한다. 그것으로 봤을 때 아마도 그 공명하는 힘으로 기적을 상쇄시키는 것이 아닌가 싶었다.

"상쇄?"

"그래, 저걸 어떻게든 이용하면 어쩌면 예술병에 도움이 될 수 있을지도 몰라."

"될 수 있을지도 모른다는 건 확답은 아니라는 거군."

"나도 이런 경우는 처음이야. 애초에 이런 물질이 있는 줄도 몰랐고. 이런 게 있으면 보고했어야지, 뭐 한 거야?"

페리얼의 타박에 밀라이언이 인상을 썼다. 돌멩이에 무슨 효능이 있는지 알게 뭔가. 뭣보다 북부에는 예술가가 없다. 있는 거라곤 험악하고 투박한 북부의 영지민뿐이었다.

"예술병에 대해서도 제대로 알지 못했는데 하론의 효능에 대해 알았을 리가."

"하여튼, 너희 북부는 예술에 대한 교양을 필수로 배워야 할 필요가 있어."

"허튼소리."

인상을 쓴 밀라이언이 단칼에 말을 잘랐다.

"어쨌든 이거 더 구할 수 있어?"

"몬스터에게서 드물게 나오는 돌이야. 토벌에 나가야 얻을 수 있어."

밀라이언이 누워 있는 카리나를 향해 시선을 내리며 말했다. 그가 조심스럽게 손을 뻗어 흘러내린 그녀의 머리카락을 조심스럽게 넘겼다.

"얼마나 모을 수 있는데?"

"글쎄, 올해는 불확실하군. 변수가 너무 많아."

가장 큰 변수는 헤르타의 존재다. 머리 좋은 놈이 하나 붙어 있는 탓인지 개체가 아니라 군대를 상대하는 느낌을 받았다.

이마를 짚은 밀라이언이 짧은 한숨을 내쉬었다.

"최대한 구해 보지."

"'최대한 구해 보지'가 아니라 구해 와야 해, 그녀를 낫게 하고 싶으면."

"……"

밀라이언의 시선이 페리얼을 향해 매섭게 움직였다. 날카로운 시선을 마주하고 있으면서도 페리얼은 묵묵히 그 위험한 눈을 마주 봤다.

"너……"

"카리나를 위한 거야."

밀라이언이 다시 카리나를 향해 시선을 옮겼다. 색색거리며 아까보단 편한 숨을 내쉬지만 그녀의 미간은 여전히 찡그려져 있었다.

"그래도 다행인 건 저 돌이 그녀의 병이 진행되는 속도를 조금 늦

쥐 주고 있다는 거 정도네."

"……그러고 보니."

무언가가 생각난 듯 밀라이언이 낮게 중얼거렸다. 그가 뒤에 서 있던 시녀에게 손을 까딱였다.

"아까 따로 챙겨 놓으라고 한 걸 가져와라."

"네."

밀라이언의 명령을 받은 시녀가 잰걸음으로 응접실을 빠져나갔다. 이윽고 10분도 되지 않아 돌아온 시녀의 품에 있는 것은 성인 남자의 주먹만 한 크기의 천에 싸여 있는 무언가였다. 피에 젖은 새하얀 천은 이곳저곳이 얼룩덜룩해서 보기에 좋진 않았다. 밀라이언이 시녀의 손에서 그것을 받아 들어 천을 풀어헤쳤다.

"하나 더 있긴 하다. 이번에 토벌 나갔을 때 구한 거지."

"크네."

"필요하다면 주겠지만 반 정도는 그녀에게 줄 생각이다."

밀라이언의 말에 페리얼이 눈을 가늘게 떴다. 저 맹목적인 말이 어쩐지 기분 나쁘게 들렸다. 생명을 아무렇지도 않게 도륙하는 놈에게서 나오는 걱정이라니.

페리얼의 대답을 듣기도 전에 검을 꺼낸 밀라이언이 가볍게 하론을 반으로 갈랐다. 그 모습을 턱을 괸 채 가늘어진 눈으로 바라보던 페리얼이 입을 열었다.

"그녀가 걱정되나 보지?"

"당연한 건 묻지 마라."

"신기하네. 자네, 원래 관심 밖의 사람은 어떻게 되든 상관없다는 주의였잖아. 약혼녀를 귀찮아했었고."

페리얼의 말에 밀라이언이 입을 다물었다.

신경 쓰이게 됐다. 자꾸만 눈이 갔다. 보이지 않으면 어딘가에서 떨고 있을 것 같았다. 그리고 그것을 상상하니 기분이 나빠졌다.

"눈앞에서 누군가 죽는 건 질색이다."

밀라이언의 퉁명스러운 목소리를 들은 페리얼이 픽 바람 빠진 웃음을 흘렸다.

"곧 연회가 열릴 거야. 토벌 전에 승전을 기원하는 연회다. 그게 끝나면 토벌을 시작하느라 저택을 비우게 될 거야."

"그녀는 잘 돌보고 있을 테니 걱정하지 말게."

눈웃음을 치는 페리얼에 그의 입이 꾹 닫혔다. 어차피 맡길 생각이었지만 무엇이 이렇게 기분 나쁘게 속을 채우는지 모르겠다.

밀라이언이 고개를 돌렸다. 아주 조금, 그의 얼굴을 진심으로 치고 싶다고 생각했다.

"오랜만에 술이나 한잔하겠나?"

페리얼의 제안에 카리나를 힐끗 본 밀라이언이 대답 대신 그녀를 품에 안아 들었다.

"혼자 마셔라."

쌀쌀맞게 대답한 그가 카리나를 품에 안은 채 냉큼 응접실을 빠져나갔다. 반으로 쪼개진 하론의 일부분은 어느샌가 그녀의 품에 올라가 있었다.

"좋았어! 드디어 됐다!"

카리나가 커다란 캔버스를 품에 안고 물감이 뭉개지지 않도록 조심조심 화실 밖으로 빠져나왔다. 드물게도 희열 가득한 감정이 목소리에 드러났다.

"아가씨, 기쁜 일이 있으신 모양입니다."

"아, 팽. 혹시 페리얼이 어디에 있는지 아시나요?"

"칼로스 공작께선 주인님과 함께 응접실에 계십니다."

"고마워요."

옅게 웃은 카리나가 고개를 끄덕이며 다시 종종걸음으로 움직였다. 도와주겠다는 말을 내뱉기 곤란할 정도로 그녀는 상기되어 있었다.

갑작스러운 통증을 밀라이언에게 들킨 지 열흘째, 그녀는 다음 계획을 향해 차근차근 발을 내딛고 있었다. 그리고 열흘 내내 실패하던 것을 드디어 성공했다.

"페리얼!"

노크를 하는 것도 잊고 문을 활짝 연 카리나가 뒤늦게 깨달은 듯 당황한 표정으로 눈동자를 도르르 굴렸다. 밀라이언과 무언가 진지한 이야기를 하는 듯했다.

"카리나?"

대답한 것은 밀라이언이었다.

카리나가 붉어진 얼굴로 볼을 긁적이곤 설핏 고개를 끄덕였다. 밀라이언 앞에서 제 그림을 보여 주는 것이 조금 부끄러웠다.

"무슨 일인가요, 카리나?"

"아, 드디어 성공해서요. 이 정도면 될까요?"

고개를 숙인 카리나가 페리얼을 향해 걸음을 옮겼다. 그림을 본 페리얼이 눈을 크게 뜨곤 환하게 웃으며 고개를 끄덕였다. 카리나가 그의 만족스러운 웃음에 마주 웃었다.

"아주 좋아요. 이거면 되겠는데요."

"다행이다. 그럼 이런 식으로 그리면 되는 거죠?"

"아무래도 이 일에선 카리나의 힘을 조금 빌려야겠어요."

"그건 상관없어요."

재잘재잘 이런저런 이야기를 나누는 페리얼과 카리나를 보며 밀라이언이 팔걸이에 팔을 올리고 턱을 괴었다. 속이 부글부글 끓는다고 해야 할까? 눈앞의 상황이 영 마음에 들지 않는다.

'……뭐가 저렇게 기쁜 거야?'

심지어 무슨 내용의 대화를 하는지도 이해할 수가 없다. 판매 루트가 어떠니, 풍경화도 좋고 인물화도 좋다느니, 색감은 어떻다느니. 떠드는 말이 파리처럼 귓가를 윙윙 맴돈다.

"최고의 값을 받을 수 있도록 할게요."

"고마워요. 페리얼이 있어서 다행이에요."

움찔. 밀라이언의 손끝이 뚝 멈췄다.

페리얼이 카리나의 옆얼굴에 뚫어져라 시선을 고정한 밀라이언을 힐끗 바라보곤 그녀를 향해 손을 뻗었다. 페리얼의 새하얗고 가느다란 손이 카리나의 볼에 살짝 닿았다. 그가 느릿하게 그녀의 머리카락을 붙잡아 조심스럽게 귀 뒤로 넘겨 주었다.

쾅-!

밀라이언이 벌떡 자리에서 일어났다. 거칠게 밀려난 소파에 장신구 하나가 부딪혀 크게 흔들렸다.

"밀라이언?"

페리얼의 입가가 비뚜름해졌다.

"왜 그래요? 뭐가 있어요?"

"아."

밀라이언이 그제야 멀뚱히 눈을 끔뻑였다. 앉아 있다고 생각했던 자신은 어느새 자리에서 일어나 있었다. 반사적으로 입을 벌렸지만 말은 튀어나오지 않았다.

페리얼은 진심으로 밀라이언의 모습을 영상구에 찍어 소장하고 싶었다. 남의 시선 따윈 신경 쓰지 않고 살던 남자가 말 한마디 못 하고 변명 거리를 찾고 있는 꼴이라니.

"그……."

"그?"

"……벌레가 있었다."

생각해 낸 변명이 어찌나 없어 보이는지. 밀라이언은 제 입안을 세게 깨물며 제 멍청함을 탓했다.

"핫……."

그녀의 어깨가 크게 들썩였다. 웃음을 터뜨린 그녀가 몸을 돌린 채 눈을 질끈 감고 부들부들 떨기 시작했다. 웃음소리가 크게 새어 나오진 않았지만 명백히 그녀는 웃고 있었다.

"……뭐가 웃겨?"

"큽, 아니…… 흡. 죄송…… 죄송해요."

죄송하다고 하면서도 키득거리는 소리가 사라지질 않는다. 결국 커다랗게 웃음을 터뜨려 버린 그녀가 제 입을 가리곤 크게 숨을 삼켰다.

"밀라이언도 무서워하는 게 있었군요."

"······나도 사람이다."

"지랄."

밀라이언의 우스운 대답에 페리얼이 작은 목소리로 비꽜다. 다행히 카리나는 듣지 못한 듯했다. 그녀가 부스스 입가를 허물어뜨리며 밀라이언을 다정하게 바라봤다.

"어쩔 수 없네요. 벌레는 제가 잡아 드릴게요."

"······그대가?"

"네."

"그대는 벌레가 무섭지 않은 모양이지?"

"당연하죠. 벌레 같은 건 무섭지 않아요. 저는 그것보다 더 무서운 걸 알고 있거든요."

밀라이언이 손을 뻗어 카리나의 머리를 한 차례 쓰다듬었다. 기분 좋은 듯 눈을 접으며 포르르 웃는 그 얼굴을 보며 그의 입가에도 옅은 미소가 떠올랐다.

페리얼의 시선이 두 사람에게 고정됐다. 숨을 멈춘 듯, 눈조차 깜빡이지 않던 그의 눈동자가 무겁게 가라앉았다.

"아침부터 계속 화실에 있는 것 같던데, 식사는 했나?"

"으흠······."

카리나가 대답 없이 또 웃는다. 그녀의 대답을 알아들은 밀라이언이 긴 한숨을 내쉬었다.

"벌써 정오인 건 알고 있나?"

"벌써요?"

"그래."

가늘어진 밀라이언의 시선을 카리나가 슬쩍슬쩍 피했다. 생각해 보니 이제야 배가 좀 고픈 것 같기도 하다.

밀라이언이 자리에서 일어났다.

"식사라도 하러 가지."

"아, 식사 안 하셨어요?"

"아침은 했어. 점심을 안 했을 뿐."

"아……."

카리나가 배시시 웃는 것을 본 밀라이언이 멍하니 팔을 뻗었다. 커다란 손바닥이 그녀의 볼을 감쌌다. 밀라이언이 엄지로 볼을 한 차례 쓰다듬었다.

"……밀, 라이언?"

카리나가 당황한 목소리로 그를 불렀다. 그제야 흠칫 놀라며 고개를 든 밀라이언이 불에 데기라도 한 듯 황급히 그녀의 볼에서 손을 떼어 냈다.

"물감이, 묻어 있어서……."

"아…… 그랬어요……?"

벌겋게 물든 얼굴로 카리나가 고개를 끄덕였다.

밀라이언도 표정에 드러난 당황함을 숨기기라도 하려는 듯 제 입을 가렸다.

카리나가 볼을 긁적였다.

"아직도 묻어 있어요?"

"……아니, 없어."

밀라이언이 고개를 저었다.

애초에 물감은 묻어 있지도 않았다. 그저 그녀에게서 유화 특유의 냄새가 체향처럼 퍼졌을 뿐이다. 어쩐지 아랫배가 뻐근해지는 듯

한 느낌이 들었다.

"그, 그럼, 시, 식사하러 갈까요?"

한껏 올라간 그녀의 목소리가 끝에서 살짝 삐끗했다.

당황한 듯 입을 가린 채 눈치를 살피는 그녀를 보던 밀라이언의 입가가 절로 풀어졌다.

'뭐가 이렇게 귀엽지?'

병아리가 삐악거리는 것 같다. 앵앵거리는 소리는 싫어하는 쪽에 속할 텐데, 그녀의 목소리는 전혀 거슬리지 않았다.

'도리어…….'

밀라이언의 시선이 그녀의 눈에서부터 천천히 내려왔다. 그의 시선이 살짝 떨고 있는 그녀의 색 옅은 입술에 멈췄다. 조금 궁금해졌다. 저 입술에 입을 맞추면 무슨 맛이 날지, 원래는 역하기만 할 유화 냄새가 이렇게 달콤하게 느껴지는 이유가 무엇인지.

그 속살에 입을 맞추고 싶었다.

'……미쳤군.'

밀라이언이 손을 올려 이마를 짚었다. 미친 거다. 아픈 사람을 상대로 대체 무슨 생각을. 뭣보다 그녀와 자신은 파혼을 목적으로 잠시간 동거하고 있을 뿐이다.

'끝이라…….'

그녀는 미련 없이 떠난다고 했었다. 약속한 때가 되면 떠날 테니 몇 달만 있게 해 달라고, 그렇게 말하며 제게 밝은 얼굴로 파혼 서류를 내밀었었다.

생각하자 불쾌해졌다. 서류를 받을 땐 큰 짐 하나를 던다고 생각했는데 지금은 무언가 내키지 않았다.

'애초에 파혼 서류를 왜 그렇게 밝은 표정으로 준 거야?'

마치 기다렸다는 듯 내민 서류였다. 생각하니 떨떠름하다.

밀라이언이 그녀를 향해 시선을 돌렸다. 순간 눈이 마주쳤다. 카리나가 화들짝 놀라 시선을 슬쩍 옆으로 피한다.

'……계속 보고 있었던 건가?'

밀라이언이 눈을 크게 떴다. 그러고 보니 그녀는 항상 자신을 보고 있었다. 시선을 돌리면 언제나 눈이 마주쳤던 것 같다.

밀라이언의 입이 벌어졌다.

"친구들, 식사는 언제쯤 하러 갈 건가? 기다리다 지치겠어."

한참이나 기다리던 페리얼이 결국 눈앞의 상황을 보다 못해 입을 열었다. 그제야 카리나가 낮게 탄성을 흘렸다.

"그러게요, 식사는 어디서 할까요?"

"식당…… 아니, 오랜만에 밖에서 할까? 영지에 제법 좋은 식당들이 많아."

"정말요?"

밀라이언의 충동적인 발언에 페리얼의 입이 떡 벌어지고 카리나의 눈이 크게 뜨였다. 상기된 그녀의 목소리를 들으며 밀라이언이 뿌듯한 눈으로 고개를 끄덕였다.

"그래, 옷을 따뜻하게 입고 내 곁에서 떨어지지 않는다고 약속한다면."

"약속할게요!"

"그럼 준비하고 내려오도록 해."

"준비요?"

되묻는 카리나의 목소리에 밀라이언이 웃었다. 아마도 그녀는 지금 자신이 어떤 꼴을 하고 있는지 모르는 듯했다.

"물감 묻은 작업복을 입은 채 나갈 순 없잖나."

"아……."

카리나의 얼굴이 벌겋게 물들었다. 그녀가 한 걸음 뒤로 물러 났다.

밀라이언이 웃음을 삼키며 마저 입을 열었다.

"기다릴 테니까 다녀와."

"네!"

카리나는 황급히 대답하곤 냉큼 몸을 돌려 응접실을 빠져나갔다.

그녀를 보며 밀라이언이 참았던 웃음을 낮게 흘렸다. 들썩이는 어 깨가 그의 유쾌함을 절로 보여 줬다.

그녀의 모습은 마치 병아리가 기쁨의 삐악삐악 춤을 추다가 쪼 르르 도망가는 것처럼 귀여웠다. 당황한 듯 제자리에서 짧은 다리 로 도도도도 원을 그리며 도는 병아리를 상상하자 절로 웃음이 나 왔다.

"자네, 미쳤나?"

상상을 깨부수는 불법 침입자의 목소리에 밀라이언의 입가에서 미소가 싹 사라졌다.

순식간에 감정이라곤 배제한 싸늘한 표정을 보며 페리얼이 헛웃 음을 삼켰다.

"뭐가 말이지?"

"얼굴 말이네, 얼굴!"

"내 얼굴이 왜?"

전혀 모르겠다는 듯 되묻는 밀라이언을 페리얼이 유심히 살폈다.

그리고 깨달았다. 괜한 시치미가 아니라, 그는 정말로 본인의 얼굴이 어땠는지 모르고 있었다.

'이 또라이 새끼.'

절로 욕설이 튀어나왔다. 녹아내리기라도 할 것 같은 눈으로 그녀를 보고 있었다고 소리를 치려던 페리얼이 입을 다물었다. 굳이 그에게 그 사실을 자각시킬 필요는 없어 보였다.

'굳이.'

짜증을 내던 페리얼의 얼굴도 한층 가라앉았다.

그가 모른다면 모르는 대로 좋다. 페리얼 역시 카리나가 마음에 들었다. 그녀의 병이 나아 수도로 돌아간다고 한다면 제 저택에 자리를 내줘도 좋을 것 같았다. 그녀가 끔찍이 싫어하는 백작저로 돌아가는 것보단 나을 듯했다.

아름다운 작품을 만들어 내는 사람은 그만한 가치가 있다. 페리얼은 그렇게 방대한 기적을 일으키는 예술가를 본 적이 없다. 그는 아름다운 것을 좋아했고 그림을 그릴 때의 그녀는 아름다웠다. 겉보기엔 그저 독특할 것 하나 없는, 평범한 축에 속하는 그녀에게 그런 보석이 숨어 있을 줄 누가 알았을까.

그녀가 만드는 기적은 말 그대로 정말 기적이었다.

생명.

오로지 신만이 가지고 있어야 할 능력을 그녀는 고스란히 재현하고 있었다.

죽은 것에게 생명을 불어넣는 일.

페리얼은 카리나가 욕심이 났다. 그날 기적을 눈앞에서 봤을 때 정했다. 그녀를 살리겠다고.

밀라이언의 집착은 페리얼도 잘 알았다. 그가 집착하는 물건의 수는 많지 않지만 그는 한번 마음에 둔 것은 결코 품에서 놓는 법이 없었다. 그의 검이 그랬고 선대에게 물려받은 북부의 영지가 그랬다.

일례로, 아카데미에서 훈련을 위해 토벌에 나갔던 적이 있다. 그가 잠시 자리를 비웠을 때 검을 훔쳐 갔던 도적들의 일화는 아직도 아카데미에 괴담처럼 전해진다. 밀라이언 혼자 도적 군락을 완전히 초토화하고 검을 되찾아 왔으니 말이다.

광기에 미친 밀라이언은 페리얼도 혀를 내두를 정도였다.

'이건 밀라이언을 위해서도 말하지 않는 편이 낫지.'

그는 그 정도로 한번 집착하면 물불을 가리지 않는다.

하물며 카리나는 시한부였다. 그녀가 죽음을 목전에 두었다는 것을 알게 된다면 그가 어떻게 반응할지 예측할 수 없다.

"무슨 말을 하다 말지?"

"아니, 아무것도 아냐."

페리얼은 어깨를 으쓱이며 입을 닫았다.

그는 침묵을 선택했다. 개인적인 욕심과 밀라이언을 위한다는 핑계가 그에게 적당한 명분을 선사했다.

"근데 자네는 언제부터 밖에서 식사하는 걸 좋아했나?"

"……."

밀라이언이 침묵했다.

"응? 원래라면 시찰을 제외하곤 영지에 나가는 일은 드물잖나."

"……기분 전환이다."

페리얼이 질척대자 밀라이언이 싸늘하게 대답하며 소파에 앉았다.

침묵 속에서 30분쯤 있으니 이윽고 카리나가 응접실로 다시 모습을 드러냈다.

"미안해요, 오래 기다렸어요?"

"아니, 그다지. 몸 상태는 어떻지?"

"최상이에요."

혹시나 밀라이언의 말이 바뀔까 카리나가 냉큼 대답했다. 다행히 꼬치꼬치 캐물을 줄 알았던 밀라이언에게선 별다른 말이 없었다.

그가 간단히 옷을 걸쳤다.

"숄 하나 더 걸치는 건 어때?"

"……답답할 것 같은데요."

"밖은 추워. 몸도 좋지 않잖아."

"……"

밀라이언이 불만스러운 카리나의 어깨를 툭툭 두드리곤 집사에게 손짓했다. 노련한 집사가 재빠르게 숄을 가져와 그에게 내밀었다.

겨울용 드레스에 심지어 숄이라니. 아직 그렇게까지 엄청 추운 날씨는 아니라고 생각하는데. 카리나의 얼굴이 한층 뚱해졌다.

"이상하지 않아요?"

"귀여워."

"……네?"

밀라이언의 말에 카리나가 멍청한 표정으로 되물었다.

지금 자신이 무슨 말을 들은 거지? 카리나가 손바닥으로 제 귀를 꾹꾹 누르더니 다시 멍하니 그를 올려다봤다.

"아니……"

밀라이언이 성마르게 얼굴을 여러 차례 쓸어내렸다. 그가 짧게 한숨을 내쉰다.

"잘 어울린다는 말이었다."

한참 만에 한껏 낮아진 목소리로 입을 연 그에게 카리나가 눈매를 반달로 접으며 생긋 웃어 보였다.

"다행이에요. 안 어울리면 어쩌나 걱정했거든요."

밀라이언이 한가득 사 준 옷들이었다. 그 양은 여길 떠나기 전까지 전부 입어 볼 수 있을지 의문스러울 정도다.

그래도 그가 어울린다고 하니, 어떻게든 한 번씩은 입어 볼 수 있지 않을까 하는 괜한 용기도 생긴다.

"이제 얼른 나가요, 밀라이언."

"저는 잊은 모양입니다, 카리나."

"페리얼! 아니에요, 제가 페리얼을 왜 잊겠어요."

카리나가 열심히 고개를 내저었지만 눈동자 안에선 당황한 속마음이 엿보였다. 확실히 잊고 있었던 듯하다. 페리얼이 아무렇지 않은 척 짓궂게 웃었다.

"정말입니까?"

"정말이에요."

"상처받을 뻔했잖아요."

페리얼이 카리나의 옆으로 다가오며 말했다.

슬금슬금 다가오는 페리얼을 보던 밀라이언이 한 차례 미간을 좁혔다. 생각할 것도 없었다. 그는 본능적으로 페리얼과 카리나 사이에 제 몸을 끼워 넣었다.

"가지."

밀라이언이 당당하게 응접실을 빠져나갔다. 그녀의 허리를 감싼 채로.

페리얼이 헛웃음을 삼키며 그 뒤를 쫓았다.

Chapter 9

마차가 달린다.

빼꼼 열어 놓은 창문 사이로 보이는 풍경에 카리나는 시선을 뗄 줄 몰랐다. 그녀의 입술이 부드럽게 호선을 그렸다.

'북부는 척박하기만 한 곳인 줄 알았는데……'

그것보단 아름다운 곳이라는 생각이 먼저 들었다.

나무를 베어 내 여기저기 개발하는 남부와는 달리 북부에는 모든 것들이 그대로 남아 있었다. 그들은 개발보다는 자연과 함께 어우러져 살아갈 수 있는 방법을 고민하는 듯했다. 거대한 바위를 깨부수는 것보단 그것과 공생하는 방법을 선택했다.

"와 보지 않았으면 몰랐을 것들이 너무 많아요."

발을 내딛지 않았으면 볼 수 없었을 풍경이 너무 많았다. 지나간 시간이 이렇게 아쉽고 미련이 남을 줄은 몰랐다.

'미련은 이제 더 없을 줄 알았는데.'

밀라이언이 보여 주는 모든 풍경이 미련으로 남을 것만 같았다. 카리나가 할 수 있는 것은 그저 숨을 참은 채 눈에 모두 담는 일뿐이었다. 눈을 감는 그 순간까지 떠오르도록.

"그러고 보니 다음 주에 내 저택에서 연회가 열릴 예정이야."

"연회요? 무슨 연회요?"

카리나가 눈을 동그랗게 뜨곤 되물었다.

"토벌 전, 승전을 기원하는 연회야. 각 영주들이 모여서 정보도 나누고 계획도 짜는 거지."

"……영주들이 서로 친한가 봐요."

그녀가 놀란 눈으로 물었다. 사실, 귀족들이 서로 친하기란 쉬운 일이 아니었다. 특히나 같은 땅을 두고 마주보고 있을 땐 더욱 그랬다. 영지 경영에 대해 자세히 알지 못하는 그녀도 알 정도다.

오래된 영주들은 종종 사이가 좋은 경우가 있기는 했지만 그건 매우 드물었다. 특히나 지역 전체의 영주가 사이좋다는 것은 처음 듣는 일이다. 그 사실이 당연하다는 듯 말하는 밀라이언이 무척 신기하게 느껴질 정도로.

"북부는 좀 특이한 편이네요. 아마도 마수라는 공통된 적이 있기 때문이겠죠."

"비슷해. 어차피 북부 전역이 마수의 공격 대상이니, 괜히 서로 흩어져 봐야 좋을 것도 없지. 뭣보다……."

밀라이언의 덧붙임에 카리나가 열심히 고개를 끄덕였다. 낮은 목소리가 왜 이렇게 듣기 좋은지 모르겠다. 그의 목소리는 유독 귀에 콕콕 박혔다.

'……토벌에 나가면 못 만나려나?'

시간이 아깝다. 그와 1분 1초라도 더 있고 싶다.

하지만 막을 수 없는 것도 사실이다. 명분이 없고, 혹여나 명분이 있어도 대의를 행하러 가는 그를 방해하고 싶지 않았다.

"뭣보다?"

밀라이언이 한숨을 푹 내쉬었다.

"북부 인간들은 단순해서 말이야. 자기보다 강하다고 인정하면 일단 별 불만이 없어."

마수 토벌을 싫어하는 영주는 없다. 신기하게도 호전적인 북부의 사람들은 마수 토벌을 즐겼다. 물론 밀라이언 역시 그런 사람들 중 하나였지만.

"멋있네요."

"……멋있어?"

"네. 이제야 하는 말이지만 헤르타를 쫓아낼 때의 밀라이언, 무척 멋있었어요."

카리나가 창문 밖으로 시선을 돌리며 말했다. 입가에 띤 미소엔 한 점 그늘도 없다. 비꼬는 것도 아부성 짙은 발언도 아니다. 그것은 어디까지나 그녀의 진심이었다.

지금껏 수많은 찬사를 받고 수많은 아부성 발언을 듣고 질투에 눈먼 자들에게 안 좋은 소리까지 들어 봤지만 이렇게까지 순수한 칭찬을 듣는 것은 드물었다.

생각지도 못하게 뒤통수를 맞은 밀라이언의 귓불이 슬쩍 달아올랐다. 그도 카리나도 깨닫지 못한 변화였다.

밀라이언이 반대쪽 창문을 확 열어젖혔다. 페리얼이 눈을 가늘게 뜬 채 밀라이언을 바라봤다.

"……더워서."

변명하듯 덧붙이는 그의 말을 들으며 페리얼이 헛웃음을 삼켰다. 정말이지 요즘 보는 것이 자신이 지난 십몇 년 동안 알던 친우가 맞는지 의심스럽다.

"카리나도 연회에 참가하려고요?"

"음, 밀라이언이 괜찮다면…… 해 보고 싶어요."

한 번도 가 본 적 없는 연회. 그나마 황성 파티 때나 드물게 참가한 적이 있었다. 늘 타인이 무대의 주인공이었던 그곳에서 그녀는 늘 구석진 곳에 조용히 있었다.

연회란 그것이 전부인 줄 알았다.

"밀라이언이랑 있으면 어쩐지 즐거울 것 같아요."

"하고 싶으면 해. 난 그대에게 하지 말라고 한 건 없어."

카리나가 눈을 동그랗게 뜨자 밀라이언이 덧붙여 입을 열었다.

"새벽바람 맞으면서 몇 시간 동안 밖에서 그림 그리는 것만 빼면."

"……."

"다 왔네."

페리얼이 말했다. 멀지 않은 마차 이동은 그것으로 끝이었다. 다시 쐬는 바깥공기가 무척 달가워서 카리나의 입가가 절로 풀어졌다.

"토벌을 간다면 언제쯤 가나요?"

"연회가 끝나고 보통 3, 4일 안으로 출발하는 편이야. 왜?"

"음……."

따라가면 안 되겠죠? 묻고 싶지만 차마 물을 순 없다. 그의 입에서 나올 대답을 뻔히 알고 있기 때문이다. 그는 분명히 안 된다고 할 테지.

"아니에요."

고민하던 그녀가 결국 입을 다물었다. 귀찮은 존재라고 생각하게 되는 것은 싫다.

"실없긴."

밀라이언이 자연스럽게 팔을 뻗어 카리나와 손을 잡았다. 닿아 오는 손길에 잠시 놀란 그녀가 이내 단단히 그의 손을 맞잡았다.

페리얼은 진심으로 커플 사이에 낀 친구가 된 기분이었다.

'⋯⋯그냥 연구나 할걸.'

괜히 따라왔다. 이런 꼴을 볼 거라곤 생각지도 못했는데.

"⋯⋯."

그는 이유를 알 수 없이, 이 상황이 마음에 들지 않았다.


시간은 빠르게 흘러갔다. 매일 아침 카리나는 자신을 데리러 오는 밀라이언의 손에 붙잡혀 아침 식사를 했고 그 뒤엔 화실에 올라가 온종일 그림을 그렸다. 그러다 또 점심이 되면 밀라이언의 손에 붙잡혀 점심 식사를 하고⋯⋯.

'너무 반복적인가.'

하지만 그림은 그려도 그려도 그리고 싶은 것이 많았다. 밀라이언이나 페리얼과 약속한 대로 최대한 완성을 지양하고 있었지만⋯⋯.

화악-!

시야가 밝아졌다.

"이런⋯⋯."

카리나가 낭패감 짙은 얼굴을 했다. 나비가 가득한 호수에서 나비가 잔뜩 쏟아져 나왔다. 가끔 이렇게⋯⋯ 주체 못 하고 완성할 때가 있었다.

그녀가 냉큼 자리에서 일어나 화실 문부터 잠갔다. 팔랑거리는 나비들이 푸르고 붉은 날개를 제각기 가진 채 나풀나풀 날아다녔다. 화실이 좁은 편은 아니었지만 셀 수도 없이 많은 나비들과 함께 있기엔 아무래도 역부족이었다.

그녀가 테라스로 조심스럽게 손을 뻗었다.

"나온 김에 놀다 가."

그녀가 낮게 속삭이며 테라스를 활짝 열었다. 그러자 몰려든 나비가 썰물처럼 화악 빠져나갔다.

장관이었다. 푸르고 붉은 물결이 순식간에 파도처럼 넘실거리며 멀어져 갔다. 테라스로 나온 카리나가 그 광경을 멍하니 바라봤다. 가끔 자신이 만들어 낸 것들이 저렇듯 예상치도 못한 풍경을 만들 때면 가슴이 술렁거렸다.

'예쁘다.'

진짜 호수를 제대로 본 적이 없어서 여러 자료를 참고해 그린 호수였다. 문제는 너무 심심해 보여서 나풀거리는 나비를 넣는다는 것이 캔버스 가득 그려 버린 거였다.

후우—

길게 내뿜은 숨이 새하얀 입김을 만들며 흩어졌다. 그녀가 들어가기 위해 몸을 돌리려는데 어딘가에서 시선이 느껴졌다. 카리나가 조심스럽게 테라스 밑으로 시선을 내렸다.

"……"

"……"

창문 아래엔 무슨 표정을 하고 있는지 모를 밀라이언이 있었다. 그녀가 화들짝 몸을 떨며 다급히 화실 안으로 도로 들어가 창문을 걸어 잠갔다.

"……어떡해!"

누가 봐도 눈이 마주쳤다. 표정은 보이지 않지만 화가 난 것이 분명했다. 카리나가 걸어 잠근 화실 문을 다시 한번 확인하곤 눈동자를 도르르 굴렸다.

똑똑.

"흡!"

그녀가 한 걸음 뒤로 물러났다. 누군가 화실 문을 두드렸다. 누군지 감이 오지 않지만 어쩐지 한 사람밖에 떠오르지 않았다.

똑똑똑.

꿀꺽, 긴장을 삼킨 그녀를 비웃듯 다시 노크 소리가 들렸다.

"문 열지."

"……."

아니나 다를까 밖에서 들린 목소리는 밀라이언이었다. 그것도 제법 낮은 목소리의.

카리나가 열심히 머리를 굴렸지만 마땅한 변명 거리도 없다.

"……."

"카리나."

"화났어요?"

"일단 열고 말하자고."

나직한 부름과 여지를 남기는 말투가 더 무섭다. 카리나가 결국 테라스 옆에 바싹 붙였던 몸을 조심스럽게 떼어 냈다. 이틀 뒤에는 연회도 있어서 그림은 오늘까지만 그리고 조금 쉬려고 했는데.

'하필 오늘 들켰어…….'

수많은 일 중에 하필이면 오늘 들킬 필요는 뭔가. 이젤 옆에서 발을 동동 구르던 카리나가 결국 한숨을 내쉬며 잠금을 풀고 문을 열었다.

"……."

밀라이언이 말없이 그녀를 바라봤다. 표정 자체는 그다지 화가 난 기색이 아니었지만 분명히 신경은 쓰였다. 카리나가 크게 숨을 들이켜며 살짝 비켜서자 밀라이언이 안으로 들어왔다.

"그대……."

"죄송해요. 고의는 아니었어요. 그냥 하다 보면 가끔 훅 나갈 때가 있잖아요. 너무 신이 났었나 봐요."

밀라이언의 잔소리가 쏟아지기 전에 카리나가 냉큼 사과했다.

카리나는 최근 페리얼에게 넘길 그림을 그리고 있었다. 머릿속으로 생각했던 그림을 하나둘 그리는 것이 얼마나 즐거운 일인지 몰랐다.

이것은 얼마 남지 않은 시간 동안 제 이름을 남기기 위해 선택한 방법이었다. 시간이 지나면 누구 하나 기억하지 못할 카리나 레오폴드가 아니라, 예술가인 '카리나'로 남고 싶었다.

사람은 죽어서 이름을 남긴다고 하지만 그녀는 그것을 믿을 수 없었다. 이름을 남기는 것은 기억해 줄 누군가가 있을 때다. 그녀는 세상에 기억되고 싶었다. 그녀가 혼신을 다해 그린 작품은 그 초석이 되어 줄 것이다. 다만 완성하면 이렇게 기적이 발현되어 버리기 때문에, 페리얼은 약간 미완성으로 남기는 것을 권했는데 가끔 욕심에 그것이 제지되지 않는 경우가 있었다.

"나는 그대를 걱정하고 있어. 그건 알고 있지?"

팔짱을 낀 채 벽에 기댄 밀라이언이 나직하게 입을 열었다. 그가 화든 짜증이든 뭐라도 낼 줄 알았던 카리나는 그의 목소리에 숨을 삼켰다.

"……네."

"붓을 잡을 수 없게 되면 그대는 절망하겠지. 나는 그 시기가 조금이라도 늦춰졌으면 해."

밀라이언이 한숨처럼 말했다.

그의 솔직한 말에 카리나의 눈이 크게 뜨였다. 카리나의 입가에 포슬포슬 미소가 맺혔다. 그의 다정함이 좋다. 매서운 듯 보여도 늘 중요한 순간엔 물러진다는 걸 알고 있으니까.

"그러니까 무리하지 않았으면 좋겠다."

"하지만 고쳐지지 않을 걸 알아요."

"일전에 말했었지? 하론이 예술병에 도움이 되는 것 같다고."

"네, 아플 때마다 손에 쥐면 덜 고통스러운 것 같았는데 정말이었나 봐요."

작은 하론일 때는 그 느낌이 미미했는데 밀라이언이 가져다준 커다란 하론은 확실히 통증이 덜한 느낌이 강했다. 덕분에 카리나는 밤이 조금은 덜 무서워졌다.

"그걸 토대로 페리얼이 하론을 연구해서 치료제를 개발하고 있어."

"……페리얼이요?"

"그래, 그러니까 그대도 낫기 위해 노력해 주면 안 되겠나?"

그건 이미 줄어든 생명도 늘릴 수 있는 건가요? 목구멍까지 차오른 말을 차마 내뱉지 못한 카리나가 기쁘다는 듯 볼을 붉히며 웃었다.

아마 사라진 것을 되돌리진 못하겠지. 그건 앞으로 걸릴 사람들의 치료제는 될 수 있어도 자신의 치료제는 되지 못할 것이다. 그러니까 페리얼도 몇 차례나 만났음에도 그런 얘기를 전혀 하지 않은 것일 테고.

"치료제라니 정말 대단하네요."

"그래 봬도 머리는 좋은 놈이니 분명 방법을 찾을 거다."

"네, 그럴 거예요."

카리나가 웃으며 고개를 끄덕였다.

아마도, 그에겐 평생 밝히지 못할 사실이다. 이건 낫지 않는다고, 육체 중 하나를 잃고 끝나는 일이 아니라고. 차마 그렇겐 말할 수가 없었다.

그러니까 이것은 그녀가 그에게 하는 거짓말이다. 가장 하고 싶지 않은 짓을…… 가장 하고 싶지 않은 사람에게 또다시 하게 됐다.

하론은 생명이 담보가 아닌 이들에겐 치료제가 될 수 있을지도 모른다. 생명을 갉아먹힌 게 아니라 단순히 팔과 다리의 감각이 굳어 가거나 시력이 나빠지고 있는 것이라면 되돌릴 수 있을지도 몰랐다.

"기왕이면 그대와 오래 볼 수 있었으면 좋겠어."

손을 뻗은 밀라이언이 카리나의 볼을 엄지로 살살 쓰다듬으며 말했다. 거칠지만 따뜻한 손길을 느끼던 카리나가 미소 지었다.

"오늘도 얼굴에 물감이 묻었나요?"

짓궂은 카리나 질문에 밀라이언이 당황한 듯 얼굴을 굳혔다. 그의 변화에 카리나의 얼굴에서도 웃음기가 천천히 사라졌다.

"어…… 음……."

카리나가 눈동자를 도르르 굴렸다. 후끈한 열기가 목에서부터 스멀스멀 올라왔다. 당황한 듯 입을 꾹 닫아 버린 그의 시선을 마주하고 있으려니 무슨 말을 해야 할지 알 수가 없었다.

그녀가 결국 고개를 푹 숙였다.

"······얼굴에 물감은 없었어."

가라앉은 목소리의 밀라이언이 말했다.

카리나의 눈이 크게 뜨였다. 그녀가 고개를 젖혔다. 밀라이언이 그녀를 물끄러미 바라보고 있었다.

"아······ 네······."

그럼 왜? 목까지 차오른 궁금증을 카리나가 애써 꿀꺽 삼켰다. 대답을 들어선 안 될 것 같았다. 들으면 되돌아갈 수 없는 길에 함께 발을 들이게 될 것 같았다. 어둡고 깊은 수렁으로. 언젠가 자신이 가라앉을 곳을 향해서 밀라이언이 들어온다는 말일 것 같았다.

카리나가 숨을 멈춘 채 조용히 고개를 돌렸다. 아니, 돌리려고 했다.

"그냥 그대가 만지고 싶었다."

덧붙여 들려오는 그 목소리가 아니었다면.

예상하지도 못한 밀라이언의 말에 카리나의 몸이 뻣뻣해졌다. 애써 아무렇지도 않게 웃으며 넘기려고 했지만 쉽게 웃음이 나오지 않았다. 심장 박동이 빠르게 뛰기 시작했다. 기대와 희열과 약간의 열망, 그리고 거대한 두려움이 한곳에 공존했다.

카리나의 시선이 밀라이언에게 꽂혔다. 밀라이언 역시 그녀를 조용히 바라보고 있었다. 허공에서 시선이 뒤얽힌 채 누구 하나 먼저 떨어질 줄을 몰랐다.

"······."

그는 마치 무슨 말이냐고 묻기를 기다리고 있는 듯했다.

두 손을 앞으로 모은 카리나가 최대한 자연스럽게 입꼬리를 끌어올렸다. 흔들리지 않게 미소를 지으려고 노력했다.

"저랑 똑같네요."

"똑같아?"

"저도 가끔 온기를 느끼고 싶을 때가 있거든요."

카리나의 말에 밀라이언의 표정이 묘해졌다. 묘하게 어긋난 듯한 대답이다.

카리나는 시선을 먼 곳으로 옮겼다. 마치 더 이상의 대화를 하고 싶지 않다고 선을 긋는 것처럼.

"어쨌든 그 능력은 웬만해선 쓰지 마."

"노력하고 있어요."

카리나가 대답했다. 진심으로 그녀는 최선을 다해 노력하고 있다. 완성을 목전에 두고 붓을 놓는 것이 얼마나 괴로운 일인데.

"카리나."

"네?"

"난 최근 후회하는 일이 하나 생겼다."

"후회요……?"

눈을 동그랗게 뜬 카리나가 되물었다. 그가 대답 대신 고개를 끄덕였다. 그녀가 밀라이언을 향해 다시 고개를 돌렸다가 멈칫했다.

'……언제부터 보고 있었던 거야?'

시선을 돌리자마자 눈이 마주쳤다. 대화를 할 때 그의 자세는 단 한 번도 변한 적이 없는 듯했다. 그럼 계속해서 자신을 보고 있었다는 건가?

깨달은 사실에 카리나의 얼굴이 확 달아올랐다.

"그대를 처음 만났을 때……."

그가 눈을 깜빡인다. 답답한 듯 무겁게 내려앉았던 눈꺼풀이 다시 천천히 올라가며 그의 눈동자를 드러냈다. 눈꺼풀에 가려졌던 붉은 눈동자가 잘게 떨렸다.

"제대로 말을 걸어 보지 않은 거."

담담한 목소리가 귓가에 들어와 박혔다. 깊은 후회와 자책까진 아니었으나 그의 목소리엔 짙은 아쉬움이 역력했다.

"그때 그대를 제대로 알았다면 지금보단 상황이 덜 심각했을까?"

"……."

밀라이언을 처음 만났을 때를 기억한다. 카리나는 그때의 기억이 아주 생생했다. 어쩌면 그를 처음 마음에 담은 날이었을지도 모르니까.

힘들 때마다 종종 그의 말을 떠올렸다. 혼자 굳건히 강한 척을 하며 견딜 때도, 아무렇지 않은 척을 할 때도 그의 말을 떠올렸다. 그냥 어느 순간부터 밀라이언의 말은 좋은 지지대였다. 무슨 일을 하든 무슨 생각을 하든 면죄부가 되어 주는 것 같았다. 이 먼 길까지 올 수 있었던 이유도 분명히 무의식적으로 그를 생각했기 때문이겠지.

"그때는 우리가 서로 알았더라도 어쩔 수 없었을 거예요."

물론 지금보다는 숨통이 트였을지도 모른다. 한 달에 한 번이라도 편지를 나눌 수 있는 상대가 되어 줬다면 지금보다는 한층 좋은 얼굴을 하고 있었겠지. 하지만 그래도 달라지지는 않았을 것이다. 그의 편지가 오는 한 달에 한 번을 제외한 나머지 시간은 다를 것이 없었을 테니까.

의지할 것이 기억 속의 밀라이언에서 매달 연락하는 밀라이언으로 바뀌는 정도였을 거다. 물론 그가 자신을 북부로 빼내 주었다면 또 모를 일이지만.

'……그림을 놨을 리는 없지.'

하지만 아마도 이 꼴이 되진 않았을 거다. ……그런 멍청한 짓을 했을 리가 없을 테니까.

"이건 어쩔 수 없는 거예요. 나는 그림을 놓지 못했을 테니까요."

"그래도 그대의 이야기를 좀 더 주의 깊게 들어 줬겠지."

"밀라이언, 당신은 다정해요. 하지만…… 이 일은 전적으로 내가 잘못한 거예요. 혹은 내 가족이 잘못한 일이죠."

카리나가 고개를 저었다. 밀라이언은 저런 표정을 할 필요가 없다. 그는 저런 생각을 할 필요가 없었다. 그는 자신의 하나뿐인 산소통이었다.

"그러니까 밀라이언이 죄책감을 느낄 필요는 전혀 없어요."

그에게 자신의 서툰 감정이 알려지지 않았으면 했다. 이 서툰 감정은 알려지고 나면 분명히 거대한 파문을 일으킬 거다. 밀라이언의 다리에 엉겨 붙으려고 추하게 움직일지도 모른다.

"전 지금도 행복한 걸요."

몇 년 전에 그를 만났다면 조금 달랐을지도 모르겠지만 이미 지나간 과거다. 한번 지나간 과거는 되돌릴 수 없다. 아무리 되돌리려고 노력해도 그때 한 선택을 번복할 기회는 주어지지 않는다.

그러니까 카리나는 이 이상 많은 걸 바라지 않았다. 그저 지금 그의 곁에 있는 것으로 충분했다. 쌓지 못했던 추억을 쌓는 것으로 더 바랄 것이 없었다.

"그대는 정말 아무것도 바라지 않는군."

아무것도 없으면서 어느 것 하나 필요하다고 요구하지 않는다. 허름한 천 가방 하나만 달랑 들고 이곳에 왔을 때도, 화구를 사러 갔을 때도, 옷을 맞추러 갔을 때도 그녀는 아무것도 바라지 않는다.

"제가 얼마나 큰 욕심을 부리고 있는지 밀라이언이 알면 기함할 거예요."

"글쎄."

"진짜요. 아마 너무 놀라서 제게 화를 낼지도 몰라요."

이렇게 밀라이언의 곁에, 죽을 걸 알면서도 붙어 있는 것이 가장 큰 욕심이었다. 세상에 태어나 처음으로 이성을 억눌러 버린 욕심. 타인보다 자신을 생각하게 된 첫 욕심.

"내가 그대에게 화를 낼 일은 없을 거야."

"……방금 내셨잖아요."

나비가 하늘 높이 날아오르는 것을 보고 1층에서부터 이곳까지 3분도 채 되지 않아 도착한 사람이 대체 누구인데.

"그건 조금 예외지. 최근에 통증은 어때?"

"음……. 괜찮아요."

"그대의 '괜찮아요'는 신빙성이 없다."

밀라이언이 단호하게 잘라 냈다.

"일주일간 몇 번이나 통증이 있었지?"

"으흠……."

밀라이언의 물음에 카리나가 낮게 침음하며 시선을 슥 돌렸다. 그래 봐야 밀라이언의 손바닥 안이어서 그의 걸음 한 번에 곧장 따라잡힌 시선이었지만.

"카리나."

"이런 거 너무 사생활 침해예요."

"의원에게 병에 대해 말하는 것은 사생활 침해가 아냐."

"밀라이언은 의원이 아닌데요."

"그대의 보호자지."

"성인인데 무슨 보호자가 필요해요."

쉽게 물러서지 않는 카리나를 본 밀라이언의 눈이 한층 더 가늘어졌다. 그녀가 이렇게까지 물러나지 않는 것엔 이유가 있음이 분명했다. 카리나는 숨기고 싶은 것이 있을 때 더 견고해지고 한층 말이 많아진다. 밀라이언은 함께하는 동안 그것을 깨달았다.

"카리나."

"네?"

"제대로 말하지 않으면, 오늘 가려고 했던 외출은 취소야."

움찔. 쫑긋.

카리나의 몸이 한 차례 움직였다가 귀가 쫑긋거리며 다시 움직였다. 잘게 떨리는 눈동자로 그녀가 시선을 돌렸다. 팔짱을 낀 밀라이언이 카리나를 가만히 바라봤다.

"……외출이라뇨?"

"멀지 않은 곳에 호수가 있는데, 거기에 가려고 했지."

"호수……."

때마침 지금 그린 것도 호수였다. 카리나로선 가 본 적이 없는 곳이라서 각종 책을 뒤져 가며 참고 자료를 찾았었다. 그렇게 그린 호수에 나비를 잔뜩 그려 넣은 것이 오늘 그린 그림이었는데…….

"……진짜 호수요?"

"가짜 호수도 있나?"

카리나의 입이 딱 다물어졌다. 그녀가 눈동자를 이쪽으로 도륵,

저쪽으로 도륵 굴렸다. 북부에 와서 별다른 곳에 가지 못했다. 기껏해야 시장이나 성벽 위에 간 것이 전부였다.

"……갈래요. 가고 싶어요."

카리나가 침을 꿀꺽 삼키며 욕망에 가득 찬 눈으로 대답했다.

생기로 반짝거리는 그녀의 눈동자를 바라보며 밀라이언이 비뚜름하게 웃었다.

그가 허리를 굽혀 카리나의 코앞까지 얼굴을 들이밀었다. 갑작스러운 그의 행동에 카리나가 숨을 멈췄다. 코끝과 코끝이 맞닿을 것 같은 거리를 지나 밀라이언의 입술이 카리나의 귀 옆을 스쳐 지났다.

"대답, 제대로 해 주면."

귓가에 속삭이듯 말한 밀라이언에 카리나의 얼굴이 새빨갛게 달아올랐다. 잔뜩 낮은 목소리가 귓가를 자극했다. 그녀가 화들짝 놀란 눈으로 제 귀를 붙잡았다.

"뭐, 뭐…… 뭐 하는……."

한 걸음 뒤로 물러난 카리나를 본 밀라이언의 얼굴이 낭패감에 물들었다. 너무 기대된다는 표정이라 작은 장난을 친 것이었는데 그녀의 얼굴이 새빨갛게 달아올라 있었다.

"……."

"……."

카리나의 모습을 보던 밀라이언의 귓불이 절로 달아올랐다. 그가 입을 가리며 슬쩍 시선을 피했다. 당황한 듯 손 밑으로 입술을 뻐끔거리던 그가 한참의 시도 끝에 간신히 목소리를 끄집어냈다.

"……미안."

너무 반응이 과했다. 저도 모르게 열이 올라 밀라이언은 굳은살 박인 제 거친 손으로 얼굴을 벅벅 문질렀다. 온몸이 가려운 것 같기도 했다. 심장이 기묘하게 찌르르 울려서, 그 또한 묘한 기분이다.

카리나가 짧게 한숨을 내쉬었다.

"화내지 않을 거죠?"

"아픈 것으로 화를 내진 않아."

한참 만에 진정한 두 사람이 그제야 제대로 된 대화를 나눴다. 여전히 홧홧하게 달아오른 얼굴이었지만 어쨌든 두 사람 모두 아무렇지 않은 듯 평정을 가장할 이성은 남아 있었다.

"……음, 일곱 번이요."

"뭐?!"

밀라이언의 목소리가 한층 높아졌다. 카리나가 화들짝 놀라며 한 걸음 뒤로 물러났다. 토끼눈처럼 눈을 동그랗게 뜬 카리나를 본 밀라이언이 그제야 아차 싶은 표정으로 입을 닫았다.

"……아니, 일주일 동안 일곱 번이 아팠다고?"

"……으음……. 그래서 말하기 싫다고 했잖아요."

말하지 않았으면 몰랐을 것을 그는 굳이 말하라고 했다. 사실 음식도 먹으면 먹는 대로 대부분 소화를 시키지 못하고 있었다. 최대한 소화가 편한 음식 위주로 골라 먹고는 있지만 몸에 한계가 왔다는 게 느껴졌다.

"너무 놀라지 마세요. 그래도 그 하론이라는 거, 품에 끌어안고 있으면 좀 덜해서 괜찮아요."

끔찍한 통증이 파도처럼 몰아닥칠 때마다 기댈 것이 있다는 사실은 무척 다행이었다. 하론은 그런 의미에서 제법 많은 고통을 반감

해 주는 효과가 있었다. 물론 여전히 밤이 오는 것이 두렵긴 했지만 그것만큼은 다행이었다.

통증은 참 신기하게도 대개 밤에만 찾아왔다. 그래서 밤이 두렵다. 마치 낮에 쓴 대가를 밤에 지불하라는 것처럼.

물론 이러다가 나중에는 점차 낮에도 통증이 찾아올지도 모르겠다.

"나중에는 침대에 누워서만 지내는 게 아닐까 걱정되긴 하네요."

카리나가 헤실헤실 웃음을 흘렸다. 농담처럼 건넨 말이었지만 마주 웃어 주는 사람은 없었다. 아니나 다를까 고개를 돌리자 밀라이언이 심각한 표정으로 자신을 바라보고 있었다.

"그런 표정 짓지 마세요. 죽을병에라도 걸린 것 같잖아요."

"그대가 나라면 걱정되지 않겠나?"

밀라이언의 낮은 목소리에 카리나가 입을 다물었다. 그렇게 비교하면 그녀도 할 말은 없다. 그는 꼭 제 말문을 탁탁 틀어막는 재주가 있었다.

"걱정될 거예요."

"같은 거야. 너무 자주 아픈 거 아닌가?"

"……그러게요."

밤마다 그림을 그리고 싶은 충동과 싸우는 것도 곤욕이었다. 그림을 그리면 나을 것이다. 기적을 일으키면 통증이 덜해질 거다. 하지만 참아야 했다. 그와 조금이라도 더 오래 있고 싶다면. 충동질하는 본성과 이성의 싸움을 견디는 것이 끔찍할 정도로 괴로웠다.

카리나가 아무렇지도 않다는 듯 최대한 웃었다. 그가 걱정하지 길 바랐다.

"괜찮아요. 하론이 있으니까요."

"그 돌, 가공해서 팔찌 같은 것으로 만들어 주지."

"네?"

"아예 몸에 착용하고 있으면 더 좋은 것 아닌가?"

"음, 밤마다 깨서 돌을 끌어안는 수고는 덜하겠네요."

어차피 통증이 심하면 깨게 되어 있으니 사실 카리나로선 어느 쪽이든 상관이 없긴 했다.

밀라이언이 낮게 한숨을 내쉬었다. 그가 팔을 뻗어 카리나를 덥석 안아 들었다.

"뭐 하는…… 밀라이언!"

카리나의 발버둥에도 그녀를 두 팔로 안아 든 밀라이언은 심각한 표정을 했다. 한참 만에 그가 천천히 카리나를 다시 바닥에 내려 뒀다.

"살도 빠졌군."

"사…… 살 안 빠졌는데요."

"빠졌어. 저번보다 확실히 가벼워."

밀라이언의 심각한 목소리에 카리나가 입을 다물었다. 안 빠졌다고 하기엔, 제대로 먹지 못하고 토해 낸 음식들이 생각났다. 차마 그런 거짓말까지 하기는 싫었던 카리나가 입을 다물었다.

"삼시 세끼 다 챙겨 먹고 있지 않나?"

"웬만하면 먹으려고는 해요."

물론 먹으려고 하는 것뿐이다. 먹으면 역류하는 것이 두려워서 음식을 입에 넣기도 괴로웠다. 밀라이언과 있으면 최대한 잘 먹는 것처럼 보이려고 노력은 하고 있다.

"힘든 일은 없나?"

"네."

"정말로?"

"네, 정말이요."

백작저에 있을 때보다 많이 아프지만 공작저에 있는 것이 훨씬 더 살 만했다. 마음이 편하니 몸이 조금 괴로워도 버틸 만했다.

이곳에는 아프면 괜찮으냐고 물어 줄 사람들이 있다. 괜찮다고 말해도 괜찮지 않을 게 분명하다고 걱정해 주는 사람이 있다. 다정한 사람을 만나서 그녀는 충분히 행복했다.

"아, 이거 줄게요. 밀라이언."

카리나가 책상 위에 올려 둔 종이 한 뭉치를 꺼내 그의 손에 쥐여줬다.

밀라이언의 미간이 좁아졌다. 종이에는 입구가 긴 삼각 유리병에 기묘한 액체가 담긴 모습이 그려져 있었다. 붉은색 액체가 찰랑거리는 그 그림은 당장에라도 물약이 출렁거릴 것처럼 생생했다.

"이게 뭐지?"

"음…… 약이에요. 같은 걸 20개 정도 그렸어요."

"이걸 왜?"

"이 약은 다친 몸을 낫게 해 주는 약이에요. 어떤 상처도 낫게 해 주고 혹시 신체가 절단됐을 때 빠르게 신체를 붙이고 그 위에 이 약을 뿌리면 절단된 신체도 금세 붙을 거예요."

밀라이언의 눈이 크게 뜨였다. 그런 종류의 약이 세상에 있다는 것은 들은 적이 있다. 옛날 전설이나 신화 속에서나 있을 법한 물약이 아닌가.

"그런 약이 정말 있다고?"

밀라이언의 물음에 카리나가 고개를 저었다. 당연히 이것은 그녀의 창조물이다. 창조 신화에 그러한 만능 물약이 있다는 이야기를 본 적이 있다. 그것은 피 같은 붉은색의 액체였으며 먹으면 모든 내상이 나았고 뿌리면 절단된 상처라도 순식간에 재생되었다. 숨이 끊어져 가는 이들에게는 새로운 생명을 주었다.

"하지만 형체를 알아볼 수 없게 되거나 혹은 세상의 섭리에 따라서 죽어 가는 사람을 되살리는 건 불가능해요."

"……그렇군."

하지만 이것은 위험하다. 혹시나 바깥으로 새어 나가기라도 하면 그녀는 순식간에 모든 위험 속에 노출될 것이다. 물론 밀라이언에게는 그녀를 지킬 능력이 충분했다.

"사실 이대로 드리는 건 아니고 제가 완성해서 물약의 형태로 드릴 거예요."

"그대의 능력을 쓰겠다고 나한테 통보하는 거군."

카리나가 한 말의 의미를 어렵지 않게 깨달은 밀라이언의 표정이 어두워졌다. 방금까지 그렇게 하지 말라고 했는데도 당당하게 하겠다고 말하는 그녀를 대체 어떻게 해야 하는지.

밀라이언의 표정이 어두워진 것을 본 카리나가 다급하게 입을 열었다.

"이건 별로 힘이 안 들어요!"

"뭐?"

"음…… 살아 있는 게 아닌 경우에는 큰 힘이 안 들어요."

카리나가 빠르게 대답했다. 그녀의 표정이 어찌나 다급해 보이는

지 모른다.

'……그렇게 무서운가?'

밀라이언은 제 얼굴을 손으로 매만졌다. 딱히 무서운 표정을 짓고 있거나 위협하는 표정을 지은 것 같지는 않은데. 상대의 표정만 보면 자신이 무슨 마수보다도 더한 괴물이 된 것만 같다.

"예를 들어서…… 음, 아직 제 눈은 황금색이에요?"

"약간. 푸른색과 황금색이 섞여 있는 것 같아."

기이한 눈동자다. 반짝이는 금가루를 뿌려 놓은 눈동자 밑에는 짙은 바다가 있었다. 바다 위에 뿌려진 금가루는 사랑스럽기 그지없다. 그 위에 입을 맞춰 보고 싶을 정도였다.

'……사랑스러워?'

혼자만의 생각에 빠져 있던 밀라이언이 흠칫 놀라며 그녀의 눈에서 시선을 뗐다.

사랑스럽긴, 뭐가? 뭐에 입을 맞추고 싶어? 그의 눈동자가 잘게 떨렸다.

'……미친놈.'

이제 곧 남이 될 사이다. 파혼 서류까지 서로 주고받은 사이다. 심지어 아픈 환자기까지 하다. 병을 앓고 있는, 지켜 줘야 할 사람이다. 어쩐지 이 비슷한 생각을 얼마 전에도 한 것 같지만.

"그럼, 제가 그린 나비들의 대부분이 아마 사라졌을 거예요."

"……그런가?"

"네, 그리고 이런 종류의 살아 있지 않은 것은 사라지지 않아요. 생명이 아니기 때문에 죽지 않는 거죠. 그리고 몸에 부담도 별로 없고요."

지금까지 경험한 바에 따르면, 기적을 일으켰을 때 가장 큰 대가를 치르는 것은 생명에 손을 댔을 때다. 그리고 그중에서도 더 큰 대가를 치르는 것은 인간의 생명에 손을 댔을 때였다.

"그러니까 부담 갖지 말고 가져가 주세요. 밀라이언이 무사히 돌아왔으면 좋겠어요."

"……난 그대의 힘을 빌리지 않아도 충분히 강해."

"알아요. 밀라이언이 무사히 돌아올 것도 알고요. 하지만 혹시 모를 상황을 대비하자는 거예요."

그가 사용하지 않는 한 물약은 언제든 남아 있을 거다. 10년이 지나도 100년이 지나도 병이 깨지지 않는 한 물약은 어떤 상처도 치료하는 만병통치약이겠지.

"그대는 지금, 그대가 얼마나 위험한 물건을 내게 쥐여 준 건지 알고 있나?"

"위험한 물건이요?"

"그대의 말을 듣자면 이건 만병통치약이야. 죽음을 목전에 둔 사람이 아니라면, 어떤 상처도 치료할 수 있다는 거잖아."

"네, 하지만 오래된 상처는 치료할 수 없어요."

카리나가 고개를 끄덕이며 말을 덧붙였다.

이 약에 대한 기록을 읽은 결과 그 약은 이미 상처가 나으며 생겨 버린 흉터를 치료할 수 없고 이미 절단되어 아물어 버린 상처도 치료할 수 없다. 물론 내상의 경우에는 얘기가 다르지만 말이다.

"이걸 욕심낼 사람들은 끝도 없을 거다."

"전 밀라이언에게만 줬어요."

"사람의 입은 가벼워. 병사들 중 누가 어떻게 소문을 낼지 장담할 수 있나? 그러다 멀리 알려지면 그대를 이용하려는 사람이 몰려들 거다. 그대에게 어떤 위협이 닥칠 줄 알고는 있어?"

비단 욕심 많은 자뿐만이 아니다. 당장 황실에서도 저 물약을 가지고 싶어서 탐을 낼 거다.

돈이 많은 것들은 삶에 대한 집착이 강하다. 자신이 가진 것을 놓지 못해서 더 오래, 더 건강하게, 더 젊게 살고 싶어 한다. 자신이 가진 것을 오래도록 누리고 싶어 했다. 그래서 지금도 그들은 영생을 살 수 있는 명약이나 갓난아이의 뼛가루 같은 것들을 찾아 먹는 비인도적인 일을 서슴지 않는다.

"거기까진 생각을 못했네요."

카리나가 아차 싶었다는 듯 볼을 붉적이며 어색하게 웃었다. 정말 생각지도 못한 일이다. 하지만 밀라이언에게 그런 말을 들어도 어쩐지 무섭지 않았다.

"밀라이언 옆에 있어서 그런지 별로 무섭지 않다고 하면…… 화낼 거예요?"

그가 굳이 지켜 주지 않아도, 그가 수호하는 이 성에만 있어도 누구 하나 감히 자신을 잡으려 들지 못할 것 같았다. 밀라이언의 곁은 어떤 견고한 요새보다도 안전하게 느껴졌으니까.

"……뭐?"

"밀라이언이 있으면 어쩐지 안심이 돼요. 밀라이언이 옆에 없어도, 밀라이언의 저택에만 있어도…… 안전할 것 같아요."

이토록 단단한 곳을 카리나는 알지 못한다. 밀라이언은 무슨 일이 있어도 자신을 지켜 줄 것만 같았다. 혹시나 불미스러운 일을 당하더라도 구하러 와 줄 것이라는 믿음이 있었다.

"물론 밀라이언은 귀찮겠지만요."

카리나가 웃으며 말했다. 휘어진 눈꼬리라든가 부드럽게 호선을 그린 입술이라든가, 그 어느 곳에도 유감이나 그늘이 보이진 않았다.

"왜……"

"네?"

"왜 내가 그대를 귀찮아할 거라고 생각해?"

밀라이언은 묻고도 참 모순이라고 했다. 그녀에게 대놓고 귀찮다고 말했던 것은 그 자신이었으니까. 아마도 그녀는 그것을 아직도 까먹지 않고 제대로 기억하고 있는 것이겠지.

처음에는 분명히 귀찮았다. 원래는 지금까지도 귀찮았어야 옳다. 누군가를 돌보는 것은 싫다. 북부에서 태어나 북부의 자유분방함과 거친 삶을 배운 밀라이언으로선 누군가를 돌보는 것이 싫었다. 특히 그것이 손이 많이 가는 사람이라면 더욱더.

그 생각은 아직까지 변함이 없었다. 여전히 페리얼은 귀찮았고 귀족들의 다양한 요청은 보는 것만으로도 질렸다. 멋도 모르고 북부에 들어오고 싶다고 요청하는 이들의 문서를 불에 태워 버리는 것은 이제 아무렇지도 않을 정도다.

그러나 그중에 예외가 있다면 그녀였다. 어느 순간부터 그는 그녀를 무시할 수 없게 되었다. 귀찮다고 생각하지 않게 되었다. 그저 곁에 있는 모습을 보는 것이 즐거워졌다. 단 한 번도 나서서 누군가를 챙긴 적이 없었다.

하지만 지금은 어떤가? 먼 곳에 사는 악연에 연락해서 도움을 청하고 이번에 나오는 하론은 전부 공작저 소유라고 못까지 박았다.

그 대신 평소보다 보수를 더 올려 주긴 했지만 그조차도 아깝지 않았다. 매일매일 괜찮은지 살펴보러 올 정도고 훈련을 하다가도 생각이 나면 화실을 올려다보고 있는 자신을 발견했다. 장담하건대 그것은 단 한 번도 그가 겪지 못한 일이었다. 지금도 당황스러울 정도로.

"그냥, 귀찮지 않을까 싶어서요. 밀라이언이랑 저는 성향이 너무 다르잖아요."

하나는 앉아서 온종일 그림이나 그리고 한 명은 또 온종일 밖에서 몸을 움직인다. 전혀 다른 성향인 것은 그다지 좋게 보이진 않을 것 같았다.

"그리고 누가 봐도 제가 밀라이언한테 폐를 끼치고 있는 상황이잖아요. 귀찮지 않으면 당연히 거짓말이겠죠."

연락도 없이 불쑥 방문해서 멋대로 그의 일상에 파고들었다. 밀라이언으로선 어쩔 수 없는 선택이었을 것이다. 밀라이언 본인이 책임감이 넘치는 데다가 마침 북부도 닫히는 시기였으니까.

"귀찮지 않아."

그가 귀찮아해도 어쩔 수 없다. 그렇게 생각하며 웃고 있던 카리나가 들려오는 목소리에 움직임을 멈췄다.

"그대는 귀찮지 않아. 그러니 얼마든지 날 귀찮게 해."

부디 그러길 바란다. 그녀가 바라는 것이 있다면 말해 주길 바랐고 아프거나 힘든 일이 있으면 상담해 주길 바랐다. 묻지 않으면 꽁꽁 숨긴 채 말하지 않는 것이 그에게는 가장 큰 상처였다.

"난 그대가 싫지 않아."

밀라이언의 커다란 손이 카리나의 볼을 조심스럽게 덮었다. 닿아

오는 온기에 그녀가 느리게 눈을 감고 반사적으로 손에 볼을 비볐다. 이제는 익숙해진 서로의 행동에 두 사람은 말없이 서로를 바라봤다.

"그대는 내가 싫나?"

참 재밌는 물음이라고 생각했다. 부스스 허물어진 입가로 애써 웃음을 삼킨 카리나가 고개를 저었다. 단 한 번도 그가 싫다고 생각한 적 없다.

"밀라이언을 싫어한 적은 단 한 번도 없었어요."

그리고 아마 앞으로도 그럴 거다. 그는 유일하게 제게 마지막까지 떠올리는 사람이 되겠지.

"모레 연회가 있는 건 알지?"

"네, 오늘 밖이 조금 시끄러웠던 이유가 있었네요."

"일찍 도착한 이들이 있으니까. 그들은 뒤쪽에 있는 별택에 자리를 마련해 줬어. 아마 쉽게 마주치진 않을 거야."

밀라이언의 설명에 그녀가 고개를 끄덕였다.

그가 빙긋 웃으며 그녀를 향해 손을 뻗었다. 내밀어진 손을 보던 카리나가 반사적으로 그의 손을 맞잡았다. 밀라이언의 눈이 조금 커졌다.

"그대는 이 손이 뭔 줄 알고 묻지도 않고 붙잡아?"

"밀라이언의 손이잖아요."

"……."

이 맹목적인 믿음을 대체 어떻게 해야 할지. 어쩐지 아랫배가 욱신거리는 느낌에 밀라이언이 애써 생각을 다른 곳으로 옮겼다. 아주 가끔, 맹목적으로 자신을 믿는 그녀의 믿음을 배신하고 싶다는 충동이 든다. 이렇게 순수한 눈으로 자신을 올려다볼 때면 더욱더.

밀라이언이 심호흡을 했다.

"아까 말한 호수에 가지."

"네!"

"필요한 물건이 있으면 챙겨 가도록 해. 그림을 그릴 거면 미술 도구도 좋고."

밀라이언의 파격적인 제안에 카리나의 눈이 크게 뜨였다. 그녀가 반짝이는 눈으로 화실 한번을 둘러보더니 이윽고 고개를 저었다.

"왜? 괜찮아. 마차에 실으면 된다."

"음, 오늘은 그냥 밀라이언이랑 둘이 가고 싶어요. 스케치는 수첩에 해도 되고……."

"괜찮겠나?"

"네, 그림은 두 번째 갔을 때요. 그때 가지고 가도 될까요?"

두 번째가 있다는 전제하의 얘기가 되겠지만. 카리나가 밀라이언을 올곧게 바라봤다. 어느새 황금빛이 사라진 눈동자는 햇빛에 반짝이는 바다만큼이나 새파래졌다.

밀라이언은 빠져 버릴 듯한 눈동자를 보며 고개를 가볍게 주억였다.

"그래, 언제든지."

대답을 들은 카리나의 얼굴이 환하게 밝아졌다. 무엇이 그렇게 좋으냐고 묻고 싶을 정도로 밝은 표정이었다.

"준비하고 내려갈게요."

"그래, 따뜻하게 입는 거 잊지 말도록 해."

"노력할게요."

그녀가 냉큼 대답했다. 재빠른 그녀의 대답에 미심쩍은 눈을 한 밀라이언이 카리나와 함께 방을 나섰다.

그녀를 제 방으로 들여보낸 밀라이언이 말없이 한참이나 닫힌 그녀의 방문을 바라봤다.

"앗……."

카리나는 말 위에 앉은 밀라이언의 양팔 사이에 자리 잡았다. 말이 달릴 때마다 불어오는 바람에 얼굴을 찌푸렸다. 메마른 모래가 공중에 날아와 눈에 들어갔다.

"괜찮아?"

"네, 모래가 좀."

카리나가 손등으로 조심스럽게 눈을 문질렀다. 몇 차례 눈을 깜빡이자 다행히 생리적으로 나온 눈물과 함께 모래가 빠져나간 듯 따끔함이 없어졌다.

"겨울이 엄청 다가왔네요."

"춥지?"

"네, 호수가 아직 얼진 않았겠죠?"

꽁꽁 얼었다면, 물론 그것도 장관이긴 하겠지만 그녀는 아직 물결이 찰랑거리는 호수를 보고 싶었다. 이렇게 추운 날씨엔 생명체를 찾아보긴 힘들겠지만 그래도 아름다울 것이다.

"그 호수는 얼지 않아."

밀라이언의 말에 카리나가 눈을 동그랗게 떴다.

얼지 않는 물이 어디에 있는가. 흔히 바다는 얼지 않는다고 생각하지만 그나마도 북부 끝의 바다는 얼기도 한다고 들었다.

"얼지 않는 물이 있어요? 바닷물과 같은 건가요?"

"북부의 바다는 얼기도 해. 하지만 그 호수는 얼지 않지."

밀라이언이 씩 웃으며 말했다. 재미있는 사실을 숨기며 빙글빙글 돌려 말하는 장난꾸러기의 표정이다.

카리나가 뚱한 표정으로 눈을 가늘게 뜨자 그가 허리를 굽혀 귓가에 대고 쿡쿡 낮게 웃었다.

"내가 말해 주는 것보단 직접 가서 보는 게 더 기억에 오래 남을 거야."

"······궁금한데."

"그대는 큰 감동을 느낄수록 더 아름다운 작품을 그리던데. 난 그대의 작품을 위해 입을 다물겠어."

후하디후한 그의 평가가 고마우면서도 한편으로는 묘했다. 매번 페리얼의 말을 들을 때도 그렇지만 칭찬을 받는다는 것은 참 신기한 기분이다.

남들은 칭찬을 받으면 얼굴에 드러날 정도로 기뻐하던 것을 기억했다. 하지만 그녀는 조금 부끄럽고 온몸이 간지러운 느낌을 받았다. 그 감동을 그렇게 표정과 말로 표현할 자신이 그녀에겐 없었다. 심지어 가끔은 칭찬을 받으면 조금 불편하기도 했다. 기쁘면서도 불편한 감정이라니, 아이러니하기 그지없었다.

"이제 마수들이 대부분 눈을 떴을 시기야."

"마수는 왜 봄이나 여름이 아니라 겨울에 활동하는 걸까요?"

"글쎄, 이곳은 북부니까 그들에겐 봄, 여름, 가을보단 겨울이 더 활동하기에 편한 시기일 수도 있지."

카리나의 질문에 어깨를 으쓱인 밀라이언이 묵묵히 대답해 줬다. 사실 제대로 밝혀진 것은 없다. 단지, 북부는 애초부터 추웠고 이곳에서 서식하는 마수들도 날씨가 따뜻할 때보다는 추울 때가 더 활동하기 편한 게 아닌가 짐작할 뿐이지.

"신기하네요."

"북부엔 마수와 연관된 신기한 일화가 많아."

"신기한 일화요?"

"그래, 그중에 가장 유명한 일화는 '겨울의 끝'이라고 불리는 '겨울 산맥'에 대한 일화야."

밀라이언의 이야기에 고개만 빼꼼 내민 카리나의 눈이 반짝였다. 그녀가 냉큼 고개를 뒤로 돌려 밀라이언을 향했다. 그래 봐야 목이 180도로 돌아가지 않아 그의 모습을 제대로 볼 수는 없었지만.

"겨울의 끝이 뭐예요?"

"북부에도 마지막 지점이 있어. 바다가 어는 지점보다도 더 깊은 곳을 가면 거대한 산맥 하나가 똬리를 틀고 있지."

그 너머로 가 본 사람은 없고 그 끝은 어디로 이어지는지 아는 사람도 없다. 산맥의 입구는 어딘지 모를 정도로 꽁꽁 감춰져 있고 절벽은 인간이 오르기엔 아주 큰 무리가 있었다.

"기록에 따르면 어딘가에 입구가 있다고는 하는데…… 그곳이 어디에 있는지 그 너머엔 무엇이 있는지 아무것도 적혀 있지 않아. 어디까지나 상상할 뿐이지."

카리나가 눈을 반짝이며 볼을 붉히자 밀라이언이 낮게 웃었다. 새하얀 얼굴의 코와 볼이 벌겋게 물든 것이 안쓰러우면서도 자꾸 시선이 갔다.

"전해지는 구전은 많아."

"어떤 종류의 구전이에요?"

"겨울의 끝은 세상 만물이 차별 없이 서로 어우러져 사는 낙원이라는 이야기부터 온갖 진귀한 약초가 있다거나 신이 살고 있다거나 멸종된 드래곤이 있다거나 혹은 마수와 악마들의 영역이라거나……."

"와…… 정말 극과 극이네요."

"그렇지."

구전이라는 것은 대개 그렇듯 과장에 과장을 더하는 법이다. 밀라이언도 어렸을 때부터 겨울의 끝에 대한 다양한 이야기를 듣고 자랐다. 예전에는 그것을 동경했을 때도 있지만 지금은 허황된 이야기라고 생각한다.

"그런 곳이 있으면 아름다울 것 같아요."

놀랍다는 듯 입술을 달싹이는 카리나를 보며 밀라이언이 고개를 끄덕였다. 굳이 자신이 했던 생각을 말하진 않았다. 그녀의 환상을 깨고 싶지 않았으니까.

"하지만 실상은 온통 절벽이야. 입구도 없는 무성한 산이라서 실체는 아무도 모르지."

"네, 그리고 다른 얘기는 없어요?"

"글쎄. 이건 떠도는 이야기긴 하지만 겨울의 끝…… 겨울 산맥 어딘가에는 동굴처럼 생긴 통로가 있다고 해."

카리나의 눈이 반짝이기 시작했다.

밀라이언이 웃음을 삼켰다. 도대체가 눈을 반짝이는 모습이 어찌나 귀여운지 모른다. 정말 그대로 입술을 훔쳐서…….

'……'

생각하던 밀라이언이 주먹을 쥐고 제 뺨을 때렸다. 짝도 아니고 퍽 소리가 나는 것에 놀란 카리나가 놀란 눈을 한 채 고개를 홱 돌렸다.

"미, 밀라이언?"

"음?"

"괜찮아요? 방금 무슨 소리가 난 것 같은데……."

밀라이언의 표정은 여상했다. 마치 소리 따위는 듣지도 못했다는 듯 평온해 보이기까지 하는 표정이었다.

'방금 뭐가 퍽 하고 터지는 소리가 난 것 같은데.'

꿈이라고 하기엔 소리가 너무 생경했다. 그것도 바로 뒤에서 들린 커다란 소리였다. 하지만 도르르르 눈동자를 굴려 봐도 딱히 이상은 없다.

"무슨 일 없었어요?"

"말이 뭘 밟았나 보군. 다른 생각을 하고 있어서 몰랐어."

"아, 그래요?"

말이 뭘 밟았다고 하기엔 아래가 아니라 뒤에서 들린 것 같긴 하지만……. 밀라이언 본인이 멀쩡해 보이고 못 봤다고 하니 더 캐물을 수도 없다. 어쩐지 떨떠름한 기분을 지우지 못한 카리나가 고개를 끄덕이곤 다시 앞을 향했다.

"어쨌든 겨울의 끝이라니 너무 좋은 이름이네요."

"신기해?"

"네, 겨울의 끝은 봄이잖아요. 그 너머엔 봄이 있을지도 모르겠어요."

어느새 편하게 제 품에 몸을 기대어 오는 카리나를 애써 모른 척 하던 밀라이언이 놀란 표정을 했다.

겨울의 끝, 북부인에게 그것은 좋지 못한 의미로 쓰였다. 겨울마저 끝나 버린다면 세상엔 아무것도 남지 않을 것이라고, 황폐한 대지나 얼어붙은 공기만 있을 거라고 생각했다.

겨울이 끝났다는 것은 '영원한 죽음'을 의미했다. 그래서 북부에서 그 표현을 잘 쓰지도 않았고 좋게 생각하지도 않는다. 설마 그것을…… 저런 발상으로 생각할 수 있으리라곤 생각지도 못했다.

"그렇지. 겨울이 끝나면 분명 봄이 오지."

"맞아요. 겨울은 다음 해를 위해 대지가 한 번 쉬어 가는 시간일 거예요."

카리나의 말에 밀라이언의 눈이 또 다시 크게 뜨였다.

'……이런 생각도 할 수 있군.'

당연하겠지만, 북부에도 겨울이 끝나면 봄이 온다. 남부처럼 눈에 도드라질 정도의 푸릇푸릇함으로 영지가 뒤덮이는 것은 아니지만 내린 눈이 녹고 얼어붙은 땅이 녹았다는 것을 증명하듯 땅속에서 싹이 움튼다.

"그대의 눈으로 세상을 한 번쯤 보고 싶어."

삭막하기 짝이 없는 겨울을 다시 돌아올 봄을 위해 쉬어 가는 시간이라고 생각할 수도 있구나 싶었다. 남부에서 태어나 자랐다면 이 정도의 추위를 겪는 것은 처음일 텐데도 그녀에게 겨울의 끝은 그런 의미였다.

"제 눈으로요? 재미없을 거예요."

"재미는 없어도 아름다울 거라고 생각해."

"······."

밀라이언의 말에 카리나가 숨을 멈춘 채 쓰게 웃었다. 그는 늘 다정한 말을 해 준다. 언제나 다정한 말을 해 줘서 가끔은 심장이 멈춰 버릴 것 같은 때도 있었다.

카리나는 밀라이언의 말에 대답하지 않았다. 딱히 대답할 말을 찾을 수 없었던 것도 맞다. 다행히 그도 대답을 바란 것은 아닌지, 말을 덧붙이진 않았다.

"춥지는 않나?"

"괜찮아요, 풍경이 아름다워서 느껴지지도 않아요."

불만 한 번 내뱉지 않는 강인한 그녀를 아쉽다고 표현해야 할지 대단하다고 표현해야 할지 잘 모르겠다. 삭막하기만 한 겨울의 풍경의 어디가 아름다운지 그에게는 와닿지 않았으니까.

'······예술을 하는 사람들은 뭔가 다른 건가?'

그에겐 공기도 풍경도 주변의 모든 것들이 눈에 익어 새삼스럽지 않은 것들이다. 처음 이곳에 왔을 때도 아름답다곤 생각하지 못했던 것 같다.

"거의 다 왔다."

"네."

그녀가 고개를 끄덕였다. 나무로 둘러싸인 숲 안으로 조금 들어가자 주변이 뻥 뚫린 호수가 눈에 들어왔다. 확 눈에 들어온 풍경에 카리나의 시선이 멈췄다. 숲 너머에 존재하는 넓은 호수였다. 그의 말대로 호숫가는 얼지 않았다.

'조금 따뜻하네.'

나무가 바람을 막아 주어서 그런 것인지, 추위가 조금 덜했다. 방금까지 두툼한 숄에 로브까지 두른 상태에서도 추웠던 것에 비하면 몸이 녹을 정도였다.

밀라이언이 말에서 훌쩍 뛰어내렸다. 그녀가 그를 따라 내리려다 상당한 높이에 내리길 포기했다. 밀라이언이 그녀를 덥석 들어 땅에 내려 줬다. 인형처럼 덜렁 들렸다가 내려지는 감각은 몇 번을 겪어도 익숙해지질 않다. 마치 어린애가 된 것 같았다.

"물을 만져 봐."

밀라이언이 웃으며 권유했다.

카리나가 조심스럽게 몸을 웅크려 앉아 호수 속에 손을 담갔다.

"아, 차가워!"

얼음장 같은 물에 그녀가 황급히 손을 빼 로브 속으로 냉큼 집어넣었다. 겨울의 물은 차갑기 그지없다. 순간 손이 얼어붙는 줄 알았다.

'엄청 차가운데⋯⋯?'

바깥 공기보다 더 차가운 느낌이다. 마치 얼음 속에 손을 집어넣는 것과도 같은 느낌이었다. 그녀가 밀라이언을 바라보자 어느새 신발을 벗고 바지를 걷어 올린 밀라이언이 그녀를 향해 팔을 뻗고 있었다.

"밀라이언⋯⋯?"

그가 냉큼 카리나를 품에 안아 들었다. 저번에는 왕자가 공주를 안듯이 안아 올리더니 이번에는 어린아이를 품에 안듯이 허벅지를 받쳐 안아 든다.

찰박, 찰박―

"지금 뭐 하는 거예요?!"

카리나를 안아 든 밀라이언이 그대로 호수 안으로 걸어 들어갔다. 천천히 걸어 들어가는 그의 표정은 조금도 변화가 없지만 그녀는 호수가 얼마나 얼음장처럼 차가운지 잘 알고 있었다. 그녀의 얼굴이 새하얗게 질리기 시작했다.

"밀라이언, 나가요. 얼른."

"괜찮아."

"괜찮긴요, 엄청 차가웠어요. 동상에라도 걸리면 어떡해요. 밀라이언이 튼튼한 건 알지만⋯⋯."

촤악, 촤악-

밀라이언의 걸음을 따라 밀려나는 물이 귀를 자극했다. 한 걸음 걸을 때마다 얼음을 발로 가르는 듯한 느낌이 들어서 카리나의 얼굴이 점점 새파래졌다. 결국 참다못한 그녀가 밀라이언의 어깨를 붙잡았다.

"밀라이언!"

언성을 높인 카리나에 밀라이언이 눈을 크게 떴다. 귀가 조금 아플 정도로 커다란 목소리였다. 그녀는 지금까지 이런 목소리를 낸적이 없었다. 그제야 밀라이언이 걸음을 멈췄다.

"제발, 나가자고요."

카리나의 투정이라고 생각했던 밀라이언이 새하얗게 질린 그녀의 얼굴을 보고서야 심각성을 깨달았다. 깜짝 놀라게 해 주기 위한 장난이었는데, 설마 이렇게까지 격하게 반응할 줄은 몰랐다.

"카리나?"

"진짜 동상에라도 걸리면⋯⋯."

아픈 것이 얼마나 끔찍한 일인지 잘 알고 있다. 어떤 아픔이든, 누군가 아픈 것은 싫다. 자신은 매일 밤 숨을 죽인 채 통증이 지나가길 기다리는 것도 끔찍했는데, 이 남자는 스스로 왜 고통 속에 발을 들이미는 것인가.

밀라이언이 낮게 한숨을 쉬곤 한 팔로 그녀를 지탱한 채 다른 손으론 그녀의 얼굴을 쓰다듬었다. 얼마나 새하얗게 질렸는지 얼굴이 차가울 정도다. 그가 카리나의 원피스 자락을 손에 쥐곤 작게 웃었다.

"옷을 좀 위로 올려 묶어 봐."

"네?"

"날 믿고 어서."

카리나가 고개를 끄덕이며 덜덜 떨리는 손으로 제 옷자락을 무릎 위쪽으로 묶었다. 그녀의 떨리는 손을 보며 밀라이언이 입가에서 웃음을 없앴다.

"놀라지 마."

밀라이언이 조심스럽게 허리를 숙여 카리나를 호수 위에 내려놨다. 카리나가 화들짝 놀라며 밀라이언의 어깨를 붙잡았다. 낮은 호수 바닥에 발이 닿는 순간, 카리나가 눈을 크게 떴다.

"차갑지 않아. 그대가 그렇게 놀랄 줄은 몰랐어. 그저, 장난을 조금 치고 싶었던 거야."

웃음기를 없앤 밀라이언의 설명에 그제야 카리나가 바닥에 주저앉을 듯 휘청거렸다.

그가 다급히 손을 뻗어 그녀의 허리를 감싸 품에 안았다.

"······제발 이런 장난, 치지 마세요."

카리나가 손바닥으로 얼굴을 쓸어내렸다.

"누가 아픈 거 싫어요. 괴로워하는 것도 보고 싶지 않아요."

평생 그런 것을 보고 살았다. 아파서 울고 가족과 멀어지고 나중엔 결국 매일매일 고통 속에서 밤잠마저 못 이루게 됐다. 그녀는 아픔이라는 단어에 아무렇지 않은 표정을 할 자신이 없었다.

"미안해."

"……하지 마요."

"약속할게."

카리나가 다리에 힘이 풀린 듯 밀라이언의 어깨에 이마를 기댔다. 한층 안심이 되니 긴 한숨이 새어 나왔다. 정말, 무슨 일이라도 나는 줄 알았다.

"밀라이언이 미친 줄 알았다고요."

"이곳은 예전부터 조금 독특한 호수여서. 바깥쪽 물은 얼음보다도 차가운데 안쪽 물은 무척 따뜻해."

"……그러네요."

기분이 좋아지는 따뜻함이다. 여건만 된다면 다 벗고 안에 푹 몸을 담그고 싶을 정도였다. 카리나가 허리를 굽혀 손으로 물을 살랑살랑 만졌다.

"정말 따뜻해요. 그리고 생각보다 깊지 않네요."

"여기만 그렇지. 독특한 호수라서 안으로 들어가면 무척 깊어."

"……그래요?"

"그래, 한 번 들어가 봤었는데 끝이 없을 정도야."

시커먼 호수 밑바닥은 끝이 안 보일 정도로 깊고 넓었다. 마치 땅속에 바다가 형성된 듯이. 한 치 앞도 보이지 않을 정도로 어두워서 깊게 들어가지 못하고 도로 나왔던 기억이 있다.

"호수 속은 마치 바다 같았어."

"바다요? 신기하네요, 정말."

호수에 관한 자료는 이번에 그림을 그리기 위해 여러모로 찾아봤었다. 사람이 저절로 뜨는 독특한 호수부터 시작해서 삼각형 모양의 호수, 다양한 물고기가 사는 호수 등 다양했다. 하지만 이런 종류의 호수는 처음이다. 바다 같은 호수라니. 믿기지 않았다.

"나비가 있네요?"

"그래, 이 주변엔…… 유독 나비가 많아. 푸른 날개를 가진 나비들이지."

따뜻한 호수 위를 팔랑팔랑 날아다니는 나비가 보였다. 큼직한 날개들이 시선을 사로잡았다. 푸른 날개가 햇빛에 이리저리 반짝였다.

"……진짜는 이렇게 아름답구나."

그녀의 푸른 눈동자 속 동공에 호숫가가 맺혔다. 마치 눈으로 그림이라도 그리는 듯이 그녀는 천천히 풍경을 눈에 담았다. 밀라이언은 그 옆에서 카리나에게 시선을 고정한 채였다.

"아름답다니 다행이군."

"나중에 밀라이언이 괜찮다면 정말로 여기에서 그림을 그리고 싶어요."

기억을 더듬으면 분명 저택에 돌아가서도 비슷한 풍경을 그릴 수 있겠지. 하지만 이곳에서 그린다면 분명히 이 시간의 감정이나 시시각각 변하는 숲의 공기마저도 그림 속에 담을 수 있을 것만 같았다.

"그래, 다음에 시간이 되면 오도록 하지."

"꼭이요."

카리나의 말에 밀라이언이 고개를 끄덕였다.

시간은 충분히 많았다. 토벌을 끝내고 오든, 중간에 잠시 재정비를 할 때 짬을 내서 오든, 올 시간은 많이 있다.

"약속하지."

덧붙이는 목소리에 카리나가 환하게 웃었다. 밀라이언은 그 웃음에서 눈을 떼지 못했다.

쿵―

줄곧 부정하던 무언가가 바닥에 떨어지는 소리가 났다.

"페리얼, 정말로 연회에 참석하지 않으려고요?"

"네, 카리나의 이름을 널리 알리려면 지금부터 움직여도 빠듯해요. 애초에 북부의 연회는 좋아하지도 않고요."

페리얼이 어깨를 으쓱이며 대답했다. 실제로 그는 연회라는 이름만 붙인 술판을 그다지 좋아하지 않았다. 괜히 카리나가 물들까 봐 걱정일 정도로.

'……밀라이언이 뭔가 수를 쓰고 있는 것 같긴 했지만.'

거기까지 제가 알 게 뭔가. 페리얼은 얼마 전 수줍게 웃으며 밀라이언의 품에 안겨 돌아왔던 카리나를 떠올렸다. 근처 호숫가를 갔다 왔다며 말갛게 웃는 그녀는 무척 행복해 보였다.

그 뒤에 호숫가의 풍경을 그린 그림을 보며 페리얼은 말을 잃었다. 그림에서 고스란히 그녀의 감정이 느껴졌다. 무엇인가 차오르는 벅찬 느낌, 흘러내리는 기쁨, 주체할 수 없는 설렘. 수많은 감정이 뒤

섞여 그림에 묻어나 있었다. 카리나가 느낀 감정이다. 정확히는 밀라이언이 카리나에게 느끼게 해 준 감정.

"카리나."

"네?"

"내가 지금 바쁘게 움직이려는 건, 카리나의 계획에 맞추기 위함은 아니에요. 그저 이 그림들을 빨리 세상에 내놓고 싶을 뿐이고 카리나가 홀로 서기를 바랄 뿐이에요."

페리얼의 나직한 말에 카리나가 입을 다물었다. 그가 무슨 말을 하려고 하는지 대충 짐작이 됐다. 밀라이언과 페리얼이 친구라는 느낌이 확 든다. 두 사람은 언제나 제 죽음을 기다릴 생각을 전혀 하지 않는다. 애초에 그들이 생각하는 미래엔 그런 미래가 없었다.

눈 그늘이 짙게 내려온 페리얼의 얼굴을 보며 카리나가 쓰게 웃었다.

"알고 있어요."

그들은 아마 죽음을 목전에 둔 순간에도 자신을 살리기 위해 필사의 노력을 다할지도 모른다. 만난 지 얼마 안 된 사람들로부터 받는 애정이 너무도 따뜻하고 무거워서, 가끔은 숨이 턱 막혔다.

"문을 그려 줄래요? 나 혼자 가도 되는 건가요?"

"음…… 아마도요. 기적이 처음 문을 연 사람에게 적용되는 걸 거예요."

해 본 적은 없지만 누구에게나 적용이 된다면 아마도 그렇지 않을까 싶다.

카리나가 미리 그려 놨던 그림에 붓을 몇 번 더 칠해 완성했다. 그것을 벽에 가져다 붙이듯 밀어 넣자 순식간에 낡고 허름한 문이 생겨났다.

"······수도 안에 생각나는 데가 딱히 없었어요."

카리나가 멋쩍은 듯 고개를 슬쩍 돌리며 말했다. 놀러 다닌 적이 그다지 없어서 기억하는 곳이 많지는 않았다. 그나마 자주 발을 디뎠던 곳 중에 인적이 드문 장소를 골랐다. 사람이 갑자기 나타나도 이상하지 않을 장소.

페리얼이 제법 큰 보따리를 여러 개 든 채 문을 열었다. 오래 묵은 종이 냄새와 약간의 먼지 냄새가 훅 풍겼다. 그리운 냄새였다.

카리나의 입가에 옅은 미소가 떠올랐다.

"다녀오세요."

"네, 나중에 뵙죠."

페리얼이 수도를 향해 나갔다.

페리얼이 사라진 화실 안을 가만히 보던 그녀가 이젤 앞 의자에 천천히 앉았다. 멍하니 쏟아지는 햇살을 보며 카리나가 쓰게 웃었다.

"별로 아무렇지도 않네."

아무리 능력을 써도 큰 느낌은 없다. 그러니까 아마도 몸이 이 상태가 된 것에는 이유가 있을 것이고 생각나는 이유는 하나뿐이다. 어렸을 때는 괜찮았지만 커 가면서 점점 악화되어 간 것이 분명했다.

아주 어릴 적, 딱 한 번 기적을 일으키고 실신을 한 적이 있었다. 그려 낸 것은 페리얼이 말해 준 금기에 속하는 것 중 하나였다. 큰 생각은 없었다. 어린 나이에 슬픔을 잊으려는 방법이었다. 숨을 쉬기 위해 택한, 살기 위한 발버둥이었다.

그것을 욕할 자격은 아무리 지금의 자신이라도 없었다. 그 한순간의 발버둥이 돌이킬 수 없는 일을 만들었다. 몰랐으니 어쩔 수 없었다고, 그렇게 생각하고는 있지만 속이 편하지 않은 것은 분명했다.

물론 크고 작은 기적을 여러 차례 쓰곤 했고 대개 그렸던 것이 생명이 있는 것들이었으니 그 금기가 아니었더라도 남들보단 조금 더 빨리 생명력이 닳았을지도 모르겠다.

"조금만…… 그럴까."

연회는 저녁에 시작한다고 들었다. 아직 시간도 한참 남았고 그리다 만 그림도 있다. 그녀가 놓았던 붓을 손에 쥐었다. 팔레트를 다른 손에 올리고 그녀가 자연스럽게 물감을 향해 붓을 움직였다.

툭―

어, 소리를 내기도 전에 떨어진 붓이 조금 굴러가 멈췄다. 카리나가 당황한 표정으로 고개를 숙였다.

'방금, 잠시 손에 감각이…….'

분명히 꽉 쥐고 있다고 생각했다. 너무 세게는 아니더라도 떨어질 정도는 아니게 쥐고 있었을 거다. 바닥에 떨어진 붓을 보던 그녀의 등줄기에 소름이 돋았다.

"아니, 아니겠지."

그럴 리가 없다. 아직은 괜찮을 거야. 시간이 아직도 4개월은 남았을 거다. 여기에 와서 이래저래 보낸 시간을 포함해도 아직 분명히 시간은 있다.

"……아닐 거야."

그녀가 황급히 고개를 내저으며 허리를 굽혀 붓을 쥐었다. 그녀가 손이 새하얗게 질릴 정도로 붓을 꽉 쥐었다가 서서히 힘을 풀었다.

조심스럽게 붓에 물감을 묻혀 미처 다 칠하지 못한 그림을 조심스럽게 칠했다.

다행히 붓이 두 번 떨어지는 일은 없었다.

욱신-!

슬슬 연회 준비를 위해 방으로 내려가던 카리나가 갑작스럽게 찾아오는 통증에 제자리에 멈춰 섰다. 그녀는 황급히 주변을 살피곤 숨을 멈춘 채 가슴에 손을 올렸다.

'주기가 짧아졌어……'

예전에는 주기가 짧아졌는지 의아할 정도였다면, 지금은 확연했다. 하루에도 몇 번씩 크고 작은 통증이 짧게, 혹은 길게 왔다. 여전히 강하고 오래 가는 통증은 밤이 대부분이었지만 낮에도 슬슬 증상이 드러나기 시작했다는 것이 문제였다.

'윈스턴이, 길어야 1년이랬지.'

그 말은 즉…… 그보다 훨씬 짧아져도 이상할 건 없다는 거다. 어느 날 갑자기 한 달 남았다는 말을 듣게 돼도 문제는 없다는.

카리나가 얼굴을 찡그린 채 숨을 몰아쉬었다.

지끈, 지끈-

끔찍한 통증에 절로 얼굴이 일그러졌다. 숨을 몰아쉬면 몰려오고 다시 숨을 멈추면, 마치 언제 그랬냐는 듯 통증이 서서히 잦아든다. 마치 이대로 숨이 멎어 버리기를 바라는 것처럼.

'그림을 그릴까?'

통증이 왔을 때 기적을 만들어 내면 통증이 잦아든다. 또 다른 생명을 대가로 통증을 가라앉혀 주듯이.

"방으로 일단……."

얼굴을 찌푸린 그녀가 난간을 더듬어 가며 한 걸음 한 걸음 계단을 내려왔다. 조금만 삐끗해도 미끄러질 거다. 긴장에 손이 땀으로 축축해지기까지 한다.

"……카리나?"

흠칫.

들려온 목소리에 카리나의 몸이 뻣뻣해졌다. 지금은 가장 듣기 싫은 사람의 목소리가 들리는 이유는 대체 무엇인가. 그녀가 눈을 질끈 감았다. 최대한 아무렇지 않은 척, 괜찮은 척하기 위해 가슴께에 있던 손을 힘겹게 내렸다. 그녀가 옅게 미소 지었다.

"밀라이언? 여긴 어쩐 일이에요?"

심장이 떨렸다. 최대한 아무렇지 않게 들렸기를. 목소리가 부디 떨리지 않았기를 바랐다. 계단을 올라오던 밀라이언이 대답 없이 성큼성큼 카리나의 앞까지 다가왔다.

"발작이 온 건가?"

"네……?"

"언제 왔어? 통증이 심해?"

밀라이언이 그녀를 그대로 품에 안으며 말했다. 호숫가에서처럼 어린아이를 안듯 카리나를 안아 든 그가 계단을 빠르게 내려갔다.

"……."

카리나가 입을 다물었다. 숨길 생각이었다. 그는 귀찮다며 모른 척할 거라고 생각했고 기왕이면 그래 줬으면 하고 바랐다. 그런 게 아니더라도 눈치채지 못하길 바랐다. 제 못난 꼴을 굳이 그에게 보여 주고 싶지 않았다. 치부라면 치부인 것이 아니던가. 아픈 것은 죄가 아니지만 카리나에게 통증은 언제나 죄였다. 그 때문에 그녀는 이 상황이 익숙하지 않았다.

"오늘 페리얼도 없지 않나?"

"네……."

이를 악문 카리나가 통증을 참아 내며 대답했다. 바들바들 떨리는 손이 반사적으로 가슴을 향해 올라가려고 한다. 눈치 없는 제 손을 다른 손으로 꾹 누르며 그녀가 애써 아무렇지도 않게 웃었다.

"말하지 마. 고개를 끄덕이는 걸로 충분해."

"……."

밀라이언이 곧장 카리나의 방으로 걸어갔다. 어찌나 빠른지 주변 풍경이 제대로 눈에 들어오지도 않을 정도였다.

그는 굉장히 급해 보였다. 마치 그가 대신 아프기라도 한 것처럼 얼굴은 일그러진 채다.

"어떻게…… 알았어요?"

"그대의 숨기는 것엔 이골이 났어. 그냥 보면 알아. 그대가 지금도 참고 있다는 걸."

"……."

도대체 이 남자는 어디까지 자신을 꿰뚫어 볼 생각인 것일까? 20년을 함께 산 가족조차 알아주지 않았던 것들을 겨우 몇 달도 되지 않아 그는 전부 알아준다.

"……정말, 불공평하네요."

밀라이언은 참 불공평한 사람이다. 자신의 마음을 어디까지 얼마나 뺏어 가야 직성이 풀리는 것인지. 얼마나 자신을 그에게 기대게 만들어야 만족할 것인지.

카리나의 이마를 타고 식은땀이 흘렀다. 등이 축축했다. 핏기가 손가락 끝으로 빠져나가는 듯 정신이 멍하다. 눈앞이 흐릿하고 세상이 한 바퀴 도는 것도 같다.

철컥.

방문을 걸어 잠근 밀라이언이 그대로 카리나를 침대 위에 눕혔다. 똑바로 눕혀 줬으나 통증에 몸을 가누지 못한 카리나가 공벌레처럼 둥글게 몸을 말았다.

"아프면 소리 질러도 돼."

"……흡……."

소리는 어떻게 지르는 거더라? 한 번도 질러 본 적이 없어서 어떻게 지르면 되는지, 지르면 무슨 일이 일어나는지 모르겠다.

어떤 통증이 어떻게 밀어닥치는지는 몰라도, 아픔에 소리조차 내지 못하고 이를 악문 채 벌벌 떠는 카리나를 보며 밀라이언이 얼굴을 확 일그러뜨렸다.

"이 상한다. 차라리 소리를 질러."

그가 침대 위에 올라와 몸을 둥글게 만 카리나를 품에 끌어안으며 등을 천천히 쓸어내렸다. 그러면서도 협탁에 올려 둔 하론을 가져와 그녀의 품에 안겨 주기까지 했다.

"흐윽……."

히끅거리며 숨죽인 울음소리는 나도, 소리를 지를 기미는 전혀 없었다. 보다 못한 밀라이언이 카리나의 입술을 엄지로 느릿하게 문질렀다. 그가 조심스럽게 카리나의 입안으로 제 손가락을 밀어 넣었다. 으득 소리가 날 정도로 힘껏 깨물고 있는 터라 이가 상할까 걱정됐기 때문이었다.

"하악……!"

벌어진 입술 사이로 그나마 신음다운 신음이 새어 나왔다. 하론을 끌어안고서야 조금 제정신이 든 카리나가 그제야 입안을 파고든 이물질을 깨닫고 숨을 몰아쉬며 질끈 감았던 눈을 떴다.

"하지……!"

하지 말라고 말하려던 순간 또다시 심장을 누가 쥐어뜯는 듯 끔찍한 통증이 밀어닥쳤다.

콰득-!

저도 모르게 반사적으로 이를 악문 카리나가 입안에 씹힌 단단하면서도 말캉한 무언가에 눈을 크게 떴다. 그녀가 놀란 듯 밀라이언을 바라봤다.

"쉬이, 괜찮다."

밀라이언은 제 손가락에 통증이 온 것도 모른다는 듯 걱정 가득한 표정으로 그녀의 등을 쓸어 주기 바빴다.

카리나가 고개를 저으며 그의 손을 밀어내리려고 했다.

"됐어, 이까지 상하면 어쩌려고. 그대가 깨무는 걸론 간지럽지도 않으니 걱정하지 마."

카리나가 대답 대신 고개를 저었다.

"이제 좀 괜찮아졌나?"

다정한 목소리가 귀에 박혔다. 안 그래도 흐릿한 시야가 한층 더 흐릿해졌다. 카리나가 주먹을 꽉 쥐었다. 통증보다도, 눈앞의 그 때문에 마음이 아팠다.

당신은 왜 이렇게 한없이 다정한가. 속이고 있는 자신이 혐오스럽고 싫을 정도로 그는 다정했다. 난생처음 느껴 보는 다정함에 순식간에 빠져들 것처럼.

"왜……."

왜 그렇게 잘해 주냐고 물을 수도 없었다. 그가 자신에게 잘해 주는 이유에 뭐가 있을까?

차라리 뭔가를 바라는 것이라면 더 나으리라. 그러나 그는 아무것도 바라지 않는다. 그 사실이 더욱 속을 뒤집어 놨다.

투둑. 흐릿해진 시야에서 떨어진 눈물이 볼을 타고 시트 위로 흘러내렸다.

툭, 투둑.

투두둑 떨어지기 시작한 눈물에 밀라이언이 당황을 숨기지 못하곤 눈동자를 굴렸다. 후두둑 후두둑 떨어지는 눈물이 대체 어디서 나오는 것인지, 그녀는 소리 없이 울었다.

"그렇게 심각하게 아픈가?"

밀라이언이 그녀의 입술 사이에서 손가락을 조심스럽게 빼내곤 그녀를 품에 끌어안았다. 당혹스러운 표정으로 서툴게 등을 토닥이는 그의 행동에 둑이라도 넘친 듯 카리나의 눈물이 양을 늘려 갔다.

"카, 카리나. 윈스턴을 불러올까?"

"흡……."

울음을 삼키려는 듯 끙끙 앓는 그녀의 얼굴이 축축하게 젖어 들어갔다. 작은 몸에서 대체 무슨 물이 이렇게 많이 나오는지. 비라도 내리는 것처럼 후드득 떨어지는 눈물이 순식간에 그의 어깨를 적셨다. 곧 있을 파티를 위해 갈아입은 옷이긴 하지만 그것이 더러워지는 건 문제가 되지 않았다.

"카리나."

밀라이언이 냉큼 그녀를 품에 안아 들고 자리에서 일어났다. 어린 아이라도 달래는 듯 그가 그녀를 품에 안은 채 방 안을 8자로 이리 저리 뱅뱅 돌기 시작했다.

"쉬잇, 울지 마라. 많이 아픈가?"

밀라이언의 말에 카리나가 고개를 저었다. 통증은 잦아든 지 오래다. 간헐적으로 찾아오는 통증은 또 소리 소문 없이 이렇게 사라지곤 했다. 그러니 그것은 문제가 되지 않았다.

"미안, 미안하다."

밀라이언이 이제는 사과를 하기 시작했다. 무엇을 잘못했는지는 몰라도 그녀가 서럽게 우는 데는 나름대로 이유가 있다고 생각했기 때문이었다.

"카리나."

"……흐."

그가 조금 진정되는 카리나의 등을 열심히 쓰다듬었다. 누군가 달래 준 기억이라곤 아주 어릴 때 아버지가 품에 안아 줬던 것뿐이었다. 그 외의 기억은 딱히 없다. 제법 오래된 기억이지만 거의 반사적으로 어릴 때와 비슷하게, 그는 그녀를 달래고 있었다.

카리나가 밀라이언의 품으로 파고들며 몸을 웅크렸다. 다정한 사람이지만 이제는 그 다정함이 독처럼 느껴졌다.

"이제 좀 괜찮나?"

"네……."

울어서 잔뜩 가라앉은 목소리로 카리나가 조용히 대답했다.

축 처진 목소리에 밀라이언이 그녀를 조심스럽게 살폈다. 목소리만 축 처진 게 아니라 고개도 축 처져 있었다.

"많이 아팠어?"

그가 최대한 다정하게 물으려고 노력했다. 얼마나 아팠으면 맨날 괜찮다는 사람이 서럽게 눈물을 뚝뚝 흘렸을까 싶다. 밀라이언이 조심스럽게 그녀의 얼굴을 이리저리 살폈다.

"괜찮아요."

힘없는 대답이었다.

밀라이언이 조심스럽게 카리나를 침대에 앉히고 그 밑에 한쪽 무릎을 꿇었다. 눈높이를 맞춘 그가 벌겋게 짓무른 카리나의 눈 밑을 엄지손가락으로 조심히 쓸어 냈다.

"아팠으면 사람을 부르지 그랬어."

"……괜찮았어요."

"또 거짓말을 하는군."

짐짓 서운하다는 듯 말을 하는 밀라이언의 목소리는 여전히 조심스럽다. 자신에게 느껴질 정도니 그가 얼마나 노력을 하고 있는지는 말하지 않아도 느껴졌다.

"정말이에요."

"내가 보기엔 괜찮지 않아 보여."

"……"

"아팠으면 아팠다고 해도 돼. 아프면 소리를 질러도 되고 화도 내. 그렇게 꾹꾹 억누르고 앓으니까 더 아픈 거다."

차라리 소리를 지르면 통증이 한결 덜하다는 것을 그녀는 아직 모르는 듯했다. 그것이 안쓰럽고 아쉬웠다. 차라리 참지 말고 주변에 화를 내면 고통이나 마음의 상처가 덜하다는 것을 알면 좋을 텐데.

그 정도 짜증은 얼마든지 받아 줄 의향이 있다. 그리 세게 깨문 것도 아닌 것을, 손가락 한 번 깨물었다고 굳어 버린 그녀에 속이 상했다.

"카리나."

"네."

"오늘은 연회 참석하는 것보단 쉬는 게 어때. 어차피 오늘은 전야제라 가볍게 하는 거고 본격적인 연회는 내일이니까."

"······전야제요?"

연회라는 것에 전야제라는 게 있었던가. 카리나의 고개가 기울어졌다. 지금껏 몇 번의 연회에 참석해 봤지만 전야제라는 것을 했던 연회는 없었던 것 같다.

"그래, 전야제. 하루 전에는 가볍게 얼굴만 마주하고 술잔을 기울이곤 헤어지지."

"······연회에 그런 게 있어요?"

"북부엔 있다."

조금의 망설임도 없이 튀어나온 그의 대답에 카리나가 미묘한 눈을 하면서도 순순히 수긍했다. 북부와 남부의 문화가 확연히 다르니 연회 문화도 다를 수 있겠지. 밀라이언이 굳이 그런 거짓말을 할 필요도 없었고 말이다. 게다가 확실히 술잔을 나누는 전야제라면 카리나가 참석하지 않아도 괜찮았다.

'술은 마시지도 않으니까.'

그래도 연회에 참석하고 싶었는데 전야제라는 게 있어서 다행이었다. 딱히 시녀들에겐 듣지 못했지만······.

'너무 당연해서 말을 안 해 줬나?'

그들에겐 당연한 것이었으니 설명해 주는 걸 잊었을 수도 있고 설명할 필요성을 못 느꼈을 수도 있겠다. 아쉬운 표정을 했던 카리나가 옅게 웃으며 입을 열었다.

"알겠어요."

"그래, 나도 가볍게 정리하고 다시 올 테니 조금 쉬고 있어. 아프면 바로 설렁줄을 당기고."

"네."

그녀의 대답을 들은 밀라이언이 가볍게 고개를 끄덕였다.

하론을 배 위에 올리고 끌어안은 카리나가 문고리를 돌리는 그를 바라봤다.

"밀라이언."

카리나의 부름에 밀라이언이 곧장 반응했다. 문고리를 잡은 채 그가 고개를 돌렸다.

"고마워요."

"천만에, 푹 쉬고 있어."

"네."

밀라이언이 사뭇 조급한 듯 발 빠르게 방을 빠져나갔다. 카리나가 멍하니 눈을 끔뻑였다. 얼마 만에 흘려 본 눈물인지.

'죽는다고 했을 때도 괜찮았는데.'

뭐가 그렇게 서러웠던 걸까? 그저 등을 두드려 주고 어쩔 줄 모르는 얼굴로 괜찮으냐고 쉬지 않고 물어 주는 정도였는데. 눈을 감고 눈두덩이에 팔을 올렸다. 열기가 올랐던 눈에 팔이 닿으니 자못

시원하게까지 느껴졌다. 달래 주던 밀라이언의 손길이 무척 서툴렀다. 손가락을 입안에······.

"으아······!"

내가 대체 무슨 짓을 한 거야!

벌리라는 대로 입을 벌린 자신이 싫어졌다. 카리나가 끙끙 앓는 소리를 내며 손바닥에 얼굴을 묻었다. 정말 부끄럽다.

다정한 게 서글픈 일이라는 걸 여태 몰랐다. 다정함은 서글프다. 그 다정함을 어떻게 해서도 되돌려 줄 수 없다는 것을 잘 알고 있으니까.

"바람 같은 사람이야."

자유롭고 내키는 대로 살아간다는 점도 그렇지만 자신이 결코 손에 쥘 수 없는 사람이란 것도 그랬다. 입안이 썼다. 카리나의 입가에 처연한 미소가 자리 잡았다.

달칵.

"하아······."

문을 닫은 밀라이언이 커다란 한숨을 내쉬었다. 방금 자신이 도대체 무엇을 한 것인지, 다시 생각해 봐도 절로 열이 올랐다. 기댈 곳 없다는 듯 제 품에 안긴 채 떨어질 줄 몰랐던 카리나를 떠올리며 밀라이언이 성마른 손길로 얼굴을 쓸어내렸다.

"전야제······."

말도 안 되는 말로 변명을 하고 나온 스스로가 우스웠다. 밀라이언이 카리나의 얼굴을 떠올리며 다시금 새어 나오는 한숨을 뱉었다. 그가 곧장 계단을 내려갔다.

전야제는 없다. 북부도 똑같은 사람들이 사는 곳이고 심지어 성미가 얼마나 급한데 전야제가 어디에 있겠는가. 그러나 밀라이언은 그녀가 이 연회에 얼마나 참여하고 싶어 했는지 누구보다 잘 알았다. 한 번도 연회에 참여해서 즐겨 보지 못했다는 그녀를 위해 그는 얼마든지 권력을 남용할 마음이 있었다.

성큼성큼 걸어간 그가 저택 뒤쪽에 마련된 야외 연회장으로 향했다. 말이 야외지, 투명한 돔 형태의 유리로 둘러싸여 있어서 춥지 않았다. 야외 연회장으로 향하는 밀라이언의 얼굴에서 서서히 서툰 감정이 자취를 감췄다.

"어서 오십시오, 아가씨께선……."

"몸이 좋지 않아 오늘은 쉴 예정이다. 그리고 연회도 하루 미루도록 하지."

"네……?"

"전야제라는 걸로 해 둬. 술을 먹고 마시는 건 마음대로 하라고 하되 연회는 내일이라고 전해."

갑작스러운 밀라이언의 통보에 팽의 얼굴이 기묘해졌다. 사람은 다 초대했는데 갑자기 무슨 전야제라는 말인가. 애초에 연회에 전야제가 어디에 있던가. 성격도 급한 사람들이라 한 시간을 기다리는 것도 그다지 좋아하지 않는 이들이 많았다. 지금이 딱 한 시간이 넘었으니 슬슬 하나둘 본성을 드러낼 때가 됐다.

"안 들어오고 뭐 합니까, 각하?"

"오늘은 참가 안 한다."

"오늘은…… 이라니, 연회는 하루잖습니까. 나머지 이틀은 회의에 들어갈 테고."

"전야제다."

"전야…… 뭐요?"

구릿빛 근육질 몸에 보라색 머리카락을 가진 젊은 사내가 벽에 팔을 대고 비딱하게 기대선 채 황당한 표정으로 되물었다.

밀라이언이 한숨을 내쉬었다.

"전야제라고 했어."

"……아니, 전야제가 어딨습니까?"

"그렇게 전해. 일정 하루 더 늘리는 건 이쪽에서 해결해 줄 테니 그렇게 알고. 어차피 토벌 준비할 거잖아."

밀라이언이 느릿하게 품에서 궐련을 꺼내 입에 물며 말했다. 나른해 보이는 그 눈빛을 보며 사내의 눈이 가늘어졌다. 대체 이 남자가 무슨 말을 하는 건가? 전야제고 뭐고 이 연회를 여는 거 자체를 귀찮다고 매번 일찍 끝내려던 사람이. 연회를 하루 더 늘린다고?

"미쳤습니까? 아니면, 드디어 죽을 때가 된 겁니까?"

"크램버 남작! 말씀이 너무 지나치십니다!"

곁에서 듣고 있던 팽이 경악하며 그를 제재했다.

"아니, 집사. 집사가 얘기해 봐. 전야제가 어딨어?"

"이봐, 크램버 남작."

밀라이언이 궐련을 깊게 빨아들이곤 연기를 길게 뱉었다. 뿌연 연기가 하늘 높이 치솟았다가 흩어졌다. 그가 오른손으로 궐련을 가볍게 붙잡아 입에서 떼어 냈다.

"내가 그렇다면 그런 거야. 술은 그대들이 원하는 만큼 즐기되, 본 연회는 내일이니까 내일 한 사람도 빠짐없이 참석할 수 있도록 해."

"⋯⋯허어!"

크램버 남작이 제 머리를 쓸어 넘겼다. 긴 머리카락이 들춰지자 안쪽으로 깊은 검상이 보였다가 순식간에 자취를 감췄다. 그뿐만이 아니라 그의 팔 곳곳에는 다양한 검상의 흉터가 남아 있었다.

"그럼 그런 거로 알아."

"반발이 심할 텐데요."

"니들 수준에서 반발이라고 해 봐야 기껏 탁상 뒤엎기잖아?"

픽 바람 빠진 웃음을 흘린 밀라이언이 궐련을 한 번 더 빨아들이곤 팽에게 꽁초를 넘겼다. 그가 그대로 미련 없이 몸을 돌렸다.

"어디 갑니까?"

"자러."

"아니, 저 인간이 미쳤나⋯⋯."

새벽에 자는 것이 일상인 인간이 이제 막 해가 진 저녁에 잠을 자긴 뭘 잠을 자?! 변명 같지도 않은 변명을 내뱉고 미련 없다는 듯 성큼성큼 2층으로 올라가는 밀라이언을 보며 크램버 남작의 얼굴이 일그러졌다.

"아 씨, 죽었다."

다른 귀족들에게 말을 전달하는 임무를 받은 그는 이번 연회의 가장 어린 막내였다.

# Chapter 10

밀라이언은 곧장 카리나의 방으로 돌아왔다. 중간에 어디 들르는 일도 없었다. 크램버 남작과 잠시 말을 섞는 사이사이에도 계속 그녀가 생각났다. 눈앞에 아른거려서 도저히 가만히 있을 수가 없었다.

똑똑.

방문에 선 밀라이언이 가볍게 노크했다.

"네."

들려오는 대답에 밀라이언이 곧장 문을 열었다. 카리나는 한층 괜찮아진 표정으로 침대 헤드에 기대어 앉아 있었다. 그녀를 보고서야 밀라이언의 입가에 옅은 미소가 자리 잡았다.

"이제 좀 진정이 된 모양이야."

"네, 걱정 끼쳐서 죄송해요."

"괜찮아. 아프면 언제든 아프다고 말해."

"……네."

카리나가 흐릿하게 웃었다. 창밖으로 보이는 나뭇가지는 제법 앙상했다. 나뭇잎 몇 개가 대롱대롱 달려 있는 것이 전부였다. 곧 모두 떨어질 것을 안다. 알기에 조금이라도 더 기억하고 싶었다.

"옆에 앉아도 되겠나?"

"네."

뭘 그런 걸 묻나 싶어 고개를 끄덕였다. 언제나처럼 의자를 가져와 앉을 줄 알았지만 밀라이언은 곧장 그녀를 향해 걸어왔다. 그러고는 그대로 그녀가 앉은 자리 옆에 털썩 앉는다.

침대가 크게 출렁거렸다. 카리나의 눈이 크게 뜨였다. 설마 옆에 앉을 줄은 생각지도 못했으니까.

"……아."

"왜 그런 표정이야?"

"아, 아뇨."

그녀가 냉큼 고개를 저었다. 사실 나쁠 것은 없다. 예상하지 못했던 상황이라서 조금 당황했을 뿐이다. 표정에 그대로 드러나는 그녀의 생각에도 밀라이언은 모른 척 살짝 더 몸을 붙여 앉았다.

"페리얼이 없으니 조용하군 그래."

"음, 그런가요? 그래도 떠들썩한 게 좋지 않아요?"

"그놈이 떠드는 건 소음이야."

밀라이언이 단호하게 말했다. 도움을 청한 것치곤 참으로 박한 대우였다. 하지만 최근 밀라이언으로선 페리얼이 무척 거슬렸다. 굳이 어디가 거슬리냐고 묻는다면 사실 콕 집어 대답할 수가 없다. 하지만 카리나에게 필요 이상으로 다가간다거나 카리나에게 자꾸 말을 걸고 친한 척을 할 때마다 기분이 묘했다. 거기에 더해 카리나와 친근하게 지내는 것은 더욱 그랬고.

"이번 토벌에서 나오는 하론은 전부 내가 가져오기로 했어."

"……하론을요?"

"그래. 오늘 온 다른 영주들에게도 그렇게 통보할 참이다. 그러니 그대는 버티고만 있어."

밀라이언의 말에 카리나가 눈을 크게 떴다. 저도 모르게 벌어진 눈꺼풀 사이로 시선이 흔들리는 것이 느껴졌다. 그가 지금 무슨 말을 했는지 모르지 않는다.

"……왜 그렇게 잘해 줘요? 제가 뭘 해 줬다고. 줄 수 있는 것도 없는데."

"그저 그대가 무사하길 바라. 내년에도 내후년에도 그림을 그리면서 즐겁게 있어 줬으면 좋겠어."

기약할 수 없는 시간을, 그는 당연하다는 듯 혀끝에 올린다. 그가 바라는 건 아마도 자신이 계속 그림을 그리는 것뿐이겠지만…… 그럴 수 없다는 것을 알고 있다.

"밀라이언."

"음?"

"저…… 밀라이언을 따라가고 싶은데 안 될까요?"

그가 토벌을 마치고 오는 시기는 못 해도 한두 달은 족히 걸릴 거다. 길어지면 석 달까지 걸리는 경우도 있다고 했다.

솔직히 말해서…… 카리나는 그것을 기다릴 자신이 없었다. 그가 돌아올 때까지 자신이 무사할 거라는 보장이 어디에 있겠는가.

그가 돌아올 때 자신이 살아 있을 수 있다는 보장은? 멀쩡한 모습일 거라는 보장은 또 어디에 있지? 지금도 이렇게 심장이 아파서, 심장을 쥐어뜯고 싶은데……. 그동안 자신이 그림을 그려서 그 통증을 계속해서 피하려고 하면 어쩌는가.

통증이 올 때마다 오아시스를 찾는 사막의 부랑자처럼, 이제는 반사적으로 그림을 그리고 싶어진다. 페리얼의 이야기 속에서 왜 창조자들이 점점 미친 것처럼 작품 활동을 해 댔는지 알 것 같았다. 그들 역시 이런 통증에 시달렸던 거다. 어떤 약을 먹어도, 어떤 방법을 써도 결코 헤어 나올 수 없는 끔찍한 통증을 피하기 위해서 작품을 쉬지 않고 만들어 냈던 거다.

'죽고 싶었을 리가 없지.'

차라리 죽음을 바랄 정도로 끔찍했다. 누군가 심장을 붙잡고 쥐어뜯고 바늘로 찌르고 찢어 내는 듯한 감각이 생경하게 머릿속에 닿았으니까.

"……날 따라가다니?"

"밀라이언의 토벌에 따라가고 싶어요. 방해가 안 되게 뒤쪽에만 있어도 좋아요."

"안 돼."

밀라이언이 금세 험악한 얼굴을 했다. 그러면서도 목소리를 높이지 않는 걸 보면 그녀를 배려하는 게 분명했다. 카리나가 풀이 죽은 눈으로 그를 올려다봤다.

움찔.

밀라이언의 눈썹이 크게 떨렸다. 하지만 안 되는 건 안 되는 거다. 된다고 말해 주고 싶은 혀를 이빨로 짓씹으며 그가 다시 고개를 저었다.

마수 토벌은 위험한 것을 떠나서 곱게 자란 사람이 볼 것이 못 됐다. 곱게 자라지 않았더라도 그녀에게 그런 모습을 보여 주고 싶지 않았다.

뭣보다, 그곳에 가면 밀라이언은 한껏 예민해진다. 예전에는 괴물

소리도 들었으니 자신이 마수를 토벌할 때 어떤 느낌인지는 더 생각할 것도 없다. 토벌 후에 궐련을 입에 무는 것도 예민해진 감각을 조금이라도 둔화시키기 위함이었다.

밀라이언이 다시 한번 고개를 저었다. 세 번의 단호한 거절이 짧은 시간에 벌어졌다.

카리나가 눈꼬리를 축 내리며 고개를 숙였다.

쿵―!

밀라이언의 가슴이 바닥에 가라앉았다. 이게 뭐라고 저렇게 축 처지느냔 말이다. 그가 다급하게 카리나의 머리를 내려다보다가 입을 열었다.

"카리나, 바깥이 보고 싶으면 토벌에 다녀와서 가는 걸로 하자."

"……."

"응? 밖은 위험해. 특히 지금은 마수들이 너무 많아서 그대가 보기에 좋은 모습인 것도 아니야. 토벌하면 뇌수나 내장이 흘러나오고 주변이 피투성이가 돼."

"괜찮아요."

"나도 피에 절어서 사람처럼 보이지 않을 거야."

"……그래도 밀라이언이잖아요."

그의 걱정을 알지만 카리나는 물러날 수가 없다. 간신히 곁에 있고 싶은 사람을 찾았는데…… 무려 두세 달이나 토벌을 나간단다. 그러면 자신이 그를 볼 수 있는 시간은 기껏해야 한두 달이다.

겨우 한두 달.

좋아하는 사람과 함께할 수 있는 시간이 겨우 그것뿐이라니. 차마 웃음도 나오지 않았다. 얼마 남지 않은 시간을 쪼개고 쪼개서 계산하는 스스로도 우습기 그지없다.

'정말 죽을 날 기다리는 사람이네.'

죽을 날 기다리는 사람은 맞지만 이 정도가 되니 조금 비참한 기분도 든다.

"전 밀라이언이랑 조금이라도 더 같이 있고 싶어요."

카리나가 솔직하게 입을 열었다. 진심 어린 감정은 전할 수 없겠지만 그는 어찌 보면 자신을 도와준 은인이기도 했다. 은인에게 도움이 되고 싶은 것은 당연한 일이 아니던가.

"……."

밀라이언에게서 대답이 없다.

'역시 안 되나.'

무슨 말을 더 해야 하나? 아니면 알겠다고 순순히 물러나서 다른 방법을 찾아봐야 하나?

고민하던 카리나가 고개를 들었다. 그리고 그녀의 눈이 더할 나위 없이 커졌다.

"……밀라이언?"

"……."

그의 얼굴이 새빨갛게 달아올라 있었다. 붉어진 귓불은 물론이거니와 당황한 듯 굳어 버린 그 얼굴 때문에 카리나 역시 제가 한 말을 곱씹으며 멍청하게 굳었다. 방금 내뱉을 땐 별말 아닌 것 같았는데, 그가 그렇게 굳어 있으니 말을 잘못한 것 같다는 생각만 든다.

"그, 저기…… 맨날 집에만 있으니 답답하기도 하고…… 혼자는 또 싫어서요."

"아, ……음."

밀라이언이 고개를 끄덕였다. 깊은 바다 속에서 건져지기라도 한 듯이 퍼뜩 고개를 드는 그를 보며 카리나가 숨을 삼켰다.

'……이건 또 왜 이래?'

밀라이언이 시끄럽게 울리는 제 심장 소리에 미간을 좁혔다. 최근 들어서 정말 설명하기 버거운 일들로 가득했다. 그가 곤란한 눈으로 카리나를 내려다봤다.

데리고 가고 싶지만 변수가 너무 많았다. 마수 토벌은 말 그대로 정예부대의 일이었다. 그녀의 호위로 사람을 돌리는 건 아깝지 않다. 하지만 한 명을 그녀의 호위로 돌리게 되면 불확실한 것이 많은 이번 토벌에선 손실일 것이다. 그가 제대로 지휘하지 않으면 북부 전체가 여러모로 위험했다.

"그대가 그렇게 원하니 나도 데리고 가 주고는 싶다. 하지만……."

"호위가 문제라면, 헤르타를 데려가면 되잖아요."

"……헤르타?"

"네, 뒤뜰에 있다면서요."

그러고 보니 그것도 있었지. 밀라이언이 이마를 짚었다. 처음에는 두려워서 벌벌 떨던 기사들도 생각보다 얌전하게 구는 헤르타가 마음에 드는지 종종 간식도 가져다준다고 들었다.

'그러고 보니 무척 난폭했는데…….'

날카로운 살기도 꽤 줄어들었다. 그때는 마치 굶주릴 대로 굶주린 맹수를 마주하고 있는 줄 알았는데.

"사고는 치지 않고 있죠?"

"생각보다 얌전하다더군."

"음, 헤르타를 데리고 가도 안 될까요?"

"······."

밀라이언이 팔짱을 꼈다.

곁에 앉은 카리나가 기대에 찬 눈을 반짝거리고 있었다. 바로 옆에서 들리는 숨소리에 그가 천천히 눈을 감았다가 떴다. 누군가의 숨소리를 이토록 가깝게 듣는 것도 퍽 신기했다. 누군가 같이 침대에 앉을 거라곤 생각해 본 적이 없었는데 불편하지도 꺼림칙하지도 않다. 어릴 적에도 해 본 적 없는 일을.

"그 마수는 확실히 도움이 되지."

페리얼의 말에 따르면 이미 카리나의 통제를 벗어났다는 마수는 어쩐지 사라지지 않고 있었다. 카리나도 페리얼도 그 이유를 모르는 듯했다.

"저도 도움이 될 거예요."

"그대의 도움은 괜찮아. 난 제발 그대가 가만히 있었으면 좋겠어."

어딘가를 돌아다니다가 쓰러지진 않을까 걱정이 됐다. 발작 주기도 생각보다 그렇게 길지 않은 것 같았고. 걱정스러웠다.

"······그래도요."

"그 건은 조금 고민해 볼게."

밀라이언이 결국 확답은 하지 못한 채 다음을 기약했다. 다음이라고 해 봐야 이번 회의 때 최종적으로 결정되겠지만.

'······미치겠군.'

그녀가 싫은 것은 아니다. 굳이 방해가 된다고 생각하는 것도 아니었다. 문제는 그녀의 약한 몸이다. 자주 일어나는 발작과 창백한 얼굴은 당장에라도 쓰러질 것처럼 카리나를 위태로워 보이게 했으니까.

"생각해 주는 것만으로도 충분해요."

카리나가 활짝 웃었다.

쿵. 쿵. 쿵.

빠르게 펌프질하는 심장에 밀라이언이 숨을 삼켰다. 도대체 이 감정은 무엇인지, 이 느낌은 무엇인지 알 수가 없다.

그가 손을 올려 제 가슴을 꾹 눌렀다. 심장이 먹먹하고 귀에 이명이 울린다. 아주 천천히 눈을 깜빡인 밀라이언의 시선이 허락이라도 받은 듯한 얼굴로 웃고 있는 카리나를 향했다.

반달로 접힌 그녀의 눈꼬리에 향했던 시선이 그녀의 코와 야윈 턱선을 타고 천천히 내려왔다. 이윽고 색소 옅은 입술에 닿은 순간 뚝, 멈췄다.

그의 붉은 눈이 순식간에 욕망에 잠식됐다. 저 입술을 그대로 탐하고 싶다. 살짝 깨물어 그 안으로 파고든 다음, 입술이 발갛게 물들 때까지 빨아 주고 싶다. 숨이 약간 부족한 그녀의 얼굴은 붉게 상기될 테고 가쁜 숨을 몰아쉬겠지.

이런저런 생각을 하던 밀라이언이 그대로 굳었다. 자신이 지금 무슨 생각을 하고 있는 건지 모르겠다.

"······하."

그가 제 이마를 짚었다.

낮은 한숨에 카리나가 고개를 돌렸다. 밀라이언은 어쩐지 무척 언짢은 표정을 하고 있었다. 카리나의 심장이 순간 툭 바닥으로 떨어졌다.

"아, 근데, 저······."

카리나가 긴장을 삼켰다. 애써 아무렇지도 않은 듯 웃어 보이려

노력하며 그녀가 입술을 벌렸다.

살짝 벌어져 선홍색 혀가 움직이는 그녀의 입술에 밀라이언의 시선이 고정됐다.

"싫으면, 그것도 괜찮으니까 정말 싫으면……."

카리나가 눈동자를 도르르 굴렸다.

"진짜, 정말로 싫으시면…… 말해 주세요."

혹여 그에게 괜히 미움을 받고 싶진 않았다. 그래도 가고 싶은 마음을 완전히 포기할 순 없어서 카리나는 조금 비겁한 선택을 했다. 그가 웬만해선 거절할 수 없는 말을 덧붙였다.

"말했잖아. 그대가 가는 게 싫은 것도 아니고 그게 문제가 아니라고."

"……그래요?"

"그래. 그러니 걱정하지 마."

손을 뻗은 밀라이언이 카리나의 머리를 쓰다듬었다. 그의 시선이 힘겹게 그녀의 입술에서 떨어졌다. 시선을 들자 짙푸른 눈동자가 자신을 직시하는 것이 빤히 보였다.

"……카리나."

"네?"

나직하게 그녀의 이름을 부른 밀라이언이 살짝 고개를 기울였다. 그가 천천히 카리나의 코앞까지 다가갔다. 숨결이 섞일 정도로 다가오는 밀라이언을 본 카리나가 뻣뻣하게 굳었다. 더 움직일 수 없을 정도로 굳어 버린 그녀가 코가 맞닿을 거리에서 멈춘 그를 보며 주먹을 꼬옥 쥐었다. 질끈, 카리나가 눈을 감았다.

"……."

마치 겁에 질린 듯한 그 모습을 본 밀라이언이 입을 다물었다. 파혼을 원한다고 말한 건 자신이다. 귀찮은 것이 싫었다. 약혼이 깨어지면 한층 더 편해질 거라고 굳게 믿었다.

'멍청한 짓을 했군. 병신 같은 놈.'

밀라이언이 속으로 자신을 욕했다. 밀라이언이 엄지손가락으로 조심스럽게 그녀의 입술을 쓸곤 천천히 몸을 물렸다. 눈앞의 먹잇감이 자신의 인내심을 충동질했다.

"먼지가 있었다. 가까이 다가가서 미안하군."

"아……! 아, 아뇨. 아니에요."

카리나가 황급히 고개를 내저었다. 그가 미안할 것은 없다. 괜히 오해한 자신이 멍청하지. 그녀의 얼굴이 부끄러움에 새빨갛게 달아올랐다.

'대체 뭘 기대한 거야?'

그녀가 황급히 손을 들어 벌겋게 달아오른 얼굴을 벅벅 문질렀다. 한결 어두워진 그녀의 표정을 보던 밀라이언의 얼굴도 어두워진다.

"그, 몸이 괜찮다면 얼른 자도록 해."

"아…… 벌써요?"

한 것도 없는데 벌써 자기엔 아쉽다. 물론 이미 저녁이 되어 버렸지만 식사도 하지 않았고 그와의 대화를 끝마치기도 아쉬웠다.

카리나가 슬금슬금 손을 움직여 밀라이언의 손을 붙잡았다.

움찔.

갑작스럽게 닿아 온 온기에 밀라이언의 어깨가 크게 들썩였다.

"……."

"……."

카리나가 볼을 붉힌 채 고개를 푹 숙였다. 다행히 밀라이언은 붙잡아 온 그녀의 손을 내치는 대신 오히려 단단하게 깍지를 껴 맞잡았다. 그녀의 눈이 크게 뜨였다.

"카리나."

"네?"

"이건, 그대가 날 자극한 거야."

꽈악, 느슨하던 손에 한껏 힘이 들어갔다. 단단하게 붙잡힌 손에 카리나가 당황하며 고개를 들어 올리는 순간, 입술에 말캉한 것이 닿아 왔다.

카리나의 눈이 커졌다. 당황한 듯 눈동자를 굴리는 카리나를 보며 밀라이언이 허락을 구하듯 느릿하게 그녀의 아랫입술을 혀로 톡톡 두드렸다. 카리나가 눈을 질끈 감은 채 천천히 입술을 벌렸다. 따뜻하고 축축하면서도 말캉한 것이 기다렸다는 듯 입술 사이로 빠르게 파고들었다.

그녀의 얼굴이 새빨갛게 달아올랐다. 지금 이것이 꿈인지 그것도 아니면 혼자만의 망상인지 모르겠다. 카리나가 맞잡은 밀라이언의 손을 한층 힘을 줘 붙잡았다.

아랫입술을 아프지 않게 살살 깨물며 밀라이언이 천천히 그녀의 입안을 헤집었다. 카리나의 입안은 무척이나 작았다. 한입에 집어삼키면, 전부 짓씹어 버릴 수 있을 정도로. 부서질까 무섭다. 혹시나 잘못될까 봐 밀라이언의 입맞춤은 무척이나 조심스러웠다. 그녀의 안을 이곳저곳 헤집으면서도 천천히 탐색하듯 느릿느릿했다.

그녀의 입천장을 살짝 건드리자 카리나의 몸이 흠칫, 흠칫 떨렸다. 생경한 감각에 이러지도 저러지도 못한 채 굳은 것이 빤히 보였다.

밀라이언이 눈을 살짝 뜬 채 눈매를 휘어 눈웃음을 지었다. 그녀를 보고 있으려니 절로 입꼬리가 올라가고 눈매가 휘어진다. 이런 감정을 느낀 적이 평생 있었던가? 밀라이언이 잠시 의문을 떠올렸다가 이내 털어 냈다. 굳이 깊게 생각할 것은 없다. 지금 그 감정을 생생하게 경험하고 있으니까.

밀라이언이 일부러 카리나의 입천장을 슥 건드렸다. 톡 건드릴 땐 흠칫하며 몸이 한 번 들썩이더니 느릿하게 쓸자 이번에는 부들부들 떨리기 시작했다. 벌겋게 달아올라 살짝 눈물이 맺힌 눈이 조금 괴롭혀 주고 싶을 정도였다. 하지만 그녀의 몸이 얼마나 약한지 그는 충분히 알고 있었다. 아프게 하고 싶지는 않았다. 아픔에 그렇게 끔찍하게 몸서리치며 소리 없는 눈물만 뚝뚝 흘리던 그녀였으니까.

카리나의 입안을 탐색하던 그의 혀가 갈 곳을 잃고 굳어 있는 말캉한 것에 닿았다. 할짝, 그녀의 혀를 핥자 카리나가 파드득 몸을 떨며 눈을 크게 떴다. 밀라이언이 모른 척 그것에 맞춰 냉큼 눈을 감았다. 카리나가 이러지도 저러지도 못한 채 어쩔 줄 몰라 뻣뻣하게 굳었다. 밀라이언이 가볍게 그녀의 혀를 제 것으로 감싸 살짝 빨아들였다.

"흣……!"

그녀의 입에서 기어코 옅은 신음이 새어 나왔다.

새하얗게 질려 가는 카리나의 얼굴을 보며 밀라이언이 휘감은 그녀의 것을 천천히 제 쪽으로 끌어당겼다.

혀뿌리가 얼얼할 정도로 당겨지자 카리나의 눈에서 생리적인 눈물 한 방울이 톡 떨어졌다. 아프진 않지만 빠듯하긴 했다. 난생처음

겪는 입맞춤은 그 감각이 무척이나 생경하고 또 부끄러웠다. 이것저것 뒤섞인 감정이 눈물 한 방울에 모두 담긴 듯 흘러내렸다.

새빨갛게 달아오른 그녀의 얼굴을 보던 밀라이언이 천천히 얽었던 혀를 풀며 슬쩍 얼굴을 뒤로 물렸다. 그제야 카리나가 부족했던 숨을 벌건 얼굴로 몰아쉬기 시작했다.

"그, 흐……."

카리나의 입술이 새빨갛게 변해 번들거렸다. 밀라이언이 제 입술을 혀로 핥으며 그녀의 입술 위에 가볍게 입을 맞췄다.

"밀…… 라이언……?"

카리나가 당황한 듯 밀라이언을 바라봤다. 갑작스러운 입맞춤이었다. 생각한 적도 없는, 정말로 갑작스러운 입맞춤. 하지만 싫지 않았다. 오히려 조금 상상하기도 했었다.

'……이런 일이 없을 줄 알았는데.'

죽을 때까지 그와 어느 정도 이상 가까워지는 것은 힘들 거라고 생각했다. 설마 이렇게 입술을 맞추게 될 줄은 생각지도 못했다.

"……그래."

당황한 카리나의 눈을 마주하고서야 밀라이언은 제가 저지른 일의 실수를 깨달았다. 지금 자신이 무엇을 했던가. 충동을 이기지 못하고 그녀의 입에 입술을 맞췄다.

'……미쳤군.'

미쳤다. 상상만 하다가 돌아 버린 게 분명했다. 아니면 욕구 불만이라도 온 것인가? 애초에 자신에게 욕구 불만이 올 이유가 뭐가 있는가.

"……."

"……."

누구 하나 먼저 입을 열지 않았다. 카리나는 조심히 밀라이언을 살피다가 숨을 들이마셨다.

카리나는 그가 어떠한 마음을 자각하는 것을 바라지 않았다. 함께하는 시간이 길어질수록 상대에게 마음을 주지 않는 것은 어려운 일이다.

'……너무 격 없이 굴었구나.'

자신이 손을 잡으면 밀라이언이 맞잡아 주는 것이 좋아서, 머리를 쓰다듬어 주면 그 온기가 좋아서, 하나둘 모른 척했던 것이 어느새 그의 가슴에도 스며든 모양이다.

"좋은 저녁이네요."

"……뭐?"

"북부의 저녁은 무척 아름다운 것 같아요. 밤은 이르게 오지만 쏟아지는 별빛으로 하늘이 밝아서 밤인데도 무섭지 않아요."

날이 조금 춥고 주변에 마물이 조금 많고 산과 숲으로 둘러싸여 있을 뿐이다. 그래서 사람들이 기피하고 내켜 하지 않는 곳일 뿐이었다. 그러나 실제로 와 보니 북부는 그렇게까지 춥거나 단단하지 않았다.

나직하게 읊조린 카리나가 슬쩍 고개를 돌려 밀라이언을 바라봤다. 여전히 손은 서로 맞잡고 있어서 그의 심장 소리가 들리는 것도 같았다.

"하늘엔 은빛 강이 있는 것 같고 땅에는 다정한 사람들이 많아요. 밀라이언도 참 다정해요."

"……무슨 소리를 하는 거야?"

"이런 종류의 위로를 받아 보는 건 처음이지만 덕분에 괜찮아졌어요. 오늘 밤은 아프지 않고 푹 잘 수 있을 것 같아요."

그가 답을 찾기에 망설이고 있다면 카리나는 얼마든지 출구를 내줄 마음이 있었다. 샛길이든 중간에 억지로 통로를 파내어서든 말이다.

"……."

밀라이언의 입이 닫혔다. 여전히 발갛게 달아오른 얼굴로 카리나는 옅은 미소를 띠고 있었다.

그의 얼굴이 매섭게 가라앉았다.

"위로…… 라고?"

낮게 읊조리는 밀라이언의 말에 카리나는 대답하지 않았다. 위로였든, 위로가 아니었든, 충동이었든, 카리나는 그가 감정을 깨닫지 않길 바랐다. 그것이 어떤 감정이든 간에.

동정이든, 동정에서 피어난 애정이든, 어느 것이든 상관없다. 그는 그저 자신을 안타깝고 불쌍한 전 약혼녀 정도로만 생각해야 했다. 그렇게 헤집어 놓은 자신이 그렇게 생각한다는 것이 아이러니하고 우스운 일이 아닐 순 없었지만 말이다.

"……그대에겐 위로였군."

"……이만 자야겠어요. 조금 피곤하네요."

카리나가 가볍게 목소리를 냈다. 축객령과 다름없는 말이었다. 밀라이언이 말없이 옆에 앉아 시선도 마주치지 않는 카리나의 옆얼굴을 봤다.

"그래, 오늘은 일단 쉬도록 해."

밀라이언이 별말 없이 순순히 침대에서 일어났다. 손을 뻗어 언제나처럼 카리나의 머리를 한 차례 부드럽게 쓸어 넘겨 준 그가 수순처럼 그녀의 볼을 엄지로 살짝 쓸었다.

"혹시 몸이 좋지 않으면 언제든 부르고."

"……네."

"내일 보지."

카리나가 결국 대답하지 못하고 고개를 끄덕였다. 밀라이언은 어떤 기색도 없이 평소와 다를 것 없는 목소리로 몇 번이나 자신을 걱정하고 나갔다.

탁.

닫힌 문을 가만히 보던 카리나가 손바닥을 들어 제 눈을 꾹 눌렀다. 눈시울이 뜨거워지는 것 같았지만 참아야 했다. 그녀가 숨을 크게 들이마셨다.

"괜찮아."

눈에 힘을 준 그녀가 작게 중얼거렸다.

괜찮지 않으면 어쩔 것인가. 욕심껏 그에게 제 마음을 고백하고 그가 마음을 깨닫게 할 것인가? 그래서 남는 건? 아무것도 없다. 죽어 버리면 그만인 자신과는 다르게 밀라이언은 크게 다칠 것이다.

'화도 내지 않고 갔어.'

차라리 화를 내 줬으면 좋았을 텐데. 마지막에 했던 말은 그의 신경을 건드리기 위한 말이었다. 그러니까 아무것도 아닌 취급을 하는 자신을 향해 불만을 표출했으면 했다. 화를 내도 좋았고 짜증을 내도 좋았다. 그러면 같이 화를 내고…… 그렇게 틀어진 것 같은 분위기를 연출할 수도 있었을 것이다.

'괜히 받아 줬네.'

저도 모르게 분위기에 휩쓸려 버렸다. 아주 조금은 욕심도 있었다. 그의 다정함에 몸을 기대고 싶었다.

"좋아해요……."

차마 그 앞에선 말하지 못했던 감정 한 조각을 그녀가 조심스럽게 입 밖으로 꺼냈다. 어쩌다 좋아하게 됐는지, 언제부터 마음에 스며들고 말았는지 누군가 묻는다면 설명할 수는 없다. 그저 어느 순간부터 그의 목소리를 떠올리고 그가 있을 법한 곳에 시선이 향하고 있었으니까.

"좋아해요, 밀라이언……."

물기 젖은 목소리가 아무도 없는 방에 나직하게 울려 퍼졌다. 누가 들어도 듣기 힘든, 곧이라도 꺼져 버릴 촛불 같은 작은 목소리였다. 왜 이 고백의 대답을 듣고 싶지 않겠는가. 보답받고 싶지 않은 사랑이 어디에 있겠는가.

그러나 카리나는 그럴 수 없었다. 그와 자신이 살아갈 시간이 너무나도 달라서. 다가오고 있는 끝을 누구보다 잘 알고 있어서. 그에게 무엇 하나 솔직하게 말하지 못하는 현실이 끔찍해서.

겹칠 수 없는 시간인 것이다. 어느 한쪽이 괴로워할 것이 분명한 시간. 그러니까 카리나는 이것을 마지노선으로 정했다.

이것이 마지막이다. 감정을 이렇게 드러내는 것은 오늘이 끝이었다. 자신이 욕심을 버리지 않으면 그가 상처를 입을 거다. 그것을 이제야 깨달았다. 자신을 이렇게까지 엉망으로 만들어 놓은 감정이다. 책임감이 강한 그가 얼마나 상처를 받을지 짐작할 수도 없었다.

카리나는 아직 침대 위에 남아 있는 그의 온기 위에 손바닥을 올린 채 다른 손으로는 무릎을 끌어안고 한참이나 앉아 있었다. 온기가 식고 달이 하늘 높이 떠오를 때까지.

*"이런 종류의 위로를 받아 보는 건 처음이지만 덕분에 괜찮아졌어요. 오*
*늘 밤은 아프지 않고 푹 잘 수 있을 것 같아요."*

방으로 돌아가는 길, 떠오르는 목소리에 밀라이언은 복도 가운데
에서 우두커니 멈춰 섰다. 아무렇지도 않다는 듯, 열기를 채 감추지
도 못한 채로 이별을 고하는 사람과 같았다.

"마치 끝을 보고 있는 듯해."

혼자서 세상의 마지막을 살고 있는 것처럼 느껴졌다. 그저 벼랑
끝에 선 사람과는 느낌부터가 달랐다. 그녀는 차분하게 무언가를 정
리하고 있었다. 분위기가 그랬다. 무슨 일이 있어도 어쩔 수 없다는
듯 군다. 어쩔 수 없는 것이 있을 리가 없는데도 그것이 당연하다는
듯 생각하는 것 같았다.

"위로라……."

과연 방금 그것이 위로였는가? 의문을 떠올리는 순간 밀라이언의
입술 사이로 바람 빠진 웃음이 새어 나갔다. 어이없고 황당해서 새
어 나가는 웃음이었다.

위로는 무슨. 위로일 리가 있나. 밀라이언은 그렇게까지 세심하고
감성적인 성격은 아니었다. 뭣보다도 돌봐야 할 상대에게 위로랍시
고 입술을 맞추는 사람도 아니다. 그리고 그것은 카리나 역시 잘 알
고 있을 터였다. 그녀는 종종 자신의 생각을 미리 말할 정도로 자신

에 대해서 잘 알고 있었으니까.

그런데도 카리나는 그렇게 말했다. 그것이 아닌 것을 뻔히 알 터임에도 불구하고. 왜 그랬을까? 의문은 그것이다. 왜 굳이 그런 단어를 써서 자신을 자극했는가?

평소였다면 무슨 말을 그렇게 하냐고 한마디 덧붙이고 불쾌감을 표현했을 거다. 그러지 않았던 이유는 그녀가 마치 자신이 화내길 기다리는 것 같아서였다. 자신이 화를 낼 것을, 짜증을 낼 것을 기다리고 있는 듯했기 때문이었다.

"……돌겠군."

위로일 리가 없다. 그렇다면 나오는 결론은 하나다. 자신은 그녀를 마음에 두고 있다. 그저 돌봐야 하는 귀찮은 상대라고 생각했던 사람이 어느샌가 제게 스며들어 있었다.

'……마음에 두고 있다.'

마음에 두고 있다니. 머릿속에 불이 번쩍 들어오는 듯했다. 갈팡질팡했던 감정의 정체가 드디어 수면 위로 드러나는 순간이었다. 이름을 찾지 못했던 수많은 기묘한 현상들이 드디어 이름을 갖췄다. 미쳤다고 생각할 때가 언제였던가. 정말 자신은 미친놈이었다. 동생 같다고 생각했던 때는 언제고.

"젠장."

거기까지 생각하고 나니 조금 전 상황을 더 납득하기 힘들었다.

위로라니. 제 키스가 마음에 들지 않았다는 것을 돌려 말한 건 아닐 것이다. 그런 것을 돌려 말할 정도의 성격은 되지 않는다. 자신이 마음에 들지 않는다? 그렇다면 계속해서 자신과 손잡는 것을 좋아했을 리도 없다.

"도대체 이유가 뭐야?"

말해 주지 않으니 짐작하기가 힘들었다. 차라리 적군의 마음을 헤아려 보라는 숙제가 더 간단할 것도 같다. 밀라이언이 얼굴을 확 일그러뜨렸다.

'일단 쉬자.'

쉬고 내일 제대로 생각하는 편이 좋았다. 오늘은 그도 여러모로 충격이었다. 정신적으로 지치니 몸도 피로한 느낌이다. 우두커니 서 있던 밀라이언이 다시 멈췄던 걸음을 재촉했다. 그가 서둘러 방으로 돌아갔다.

"……."

"……."

아침 식사를 하러 내려가는 도중, 올라오는 밀라이언과 마주쳤다. 퍼뜩 떠오른 어젯밤 일에 카리나가 슬쩍 고개를 돌렸다. 밀라이언이 아무렇지도 않은 표정으로 성큼성큼 올라왔다.

"좋은 아침이군."

"……네, 좋은 아침이에요."

언제나와 다름없는 인사에 그녀가 밀라이언을 조심스럽게 살폈다. 다행히 그는 어제 일을 그렇게 마음에 두고 있는 것 같지 않았다.

'좋아해야 할지, 슬퍼해야 할지 모르겠네.'

그에게 자신이 딱 그 정도라는 의미였으니까. 이 정도면 괜찮다고 생각해야 하는 건가? 속이 씁쓸해지는 건 어쩔 수 없지만 그가 자신에 대한 마음을 접었다고 해도 불만을 표할 순 없다.

"그대를 깨우러 가는 길이었어."

"······저를요? 왜요?"

"아침 식사를 같이하고 싶어서."

밀라이언의 말에 카리나가 눈을 끔뻑였다. 카리나는 몸이 좋지 않아서 일어나는 시간이 늘 제각각이었다. 통증에 괴로워하다가 새벽녘이 다 되어서야 잠이 들 때도 있다 보니 왕왕 식사를 거르기도 했다.

"아······ 그래요?"

그녀가 미심쩍은 시선으로 대답하자 밀라이언이 순순히 고개를 끄덕인다.

"그래, 그래서 그대를 데리러 가는 길이었어."

밀라이언의 말에 카리나가 고개를 끄덕였다. 그가 그렇다는데 무슨 심경의 변화냐고 묻기도 조금 그랬다. 사실 싫지는 않았다.

'······이제 손은 안 잡아야지.'

그의 마음을 자꾸 부추기는 것이 자신이라면 자신부터 행동을 바꾸면 될 일이다. 욕심이 하나둘 추가되다 보니 이런 문제가 생긴 게 분명했다.

"네, 같이 가요."

카리나가 고개를 끄덕이곤 먼저 계단을 내려갔다. 적당히 거리감을 둔 채 차분히 계단을 내려가는 그녀의 옆으로 밀라이언이 바싹 붙어 왔다. 카리나가 몸을 조금 움츠렸다.

"식사는 꼬박꼬박하도록 해."

"······알겠어요."

"그리고 그대가 원한다면 토벌에 함께 가도 좋아. 대신 안전하게 있겠다고 약속하는 조건이야."

밀라이언의 말에 마지막 계단을 밟은 카리나가 뚝 멈췄다. 그녀의 눈이 커졌다. 사실 그렇게 말은 했지만 거절당할 확률도 제법 크다고 생각했었다.

"결과가 벌써 나왔어요?"

"헤르타가 있다면 그대의 호위는 따로 필요 없을 테니까."

"네."

카리나가 고개를 냉큼 주억였다. 함께할 시간을 벌었다. 그것만으로도 충분히 기뻤다. 떨어져 있을 시간을 조금이라도 줄이는 것은 원하던 바였다.

"토벌에 함께하게 된다면 그대에게 겨울의 끝을 보여 줄 수 있겠군."

"그 겨울 산맥이요?"

"그래. 다만, 토벌 자체엔 참가하지 못하니 우리가 토벌에 나간 동안 그대는 야영지에 있도록 해."

그쪽에는 따로 의료반 등을 포함해 인선할 예정이니 안전 면에서는 훨씬 유리할 것이다. 카리나가 눈을 반짝이며 고개를 끄덕였다.

"그리고 옷은 반드시 따뜻하게 입을 것. 보온이 되고 활동성이 좋은 겨울옷을 몇 벌 맞추도록 지시해 뒀으니 그걸 입도록 해."

"네, 알겠어요."

한껏 밝아진 표정의 카리나가 힘주어 고개를 끄덕였다. 카리나의 밝아진 얼굴을 보며 밀라이언이 옅게 미소 지었다. 역시 그녀는 웃는 얼굴이 훨씬 좋았다.

'효과가 있어서 다행이야.'

일단 확실히 벌어진 거리를 줄이고 그녀의 기분을 풀어 줄 수 있는 것이 무엇인지 어젯밤 제법 고민하던 참이었다. 결국 그녀가 바랐던 것을 들어주는 수밖에 없다는 것이 결론이었다.

"좋아, 내 말을 잘 따라 주겠다고 하면…… 그대도 후발대에 포함하도록 하지."

"페리얼은요?"

카리나의 말에 밀라이언의 얼굴이 확 구겨졌다. 여기서 그놈의 이름은 또 왜 나온단 말인가? 차마 짜증을 부릴 수가 없어서 밀라이언이 애써 아무렇지도 않은 듯 웃었다.

"그놈을 뭐 하러 데리고 가?"

"어차피 연구를 할 거라면, 아예 하론이 나오는 데서 바로 연구하는 것도 좋지 않을까 해서요."

"……."

카리나의 말에 밀라이언의 말문이 턱 막혔다. 그녀의 말에 틀린 곳이 없었다. 사실대로 말하자면 그 말이 맞다. 하론을 옮기는 수고를 하는 것보단 아예 데리고 와서 바로바로 연구하게 하는 편이 더 빨랐다.

"그건 그렇지."

그게 영 마음에 들지 않는 것이 문제라면 문제였지만.

밀라이언이 한숨을 내쉬며 고개를 돌렸다. 정말 페리얼은 여기저기 안 엮이는 곳이 없다. 아카데미를 다닐 때도 그게 싫어서 피해 다녔었는데.

'결국 졸업장도 같이 받았지.'

심지어 시험이든 뭐든 매번 자신의 옆에 있었다. 그놈은 자신을 놀리는 것이 즐거운지 나중에는 아주 실실 웃어 대는 꼴이 보기도 싫었다.

"그래, 페리얼에게 물어봐야지."

"네."

두 사람이 식당으로 향했다. 연회는 저녁이었다. 원래는 오늘 회의 일정으로 잡혀 있었기 때문에 낮에는 회의에 들어가기로 했다. 영주들의 항의 때문이었다.

'하여튼 싸움에 미친 것들.'

하루 빨리 토벌하고 싶다고 아주 눈이 돌아가서 아침부터 제 방으로 쳐들어왔었다. 그래서 낮에 회의를 하고 저녁에 연회를 하고 그다음 날 마지막 회의를 한 후 흩어지는 것으로 결론을 냈다.

북부의 마수 토벌은 대규모로 이뤄지며 북부 전역에서 산발적으로 진행된다. 회의를 마친 영주들이 각자 영지로 돌아가면서부터 토벌 준비가 시작된다.

보통은 겨울 초입 즈음 척후대 편성을 시작해서 토벌 회의를 마치고 가벼운 준비를 2, 3일 동안 끝내면 곧장 출발하곤 했다. 그래도 마수엔 이골이 난 이들이라서 매년 큰 피해는 보고되지 않았다.

'이번 헤르타가 가장 큰 변수고.'

자신이 수색으로 자리를 비운 날 영지를 습격한 헤르타에 관한 보고를 얼마 전에 받았다.

놈들은 분명히 지성이 있었다. 보고를 받고 얼마나 놀랐는지 모른다. 마치 학습을 한 것처럼 놈들이 보인 공격 패턴 중에 앞발을 드는 경우는 없었다. 말 그대로 0이었다.

그 숫자가 의미하는 것은 간단했다. 놈들이 자신의 약점을 숨기는 거다. 몸을 사리고 자신 있는 돌진으로 공격 패턴을 바꿔 버린 것이다. 우습기 그지없는 일이다. 마수 따위가 학습하고 생각해서 전략을 짜다니.

'애초에 영지를 찾아내 습격했다는 것 자체부터 놀랍지.'

놈들은 위험했다. 헤르타를 뿌리 뽑거나 혹은 적어도 눌러놓지 않으면 내년, 내후년에는 더 위협적인 놈들이 되어 나타날 것이다. 특히나 놈들이 생각하고 성장하는 종류의 마수라면 더욱더.

하루면 끝나는 회의를 이례적으로 2, 3일 정도의 일정으로 잡은 것도 헤르타라는 변수가 나타났기 때문이다. 놈들의 힘은 강인하고 놈들의 약점은 제한적이다. 배가 약점이기는 하나 땅과 배의 간격이 상당히 낮아서 놈을 뒤집지 않는 이상 공격하는 것은 무리였다.

눈앞에 차려지는 식사를 보며 밀라이언이 제 미간을 꾹꾹 눌렀다. 이런 복잡한 일이 생길 때마다 정말 자리를 때려치우고 싶어질 때가 많다.

"무슨 고민 있어요?"

"음? 아니, 왜 그러지?"

"표정이 좋지 않아서 무슨 고민이라도 있나 해서요……."

걱정스러운 카리나의 표정에 밀라이언이 입을 다물었다. 그녀에게 무언가를 알리는 게 무서웠다. 혹시나 또 능력을 써서 쓸데없는 일을 할까 봐서. 그것이 그녀의 예술가로서의 생명을 갉아먹는다는 것을 알고 있는 한, 웬만해선 쓰는 것을 보고 싶지도 않다.

"없어. 그저 회의를 생각하니 머리가 아픈 것뿐이야."

"다른 영주는 어떤 분들이에요?"

"망나니."

"네?"

밀라이언의 한마디에 카리나의 고개가 옆으로 쓱 기울었다. 방금 귀족과는 전혀 어울리지 않는 단어가 나온 것 같은데.

"망나니라고."

'잘못 들었나?'

그녀가 귀를 꾹꾹 눌렀다.

"그래도 귀족이잖아요."

"세상에 그들만큼 귀족답지 않은 귀족이 있을까."

코웃음을 치며 밀라이언이 대답했다. 생각하는 것만으로도 치가 떨린다는 그 표정에 카리나가 소처럼 멍청하게 눈을 끔뻑였다.

"말했잖아, 북부인은 그다지 격식이 없어. 혹시 만나서 무례한 짓거리를 하더라도 그대가 이해……."

말을 하던 밀라이언이 제 턱을 쓰다듬었다.

"이해할 필요는 없지. 내게 곧장 말하도록 해."

"네에……."

그녀가 묘한 표정을 하면서도 순순히 고개를 끄덕였다. 밀라이언이 카리나를 가만히 바라봤다. 의심이라곤 하지 않는 얼굴이 순수하기 그지없다. '밀라이언이 그렇게 말하니 그런 것이겠구나' 하는 듯한 표정이었다.

"그들 중에 제일 귀족 같은 건 나 정도일 거다."

"그래요?"

"북부인들은 그다지 권력에 욕심이 없어. 중앙에서 가장 떨어져 있다 보니 그런 것도 있고 마수 출몰지라는 지역 특성도 있겠지."

호기심 짙은 카리나의 시선을 보던 밀라이언이 옅게 미소 지으며 입을 열었다.

"뭣보다 날씨가 춥고 먹을 것이 제한적이었지. 예전에는 서로가 서로를 돕지 않으면 어차피 죽기밖에 안 했어."

"네."

이런 이야기가 뭐가 즐거운 걸까? 반짝이는 눈을 보고 있으려니 바다 속으로 빨려 들어가는 것 같은 기분을 지울 수가 없다. 밀라이언은 카리나의 시선을 마주한 채 다시 입술을 뗐다.

"그런 특성이 오래도록 이어지다 보니 계급 따윈 상관도 없게 됐어. 말투에도 격식이 없고 행동에도 격식이 없지. 필요한 자리에 가면 나름대로 격식을 차리려고 노력하지만……."

밀라이언의 입술이 비뚜름하게 올라갔다. 비웃는 기색이 역력했다.

"그래 봐야 고양이 흉내 내는 강아지에 지나지 않아."

"그렇구나."

밀라이언의 말을 듣는 카리나의 입술이 부드럽게 호선을 그렸다. 그가 옅은 미소를 띠는 그녀의 얼굴을 가만히 바라봤다.

"그래도 친한 것 같아요."

"오래 알기는 했지. 어릴 때부터 매번 봤던 이들도 있으니까."

회의는 매년 행해지니 당연히 사이는 돈독해질 수밖에 없다. 돕지 않으면 무너진다. 북부의 생활은 언제나 그랬다.

"그들이 관심 있는 건 계급보다도 '얼마나 강한가'야."

"강한 거에 관심이 있는 거예요?"

"그래. 누가 작위를 얻었다는 것보단 저번 토벌에서 마수 몇 마리를 죽였는지가 더 관건이지."

확실히 독특하기 짝이 없는 문화긴 했다. 카리나가 낮게 웃었다. 밀라이언은 무척 질려 보이긴 했지만 그래도 입가는 부드럽게 풀어져 있었다. 말은 저렇게 해도 북부 사람들을 아끼는 것이 물씬 느껴졌다. 자신도 언젠가 그런 사람이 될 수 있을까? 생각했다가 힘없이 웃어 버렸다. '언젠가'라는 단어를 쓰기엔 그녀에게 남은 시간이 너무도 짧았다.

"그래서 매년 이 시기만 되면 내기를 하지."

"내기요?"

"그래, 가장 많은 마수를 토벌한 영주에게 각 지역 특산물을 주는 내기지."

카리나의 눈이 반짝 빛났다. 내기라니, 북부의 이야기는 들으면 들을수록 흥미롭기 그지없었다. 수도나 남부에도 물론 내기가 종종 존재하긴 했다. 사실 내기라기보다는 '보여 주기'식의 친선 시합이었지만. 마상 대회라든가 아니면 검사들끼리 검을 나누는 검술 시합 같은 종류였는데, 그녀로선 그다지 재미있지는 않았다.

"작년에는 누가 이겼어요?"

"내가."

밀라이언이 기다렸다는 듯 냉큼 대답했다. 의기양양한 목소리에 뿌듯함이 깃들어 있다.

"재작년에는요?"

"……능구렁이 같은 인간이 하나 있어."

"능구렁이요?"

"그래, 아버지 대부터 토벌에 참여하시던 분이지. 노련함이라면 그를 따라갈 자가 없어."

밀라이언의 대답이 퉁했다. 적어도 카리나에겐 그렇게 보였다. 그녀가 낮게 웃음을 흘렸다. 마치 밀라이언이 토라진 어린아이처럼 보였기 때문이다.

"그분들에게도 물약을 하나씩 주겠다고 하면 화내실 거죠?"

"응."

밀라이언의 대답에 카리나가 부스스 입가를 허물어뜨렸다. 이번 일에 한해선 그녀는 그다지 물고 늘어지지 않았다. 한 번의 거절에 깔끔하게 물러나기까지 했다.

"다치지 않았으면 좋겠네요."

"어릴 때부터 마수를 잡았던 이들이야. 쉽게 다칠 일은 없어."

"그래도 이번엔 헤르타라는 변수가 있어서 고민하는 거잖아요."

"……"

정곡을 찌르는 그녀의 말에 밀라이언이 입을 닫았다. 그 말이 정답이었다. 웬만한 실력으로는 한 마리를 죽이는 것조차 어렵다는 것이 문제였다.

피해가 적을 거라곤 장담할 수 없다. 그렇지만 그녀의 그 물약에 의지하고 싶지 않았다. 지금껏 그는 그런 물건이 없이도 다양한 위기를 넘겨 왔으니까.

"난 그대가 그대의 생명을 대가로 능력을 쓰지 않았으면 좋겠다."

"……네? 생명이라니……."

카리나가 철렁한 마음을 숨긴 채 반문했다. 다행히 그 의문은 금방 해소되었다.

"그대의 예술가로서의 생명이 끊기는 거잖아. 도대체 어디에 문제가 생길지 아직은 알 수 없는 게 문제라면서.”

“아…….”

밀라이언의 말에 탄성을 흘린 카리나의 입이 꾹 닫혔다. 아마도 페리얼이 적당히 말을 얼버무려 둔 것이 분명했다.

예술병이 앗아가는 것은 통증이 오는 부위다. 예술병에 걸린 사람들은 없어질 곳에 통증이 인다. 예술병에 걸려 본 사람이라면 누구나 아는 사실이었다. 팔에 잦은 통증이 오면 팔의 감각이 사라지고 팔을 움직일 수 없게 된다. 다리나 눈에 통증이 온다면 그 부위를 곧 잃게 된다는 의미였다. 예술병의 아픔은 의외로 직관적이다.

카리나가 눈매를 접어 방긋 웃었다.

“맞아요, 하지만 그분들 중 누군가가 죽으면 밀라이언이 슬퍼할 것 같아서요.”

“…….”

담담하게 입을 열었던 카리나가 퍼뜩 고개를 들었다. 오늘 아침에 했던 다짐이 떠오른 참이다.

“그러니까 도와주고 싶었어요. 밀라이언은 제 은인이니까요. 하지만 내키지 않는다고 하니까 더 말하진 않을게요.”

그녀가 황급히 말을 덧붙였다. 은인에게는 응당 은혜를 갚아야 한다는 식의 말을 덧붙일까 하다가 괜히 더 분위기가 이상해질까 입을 닫았다.

“난 그대가 죽어도 크게 슬퍼할 거야.”

“네?”

“그러니까 그대도 죽지 마.”

담담한 말을 던지듯 내뱉은 밀라이언이 다시 식기를 손에 쥐었다.

뒤늦게 카리나가 고개를 들었지만 그는 이미 식탁에 놓인 음식을 바라보고 있었다.

"……."

목구멍에 무언가가 울컥 차올랐다. 먹먹해지는 기분에 그녀가 애써 숨을 몰아쉬었다. 누구에게도 듣지 못했던 말 한마디였다. 어쩌면 과거에는 그토록 가족들에게 듣고 싶어 했을. 그렇게 듣고 싶었던 말일 텐데, 어째서 이렇게 숨조차 쉬기 힘들 정도로 가슴이 답답한 것인지 모르겠다. 어쩌면 그에게만큼은 듣고 싶지 않았을지도 모른다.

꾸역꾸역 올라오는 감정을 애써 밀어내려니 목구멍이 뻑뻑할 정도로 아파 왔다. 그녀가 애써 아무렇지도 않다는 듯 미소를 띤 채 고개를 들었다.

"배고프네요. 얼른 먹어요."

목구멍에 차오른 수많은 말 중에 뱉을 수 있는 것은 아무것도 없었다. 어떤 말을 뱉든지 그에게 괜한 구실을 제공할 거다.

계획은 여전했다. 때가 되면 이곳을 떠나는 거다. 다행히 그녀에겐 그림이 있었다. 붓을 들 힘조차 없어지기 전에 미리 도망갈 곳을 그려 놓을 생각이었다. 편지를 남기고 떠나면 된다. 수도로 돌아간다고, 가족의 곁으로 돌아가겠다고 한다면 밀라이언은 분명 쫓아오지 않을 것이다.

"봄이 오면 북부의 폭포에 데려가 주지."

"폭포요?"

"그래. 봄에 한번 보고 여름에 한번 보면 감회가 새로울 거야. 여름에는 폭포 근처로 아름다운 무지개가 떠오르거든."

"우와, 그거 엄청 예쁘겠네요. 같이 갈 수 있었으면 좋겠어요."

카리나가 기대된다는 표정으로 재빠르게 대답했다. 그와 무지개를 바라보는 것도 무척 행복하겠지. 미소 짓는 카리나를 보며 밀라이언이 마주 웃었다.

"가을에도 겨울에도 북부엔 볼 것이 많아. 땅이 넓어서 몇 년 동안 계절마다 돌아다녀도 볼 게 더 많을 거다."

"그러다가 제가 아주 북부에 눌러앉겠어요."

마치 자랑이라도 하는 듯한 그의 목소리에 카리나는 웃었다. 그녀가 웃음기를 머금은 목소리로 가볍게 대답했다. 여름은 오지 않는다. 그녀의 여름은 영원히 과거에 머무를 것이다. 여름도 가을도 겨울도, 이 계절이 끝나면 그녀에게는 오지 않을 테니까.

"그래도 상관없어."

웃는 카리나를 물끄러미 바라보던 밀라이언이 말했다. 예상하지도 못한 말에 카리나가 웃음기를 머금은 그대로 움직임을 멈췄다.

"그대가 원한다면 계속 있어도 괜찮아."

양동이 가득 채워 찰랑거리는 마음이 덜어내고 덜어내도 자꾸만 넘쳐흘렀다. 끝이 있는 삶이 이렇게 원망스러울 수가 없다. 그 제안에 흔쾌히 고개를 끄덕일 수 없는 사실이 서글펐다.

"……그거 정말 파격적인 제안이네요."

목구멍이 아팠다. 차오르는 감정이 너무 많아서, 그것을 다 삼켜내지 못해서 목구멍에서 부푼 듯이 아팠다. 이 감정은 어떻게 해야만 덜어낼 수 있는 걸까. 당신에게 하는 거짓말이 점점 부피를 늘려간다. 처음에는 단 하나였을 거짓말이, 지금은 종잡을 수 없을 정도가 되었다.

"진심이다. 그러니 생각해 봐. 북부는 남부만큼 따뜻하고 먹을 것이 다양하진 않지만 그래도 그 어느 곳보다 아름답다고 장담하지."

"……네."

"그대가 그림을 그릴 수 있도록 다양한 곳을 보여 줄게. 돌아가기 싫다면 억지로 돌아가지 않아도 돼."

식기를 내려놓은 밀라이언의 시선이 꿰뚫듯 카리나를 향했다.

그의 시선을 마주한 카리나는 숨을 쉬는 것조차 버거웠다. 그에게 더는 거짓말을 하기가 힘들 것 같아서 그녀는 그저 말없이 웃었다.

"당장 대답하라는 건 아니야, 한번 생각해 봐."

"그럴게요."

밀라이언이 한발 뒤로 물러났다.

그제야 카리나는 대답할 수 있었다. 억지로 웃어도 달라지는 건 없다. 카리나는 밀라이언에게 죽을 때까지 거짓말을 해야 했다. 그녀는 그에게 진실을 말할 수가 없다.

'좋아해요.'

그 한마디를 할 수가 없어서 카리나는 차마 울지도 웃지도 못하는 애매한 얼굴로 천천히 식기를 손에 쥐었다. 꾸역꾸역 입으로 집어넣는 음식은 무슨 맛인지도 알 수 없었다. 이곳에 온 뒤 처음으로 느끼는 맛없는 식사였다.

식사를 마치자마자 발걸음은 당연하게도 화실로 향했다. 제집이 아님에도 불구하고 이미 제집보다도 더 익숙해진 발걸음에 카리나가 화실 문 앞에서 뚝 멈춰 섰다.

당연하다는 듯 움직이는 발은 자신이 얼마나 이곳에 익숙해졌는지를 보여 주고 있었다.

깨닫고 나니 감정이 또 파도처럼 일렁였다. 마음을 주지 않도록 필사적으로 굴어야 했을까? 다정함에 속절없이 기우는 몸을 바로 세우지 않았던 것이 문제였을까?

이제 와서 다시 세워 보려고 해도 이미 무너지기 직전이었다. 뒤늦은 노력으로 달라지는 것은 없을 것이다. 앞으로 남은 것은 조금 더 깊은 늪으로 빠져드는 것뿐이다.

"하아……."

속이 답답했다. 털어놓을 곳이 없으니 또다시 손가락이 움찔거린다.

언제나와 같은 일이다. 감정이 흔들리면 속에서부터 그림을 그리라는 충동질이 인다. 그리고 그녀는 그때마다 그 충동에 몸을 맡기고 싶었다. 편해질 것을 알기에 그렇다. 집중하면 아무런 생각을 하지 않을 수 있다는 것을 알기에 그랬다. 아는 것은 모르는 것보다 훨씬 더 무서운 법이다.

"조금만 그리자."

완성만 하지 않으면 되는 일이다. 카리나가 홀린 듯이 캔버스가 놓인 이젤 앞에 앉아 붓을 들었다. 연필로 그림을 그리는 시간조차 아깝다. 최근 들어서는 그런 생각을 하게 됐다.

새하얀 캔버스를 보고 있던 카리나가 이윽고 붓을 손에 쥐었다. 가장 떠오르는 것은 밀라이언과 봤던 그 호수였으나 그건 기회가 된다면 그 자리에서 그리고 싶었다.

카리나가 손을 움직였다. 그저 본능적으로. 무엇을 그리는 것인지 본인조차 확실하지 않은 느낌이다.

카리나가 눈을 한 번 깜빡였다. 캔버스 위에 색이 칠해지고 그 위에 또다시 새로운 색이 칠해진다. 단순한 장난이나 낙서로 보였던 그것은 시간이 지날수록 점점 윤곽을 갖춰 갔다.

카리나는 멍하니 그것을 바라봤다. 완성하면 이것은 자신과 죽기 직전까지 함께할 수 있는 것일까? 붓질 몇 번이면 캔버스는 완성된다. 완성된다는 것은 즉, 기적이 일어난다는 것과 같은 말이었다.

"……."

쿵, 쿵, 쿵.

빠르게 뛰는 심장 소리가 귓가에 이명처럼 울려 퍼졌다. 누군가 자꾸만 그림을 완성하라고 충동질을 했다. 완성하지 않으면 괴로울 것 같았다. 반대로 완성하면 편해질 거라고, 완성하면 눈앞의 이는 영원히 곁에 있어 줄 거라고 누군가 속삭이는 말이 들렸다.

카리나의 눈빛이 한층 탁해졌다. 이지를 상실한 듯 그녀는 기계처럼 붓을 들어올렸다. 한 번, 두 번, 세 번. 움직일 때마다 그림은 점점 뚜렷한 윤곽을 드러냈다.

'조금만 더…….'

조금만 더 하면 괜찮을 거다. 완성만 하지 않으면 되잖아. 머릿속으로 생각하는 것과 다르게 색을 칠하는 속도는 점점 빨라졌다.

'조금만…….'

카리나의 입가에 미소가 떠올랐다. 그것은 광기와 닮아 있었다. 완성하면 통증도 없을 거다. 원하는 것도 얻을 수 있겠지. 해선 안 된다는 생각과 반드시 완성해야만 한다는 의무감이 머릿속에 둥둥 떠다녔다.

'조금만 더.'

이제 카리나는 망설이지 않았다. 그녀의 손이 빠르게 움직였다. 배경을 그리고 인물의 마지막 덧칠을 시작했다.

"거의 다 됐어……."

카리나가 낮게 중얼거렸다. 그녀가 천천히 붓을 들어 캔버스를 향해 움직였다. 그림은 곧 완성되었을 것이다.

탁— 꽈악.

누군가에게 손목이 붙잡히지만 않았다면.

카리나의 얼굴이 확 일그러졌다. 완성이 코앞이다. 조금만 더 하면 분명히 완성할 수 있다. 그러면 어쩐지 자유로워질 것만 같았다. 평소에는 상상할 수 없을 정도로 험악하게 일그러진 카리나가 고개를 홱 돌렸다. 그곳에는 당황한 기색을 채 감추지 못한 페리얼이 서 있었다.

"카리나……?"

그녀의 이름을 부르는 페리얼의 말끝이 떨렸다. 눈앞에 있는 것이 카리나인지 혹은 그녀의 탈을 뒤집어쓴 다른 사람인지 확신할 수 없었기 때문이다. 광기에 차 그림을 그리는 그녀는 칼로스 가문에 전해지는 고서 속 다른 창조자들과 크게 다를 게 없었다. 늘 총명하고 깨끗하게 빛을 반사하던 푸른 눈동자는 탁한 욕망으로 번들거렸다.

"완성을……."

완성을 해야 했다. 카리나는 페리얼을 한번 쳐다보곤 오른손에 힘을 줬다. 그래 봐야 남자인 페리얼의 힘을 보통 사람보다 약한 체력의 카리나가 이겨낼 순 없었다.

"이거 놔!"

"카리나! 내가 금기에 관해 설명하지 않았습니까! 저건 완성하면 안 됩니다."

페리얼의 말에 카리나의 몸이 움찔 떨렸다. 금기, 예술에 금기가 어딨는가. 자신은 창조자고 창조자는 신에게 선택받았다. 신과 같은 힘을 가진 것이다.

"죽을 거예요."

페리얼의 목소리에 카리나가 눈을 깜빡였다. 그녀가 씩 웃었다. 페리얼의 어깨가 움찔 떨린다.

"내 생명을 대가로 해서 작품을 완성할 수 있다면, 그거야말로 최고의 작품이 아닌가요?"

광기에 젖은 목소리였다. 페리얼은 눈앞에 있는 것이 정말 카리나인지 혹은 악귀에 쓴 인간인지 확신할 수 없었다. 그 와중에도 카리나는 계속 팔을 빼내려고 애쓰고 있었다.

"저런 가짜가…… 가지고 싶습니까?"

"……."

"밀라이언이 보고 싶으면 차라리 이 방을 나가십시오. 카리나가 달려가 안기면 그는 두 팔 벌려 당신을 안아 줄 겁니다."

페리얼의 목소리에 카리나의 눈빛이 한층 누그러졌다. 붓을 쥔 손에서 힘이 풀렸다.

"가짜는 진짜를 대신할 수 없어요."

툭, 데구루루―

붓이 바닥으로 떨어져 굴러갔다. 카리나는 그제야 지친 듯 고개를 떨군다. 무언가에 홀린 영혼이 다시 제자리를 찾았다. 광기에 번들거리던 눈동자가 한층 진정되었다.

"카리나."

"……네."

붓과 팔레트를 모두 바닥에 떨어뜨린 그녀가 의자에 털썩 주저앉았다. 그녀가 천천히 고개를 들었다. 바로 앞에는 방금까지 그녀가 그리던 그림이 있었다.

"……아."

카리나가 이마를 짚었다. 그림 속에 클로즈업되어 그려져 있는 것은 밀라이언이었다. 자신은 밀라이언을 만들어 내려고 한 것이다.

왜? 이유는 간단하지 않은가. 창조한 것은 그녀의 소유기 때문이다. 자신의 명령을 따르기 때문이다. 자신은 그를 소유하길 바랐다. 마치 주인만을 온전히 바라보는 헤르타와 같은 존재로 만들어서.

카리나가 벌벌 떨리는 두 팔로 제 몸을 감싸 안았다. 끔찍하기 그지없다.

'어떻게 이럴 수가 있지?'

처음에는 그저 초상화를 그리려고 했을 뿐인데. 완성되어 갈수록 점점 사고가 엷어지는 기분이었다.

"……미안해요, 페리얼."

페리얼이 아니었다면 무슨 사태가 벌어졌을지 상상이 됐다. 자신은 밀라이언을 기만하려고 한 거다. 다정한 그 사람을 가지지 못한다는 슬픔에 휩싸여서 본능에 이성을 맡겼다.

"아니, 괜찮습니다. 갑자기 왜 그러셨습니까? 마치 다른 사람이 된 것 같았어요."

광기에 젖은 예술가. 그 단어야말로 조금 전 카리나를 표현하기에 적당하다고 생각한다. 그녀는 정말 광기에 젖어 있었다. 그림을 그려야만 살아갈 수 있는 사람인 것처럼.

'……고문서와 똑같았지.'

하지만 그보단 상태가 덜 심각한 듯했다. 그래도 제 말 몇 마디에 붓을 손에서 놓지 않았는가. 보통은 창조자들을 막았을 때 자해까지 서슴지 않았다고 하니까.

'창조자들은 모두 광증을 가지고 있는 건가?'

유독 창조의 기적을 가진 예술병 환자에게서만 그런 보고가 계속해서 이어졌다. 광증, 광기, 그런 단어가 쉬지 않고 언급되는 경우는 고문서에서도 오직 창조자를 언급할 때뿐이었다.

'밀라이언의 이름이 그녀를 멈추게 하는군.'

그녀의 안에서 그의 존재가 얼마나 큰지 새삼 실감이 났다. 파고들 틈도 없는 것이다. 그 점만큼은 입안이 썼다.

"그냥 그러고 싶었어요."

카리나가 더듬더듬 대답했다. 왜 그랬냐고 하면 그녀도 설명할 길이 없었다. 그저 그러고 싶었던 것뿐이다. 그래야만 할 것 같았기 때문이다. 그 감정을 뭐라고 표현해야 옳을까.

"……그래야만 할 것 같았어요. 누가 자꾸 완성하라고 하는 것 같았으니까."

완성하지 않으면 죽을 것 같았다. 멈춰야겠다고 생각하면 심장에 통증이 올라오는 기분이 들었다. 그 끔찍한 통증을 겪고 싶지 않아서 한 번만, 한 번만 더 하면서 붓을 움직였다.

"누가 완성하라고 했다고요?"

"그냥 설명하자면 그런 느낌이었어요."

"……멈추려고는 했어요?"

"하긴 했는데 잘 모르겠어요. 정말로 멈추고 싶었는데 그럴 수 없었던 건지, 또 다른 핑계를 찾아낸 건지."

알 수 있는 게 없다. 그저 그림을 그려야만 숨통이 트일 것 같았다. 지친 듯 고개를 숙인 카리나를 보며 페리얼이 한숨을 삼켰다. 그가 캔버스를 바라봤다. 완성까지 얼마 남지 않았다. 두어 번. 붓질 두어 번이었으면 그림은 완성됐을 것이다. 한 발만 늦었다면 어떻게 됐을지 등줄기에 소름이 돋았다.

"예전과 비슷한 느낌이었어요."

"예전이요?"

캔버스에 시선을 고정한 채 멍하니 중얼거리는 카리나의 옆얼굴을 보며 페리얼이 되물었다. 그녀의 표정은 무척이나 지쳐서 넋을 놓은 것처럼 보였다.

"네, 비슷한 느낌을 받았던 적이 있거든요. 그때는…… 이겨 내질 못했었는데."

누군가가 계속해서 귓가에 속삭이는 느낌이었다. 그림을 완성하자. 그림을 완성해야 한다. 그렇게 하면 더 이상 혼자가 아닐 거라고, 혼자 쓸쓸해하지 않아도 된다고.

"……그때라니? 언제 말입니까."

"어렸을……."

입술을 달싹이던 그녀가 입을 다물었다. 해서는 안 되는 이야기였다. 카리나가 당황스러운 표정으로 눈동자를 도르르 굴렸다. 숨을 멈추는 그녀를 보며 페리얼의 눈이 크게 뜨였다.

"카리나, 당신…… 사람을…… 사람에 생명을 불어넣은 적이 있습니까?"

"……."

카리나의 입이 조가비처럼 다문 채 열릴 줄을 몰랐다.

페리얼이 그녀의 어깨를 붙잡아 돌렸다. 평소와는 다르게 얼굴 위에 초조함과 조급함이 덧씌워져 있었다. 속절없이 돌아간 몸에 카리나와 페리얼의 시선이 허공에서 얽혔다.

카리나의 시선은 여전히 고요했다. 곤란함과 난감함이 엿보이긴 했지만 그 외의 감정은 느껴지지 않았다.

등줄기를 스치는 소름에 페리얼이 얼굴을 일그러뜨렸다.

"묻잖아! 기적을 이용해서 사람을 만든 적이 있냐고!"

페리얼이 카리나의 어깨를 한 차례 흔들며 언성을 높였다.

카리나는 대답하지 않았다. 그저 조용히 입가에 미소를 띤 채 캔버스를 향해 시선을 돌릴 뿐이었다.

"……그랬군. 당신의 시간이 왜 그것밖에 남지 않았는지 알겠어."

페리얼이 이마를 짚으며 낮게 중얼거렸다. 겨우 200장 남짓의 완성품이라고 했다. 어느 정도 기억의 오차를 고려하더라도 500장을 채 넘지 않을 거다. 특히나 카리나의 기적은 대부분 소소한 것들이었다. 헤르타를 제외하고선 그렇다고 생각했다.

"……사람을 만든 적이 있어서였군."

사람을 만드는 것은 금기시된다. 그것이 금기시된 이유는 인간을 창조하는 것 자체가 신의 영역에 도전하는 일이며 세상의 인과율을 깨는 행동이기 때문이다.

종이 속에서 생명이 태어난다? 말도 안 되는 일이다. 조각도 마찬가지다. 오로지 두 생명체의 결합만이 새로운 생명을 창조할 수 있는 유일한 방법이다.

그것을 깼다.

"……그래서 미리 말했잖아요, 나는 죽을 거라고."

밝힐 생각은 없는데 밝히고 말았다.

카리나가 얼굴을 쓸어내렸다. 죽음을 알고도 누군가를 탓할 수 없었던 것은 멋모르던 시절 스스로 만들어 낸 불행이기 때문이다.

"어머니께 크게 혼이 난 날이었어요. 아주 어렸죠."

카리나가 나직하게 입을 열었다.

"처음으로 맞았고 처음으로 아팠고 처음으로…… 난 그들에게 필요하지 않을 수도 있겠구나 생각한 날이었죠."

뺨을 맞았던 그날, 빈민촌으로 쫓겨난다는 말을 들었던 그날, 그저 속절없이 죄송하다는 말을 반복했던 그날. 언제나처럼 연필과 붓을 꺼내 바닥에 주저앉았다. 건강한 자신을 탓하는 듯한 그 말이 너무 서글펐다. 마치 건강하게 태어난 것이 죄라는 것처럼 속삭이는 그 목소리가 싫었다. 그래서 언제나처럼…… 자신을 유일하게 이해해 주는 그림 속으로 빠져들었다.

"그날, 그림을 그리려고 연필을 쥐는데 머릿속에 그려야 할 것이 떠올랐어요. 기적에 대해서 안 지 얼마 되지 않았던 시기라서 금기에 대해 잘 모르기도 했고요."

사실 페리얼에게 듣는 순간까지도 제대로 알지 못했다. 해서는 안 되는 금기 사항이 있다는 것을. 모르는 것도 죄라면 어쩔 수 없는 일이겠지.

"손을 움직여야 할 것 같았고 다정한 부모님이 가지고 싶었죠. 정신을 차려 보니…… 이미 완성한 후였어요."

같은 얼굴에 같은 목소리 그러나 행동은 그렇게 바라던 다정함을 가지고 있었다. 종이 속에서 태어난 생명이 온기를 가지고 있다니. 놀라웠다.

"그리고 기적이 발현된 지 얼마 안 돼서 기절했고…… 눈을 뜨니 저는 침대에 눕혀져 있었어요. 사방엔 빈 종이만 굴러다녔죠."

"침대에 눕혀져 있었다고요……?"

"네, 아마도 그림에서 나온 두 사람이 해 준 걸 거예요."

다정하고 곁에서 함께 잠도 자 주는 부모를 원했다. 원한 대로 그것을 얻었으나 그 대가는 상당했다. 그때는 몰랐지만 어쩌면 그 후부터 서서히 몸이 좋지 않아진 걸 수도 있다.

"저는 그때의 저를 원망할 수 없어요."

자신이 그날 얼마나 벼랑 끝에 몰렸는지 기억하고 있다. 지금도 눈만 감으면 선연하게 떠올랐으니까. 그 기억 때문에 자신은 가족 관계가 개선되더라도 평생 그들을 의심할 것이다. 그럴 바에는 차라리 떠나는 것이 나았다. 그들은 자신의 사망 신고를 하고 그녀 역시 그들을 잊기로 했다. 용서할 자신은 없었다. 애초에 그들이 용서를 바랄 것이라고 생각하지도 않는다. 자신들이 잘못한 것이 있다고 생각하면 그나마 다행인 것이지.

"어째서요?"

"그렇지 않으면 아마 스스로 제 목을 졸라 죽었을 테니까요."

숨통이 틀어 막혀서 숨을 쉴 수조차 없었다. 어린 아이는 밖으로 나갈 수 없고 나가도 끔찍한 일을 당하기 십상이다. 도망갈 곳이 없는 거다.

"어른들은 참 무서워요."

"무엇이요?"

"아이들에겐 오로지 부모가 전부고 부모가 주는 것이 전부인데, 부모가 원하는 대로 아이가 행동하지 않거나 부모가 화가 나면 그걸 인질로 삼아 협박하거든요."

말을 듣지 않으면 밥이 없다거나, 착하게 굴지 않으면 집에서 쫓아낼 거라거나, 다음에도 좋은 결과를 내지 못하면 용돈을 주지 않겠다거나. 앉혀 놓고 대화를 나눈다면 조금 더 좋은 이야기가 될 수 있을지도 모르는데 어른들은 항상 인질이 필요하다. 인질이 있어야만 상대가 겁에 질려서 잘할 거라고 생각한다.

"그런 말이 아니어도 이해할 수 있었는데 말이에요."

다정하게 한번 안아 줬더라면, 미안하다는 한마디만 했더라면, 단 10분 만이라도 시간을 내줬더라면 이해하지 못할 것은 없었다. 이제 와서 후회해 봐야 아무것도 달라지지 않겠지만.

"하지만 무지로 인한 실수는 되돌릴 수 없는 거겠죠."

"……."

몰랐더라도 죄는 죄였다. 몰랐더라도 금기는 금기였다. 그 결과가 자신을 피해 가는 일은 없으리라.

페리얼이 답답한 듯 성마른 손길로 얼굴을 쓸어내렸다.

"근데 언제 돌아왔어요?"

"카리나 손을 붙잡기 3초쯤 전에요."

"한 발만 늦었어도 큰일 날 뻔했네요."

"알긴 아시는군요. 웬만하면 그림을 혼자 그리지 마세요. 어떻게

든 당신을 살려 볼 테니까."

페리얼의 말에 카리나의 눈매가 반으로 접혔다. 페리얼도 다정했다. 눈 밑에 그늘이 짙게 질 정도로 이리저리 뛰어다녔을 텐데 내색 하나 하지 않았다.

"그래도 신기하군요."

"신기해요?"

"말을 들어 보면 카리나는 두 명의 사람을 그려 낸 것 아닙니까?"

"네."

"기록에 따르면 대부분은 한 명의 인간에 생명을 주었습니다. 그 나마도 가장 오래된 기록은 5분 정도죠."

카리나가 눈을 크게 떴다. 겨우 5분으로 생명을 잃고 두 팔을 잃 는 것인가. 경악에 젖은 카리나의 눈동자를 보며 페리얼이 고개를 끄덕였다.

"하지만 카리나의 말에 따르면…… 그들과 제법 이야기를 했다는 것 아닙니까?"

"네……. 한 10분 정도 대화했는데 그 뒤론 정신을 잃었어요. 아 침에 눈을 떴을 때 그래도 온기가 남아 있었으니까……."

아마도 제법 오랜 시간 곁에 있어 줬다고 생각했다. 그날 카리나 는 줄곧 바라던 대로 누군가의 곁에서 잠이 들었다. 비록 만들어 낸 가짜 부모이긴 했지만.

"제법 오랜 시간 있었다고 생각해요."

"당신의 잠재력은 정말…… 끝이 없는 것 같네요. 우리가 조금 더 일찍 만났으면 좋았을 거예요."

페리얼의 아쉬움이 담긴 말에 카리나가 말없이 웃었다. 어쩔 수 없는 것도 있다. 그럼에도 지금이라도 만난 것이 그다지 싫지 않았다.

"앞으로 웬만해선 기적을 일으키지 마십시오."

"……노력하고 있어요."

"난 어떻게든 당신을 살릴 겁니다. 그러기 위해 필사적일 거예요. 그러니 카리나도 살고 싶다고 생각해 주세요."

페리얼의 말에 카리나의 눈동자가 커질 대로 커졌다. 제 손을 붙잡아 온 페리얼을 보며 카리나가 쓴웃음을 머금은 채 고개를 끄덕였다.

"살고 싶어요. 지금껏 바란 적 없을 정도로 간절하게요."

"그거면 됐습니다."

페리얼이 눈꼬리를 접어 예쁘게 웃었다. 그로선 그저 웃은 것뿐이었지만 카리나는 페리얼의 뒤에서 후광이 비추는 것 같은 느낌을 지울 수가 없었다.

똑똑.

노크와 함께 문이 열렸다.

"카리나, 슬슬 준비를……."

안으로 들어오던 밀라이언의 몸이 그대로 굳었다. 카리나의 얼굴이 한층 밝아졌다. 아직 그녀와 손을 잡고 있던 페리얼의 눈매가 가늘어졌다.

"……뭘 하는 거지?"

"아, 페리얼이 돌아와서 대화를 나누고 있었어요."

해맑은 카리나의 대답에 페리얼이 그녀를 품에 냉큼 끌어안았다.

"맞아요, 보고 싶었습니다. 카리나."

"네……? 음, 저도요."

카리나가 페리얼의 등을 두어 번 토닥였다. 그렇게 반가웠나 싶다가 일부러 밀라이언에게 의심을 받지 않기 위해 과장된 행동일 수 있겠다는 생각까지 미쳤다.

'아⋯⋯.'

하긴, 괜히 심각한 분위기를 하고 있으면 밀라이언이 의아하게 생각할 수도 있겠다.

"많이 기다렸어요."

카리나가 덧붙인 말에 밀라이언의 얼굴이 딱딱하게 굳었다. 북풍한설이 불어닥치는 것같이 싸늘한 시선이 페리얼에게 꽂혔다. 페리얼이 몸을 떨었다.

'저 살벌한 새끼.'

살기를 풀풀 풍기는 것이 정말 죽이기라도 할 기세다. 그제야 페리얼이 잠시 안았던 카리나를 놓아주며 두어 걸음 뒤로 물러났다.

밀라이언이 성큼성큼 걸어와 카리나의 앞에 섰다.

"밀라이언?"

카리나의 부름에 밀라이언이 팔을 뻗어 그대로 카리나를 품에 꽉 끌어안았다. 이글거리는 시선은 여전히 페리얼에게 꽂힌 채였다. 예상치도 못하게 그의 품에 안긴 카리나의 얼굴이 확 달아올랐다.

'뭐지⋯⋯?'

무슨 일이 있나? 평소처럼 안아 드는 것도 아니고 그저 품에 꽉 끌어안고 있을 뿐이다. 덕분에 비스듬히 돌아간 옆얼굴이 그의 가슴팍에 묻혔다.

쿵. 쿵. 쿵.

규칙적으로 뛰는 심장이 무척 듣기 좋았다. 카리나가 숨을 삼킨 채 가만히 굳었다.

"왜 그래요……?"

그래도 역시 밀라이언답지 않다고 생각한 카리나가 조심스럽게 묻자 그가 입술을 달싹였다. 입술을 열었지만 목소리가 나오지 않았다. 카리나의 고개가 한층 기울어졌다.

"그대가 보고 싶었다."

"……네?"

"푸흡."

카리나의 반문과 페리얼의 비웃음이 동시에 터져 나왔다.

'보고 싶었다니.'

아침에 보지 않았던가. 얼굴을 본 지 몇 시간이나 지났다고 보고 싶단 말인가. 그래도 그의 어감은 상당히 기분이 좋았다. 어리광 같기도 하고.

"아침에 봤잖아요."

그렇게 말하면서도 카리나는 반사적으로 페리얼의 등을 쓸어 줬듯이 밀라이언의 등을 쓸어 줬다.

페리얼이 웃음을 삼킨 채 그 모습을 가만히 바라봤다. 그녀보다 한참이나 덩치가 큰 그의 품에 안긴 카리나의 표정이 퍽 밝았다. 그다지 감정이 담기지 않았던 방금까지의 시선과는 확연히 달랐다. 오로지 밀라이언만이 그녀를 웃게 할 수 있었다.

'정말 질투 나게 하네.'

저렇게 맹목적일 수가 있을까. 밀라이언은 타인에게 그다지 다정하지 않은 사람이다. 필요에 의해 상대방이 부끄럽지 않을 정도로 행동하긴 하지만 다정하냐고 묻는다면 대부분의 사람이 고개를 저으리라.

그는 기본적인 매너가 있다고 표현할 수는 있어도 배려가 있다곤 표현할 수 없었다. 타인의 감정을 이해하지만 본인이 그 감정을 표현하는 경우도 극히 드물었다. 물론, 웬만해서는 무언가에 집착하는 성격도 아니었다. 한번 집착하면 그것을 놓지 않지만.

저렇게 매섭게 감정을 드러내는 것은 페리얼로서도 참 오랜만이었다. 살벌하게 자신을 노려보던 밀라이언도 어느새 카리나의 쓰다듬을 받으며 얌전해졌다. 마치 그녀가 맹수 조련사라도 되는 듯이 보였다.

"곧 그대가 참석하고 싶었던 연회가 시작될 거야. 슬슬 준비해야지."

"벌써 시간이 그렇게 됐어요? 그림을 그리느라 몰랐어요."

"그림?"

밀라이언이 반문하며 캔버스를 향해 시선을 돌렸다. 그의 눈이 큼직하게 떠졌다.

캔버스에 고정된 채 움직일 생각을 하지 않는 밀라이언의 시선을 따라 고개를 돌린 카리나의 얼굴이 새빨갛게 달아올랐다. 홍당무도 이런 홍당무가 없으리라. 사실 홍당무보다는 잘 익은 사과에 더 가깝긴 했다.

카리나가 입술을 뻐끔거리며 몸을 비틀었다. 후다닥 도망을 가든, 캔버스를 창밖으로 던져 버리든 하고 싶었다. 문제는, 이 엄청난 체격 차이 때문에 도저히 움직일 수가 없다는 거였다. 그다지 꽉 조인 것도 아니고 숨이 막힌 것도 아닌데, 도저히 자력으로는 품에서 벗어날 수가 없었다. 결국 쓸데없는 발버둥을 포기한 카리나가 얌전히 그의 품에 안겨 있었다. 들려오는 심장 소리에 마음이 차분해지는 것도 같고……

"……잠시 시간 되나, 카리나?"

"네? 전 괜찮은데……"

"10분만 실례하지."

밀라이언이 그대로 카리나를 덥석 들어 올린 채 냉큼 화실을 벗어났다. 그가 카리나를 품에 안은 채 성큼성큼 계단을 내려간다.

밀라이언은 숨이 멎는 줄 알았다. 그녀의 눈에 자신이 어떻게 보이고 있는지를 깨달은 것만 같았다. 깨달을 수밖에 없었다. 그녀가 그린 그림에는 그것이 고스란히 드러나 있었으니까. 캔버스에 그려져 있던 것은 오늘 아침 식탁에 앉아 있는 그의 모습이었다.

뒤로 비치는 테라스 밖의 풍경과 그 난간에 앉아 있던 새와 그것을 뒤로한 채 시선을 살짝 내리깔고 있는 자신. 그것이 너무나도 반짝여서 그녀의 시선을 엿본 기분이었다.

무엇 하나 허투로 그린 것이 없었다. 눈을 마주치는 것이 멋쩍어서 애꿎은 식탁을 바라보는 자신이 그대로 드러나 있었다. 그렇게 자세히 자신을 보고 있었다. 자신이 시선을 피하고 있는 동안 그녀는 그런 자신의 모습을 하나하나 머릿속에 담은 것이다. 그리고 그려 냈다.

이토록 사랑스러운 이가 세상에 어디에 있을까. 사랑스럽다. 그 말의 의미를 밀라이언은 이제야 조금 알 것만 같았다. 그녀는 사랑스러웠다.

카리나는 자신을 싫어하지 않는다. 키스 후에 그런 말을 한 이유는 알 수 없지만…… 싫어하는 사람의 일거수일투족을, 작고 사소한 버릇을, 잠시 드러났던 감정의 잔해를 캔버스에 옮겨 담을 사람은 없었다.

곧장 카리나의 방으로 들어온 밀라이언이 그대로 그녀를 안아 든 채 고개를 숙여 입을 맞췄다. 갑작스러운 그의 입맞춤에 카리나의 눈이 크게 뜨였다.

"밀…… 흡……!"

조급한 듯, 초조한 듯 입안을 파고드는 혀에 카리나의 눈이 절로 감겼다. 어쩐지 절박해 보이기까지 하는 그를 매정한 말로 내칠 자신이 없었다. 하지만 알고 있다. 여기서 허락해 주면 감정을 더 이상 추스를 수 없게 될 것이다. 터지고 터져서 언제까지 그 터진 부위를 다시 메울 수 있을지 감도 잡히지 않았다.

'……이번만.'

아직은 괜찮을 거다. 터지더라도 아직은 다시 기울 수 있을 거야. 아직은, 스스로 멈출 수 있을 거야. 그렇게 똑같은 변명을 하면서 카리나가 천천히 입을 벌렸다.

기다렸다는 듯 밀라이언은 봐주지 않고 안을 헤집었다. 다정했던 첫 입맞춤과는 다르게 이번 입맞춤은 절박함에 가까웠다.

"흣……!"

혀를 깨물고 아랫입술을 잘근잘근 깨무는 밀라이언에 카리나가 진정하라는 듯 더듬더듬 손을 올렸다. 그녀가 조심스럽게 밀라이언의 머리카락을 쓰다듬었다. 그제야 흉포했던 입맞춤이 천천히 느려졌다.

카리나가 눈을 잘게 떨었다. 시뻘건 그의 눈동자 안에 붉게 상기된 자신이 비춰지고 있었다. 그 안에 담긴 것은 순수한 욕망이었다. 그림에 담아내고 싶을 정도로 강렬하고 순수한 욕망.

쪽―

아랫입술을 길게 빨아들인 접합부에서 민망한 소리가 났다. 카리나가 볼을 붉히자 그것만으로도 귀엽다는 듯 밀라이언이 낮게 웃었다. 한참이나 입안을 헤집으며 짓밟듯 움직이던 밀라이언이 천천히 떨어져 나갔다.

"……그대, 날 보고 있었군."

물에 젖은 듯 잔뜩 가라앉은 목소리에 카리나가 입을 닫았다. 아직 가까운 입술 사이에서 뜨거운 숨결이 서로 얽혔다. 그녀가 섞인 숨을 깊게 들이마셨다.

"맞은편에 있는데 어떻게 안 봐요."

변명하듯 덧붙이는 목소리에도 밀라이언이 웃었다. 그렇게 가볍게 본 것이 아니다. 그녀의 시선은 끈질기고 끈질겼다. 자신의 모든 모습을 눈에 담지 않고서야 그렇게 그려 낼 수 없었을 테니까.

"그대를 어쩌면 좋지."

카리나를 안아 든 채 그녀의 목덜미에 입술을 묻으며 밀라이언이 혼잣말을 했다.

어떻게 하면 좋을까. 어떻게 해야 이 사랑스러운 생명체를 제 품에 가둬 둘 수 있는 거지?

그녀가 떠나지 않기를 바란다. 자신은 더 이상 그녀가 떠나는 것을 반길 수 없게 됐다.

밀라이언이 이를 세워 그대로 카리나의 목덜미를 물었다. 그리 아프지 않게, 하지만 확실히 자국이 남도록.

따끔한 느낌에 카리나가 미간을 좁혔다. 옅게 흐르는 신음을 빠르게 잡은 밀라이언이 귀를 쫑긋거리곤 순순히 물러났다.

"준비는 간단히 해. 드레스보단 활동하기 편한 옷을 입는 게 더 좋을 거야. 시녀들이 알아서 챙겨 줄 테니 걱정 말고."

"……네."

새빨갛게 얼굴을 물들인 카리나가 고개를 끄덕였다.

그녀가 볼을 붉혔다. 여러모로 정말…… 부끄럽다.

붉게 물든 그녀의 볼을 커다란 손으로 감싼 밀라이언이 아쉬움에 입맛을 다셨다.

"준비가 다 끝나면 데리러 오지."

"네."

밀라이언이 문손잡이를 잡았다. 손잡이를 돌리려던 그가 움직임을 멈추고 살짝 고개를 틀었다.

"너무 드러나는 옷은 입지 마."

"네?"

"매너라곤 기본도 없는 놈들이 대부분이니까."

밀라이언이 담담하게 말했다. 나름대로 귀족의 이름을 달고 있는 북부의 영주들이 들었으면 뒷목을 잡을 일이었지만 밀라이언은 아무렇지도 않게 그들을 깎아내렸다.

"아…… 알겠어요."

카리나가 멍하니 대답하자 밀라이언이 마저 방을 나섰다.

'시녀들에게도 당부하고 가야겠군.'

복도를 걸어 내려가며 밀라이언이 생각했다. 페리얼이 봤으면 지랄한다며 거친 언사를 서슴지 않았을, 그답지 않은 행동이었다.

"……뭐야."

카리나가 비틀비틀 침대에 털썩 주저앉으며 중얼거렸다. 아무리 생각해도 알 수가 없다. 도대체 무슨 의미란 말인가. 첫 번째는 실수로 쳐도 방금 것까지 실수로 칠 순 없었다.

'……아니, 실수할 수도 있지.'

카리나가 황급히 고개를 저었다. 한 번 실수가 있으면 두 번 실수도 있는 법이다. 세 번까지는 아무래도 실수로 볼 수 없겠지만 겨우 두 번이 아닌가.

"그림에 너무 감동을 받았나……?"

누군가 초상화를 그려 준 적이 없을지도 모르겠다는 생각까지 치밀었다. 그래, 사람이 초상화를 받아 보지 못했으면 감동적일 수도 있지. 카리나가 혼자서 고개를 주억였다.

'밀라이언에게 선물로 줘야지.'

완성하지 않아 다행이다. 그에게 이렇게나마 자신의 흔적을 남겨 주고 갈 수 있으니까.

필사적으로 이유를 찾아 머리를 굴리다가도 또 이래저래 풀어지는 스스로에 카리나가 헛웃음을 삼켰다. 이쯤 되니 자기 자신이 불쌍할 지경이다.

"바보 같아."

머리를 쥐어뜯고 있는 사이 들려온 시녀들의 목소리에 카리나가 최대한 얼굴에 평정을 가장했다. 정말 여러모로 엉망인 하루였다.

❧

생각보다 연회 준비는 그다지 오래 걸리지 않았다. 화실에서 조금 더 그림을 그려도 괜찮았지 않았을까 싶을 정도로. 수도와는 다른 준비 시간에 조금 놀란 것도 있다.

'별로 준비를 안 하더라도 몇 시간은 기본이었는데.'

이번에는 목욕하는 데 대부분의 시간을 보낸 것을 빼면, 사실 실제 준비 시간은 한 시간도 채 걸리지 않은 듯했다. 그렇다고 또 준비가 허술했던 것도 아니다. 머리 손질도 옷도 단순하면서 세련됐다. 어울리지도 않는 화려하고 무거운 드레스를 입던 때와는 달랐다.

카리나가 침대에 앉아 멍하니 고개를 젖혔다.

'그림 그리고 싶다.'

아까 그렇게 호되게 당했으면서도 아무것도 할 일이 없으면 가장 먼저 떠오르는 게 그림이다. 이 욕망이 부풀고 부풀면 어느새 광기가 되는 것이 아닌가 싶을 정도로.

'아니면 밀라이언이 보고 싶어.'

그녀가 한숨처럼 고개를 돌렸다. 이 1차원적인 욕망을 어쩔까. 잠깐이니까 그림을 그릴까 생각하다가도 페리얼의 당부를 떠올리면 또 쉽게 발이 떨어지지 않는다.

똑똑. 달칵.

노크 소리와 함께 문이 열렸다. 이제는 익숙한 패턴이다. 카리나가 고개를 들었다. 밀라이언이었다. 그는 늘 가볍게 셔츠만 걸치고 있던 차림에서 제복과도 같은 옷을 입고 있었다. 오래 전 약혼식에서나 봤던 옷이었다.

"……밀라이언, 엄청 차려입으셨네요."

"그대와 함께 참가하는 연회니까."

밀라이언이 성큼성큼 다가와 그녀의 손등에 입을 맞추며 말했다. 허리를 굽히며 자연스럽게 입을 맞추는 그를 보니 절로 얼굴에 열이 올랐다.

"잘 어울리는군."

"아, 고마워요……."

카리나가 시선을 슬쩍 피하며 말했다. 큰일 났다. 자꾸 그의 입술만 보였다. 입술만 보이는 이유를 모르지 않는다. 카리나의 얼굴이 벌게졌다.

"생각보다 준비가 빨리 끝나서 놀랐어요."

"남부에서는 제법 화려한 옷을 입으니까. 그래서 수도가 귀찮아. 번거롭거든."

"하긴, 이렇게 간단하게 끝나는 곳에서 자랐으면 그럴 것 같아요."

자신이라도 몇 시간 걸려야 하는 준비보다 한 시간 걸리는 이쪽을 택하리라. 어떨 때는 새벽부터 일어나서 준비를 해야 할 때도 있었다. 그런 걸 생각하면 북부는 훨씬 나았다.

"누가 가까이 와서 쓸데없는 추파를 던지면 내게 말해."

"추파요?"

"그래, 한량 같은 놈들이 많거든."

으음, 낮게 신음을 삼킨 카리나가 고개를 끄덕였다. 북부의 사람들은 밀라이언만큼이나 자유분방한 성격을 가진 모양이다.

카리나가 무슨 생각을 하는지도 모르는 그는 무척 진지하게 고개를 끄덕였다.

"할 줄 아는 거라곤 검을 휘두르는 것밖에 모르는 야만적인 놈들이야."

"그래요……?"

"그래."

퍽 단호한 대답이다.

카리나가 고개를 끄덕였다. 밀라이언도 확실히 조금 야성미가 있었다. 그녀가 머릿속으로 밀라이언과 같은 귀족이 여러 명 모여 있는 것을 떠올렸다.

'……'

좀 멋있을 것 같다. 좋아하는 사람이 많다는 건 그런 게 아니겠는가. 카리나의 입가에 헤실헤실한 미소가 자리 잡았다.

'……왜 웃는 거지?'

질색하는 표정을 짓거나 조심하겠다고 말할 줄 알았는데. 밀라이언은 기분 좋게 웃고 있는 카리나를 기묘한 눈으로 바라봤다.

"얼른 보고 싶네요."

"……"

그녀의 머릿속에서 무언가 다른 해석이 이루어진 모양이다. 밀라이언이 떨떠름한 시선을 감추지 못했다. 경계심을 가지라고 덧붙인 말이었는데 경계심은커녕 호기심만 부추긴 듯했다.

"보고 싶다고? 그대를 귀찮게 할 거야."

"가끔은 떠들썩한 것도 좋아요."

"차라리 페리얼이 나을지 모르는데도?"

"그래도 밀라이언이 신뢰하는 분들이신 거죠?"

원치 않게 페리얼까지 입에 올렸지만 덧붙여지는 카리나의 말에 그의 입술이 조가비처럼 꾹 다물어졌다. 차마 신뢰하지 않는다고 할 수는 없었다. 신뢰는 한다, 전우로서는.

"적어도 오늘은 아니야."

오늘만큼은 차라리 보여 주고 싶지 않다. 약간 창백해 보이는 얼굴의 카리나는 예뻤다. 하늘하늘한 하얀색 파티용 드레스도 그랬지만 뭣보다 그 푸른 눈동자가 아름다웠다. 북부의 인간들은 전부 하나같이 성격들이 괄괄하고 거침이 없어서, 그들은 그녀 같은 사람에게 제법 호기심을 가지고 있었다. 그 호기심이 부디 그녀를 상처 입히지 않길 바랄 뿐이다.

"연회는 뒤쪽 야외 연회장에서 할 거야. 투명한 돔으로 둘러싸여 있어서 한겨울에도 따뜻하지."

"언제 봐도 신기하네요."

카리나가 순순히 감탄사를 흘렸다. 남부에선 그런 걸 볼 수 없었지만 그의 저택에는 투명한 돔이 제법 존재했다. 그런 것이 발달한 이유는 아마 날씨 탓이 가장 크겠지.

"그래, 눈이라도 오면 장관이야. 그대에게도 꼭 보여 주고 싶어."

"그러게요, 볼 수 있으면 좋겠어요. 올해도 눈이 내릴까요?"

"아마도 내릴 거야. 매년 겨울에는 꼭 내리니까."

"기대되네요."

행복하다는 듯 접힌 그녀의 눈매를 보며 밀라이언이 미소 지었다. 그녀가 이렇게 좋아하니, 없는 것이라도 만들어 내 보여 주고 싶었다. 그녀는 아름답고 예쁜 것들을 쉽게 지나치지 못했다. 페리얼과 비슷한 종류의, 아마도 예술가들의 집착이 아닐까 싶다.

"조금 이르긴 하지만 슬슬 가 있도록 할까? 사람이 없을 때 안을 구경시켜 줄게."

"네."

카리나가 냉큼 고개를 끄덕이곤 자리에서 일어났다. 반짝거리는 눈에서 곧 별 가루라도 떨어질 것 같다. 밀라이언이 결국 웃음을 참지 못하고 어깨를 부들부들 떨었다.

"왜…… 왜 웃어요."

"웃지 않았다."

고개를 돌려 어깨를 부들부들 떨던 밀라이언이 정색하며 대답했다. 시치미를 뚝 떼는 그 표정에 카리나의 얼굴이 미묘해졌다. 분명히 방금까지 웃었는데 그런 적 없다는 얼굴이 너무 아무렇지 않아 보였다.

"웃으셨잖아요……."

밀라이언이 허리를 굽혀 카리나의 입술에 살짝 입을 맞췄다가 떨어졌다. 깃털이 내려앉는 것보다도 더 가벼운 입맞춤이었다. 카리나의 얼굴이 새하얗게 질렸다.

"저…… 입술에 뭐 발랐어요……!"

밀라이언을 올려다보니 입술 정중앙에 살짝 핑크빛이 도는 색조가 묻어나 있었다. 민망함에 절로 얼굴이 붉어졌다. 카리나가 당황한 얼굴로 발을 동동 굴렸다.

"괜찮아. 이대로 나가도 난 나쁘지 않은데."

"이상한 소리 하지 마세요!"

카리나가 황급히 제 소매에서 손수건을 꺼내 까치발을 들었다. 그러고는 밀라이언의 입술을 꾹꾹 눌러 닦는다. 그녀의 손수건이 멀어지자 밀라이언이 아쉽다는 듯 혀로 입술을 핥았다.

"괜찮았는데."

"……부끄러워서 안 돼요."

"아쉽군."

밀라이언이 한 걸음 가볍게 물러나며 한 손을 뒤로하고 다른 손을 내밀었다.

"함께 가시죠, 아가씨."

답지 않은 정중한 목소리에 카리나의 얼굴이 확 붉어졌다. 그렇다고 차마 그 손을 내칠 용기도 없어서 그녀가 더듬더듬 손을 뻗었다. 조심스럽게 밀라이언의 위에 손을 올리자 그가 냉큼 그것을 잡아 그녀를 끌어당겼다.

"카리나."

"네."

"최근 생각하지만 그대를 만나서 다행이야."

"……."

그녀가 입을 꾹 다물었다. 그렇게 생각하는 건 자신이다. 고마워해야 하는 것은 카리나였다. 그를 만나서 평생 혼자서는 하지 못했을 결심을 했다.

"제가 할 말이에요."

그녀의 대답을 들은 밀라이언이 낮게 웃었다. 그녀를 만나서 다행이라고 생각하는 것은 진심이었다. 덕분에 몰랐던 감정을 알게 됐으니까.

'이번 토벌의 우선순위는 하론이겠군.'

그녀의 웃음을 오래도록 보고 싶다면 자신이 조금 더 뛰는 수밖에 없다. 맨날 짜증스럽게 생각은 하지만 페리얼의 실력만큼은 믿고 있다. 그는 예술병과 관련된 분야에서는 누구보다 뛰어난 사람이었다. 그보다 더 많은 자료를 가진 사람이 없고 그의 머리보다 더 다양한 지식을 가진 사람도 없다.

뒤쪽 연회장으로 온 밀라이언이 먼저 문을 열었다. 안에는 사람이 없을 것이었다. 그렇기에 한 시간이나 일찍 온 것이었고. 적당히 있다가 그녀가 피곤해하는 기색을 보이면 냉큼 돌아갈 생각이었다.

"……."

"……."

들어가자마자 두 사람이 그대로 굳었다. 카리나는 놀라움에 굳었고 밀라이언은 목까지 차오른 욕설을 내뱉지 못하는 짜증에 그대로 굳었다.

"미친……."

입술 사이로 차마 억누르지 못한 옅은 욕설 하나가 새어 나갔다. 다행히 무척 작은 목소리여서 카리나가 듣지 못했다는 것이 위안이라면 위안이었다.

"아, 오셨습니까? 대. 공. 각. 하."

언제부터 옷을 차려입었다고 머리부터 발끝까지 반짝거리는 크램버 남작이 웃으며 말했다. 어찌나 환하게 웃는지 모른다. 말끝에 이를 악문 듯 악센트가 들어갔다.

"……연회 시작 시간은 아직 한 시간이나 남았을 텐데, 크램버 남작."

"아이고, 오늘 연회가 너무 기대돼서 미리 와 버리고 말았습니다. 안 그렇습니까?"

"퍽이나. 이봐요, 각하. 전야제? 어떤 놈이 전야제를 만들……!"

"이봐, 에리얼 자작. 말한 게 있는 것 같은데 잊었나 보군. 그리고 보니 헤르타 위주로 토벌할 토벌대가 하나 필요하긴 했지."

"……치사하긴."

한마디 중얼거린 에리얼 자작의 입이 꽉 닫혔다. 구불거리는 붉은 머리카락을 길게 기른 여자였다.

카리나의 눈이 크게 뜨였다. 몸매가 딱 드러나는 옷을 입은 여자는 입담에도 거침이 없었다.

카리나가 조심스럽게 손을 들어 밀라이언의 옷자락을 살짝 잡아당겼다. 대화를 나누느라 혹시 자신을 잊은 건 아닌지 걱정스러운 마음에서였다. 그녀 역시 다른 사람과도 대화를 나누고 싶었다.

눈동자를 도르르 굴리자 밀라이언이 고개를 뒤로 돌렸다. 정면에 선 험악했던 그의 표정이 순식간에 풀어졌다.

"왜, 카리나?"

"아뇨, 저도 소개시켜 주실 수 있나 해서요."

"……저것들을?"

"네!"

카리나의 목소리에 밀라이언의 입이 다물어졌다. 소개해 주고 싶지 않다. 진심으로 소개해 주고 싶지 않았다. 저들은 카리나를 이상하게 물들일 거고 무슨 얘기를 할지 짐작도 할 수가 없었다.

"……굳이?"

"네?"

"나 하나로는 부족한 건가? 심심하면 내가 그대와 계속 얘기를 해 주지."

밀라이언의 말에 카리나가 눈을 동그랗게 떴다. 그것도 좋긴 하지만……. 고민하듯 눈꺼풀을 내린 카리나의 볼이 살짝 붉어졌다.

그 모습을 보는 밀라이언의 입술 끝이 부드럽게 풀어져 호선을 그렸다.

"……."

"……."

좌중이 순식간에 조용해졌다. 지금 저 닭살 돋고 소름 돋는 웃음을 입가에 머금은 사람은 누구인가. 모여 있던 영주들이 체통이고 뭐고 손등으로 눈을 비볐다. 눈동자를 도르르 굴리며 눈치를 살피던 크램버 남작이 밀라이언과 카리나의 사이로 제 몸을 밀어 넣었다.

"처음!"

흠칫.

카리나의 몸이 크게 떨렸다. 목소리가 들린 곳으로 고개를 돌리자 코앞까지 다가온 크램버 남작이 카리나의 손을 붙잡으며 입을 열었다.

"뵙겠습니다! 크램버 남작이라고 합니다, 아리따운 아가씨!"

경건하게 손등에 입을 맞추는 그를 보며 카리나가 옅게 웃었다. 카리나 자신과 비슷하지 않을까 싶은 또래의 귀족이었다. 그런데 벌써 작위를 가지고 있다니 놀라운 일이다.

"아, 반가워요. 카리나……라고 해요. 편하게 불러 주셔도 돼요."

"우리 공작님께서 꽁꽁 숨기고 계신 분이 누군가 했더니, 아가씨셨군요."

"꽁꽁 숨겨요……?"

카리나가 의아하다는 듯 입을 열자 크램버 남작이 눈동자를 도르르 굴렸다. 카리나의 뒤에서 험악하게 얼굴을 일그러뜨린 밀라이언이 보였다. 밀라이언이 엄지를 슥 들어 보이더니 그대로 목을 긋는 시늉을 한다. 살기가 뚝뚝 떨어지는 그 눈빛에 크램버 남작이 몸을 부르르 떨었다.

"네, 어제도 술 한 잔 하지 않으시고 곧장 방으로 돌아가시기에…… 꿀단지라도 숨겨 놓은 줄 알았죠."

"아……."

카리나의 입에서 낮은 탄성이 흘러나왔다. 그녀가 당황한 시선을 돌렸다. 그러곤 조심스럽게 고개를 살짝 틀어 밀라이언을 바라봤다. 당장에라도 크램버 남작의 멱살을 잡을 것 같았던 밀라이언의 표정이 순식간에 봄날의 호수처럼 잔잔하게 가라앉았다.

"정말 그랬어요, 밀라이언?"

"술은 그다지 좋아하지 않아서 괜찮아."

"지라……."

에리얼 자작에게서 튀어나오려는 욕설을 빠르게 감지한 밀라이언이 고개를 홱 들었다. 표정은 험악하지 않았지만 눈빛만큼은 매서웠다. 그녀가 재빠르게 입을 닫았다. 생명에 위협을 감지한 탓이다.

"크흠."

그녀가 애꿎은 헛기침을 하며 냉큼 고개를 돌려 버렸다. 밀라이언이 다시 시선을 내려 카리나를 내려다봤다.

"그대가 신경 쓸 일이 아니야. 내가 그다지 먹고 싶지 않았던 것뿐이니까."

"그래도…… 괜히 저 때문이면 미안해서요."

"전혀. 미안할 이들은 따로 있지."

낮게 읊조리는 목소리가 카리나를 제외한 이들에겐 스산하게만

들렸다.

영주들을 필두로 기사 작위를 받은 이들이 함께하고 있는 연회 자리였다.

"그대가 미안할 필요는 없어. 다시 말하지만 그건 내가 원해서 한 일이야."

"……알겠어요."

카리나가 풀이 죽은 듯 고개를 숙였다. 전야제도 즐길 거리였을 텐데 자신이 참석하지 못한 것도, 밀라이언을 참석하지 못하게 한 것도 못내 아쉽고 미안했다.

"카리나, 오늘 즐기면 되잖아."

"그래도 전야제는 전야제만의 묘미가 있는 거잖아요."

"말했잖아. 그냥 술잔만 기울이는 거였다고. 난 술을 좋아하지 않아서 괜찮았어."

술술 새어 나오는 거짓말에 카리나를 제외한 모든 이들의 얼굴이 굳어 갔다. 술잔을 기울이고 있던 기사나 귀족들이 당장에라도 입에 있는 것을 뿜어낼 듯 황급히 제 입을 틀어막았다. 개중엔 이미 사레에 걸려 기침을 하는 사람도 분명히 존재했다. 밀라이언의 말에 뒷목을 잡지 않을 이가 어디에 있으랴.

가식도 저런 가식이 없었다. 그만큼 술고래인 사람이 여기에 과연 몇이나 될까. 그나마 대작할 수 있는 사람은 승부욕이 강한 크램버 남작이나 에리얼 자작 그리고 오랜 시간 이런 술 문화에 이골이 난 노장(老將) 레온하르트 백작 정도였다. 밀라이언 페스텔리오가 술을 좋아하지 않는다니! 그를 아는 사람이라면 모두 비웃음을 터뜨릴 이야기였다.

"그럼 다행이지만요."

옅게 미소 짓는 카리나를 보며 밀라이언이 냉큼 고개를 끄덕였다. 술은 무슨, 궐련도 끊으라면 끊어야지. 축 처졌던 카리나의 눈꼬리가 다시 올라오자 밀라이언의 입가가 부드럽게 풀어졌다.

"연회장이나 한 바퀴 구경시켜 주려고 했는데, 무리겠군."

이미 작당을 하고 단체로 연회장 가득 모여 있는 이들을 보니 무리는 무리다. 카리나가 괜찮다는 듯 고개를 저었다.

"괜찮아요."

카리나가 조심스럽게 눈치를 살폈다.

"카리나, 각하께서는 공사다망하시니 저와 함께 가시는 건 어떻습니까? 북부 귀족들을 소개해 드리겠습니다."

"누구 맘……!"

"정말요?"

밀라이언과 카리나의 목소리가 겹쳤다.

한 톤 높아진 그녀의 목소리를 들은 밀라이언이 얼굴을 확 일그러트렸다. 카리나가 밀라이언을 돌아보자 그가 떨떠름한 얼굴을 하면서도 최대한 얼굴을 펴기 위해 노력했다.

"음……. 밀라이언이 일하는 동안 그래도 괜찮을까요?"

"……."

싫어. 싫다고. 무슨 바람을 불어넣을 줄 알고 그녀를 그냥 놓아주는가. 공사다망하긴 뭐가 공사다망해? 오늘은 연회가 열리는 날이고 바쁜 일은 낮에 전부 회의로 끝내지 않았던가.

"난……."

바쁘지 않다고 말하려던 밀라이언이 입을 닫았다. 수도에선 연회가 열리면 주최한 사람으로서 인사를 다니는 것이 수순이긴 했다. 그런데 이놈들한테 무슨 인사?

"바쁜 일이 그다지 없어. 차라리 내가 소개해 줄게. 그래도 되나?"

"밀라이언이요?"

"그래."

카리나가 곤란한 듯 미간을 좁혔다. 상관은 없지만 어쩐지 저 멀리서 절대 안 된다며 고개를 젓는 무리가 있었다. 저들에게 밀라이언은 어떻게 따지면 상사니까 확실히 불편하게 느낄지도 모른다.

"으음……."

평소라면 단번에 허락했을 그녀가 대답을 망설이자 이젠 밀라이언의 표정이 굳어 갔다. 그가 고개를 돌리자 팔을 대각선으로 교차하고 있던 몇몇 귀족들이 냉큼 손을 내리곤 모른 척 술잔을 기울였다.

"정말 바쁜 일 없어요……?"

카리나의 눈이 다시 밀라이언에게 향했다. 밀라이언은 바쁜 일이 없다고 하면 한량이 되는 것 같은 기분이 들었다. 어째 카리나가 자신이 자리를 피해 줬으면 하고 바라는 듯 보이기도 했다.

"……."

"……."

밀라이언이 입을 꾹 다물었다. 이윽고 그가 속으로 한숨을 삼킨 채 내키지 않는 표정으로 입을 열었다.

"생각해 보니 깜빡한 일이 있긴 하군."

"그래요?"

눈에 띄게 확 밝아지는 그 표정을 보고 있자니 심사가 뒤틀렸다.

그러나 그녀가 얼마나 이 연회를 기대했는지 알고 있다. 그렇기에 밀라이언은 뚱한 표정을 하면서도 고개를 끄덕였다.

"한, 30분 정도 걸릴 것 같으니 같이 있도록 해."

"알겠어요. 다른 데 가지 않고 여기에만 있을게요."

"……."

차라리 다른 데에 가 있으라고 하고 싶은 심정이다. 카리나의 말을 들으며 밀라이언이 떨떠름하게 고개를 끄덕였다.

그가 내키지 않는 발걸음을 돌리려 고개를 들었다. 입술 끝을 부들부들 떠는 귀족들이 보였다. 레온하르트 백작까지 웃고 있는 것을 보니 한숨만 절로 나왔다. 저 능구렁이는 그가 무슨 말로 협박하든 유들유들 웃으며 넘어갈 것이다.

"혹시 무슨 일 있으면 내게 얘기하고."

"네, 다녀오세요."

"……그래."

끝까지 붙잡지 않는 카리나에 밀라이언이 긴 한숨을 내쉬었다. 그는 천천히 연회장을 나섰다. 정말로 바쁜 일 따윈 아무것도 없다.

'대체 어딜 가야 하지.'

원치 않게 쫓겨난 밀라이언이 연회장 문을 닫으며 고개를 젖혔다. 나오긴 나왔는데 갈 데가 없다. 싸늘한 바람에도 멍한 정신이 쉽게 들지 않았다. 그가 집무실을 향해 발을 움직인 것은 망부석처럼 한참이나 서 있고 난 후였다.

'으흠…… 괜히 쫓아냈나?'

카리나가 턱을 매만졌다. 나가고 싶지 않은 기색이 역력해 보였는데. 그래도 눈치를 보는 다른 이들이 조금 안쓰럽기도 했다. 밀라이언은 인상이 조금 무서운 편이니까.

"와, 카리나 진짜 대단하네요. 각하를 아주 강아지 다루듯 다루시네."

"강아지요?"

"아, 그런 게 있습니다. 각하께서 카리나 말은 잘 들어주시니 한 말이에요."

"아, 그런가요?"

카리나가 눈을 동그랗게 뜨더니 이내 옅게 웃으며 담담하게 대답했다. 밀라이언이 사라지자 멀찍이 떨어져 있던 이들이 우르르 몰려들었다.

"와, 저 인간 어떻게 길들였어? 쩔쩔매는 거 처음 보네."

"길들…… 이지 않았는데요……."

당황스러운 단어 선택에 그녀가 눈을 끔뻑였다. 옷도 그렇고 말투도 그렇고 왜 밀라이언이 그토록 멀찍이 떨어져 있으라고 했는지 알겠다. 확실히 자신과 성향이 완전히 달랐다.

"아, 난 마린 에리얼. 자작이야. 마린으로 가볍게 불러 줘."

"……어, 네. 잘 부탁해요, 마린."

"아, 말 편하게 해. 나 그런 격식 잘 못 차리니까. 그래서 웬만하면 수도에도 안 가고."

"아…… 응, 마린."

반말에 익숙하지 않은 카리나가 그래도 더듬더듬 대답하자 마린

이 냉큼 어깨동무를 해 왔다. 정말 친화력 하나는 끝내 주는 사람이다. 솔직히 말해서 아주 조금 따라가기가 힘들었다.

"난 북부에서 유일하게 바닷가랑 맞닿아 있는 지역에 있어. 솔직히 마수보단 해수랑 싸우는 일이 더 많고. 해적이랑 맞붙는 일은 그보다 더 많아."

시원시원한 설명에 카리나가 열심히 고개를 끄덕였다. 화끈하고 호탕한 성격에 절로 웃음이 나왔다. 둥글게 말려 올라간 입꼬리가 무척 짓궂은 장난꾸러기처럼 보이기도 했다.

"와…… 해수라면 바다에 사는 마수인가요?"

"맞아. 북부는 여름이고 겨울이고 바닷물 온도가 낮은 편이라서 우리만큼은 계절과 관계없이 해수 토벌을 하는 편이야."

"우와……."

카리나가 놀란 눈을 했다. 어찌나 신기한 이야긴지 모른다. 바다도 본 적이 없는데 물 위에서 마수를 토벌한다니, 어쩐지 멋있을 것 같았다.

그녀의 순수한 놀람에 마린의 기분도 제법 좋아졌다. 순수한 것이 생각보다 나쁜 기분은 아니다. 물론, 북부인과는 성격이 완전히 다른 듯했지만.

"가끔 바다가 얼면 물속에서 기어 나오는 마수들도 있어서 짜증스러운 편이지. 바다는 본 적 있어?"

"아뇨, 한 번도 못 봐서 사실 상상이 잘 안 돼요."

"그런데 왜 자꾸 다시 존댓말 써?"

"아…… 버릇이에요, 아니, 버릇이야……. 가끔 이래."

"뭐야, 그래? 그럼 넌 그냥 편하게 해. 난 또 말 놓는 게 편한 줄 알았지."

"아, 네. 괜찮다면 그럴게요."

에리얼이 고개를 끄덕였다.

어쨌든 카리나는 책에 그려진 바다 그림을 보고 따라서 그려 본 적은 있지만 실제로 본 적은 없었다. 어떨지 너무 궁금했다.

'보고 싶다.'

카리나가 주먹을 꽉 쥐었다. 그러나 볼 수 없다. 그럴 만한 시간은 주어지지 않을 거다. 세상엔 이렇게 보지 못한 것들이 가득한데 자신의 시계는 이미 어둑어둑한 밤이 되었다. 사람에게는 누구에게나 시간이 있다. 자신만의 시계가 있다. 원래라면 이제 이른 아침을 살고 있어야 할 카리나는 그 모든 것을 잃었다.

"뭐야, 바다를 못 봤단 말이야?"

"네."

"바다는 엄청나. 숨겨진 자원도 무궁무진하고 그 안에서 튀어나오는 것들도 다양하지. 언제 한번 놀러 와. 여기서 말을 타고 일주일도 걸리지 않는 거리니까."

"……네, 기회가 되면 꼭."

"그래, 오면 맛있는 해산물을 대접해 주지. 북부의 해산물은 살이 단단해서 아주 맛있어."

시원스럽게 웃는 마린을 보며 카리나가 마주 웃었다. 밝은 사람을 보고 있으면 자신까지도 밝아지는 기분이라 좋았다.

하나둘 인사를 하다 보니 시간은 어느새 훌쩍훌쩍 지나갔다.

"허허, 제가 마지막이군요."

"……아, 안녕하세요."

"처음 뵙겠습니다. 슐라이 레온하르트 백작입니다."

무척 예의 바른 노인이었다. 회색 머리카락 사이로 희끗희끗 흰머리가 엿보이는 노인은 나이에 비해 무척이나 정정해 보였다. 카리나가 정중하게 허리를 굽혔다.

"카리나라고 해요. 잘…… 부탁드립니다."

"네, 반갑습니다. 듣자 하니, 각하의 약혼녀시라고."

그의 물음에 카리나가 쓴웃음을 머금었다. 그랬지만, 파혼 서류를 내밀었으니 비공식적으론 더 이상 그녀는 밀라이언의 약혼녀가 아니었다.

"머지않아 발표되겠지만…… 각하와는 파혼했어요."

"……음? 파혼 말입니까?"

무슨 일에도 흔들리지 않을 것 같던 레온하르트 백작의 눈동자가 잘게 떨렸다. 축하라도 해 주기 위해 말을 꺼냈더니 들려오는 것은 뜬금없는 파혼 얘기다.

'……파혼한 사이처럼 보이지는 않았는데.'

아주 긴 시간 만에 마음을 준 상대가 나타났구나 싶어서 제법 흡족한 참이었다. 레온하르트 백작은 밀라이언 페스텔리오가 태어날 때부터 지금까지 성장하는 모습을 전부 지켜봐 왔으니까.

"네, 절 도와주는 대가로 파혼을 하기로 했어요. 제가 조금 곤란한 부탁을 드렸거든요. 친절하신 분이에요."

"……그랬군요."

"네, 그러니까 더는 약혼녀가 아니에요. 북부 검문소가 다시 열리면 조금 있다가 저택도 떠날 예정이고요."

카리나가 담담하게 설명했다. 이렇게라도 얘기를 하고 다녀야 나중에 무르지 않을 수 있을 것 같았다. 혼자만 알고 있는 약속보단 모두가 알고 있는 약속이 더 지켜질 확률이 높지 않겠는가.

"으음……. 그거 그 인…… 아니, 각하랑도 합의된 사항입니까?"

"맞아. 그…… 런 건 혼자 정하면 안 되지."

크램버 남작과 에리얼 자작이 덧붙였다. 어쩐지 조금 새하얗게 질린 표정이었다. 카리나가 고개를 끄덕였다. 이건 애초에 들어올 때 합의된 사항이었다.

"네, 여기 머무르기로 할 때부터 합의된 사항이었어요."

"……그 뒤엔? 혹시 최근엔 얘기해 봤어?"

마린 에리얼이 무척 진지한 눈으로 물었다.

카리나가 고개를 저었다. 직접 그것에 관해 얘기를 나눈 적은 없었다. 하지만 그렇다고 알고 있었다.

"음, 그래."

아까의 그 모습을 봐선 밀라이언 페스텔리오가 그녀를 놓아줄 확률은 거의 없었다. 그렇게까지 내숭을 떠는 이유가 그녀를 쫓아내기 위함이 아니라면 말이다.

"요즘 그 인간이 좀 미친 것 같더니……."

마린 에리얼의 거친 언사에 카리나가 어색하게 웃었다. 한동안은 익숙해지지 않을지도 모르겠다.

'그래도 밀라이언은 그렇게 욕을 자주 하진 않으니까.'

실제로 그와 전쟁터에서 굴러 본 이들이 들으면 뒷목을 잡을 생각이었다. 하지만 아쉽게도 카리나의 생각을 정정해 줄 사람은 없었다.

"아, 맞다! 카리나, 이번 토벌에서 수집하는 하론을 전부 공작령으로 보내라는 명령이 떨어졌는데. 왜 그런지 압니까?"

크램버 남작의 가벼운 목소리에 카리나가 볼을 붉적였다. 앓고 있는 병에 대해 말하기엔 민망하고 그렇다고 대답하지 않자니 괜히 숨기는 것 같다.

"으음……."

뭐라고 말을 해야 할까? 카리나가 눈동자를 이리저리 굴렸다. 기왕이면 밀라이언을 욕먹게 하지 않는 선에서 적당히 변명해야 했다.

카리나의 눈이 이리저리 굴러다니는 걸 보며 영주들의 표정이 심각해졌다.

'대체 이런 아가씨가 저 인간의 뭐가 좋아서……'

'무슨 내숭을 떨고 있는 거야?'

'이거 참, 목줄 잡혀 사는 모습을 볼 수 있을지도 모르겠군.'

카리나가 한참 만에 조심스럽게 입을 열었다. 제 병에 관해선 굳이 얘기하고 싶지 않고 그의 선행으로 포장하고 싶었다.

"어떤 불치병이 있는데, 그 치료제가 하론이랑 연관되어 있을지도 모른다고 하더라고요. 그래서 그걸 개발하려고 모으는 것 같아요."

"아가씨께서도 그 병에 걸리셨나?"

슐라이 레온하르트가 노련하게 물어 왔다.

밀라이언 페스텔리오는 중립적인 사람이었다. 선하지도, 그렇다고 악하지도 않은. 그러나 굳이 따지자면 아주 약간 선에 기울어 있는 사람.

그는 굳이 타인을 위해 나서지 않는다. 눈앞에서 곤란에 처한 이를 모른 척하지는 않으나 곤란한 이를 부러 찾아다니거나 그런 이들을 위해 무언가를 하는 사람은 아니었다. 그러니 그가 움직였다는 것은 이유가 있다는 것이다.

"음······. 네, 부끄럽지만요. 밀라이언······ 각하께 하론을 선물 받았었거든요. 그래서 알게 됐어요."

"······허, 각하께서 아가씨께 하론을 선물하셨나?"

"네."

카리나의 말에 슐라이 레온하르트가 손으로 제 턱수염을 문질렀다. 그의 입꼬리가 살짝 호선을 그렸다. 에리얼 자작과 크램버 남작의 얼굴은 형용할 수 없이 끔찍한 걸 듣기라도 한 듯 일그러졌다.

"뭐······ 그 인간······ 아니, 각하께서 하론을 주면서 별말은 없으셨어, 카리나?"

마린 에리얼이 듣지 못할 것을 들은 것과도 같은 표정으로 떨떠름하게 물어 왔다. 카리나가 고개를 기울였다. 그다지 없었던 것 같다.

"아."

카리나가 낮게 탄성을 흘렸다.

"그, 몸이 약한 사람에게 주는 풍습이 있다고 하던데요. 하론을 주면 몸이 낫는다는 미신이 있다고······."

"······큽!"

크램버 남작이 웃음을 참지 못하고 입을 틀어막았다. 황급히 미안하다고 허리를 숙였지만 부들부들 떨리는 어깨가 멎을 기미는 없어 보였다. 그뿐이랴, 마린 에리얼의 표정도 슐라이 레온하르트의 표정도 미묘했다.

"······음, 혹시 다른 말은 없었어?"

"네, 무슨 다른 의미가 있나요?"

"뭐, 확실히 그런 의미도 있긴 하지만 말이야······."

마린 에리얼이 뒷머리를 긁적이며 말끝을 늘였다. 완전히 틀린 말이라고 할 수 없는 것이 확실히 그런 용도도 있기는 했다. 물론, 그런 것보다 더 보편적으로 쓰이는 용도는 따로 있었다.

"네."

"보통은 반려자한테 준단 말이지, 그거……."

"……반려자요?"

"응. 북부는 뭐, 이렇다 보니 얼마나 강한지가 척도가 되는 경우가 있어서 자기가 붙잡은 마수에게서 얻어 낸 하론을 반려자나 좋아하는 사람에게 선물하는 게 관습이야."

에리얼 자작의 설명에 카리나의 눈이 크게 뜨였다. 그녀가 정말이냐는 표정으로 슬쩍 슐라이 레온하르트를 바라보자 그가 모호한 웃음을 띤 채 고개를 끄덕여 주었다.

"사실 건강해지라는 의미로 선물한다곤 하지만 그게 뭐 아는 사람 병문안 갈 때 가져가는 그런 종류의 선물은 아냐."

"아……."

그냥 아픈 사람에게 선물하는 거라고 생각했다. 몸이 좋지 않은 이에게 누구든, 가까운 사람이라면 인사의 의미로 주는 거라고. 근데 그게 아니었을 줄이야.

"하론은 가까운 가족이나 반려자에게 선물하는 경우가 흔해. 이성에게 주는 경우는 대개…… 뭐……."

마린 에리얼이 제 팔을 벅벅 문지르며 말했다. 소름이라도 돋는 듯 설명하는 내내 그녀의 얼굴은 떨떠름했다.

카리나의 얼굴이 천천히 붉게 달아올랐다.

"근데 언제 받았는데?"

"……여기 온 지 얼마 안 돼서요."

카리나가 더듬더듬 대답했다. 그녀의 목덜미가 더 빨개질 수 없을 정도로 달아올랐다. 바라보고 있는 사람이 절로 민망해질 정도였다.

동시에 카리나는 두려워졌다. 밀라이언이 가지고 있는 감정이 자신의 것과 같은 것일까 봐. 그러지 않기를 바랐다. 그러지 않았으면 했다.

자신은 밀라이언을 좋아하지만 밀라이언은 자신을 좋아하지 않았으면 했다. 이 감정은 오롯이 자신만이 묻어서 가져가고 싶었다.

비겁한 변명이다. 그토록 그에게 애정을 갈구했으면서. 속으로는 어쩌면 그가 자신과 같은 감정을 가지길 바랐으면서. 그러나 그가 진심으로 눈치채길 바라진 않았다.

'……몰랐으면 좋겠는데.'

부디, 별 의미 없이 준 거길 바란다. 그러면서도…… 두근거리는 심장을 멈출 수가 없었다. 이 이중적인 감정을 어떻게 할 수가 없어서, 카리나가 눈을 질끈 감았다.

달칵.

동시에 연회장의 문이 다시 열렸다. 곁에 있던 슐라이 레온하르트가 회중시계를 꺼내 시간을 살폈다. 그의 미간이 좁아졌다.

"정확히 30분 됐군."

이쯤 되니 나름대로 산전수전을 다 겪은 노장인 그라도 황당함이 목소리에 드러나지 않을 수가 없었다. 어디에 꿀단지라도 묻어 둔 곰처럼 그가 성큼성큼 카리나를 향해 걸어갔다.

"카리나?"

흠칫.

카리나의 몸이 크게 떨렸다. 거의 발작하는 수준으로 제자리에서 펄쩍 뛴 그녀가 한 걸음 뒤로 물러났다.

한 걸음 다가가자 한 걸음 물러난다.

밀라이언의 얼굴이 딱딱해졌다.

"……카리나, 무슨 일 있었나?"

"……."

카리나가 대답 없이 한 걸음 더 물러났다. 고개를 푹 숙인 채 눈도 마주치지 않으려고 했다.

밀라이언의 시선이 재빠르게 돌아갔다. 살기가 뚝뚝 흐르는 시선이 적나라하게 영주들을 향했다. '뭐 했어?'라고 묻는 듯한 눈빛이 숨쉬기도 힘들 정도로 벅찼다.

오로지 연회장에서 카리나만이 그의 분위기를 제대로 느끼지 못하고 있었다. 크램버 남작이 냉큼 고개를 저었다. 그가 저 살겠다고 손바닥을 쭉 펼쳐 마린 에리얼을 가리켰다.

밀라이언의 시선이 곧장 에리얼 자작에게 향했다. 불이 뚝뚝 떨어지는 시선에 마린 에리얼이 숨을 삼켰다.

'이 새끼들, 같이 즐겨 놓고선.'

밀라이언 페스텔리오의 이야기에 전부 귀를 활짝 열어 놓고 있었던 거 누가 모를 줄 아는가. 마린 에리얼이 주먹을 꽉 쥐며 이글거리는 시선으로 모른 척하는 주변을 한 차례 훑었다.

밀라이언이 다시 고개를 돌려 카리나에게 한 걸음 더 다가갔다. 기다렸다는 듯 카리나가 또 흠칫 놀라며 한 걸음 물러났다.

"카리나."

밀라이언이 결국 더 다가가는 것을 포기했다.

"……네."

"왜 그래? 무슨 일 있었나?"

그가 달래듯 한껏 부드럽게 풀어 낸 목소리로 물었다. 조심스러운 물음이었다.

카리나가 조용히 고개를 좌우로 내저었다. 심장이 서서히 조여 오는 듯한 느낌에 밀라이언이 주먹을 쥐었다. 초조함에 그가 입술을 깨물었다.

"나에 대해 뭔가 들었나?"

움찔.

대답 대신 그녀의 행동이 답을 말했다. 밀라이언이 이마를 짚었다. 그가 다시 한번 긴장한 듯 굳어 있는 이들을 노려봤다.

"……그, 밀라이언."

"그래."

카리나의 망설이는 듯한 부름에 그가 기다렸다는 듯 냉큼 대답했다. 약간의 지체도 없는 재빠른 대답이었다. 서 있던 영주들이 혀를 내둘렀다.

"저…… 이만 올라가도 될까요?"

"……왜? 기대하지 않았나."

"그냥, 조금 피곤해졌어요."

카리나의 기분이 가라앉았다. 스스로의 이기심이 하찮고 우스워서 어쩔 줄을 모르겠다. 그가 줄곧 몰랐으면 하면서도 사실은 알아채 줬으면 하다니. 이 모순적인 감정을 도대체 뭐라고 불러야 하는가. 이기심이 아닌 다른 단어를 그녀는 찾을 자신이 없었다.

"알겠어. 내가 데려다줄게."

"아뇨, 혼자 가도 돼요."

"······그대만 방까지 데려다주고 다시 돌아 내려오는 것도 안 되겠나?"

고개 숙인 카리나를 위해 한쪽 무릎이라고 꿇고 싶을 지경이었다. 답답한 속을 주먹으로 내려치고 싶었다. 밀라이언의 주먹 쥔 손등에 힘줄이 투둑 돋아났다.

"······응, 카리나?"

망설이듯 한참을 가만히 서 있던 그녀가 고개를 끄덕였다.

밀라이언이 그제야 카리나와의 거리를 냉큼 좁혔다. 그러곤 그대로 그녀를 품에 안았다. 밀라이언이 영주들을 한번 훑어보곤 그대로 연회장을 나섰다. 그 앞을 지키고 있는 기사들에게 밀라이언이 명령했다.

"연회에 참석하신 분들이 연회를 잘 즐길 수 있도록 해. 혹시나 연회장을 잘못, 벗어나시는 일이 없도록."

"네, 알겠습니다!"

살벌한 데다 서늘하기까지 한 밀라이언의 목소리에 긴장한 기사가 차려 자세를 취하며 우렁차게 대답했다.

밀라이언이 그대로 그녀의 등을 받치며 2층을 향해 걸음을 옮겼다.

'조용하군.'

평소라면 혼자 걸을 수 있다는 말이라도 했을 거다. 그러나 카리나는 말이 없었다. 무척이나 조용했다. 그저 제 옷자락만 붙잡은 채 몸을 기대지도 않고 꼿꼿하게 몸을 세우고 있었다.

"······카리나."

"있잖아요, 밀라이언. 나는 참 비겁한 것 같아요."

"그대가 뭐가 비겁해. 내가 말했잖아. 비겁한 건……."

"알아요, 밀라이언이 해 준 말은 하나도 빠짐없이 기억하고 있어요."

무엇 하나 빼먹지 않고 기억하고 있다. 앞으로도 줄곧 기억할 것이다. 죽는 순간까지 머릿속에 떠오르는 것은 밀라이언뿐일 테니까.

발작할 때 가장 먼저 떠오르는 것도 그였다. 그의 커다란 손이 먼저 떠올랐고 다정한 목소리가 떠올랐고 당황한 표정이 떠올랐다. 그러다가 하론을 떠올리면 그것을 품에 안는 것이다.

"밀라이언이 날 좋아하지 않았으면 좋겠어요."

"……뭐?"

"너무 이기적인 말이겠지만 신이 소원을 들어준다고 한다면……난 그 소원을 빌 것 같아요."

"어째서?"

"밀라이언은 제 생에 처음 만난 따스한 봄 같은 사람이에요. 당신의 세계가 언제나 따뜻했으면 좋겠어요."

다정한 사람으로 가득 차서, 자유롭게 원하는 일을 하며 그렇게 살아갔으면 했다.

그런 말을 하면서도 카리나는 속으로 스스로를 비웃었다. 사실 정말 그를 위한다면 당장에라도 이 저택을 떠나면 될 일이다. 어디 조용한 곳으로 사라지면 될 일이었다. 진심으로 밀라이언을 위하고 있다면 그럴 수 있어야 했다.

그러나 자신은 그럴 자신이 없었다. 목숨이 다하는 마지막까지, 두세 번 붓질할 힘이 남아 있을 아슬아슬한 시간까지 밀라이언의 곁에 있고 싶었다.

밀라이언이 한참 동안 말없이 그녀를 바라봤다. 천천히 방으로 걸음을 옮기며 그가 입을 열었다.

"봄을, 그대와 함께 맞이하면 안 되는 건가?"

"말했잖아요. 전 때가 되면 떠날 거라고. 여러모로 고민했는데 여행을 떠날까 해요."

"몸도 좋지 않은데, 어딜."

"아니면, 아는 사람의 집에라도 가죠."

"누구."

"비밀이에요."

한 번 한 거짓말이 점점 눈덩이처럼 불어난다. 그가 언제나 늠름하게 그 자리에 있었으면 했다. 자신은 그저 그에게 스쳐 지나가는 바람이었으면 했다. 아주 작은 태풍 같은 존재.

그러니까 태풍이 지나고 평소보다 더 청명한 하늘이 찾아오기를 바랐다. 그에겐 그저 그 정도의 존재면 충분했다.

사랑받지 않는 것은 익숙하다. 보답받지 못하는 사랑도 익숙했다. 그녀는 이미 수없이 상처를 받아 왔으니 이제 와 생채기가 하나 둘 정도 더 생긴다고 해도 아무렇지 않았다.

하지만 밀라이언은 분명 아닐 거다. 그는 충분한 사랑을 받은 사람이다. 주변은 그를 신뢰하는 사람으로 가득했다. 애초부터 모든 것이 달랐다.

"귀찮고 조금 번거로운 태풍이 잠시 머물렀다가 간다고 생각하세요. 태풍은 언젠가 지나갈 거예요. 전 당신께 그냥 그런 존재로 남고 싶어요."

"……."

밀라이언의 걸음이 느려졌다. 귓가에 속삭이는 말이 잔인하기 그지없었다. 그가 떨리는 감정을 억누르며 눈꺼풀을 느리게 감았다 떴다. 그가 마저 성큼성큼 걸어 그녀를 침대 위에 앉혔다. 밀라이언이 카리나를 가만히 내려다 봤다.

"태풍은 많은 걸 떨어뜨리고 가."

"……."

"그곳에 바람 한 점 남기고 가지 않을 수는 없지."

"남기지 않을 거예요."

"난 남길 거라고 확신해."

밀라이언이 천천히 허리를 굽혔다. 그의 커다란 손바닥이 언제나처럼 카리나의 볼을 감쌌다. 그가 다른 손으로 그녀의 손목을 조심스럽게 붙잡았다.

"카리나."

밀라이언의 입술이 코앞까지 다가왔다.

카리나가 숨을 들이켜면서도 그 입술을 피하지 못했다. 붉은 눈동자에 사로잡혀 눈조차 피할 수가 없다. 감는 것조차 용서받을 수 없을 것처럼 느껴졌다.

쿵, 쿵, 쿵, 쿵.

규칙적이던 심장 소리가 순식간에 빠른 박자로 바뀌었다. 카리나가 제 귀에 들리는 심장 소리에 저도 모르게 몸을 움찔 떨었다.

"그대가 날 어떤 눈으로 보고 있는지 알아?"

낮은 목소리가, 그의 숨결이 카리나의 숨결과 섞여 들어갔다.

최근 깨달은 것이다. 최근 들어 그녀에게 시선을 고정하는 시간이 많아지면서 알게 됐다. 자신을 바라보는 시선과 그 외의 다른 사람들을 바라보는 그녀의 시선은 분명한 차이가 있었다.

"그대도 날 좋아하잖아."

"……."

'그대도?'

밀라이언의 단어 선택에 카리나의 눈이 크게 뜨였다. 동시에 정곡을 찔러 오는 그의 목소리에 그녀가 숨을 들이켰다. 그렇지 않다. 그렇지 않았다. 아니라고, 그렇게 한마디 내뱉어야 하는데 쉽게 입술이 떨어지지 않는다.

"날 당장에라도 잡아먹고 싶은 눈으로 보고 있어."

소유하고 싶어서 어쩔 줄 모르겠다는 눈을 하고 있으면서. 닿고 싶어서 안달 나 있는 것이 빤히 보이는데……. 거짓말을 하고 있다. 자꾸만 자신을 밀어내려고만 했다. 밀라이언은 그것이 괘씸하면서도 동시에 의아했다. 이 정도로 적나라한 감정을 왜 굳이 숨기려고 드는 것일까?

'……내가 귀찮다고 해서?'

하지만 그건 분명히 사과를 했었다. 더 이상 귀찮은 존재가 아니게 되었으니까. 밀라이언이 붙잡은 손목에 힘을 줬다. 손가락 끝을 타고 그녀의 심장 박동이 느껴졌다.

"그대의 심장, 곧 터질 것 같아."

흠칫, 카리나의 눈이 크게 뜨였다.

커다랗게 벌어진 그 눈에 입을 맞추고 싶다고 생각하며 밀라이언이 천천히 몸을 떼어 냈다. 키스를 하고 싶었지만 그랬다간 분명 그녀는 더욱 깊게 숨어 버릴 거다.

"내게 거짓말을 하려면 그것부터 숨겼어야지."

"이건…… 그냥……."

"오늘은 피곤한 것 같으니 푹 쉬도록 해. 사람을 올려 보낼게. 이야기는 내일 하자."

밀라이언이 그녀의 머리카락에 가볍게 입을 맞추곤 등을 돌렸다. 방을 나가는 그의 뒷모습을 보며 카리나의 얼굴이 서서히 무너져 내렸다.

탁.

완전히 소리를 내며 닫힌 문을 바라보던 그녀가 손바닥에 제 얼굴을 묻었다. 참담하고 기뻐서, 모순적인 자신이 끔찍했다.

카리나가 그대로 무너지듯 베개에 얼굴을 묻었다.

Chapter 11

탁.

방문을 닫고 나온 밀라이언의 얼굴이 싸늘했다. 아니, 싸늘이 아니라 살벌하다고 해도 부족했다. 눈빛만으로도 사람 열댓 명은 단숨에 죽일 수 있을 것만 같았다.

그가 떨어지지 않는 발을 간신히 움직였다. 그녀에게 화를 낼 뻔했다. 왜 그렇게 답답하게 구냐고 소리를 칠 뻔했다. 그러나 그러지 못했던 것은…… 카리나가 혹시나 놀라서 발작을 일으킬까 봐 걱정됐기 때문이다.

손을 대는 것조차 조심스럽다. 손목을 붙잡는 것도 혹시나 팔목이 부러지진 않을까 봐 신경 쓰였다. 최대한 힘을 뺐음에도 손을 뗄 때 본 카리나의 손목은 살짝 붉어졌었다.

*"귀찮고 조금 번거로운 태풍이 잠시 머물렀다가 간다고 생각하세요. 태풍은 언젠가 지나갈 거예요. 전 당신께 그냥 그런 존재로 남고 싶어요."*

밀라이언의 얼굴이 확 일그러졌다. 잠시 머물렀다 가는 태풍?
"헛소리."

그가 낮게 중얼거렸다. 살벌한 목소리였다. 누가 놓아주기나 한다고 했는가. 북부는 그의 영지였고 그는 그녀를 내보낼 마음이 전혀 없었다.

자신을 정말로 싫어하면 모르겠다. 하지만 그것도 아니다. 그녀는 자신을 욕망하고 있다. 가끔 그녀가 내비치는 시선에 담겨 있는 소유욕을 볼 때면 저도 모르게 아랫배가 묵직해지곤 했다.

그다지 큰 접점도 없었다. 어느 날 멋대로 제 품에 들어왔다. 하지만 들어올 때 마음 대로였다고 나갈 때까지 마음 대로일 수는 없지. 나갈 때는 허락이 필요하다. 그리고 밀라이언은 그 허락을 결코 해 줄 마음이 없었다.

"개새끼들부터 족쳐야지."

밀라이언이 드물게 험악한 말을 입에 올렸다. 웬만큼 피에 흥분하지 않으면 내뱉지 않던 욕설이었다. 다만 마수를 사냥하다 보면 종종 본성에 의지해야 할 때가 있었고 대개 그런 경우 이성이 끊기곤 했다. 그 상태에서 다시 이성을 붙잡으면 그는 예민하고 날카로워졌다. 가끔은 눈이 풀리기도 해서 궐련을 피우며 어느 정도 마음을 다잡는 것이었다.

밀라이언이 품 안에 있는 궐련을 꺼낼 생각도 하지 않은 채 그대로 성큼성큼 연회장으로 향했다. 올라올 때완 다르게 조금의 지체도 망설임도 없는 재빠른 발걸음이었다.

"빠져나간 자는?"

"없습니다. 몇몇 분께서 나오려고 하셨으나 각하의 말씀 전하며 막아 두었습니다."

"알겠다. 열어."

밀라이언의 명령에 병사가 빠르게 움직였다. 움직이지 않을 수가 없었다. 반쯤 쭉 찢어진 동공이 마치 자신들도 그렇게 찢어 버릴 듯이 보였으니까.

"닫아."

밀라이언이 안으로 들어가자 병사가 다시 문을 닫았다. 굳게 닫힌 문을 힐끗 본 밀라이언이 몇 뭉치로 나누어져 있는 이들을 바라봤다.

"씨발, 다 죽었어."

밀라이언이 허리춤에서 그대로 검을 뽑아 들었다. 들어오자마자 상황 설명도 없이 검을 뽑는 밀라이언에 영주와 기사들의 얼굴이 새하얗게 질렸다. 개중에 평소와 같은 표정을 한 것은 딱 한 사람이었다.

"고레든."

"네, 각하."

"무슨 일 있었는지 읊어."

밀라이언의 말에 곧장 고개를 숙인 고레든이 입을 열었다. 그는 밀라이언이 사라진 직후부터 있었던 모든 일을 보고했다. 이윽고 말이 끝난 그가 고개를 숙이자 밀라이언이 고개를 까딱였다.

"아무도 여기서 못 나가게 지켜. 고레든, 명령이다."

"알겠습니다."

고레든이 대답하곤 테라스 앞에 문지기처럼 섰다. 덩치 큰 사내가 테라스 입구에 자리 잡자, 그곳은 말 그대로 도망칠 수 없는 출구가 되었다.

"오랜만이지. 검 뽑아."

"이, 이봐 각하, 우리 얘기로 하자고. 말로 풀어야지. 따지고 보면 사실 우리는 하론에 관한 이야기를 한 것밖에 없단 말이야!"

"왜 사람 쫓아내고 쓸데없는 얘기를 하지?"

툭, 기울어진 밀라이언의 눈이 완전히 풀어져 있었다. 마린 에리얼이 입을 떡 벌렸다.

순순히 물러날 기미는 전혀 없다. 가장 먼저 포기하고 검을 뽑은 것은 슐라이 레온하르트였다. 그는 어릴 때부터 밀라이언을 봐 온 만큼, 그가 한번 정한 일을 결코 무르지 않는다는 사실을 알고 있었다.

'말년에 고생이군.'

얼른 제 조카가 자라 줬으면 하지만…… 아직까지 혼자 제 몫을 하려면 멀었다. 슐라이가 한숨을 푹 내쉬며 다른 영주들과 적당히 거리를 벌리고 자리 잡았다.

"나머진 안 뽑나? 조용히 뒈지고 싶으면 그렇게 하든가."

"아아! 씨발, 누가 안 뽑는대! 진짜 지랄도 풍년이네. 거참, 아가씨가 아깝다, 아까워! 어쩌다 이런 괴물 새끼한테 걸려 가지곤."

마린 에리얼이 허리춤에 차고 있던 커틀러스를 꺼내 들었다. 독특하게도 양손에 검을 쥔 모양새로 그녀가 이를 드러냈다. 날카로운 송곳니가 잠시 드러났다가 사라졌다.

"으아아……! 진짜 난 각하랑 싸우고 싶지 않다고! 개 패듯 맞을 게 뻔한데, 젠장!"

그러면서도 크램버 남작 역시 냉큼 검집에서 검을 뽑았다. 그런 영주들을 보던 기사들도 하나둘씩 검을 뽑기 시작했다. 그러면서도 표정만큼은 완벽히 겁에 질려 있었다. 밀라이언이 한번 돌아 미치면 어떤 식으로 마수를 갈기갈기 찢어 내는지 누구보다 잘 알고 있었기 때문이다.

주변을 훑어본 밀라이언의 입술이 비뚜름하게 올라갔다.

"카리나가 아깝지. 누가 아깝지 않다고 했나?"

밀라이언이 낮게 중얼거렸다. 당연히 그녀가 자신에게 아깝다. 그들의 말은 틀리지 않다. 미친놈에게 잘못 걸린 거지.

"그녀가 미친놈에게 잘못 걸리긴 했지."

밀라이언이 들고 있던 검 끝을 바닥을 향하게 내렸다. 사선으로 내려진 검을 바라보며 연회장의 모든 이들이 숨을 삼켰다.

"근데 카리나는 평생 모를 테니 상관없는 일이지."

"저, 미친…… 저게 왜 북부의 구심점이야?"

거친 욕설을 내뱉은 마린 에리얼이 그대로 밀라이언을 향해 가장 먼저 달려들었다. 두 개의 커틀러스를 가볍게 휘두르며 그녀가 밀라이언에게 빠르게 공격했다. 쇄도하는 공격을 한 손에 쥔 검으로 턱턱 막아 내던 밀라이언이 그대로 힘을 줘 검을 횡으로 그었다. 에리얼이 황급히 검을 X자로 교차시키며 밀라이언의 공격을 막아 냈다.

"저 괴물……."

슐라이가 밀려난 에리얼의 뒤에 몸을 숨겼다가 밀라이언의 빈틈을 노렸다. 밀라이언이 가볍게 몸을 피하고 그대로 검을 갈무리해 위에서 아래로 검을 내리 그었다.

대개 북부란 이랬다. 격식이란 없고 문제가 있으면 일단 검부터 뽑는다. 우두머리부터가 이런 식이었으니 그들의 호전적인 성격이 어디에서부터 기원했을지는 알 만한 일이었다.

밀라이언은 여기저기서 몰려드는 개미 떼 같은 기사들을 발로 퍽퍽 차며 상대했다. 다치지 않게 손에 자비를 두고 있다는 것이 그나마 그들에겐 다행인 일이었다.

속절없이 나가떨어지는 기사들 사이에 크램버 남작이 영주들 중에서는 결국 가장 먼저 바닥을 나뒹굴었다. 일부러 자신을 보내도록 카리나를 부추긴 것이 크램버 남작이었음을 뻔히 알기에 밀라이언이 성큼성큼 걸어가 그의 배를 발로 거세게 찼다.

"으악! 아프다고요!"

데굴데굴 연회장 바닥을 구르며 크램버 남작이 낑낑 약한 소리를 했다. 그러곤 냉큼 테이블 뒤로 쪼르르 도망갔다. 애초에 이길 생각도 하지 않았다. 밀라이언이 정말 봐주지 않았다면 이곳에 지금 살아 있는 사람은 없을 테니까.

채앵-!

에리얼의 커틀러스도 허공을 뱅글뱅글 돌아 날아가다가 테이블 위에 푹 소리를 내며 꽂혔다. 그녀가 두 손을 들곤 한숨을 내쉬었다.

"포기. 졌습니다."

마린 에리얼이 빠르게 항복 의사를 표현했다. 그들은 호승심이 강하고 쉽게 달아오르긴 하지만 그래도 싸움을 더럽게 질질 끄는 경우는 거의 없었다. 즉, 패배를 인정하는 것에 거리낌은 없다. 강한 것은 강한 것이다.

모든 이들이 쓰러지고 자리에 서 있는 것은 적당히 치고 빠지던 슐라이 레온하르트와 밀라이언, 그리고 테라스로 도망가는 이들을 저지하기 위해 세워 뒀던 고레든뿐이었다.

"적당히 여기까지만 하는 게 어떻겠습니까, 각하."

슐라이가 허허 웃으며 말했다.

"……능구렁이 같은 인간."

밀라이언이 한층 가라앉은 목소리로 대답한다. 그래도 아까보단 목소리에 독기가 꽤 빠져나간 듯했다. 밀라이언이 쯧 혀를 차고선 검을 허리춤에 다시 집어넣었다. 이 이상 계속하면 그다지 분위기에 좋지 않을 것을 알았기 때문이다.

무엇보다 곧 토벌이 시작될 시기인데 부상이라도 생기면 여러모로 곤란해졌다. 그걸 알기에 밀라이언도 슐라이의 제안을 순순히 받아들였다.

그가 검을 집어넣고 궐련을 꺼내 입에 물었다. 가지고 있던 성냥을 태워 불을 붙인 그가 그대로 성큼성큼 걸어 테라스로 향했다.

"후우……"

궐련에서 뿜어진 연기가 하늘로 날아가 흩어졌다. 짜증을 다 풀긴 했는데 여전히 속이 답답했다. 이 정도면 마수를 토벌하러 나갔어야 했던 게 아닌가 싶을 정도다.

"젠장."

침착하려고 해도 쉽게 침착해지지 않았다. 감정을 전하지 못한 건 둘째 치고 움찔움찔 몸을 떨던 카리나의 얼굴이 잊히지 않았다. 자꾸만 아른거렸다. 자신이 그렇게 무섭게 굴었던가? 처음을 제외하면 최대한 다정하게 굴려고 노력했다. 언제부터인지는 모르겠지만 그녀를 다정하게 대하려고 최선을 다했다.

"뭐가 그렇게 답답하십니까?"

"꺼져, 할아범."

"이런, 그렇게 듣는 것도 오랜만이군요. 예쁘고 참한 아가씨였습니다. 행동거지를 보아 귀족의 자제분 같던데 아니십니까?"

슐라이 레온하르트는 밀라이언을 그다지 무서워하지 않았다. 겁을 줘도 놀란 척을 하거나 아예 못 들은 척을 할 정도면 말 다한 것 아니겠나.

"맞아. 사정이 많아서 그쪽이랑은 연을 끊었지만."

"이런."

"……."

"상처가 많으신 분은 원래 한 발 내딛기를 두려워하는 법이죠. 누구나 그렇습니다. 아픔이 있으니 또 그 아픔을 겪는 게 싫은 거지요."

슐라이의 말에 밀라이언이 말없이 궐련을 깊게 빨아들였다. 그래도 궐련을 피울 때는 감각이 둔해지고 기분이 느슨해져서 좋았다. 토벌 중엔 피울 수 없겠지만.

"병에 걸렸어."

"병이라……."

"그래서 그걸 치료해 주려고 하론을 모으라고 한 거고. 그러면 나을 수 있을 텐데 자꾸만 떠나겠다고만 하지. 이유를 모르겠어."

"어떤 병입니까?"

밀라이언의 입이 다물어졌다. 글쎄, 그도 어쭙잖은 지식만 들은 것이라 정확히 알지 못했다. 페리얼은 어쩐지 뭔가 숨기는 것처럼 돌려 말하기만 했고 윈스턴도 마찬가지였다. 그러니 제대로 아는 것은 그다지 많지 않았다.

"계속 되면 어딘가 하나 잃게 되는 병."

"어떤 식으로요?"

"……."

그러게. 어떤 식으로 아파져 오는 걸까? 쥐어뜯듯이? 쥐어짜듯이? 아니면 누가 칼로 찔러 대기라도 하는 것 같은 느낌일까?

픽 바람 빠진 웃음을 흘린 밀라이언의 입가가 힘없이 가라앉았다.

"아는 게 없군."

하물며 그 셋이 아닌 전혀 접점이 없는 누군가라도 예술병에 대해 조금 알고 있으면 좋을 텐데.

*"어쩌다 잘렸지?"*

*"움직이지 않게 돼서요."*

*"움직이지 않아?"*

*"북부에는 아는 사람이 별로 없긴 하지만 예술병이라는 조금 특수한 병이 있습니다."*

떠오르는 기억에 밀라이언이 눈을 크게 떴다. 그러고 보니 그자가 있었지. 화실에 물건을 납품해 준 뒤 제대로 만나 보질 못했다. 그자는 예술병을 처음부터 끝까지 겪은 자다. 결국 팔을 잃게 되었지만 말이다.

"갈 곳이 있어. 적당히 연회를 즐기고 파하도록 해."

밀라이언이 그대로 대답을 듣지도 않은 채 테라스 난간에서 뛰어내렸다. 이제 막 달이 떠올라 밤이 된 시점이었다. 막을 새도 없이 이미 말을 탄 밀라이언이 멀어져 가는 것이 보였다.

"드디어 조금 제 또래답게 보이는군요."

슐라이가 낮게 웃음을 터뜨렸다.

제 또래처럼 조급해 보이고 제 또래처럼 안달이 나 보이는 것이 어쩐지 그를 군주가 아닌 사람처럼 보이도록 했다.

멀어져 가는 밀라이언의 뒷모습을 보던 슐라이가 이윽고 몸을 돌렸다.

북부는 이미 완연한 겨울이었다.

결정한 것을 단번에 실행하는 것도 북부인의 특성 중의 하나다. 성격이 급하다고 해야 할지, 인내심이 없다고 해야 할지. 어쨌든 그들은 결정한 것을 미루거나 기다리지 못했다.

밤의 거리엔 사람이 그다지 많지 않았다. 덕분에 밀라이언이 빠르게 말을 몰아도 방해될 것은 없었다. 그가 카리나와 갔었던 화방 근처에 말을 세워 두고 골목으로 들어갔다.

똑똑.

문을 두드렸지만 안에선 반응이 없다. 하지만 건물 구조를 보아 아마도 이곳은 가게이자 집으로 사용하고 있을 확률이 높았다.

밀라이언이 답답함에 미간을 좁혔다.

쾅쾅쾅!

예의 바르게 문을 두드리는 것은 일단 집어치운 그가 주먹으로 문을 두드렸다. 답이 없어 움직이려는데 안에서 인기척이 들렸다.

"미안하지만 오늘은 문을 닫았소."

"일전에 여기에 와서 화실을 꾸며 달라고 했던 페스텔리오다."

"……영주님?"

그제야 잠금장치가 풀리는 소리가 들리며 나무문이 끼익 열렸다. 전에 봤던 팔 하나가 없는 사내가 의아한 표정으로 서 있었다. 그가 짧게 한숨을 내쉬었다.

"늦은 시간에 미안하군. 급하게 물어볼 것이 있어서."

"아, 괜찮습니다. 그때 값을 무척 넉넉히 치러 주셔서 지금은 좀 여유 있게 가게를 운영하고 있으니까요. 일단, 영주님의 저택보단 많이 누추하지만 안으로 들어오시죠."

밀라이언은 살짝 몸을 비켜선 그를 따라 안으로 발을 들였다. 여전히 유화 냄새가 가득하다. 그러나 이제는 그 냄새조차 제법 익숙해져서 그녀를 떠올리게 했다.

"다름이 아니라 예술병에 관한 얘기다. 그대에겐 좀 껄끄러울 수도 있겠군."

멈칫, 카운터로 향하던 남자의 걸음이 잠시 멈췄다. 잃어버린 한쪽 팔에 달린 천이 이리저리 휘날렸다.

"예술병⋯⋯. 그때 그 아가씨의 이야기군요."

"그래."

"⋯⋯죄송하지만 담배를 한 대 피워도 괜찮겠습니까? 맨정신으론 도저히 자신이 없어서."

오래된 이야기지만 그럼에도 끔찍했던 순간들이다. 하루하루 피가 말라가는 느낌.

밀라이언이 고개를 끄덕이자 남자가 더듬더듬 담배를 꺼내 입에 물었다. 싸구려 담배는 불을 붙이는 순간 독한 냄새를 풍겼다. 연거푸 두어 번 연기를 들이마신 남자가 이내 고개를 들었다.

"뭐가 궁금하십니까? 말씀드리지만 치료법 따윈 모릅니다."

"예술병의 모든 것이 궁금하다. 그대가 팔을 잃게 된 과정까지가 궁금해."

"너무 잔인하시군요."

밀라이언이 품에서 금화가 가득 담긴 주머니를 꺼내 카운터에 올려 뒀다. 물끄러미 그것을 바라보던 남자가 픽 바람 빠진 웃음을 흘렸다.

"자네에게 괴로운 이야기를 꺼내게 하는 게 미안해서 주는 거다. 다른 의미는 없어."

"……그렇습니까."

남자가 다시 담배를 깊게 빨았다. 담배 연기를 한숨처럼 내쉰 그는 담배의 길이가 짧아졌을 때쯤에야 조용히 입을 열었다.

"나는 조금 늦은 나이에 예술병에 걸린 케이스였습니다."

그의 가라앉은 목소리가 천천히 입을 벌렸다.

"전 나름대로 이름을 알리고 있던 화가였습니다. 어릴 때 시작하는 사람들관 다르게 조금 늦게 시작해서 조금 늦게 꽃봉오리를 맺었죠."

벽에 기대선 밀라이언은 조용히 그의 고해성사 같은 이야기를 귀에 담았다. 무언가, 그녀가 저렇게 구는 단서라도 찾을 수 있지 않을까 싶은 마음을 담아서.

"굳이 따지자면 이제 막 날아오르려던 참이었죠. 사람들이 조금이나마 내 그림을 찾기 시작했고 아주 드물게 내 이름이 어딘가에서 들려오기도 했으니까요."

그 말을 하는 남자의 입가엔 옅은 미소가 자리 잡고 있었다. 그러나 그것은 아주 잠깐이었다. 순식간에 남자의 입술은 일그러졌다.

"그맘때쯤부터 손에서 한 번씩 경련이 일기 시작했습니다. 욱신거리는 통증이 느껴지고 감각이 마비될 때도 있었죠. 가끔은 밤잠을 못 이루기도 했고요."

화가에겐 손이 생명이다. 그냥 가끔 있는 발작이라고 느끼고 넘어가려고 해도 점점 심해지는 통증에 가만히 있을 수가 없었다.

그때의 기억을 더듬더듬 회상하며 남자가 두 번째 담배를 입에 물었다. 치이익, 남자가 하나 남은 손으로 성냥개비를 들고 벽에 긁어 불을 붙였다. 남자가 입에 문 담배를 불이 붙은 성냥개비에 가져다 댔다.

"그것을 이상하게 여겨서 의원을 찾아갔습니다. 그다음은 짐작하시겠죠. 예술병을 진단받았습니다. 눈앞이 캄캄했어요. 이제 막 빛을 보기 시작한 그림이었는데."

일그러진 얼굴에서 원통함이 느껴졌다. 밀라이언은 여전히 아무런 말도 하지 않았다. 괜한 위로는 때론 상대의 상처를 건드린다는 것을 잘 알고 있었으니까.

"예술병을 낫게 하려고 온갖 약을 찾아보고 온갖 방법을 찾았습니다. 돈을 마련하기 위해 그림을 또 그렸고 또 그 돈을 미신이든 영약이든 들려오는 모든 것들에 투자하느라 바빴죠."

그냥 모든 것이 쳇바퀴였다. 돌고 도는 쳇바퀴 속 일상. 그림을 그리고 그것을 팔고 약을 찾아 헤맸다. 예술병에 걸렸다는 사실은 그림의 값어치를 더 높게 만들었다.

"결과적으론 병을 낫게 할 방법은 없었습니다. 통증을 가라앉히려면 그림을 손에서 놓는 수밖에 없었죠. 하지만 난 그러고 싶지 않았습니다."

남자가 하나 남은 손을 내려다 봤다. 미약한 통증은 느껴지지 않을 정도로 둔해진 손이다. 불에 데는 정도의 자극이 생겨야만 어느 정도 감각이 있었다.

"손을 움직일 수 있다면 그림을 그렸습니다. 어느덧 왼팔에서만 느껴졌던 통증은 오른팔에도 느껴지기 시작했죠. 마치 통증이 번져

가는 것처럼."

남자가 독한 담배 연기를 깊게 들이켰다. 더 흡입하고 싶었다. 더
흡입하고 흡입해서 완전히 기억이 없어졌으면 했다. 종종, 과거가 그
의 목을 조르는 듯했으니까.

"그리고 어느 날 밤, 유독 통증이 없는 날이었습니다. 왼팔도 날
개를 단 것처럼 움직이더군요. 밤을 새서 역작이라고 할 만한 그림
을 완성했죠."

남자의 입가에 씁쓸한 미소가 자리 잡았다.

"그리고 다음 날 정오가 다 된 시간쯤에 일어났더니…… 왼팔이
움직이지 않았습니다."

그것이 남자의 마지막 작품이 되었다. 뒤늦게 오른팔로라도 그림
을 그려 보고자 했으나 그쪽 역시 이미 감각을 느끼기 힘들 정도로
둔화되어 있었다.

"어떤 수를 써도 움직이지 않았습니다. 그런 팔일 바엔 차라리 없
애 버리는 게 낫다고, 생각했죠. 스스로 잘라 버렸습니다."

날카로운 칼을 구해 와 몇 번이고 내려쳤다. 울부짖으며 차라리
아픔이라도 느껴지길 바라며 스스로의 팔을 난도질했다. 그러나 통
증은 무슨, 어느 순간 휑한 느낌이 들더니 고깃덩어리라도 떨어지듯
무게 중심이 가벼워졌다. 나뒹구는 것은 자신의 팔이었다.

"통증조차 느낄 수 없었습니다. 팔은 잘려 피를 뿜으며 바닥을 나
뒹구는 데도 나는 아프지도 않았습니다. 이미 그건 내 것이 아니라
는 것처럼 그렇게 떨어져 나갔죠."

오랜만에 상황을 보러 왔던 친구가 의원을 불러 조치해 주지 않
았다면 자신은 이미 죽었을 거다.

모든 걸 다 잃고 승승장구하는 다른 이들을 보지 못한 남자는 도망쳤다. 예술과는 가장 관련이 없다는, 가장 먼 북부로 도망치고 말았다. 그리고 이곳에서도 결국 그림을 완전히는 놓지 못해서 화방을 열었다. 손님이라고는 정말 거의 없는 수준이었지만.

북부는 정말로 예술의 '예'자에도 관심이 없었다. 그들은 어릴 때부터 검이나 도끼는 손에 쥐어도 붓이나 연필은 손에 쥐는 경우가 극히 드물었다.

"그렇게 흘러 흘러 여기로 오게 된 겁니다."

"통증이 오는 부위를 잃는 건가?"

"네, 제 경우 다른 곳에 통증이 오진 않았습니다."

오로지 팔이었다. 팔 위, 즉 어깨를 기준으로 다른 곳에 통증이 오는 일은 없었다. 하지만 그것은 마치 괴물처럼 자신을 집어삼킬 듯이 점점 아가리를 벌렸다. 그렇게 통증의 영역을 넓혀 갔다.

"그건 괴물입니다. 자신이 먹을 부위에 계속해서 통증을 주죠. 물감처럼 점점 번져 나가는 겁니다."

"……그 통증이 심장에 오는 경우도 있나?"

"……심장이요?"

"그래. 심장이나 아니면 몸살처럼 몸 전체가 아픈 경우."

가끔 통증이 올 때 그녀는 손을 대는 것조차 벌벌 떨었던 적도 있다. 대개는 심장이 아픈 정도였던 것 같지만.

밀라이언의 물음에 남자의 얼굴이 굳었다. 그가 당황한 듯 입을 꾹 닫았다. 남자는 한참이나 말이 없더니 두 번째 담배를 비벼 끄고 허둥지둥 세 번째 담배를 입에 물었다.

"그……."

남자가 하나 남은 손으로 제 눈두덩이를 꾹 누른다. 얼굴을 벅벅 문지르듯 움직이던 그는 세 번째 담배가 반쯤 타들어 갈 때까지 한참이나 망설이듯 입을 열었다 닫기를 반복했다.

밀라이언이 답답함에 결국 입을 열려는 찰나 남자의 입이 드디어 벌어졌다.

"혹시 그 아가씨께선 어떤 기적을 일으키십니까?"

"그림을 그리면 그려진 그림이 살아서 튀어나온다."

몇 번이고 몇 번이고 봤지만 경이로운 광경이다. 하늘 높이 날아가는 나비 떼를 바라보고 있던 그녀도 하나의 풍경처럼 아름다웠다. 몇 번이고 다시 머릿속에서 되새김질하고 싶을 정도로.

얘기를 들은 남자가 또다시 담배를 깊게 빨았다. 그가 네 번째 담배를 찾다가 텅 빈 담뱃갑을 보곤 한숨을 내쉬었다.

"이거라도 괜찮다면 피우게."

밀라이언이 제 궐련을 내밀었다. 무슨 긴장을 저렇게 하고 있는지는 몰라도, 그의 궐련에는 약간의 진정제 성분이 들어가 있었다. 그의 긴장을 풀어 주기엔 충분할 것이다.

그가 궐련을 입에 물고 능숙하게 성냥에 불을 붙였다. 두어 번 궐련을 빨아들인 남자의 눈이 살짝 풀렸다. 긴장이 풀린 듯 느슨해지는 표정에 밀라이언이 한숨을 삼켰다.

"그래서?"

"……한 가지만 더. 혹시, 어느 걸 만들어 내십니까?"

"무엇이든지. 실존하는 걸 그리기도 하지만 존재하지 않는 것도 만들어 내더군."

"맙소사, 그녀는 창조하는군요……."

남자의 목소리에 밀라이언이 황급히 미간을 좁혔다. 그러고 보니 페리얼이 창조가 어쩌고저쩌고 설명했던 기억도 있었다. 어렴풋한 기억을 떠올리며 그가 빠르게 고개를 끄덕였다.

"그래, 문제가 되는 건가?"

"……창조의 기적은 일반적인 예술병과는 조금 다릅니다. 그 궤가 다르다고 해야 하지요."

남자가 조금 필사적으로 궐련을 빨아들였다. 구겨진 얼굴에서 느껴지는 당황을 밀라이언도 느낄 정도다.

밀라이언의 표정이 험악해졌다.

"내가 지금 여유롭지 못해. 빨리 설명해 주겠나."

밀라이언이 주먹을 꽉 쥐었다. 힘줄이 도드라진 주먹에는 초조함이 역력했다. 남자가 천천히 고개를 끄덕였다.

"일단, 그건 한계가 없습니다. 가진 것을 전부 쏟아부을 때까지 뭐든지 허용됩니다."

"……뭐든지?"

"네. 그것이 뭐라도, 세상에 존재하지 않는 것이라도 원한다면 세상에 존재하게 만들 수 있습니다. 그들은 신의 권능 중에서도 창조를 부여받은 이들이니까요."

설명하는 남자의 표정이 그다지 좋지 않았다. 기적의 대가는 어마어마했다. 남자 역시 치료법을 알아보기 위해 예술병에 대한 각종 문헌과 각종 저서를 찾아보고 찾아본 끝에 알게 된 것들이었다. 그때 자신이 가진 능력이 창조의 기적이 아닌 것에 얼마나 안심했던가.

"저는 보통 자연경관을 그림으로 그렸습니다. 풍경화라고 해야겠죠. 그리고…… 제가 가졌던 기적은 그림을 머리맡에 두고 잠든 사람에게 그린 그림의 풍경을 보게 해 주는 종류였습니다."

그다지 대단한 기적도 아니었다. 예술병에 걸리고 나서야 자신이 팔았던 그림을 수소문한 끝에 그런 이야기가 있다는 것을 알게 됐을 정도로.

겉으로는 드러나지도 않는 우스운 기적. 한심하기 짝이 없는 기적이었다. 그럼에도 그것을 머리맡에 뒀던 이들은 풍경이 아름다웠다고 했다. 자신이 이름을 알리게 된 결정적인 계기였다.

"저는 두 팔의 생명을 그림을 그리는 대가로 바치고 있었던 거죠."

"눈동자 색이 바뀌지 않나?"

"기적이 발현될 때는 보통 밤이었고 혼자 살다 보니 눈동자 색이 바뀌는 것도 몰랐습니다."

나중에야 알게 됐다. 그나마 다행인 것은 한 번의 기적이 일어난 후에 같은 그림으론 또 기적이 일어나지 않는다는 사실이었다. 모든 것은 예술병에 걸린 뒤에 유심히 살핀 끝에 알게 된 것들이었다.

"그럼 심장이 아픈 건? 때때로 몸 전체가 아픈 것도 같아."

밀라이언이 불안함을 애써 억누른 채 물었다. 기묘한 불안감이 속을 긁어 댔다. 무서웠다. 이 불안감이 무슨 이름을 하고 있을지 두려웠다. 그저 기우이길 바랐다.

"창조의 기적은, 제가 알아본 바에 따르면…… 대개 죽었습니다."

"뭐……?"

"예술병 중에 목숨을 대가로 하는 경우가 있습니다."

밀라이언이 숨을 멈췄다. 눈앞에 있는 남자의 입을 틀어막고 싶었다. 아니면 제 귀라도 틀어막고 싶었다. 스스로 알기 위해 이 밤에 이곳까지 찾아왔으면서 아이러니한 일이었다.

"물론 제가 찾은 자료는 몇 개 없긴 하지만…… 창조의 기적의 소유자들은…… 이들이 예술병에 걸리고 대개 목숨을 대가로 하며, 젊은 나이에 생을 마감했……."

콰앙—!

더듬더듬 대답하던 남자의 입이 꽉 다물어졌다. 허름한 집에 구멍이 뚫렸다. 밀라이언의 손에서 피가 뚝뚝 떨어졌다. 남자가 난감한 듯 미간을 좁혔다.

그가 이런 반응을 할 것 같았다. 그러니까 조심스러웠다. 최대한 자극하지 않으려고 해도 내용 자체가 이토록 자극적이니 어찌할 수가 없었다. 남자는 밀라이언이 카리나를 얼마나 아끼는지 눈으로 직접 본 사람이었다.

'그러고 보니 그때도 심장을 부여잡고 쓰러졌지.'

그때 눈치를 챘다면 좋았을 것. 하지만 이내 그때 귀띔을 해 주었든 지금 말을 해 주든 반응은 크게 다를 것 없으리라 생각했다.

남자가 고개를 돌리자 밀라이언의 얼굴이 적나라하게 보였다. 남자의 숨이 그대로 멈췄다. 숨을 쉴 수가 없었다. 무언가 한 것도 아닌데 그저 바라보는 것만으로도 숨을 멈추라고 명령받은 기분이었다.

"그 말에……."

"……."

"거짓은 없겠지."

밀라이언의 목소리가 한없이 낮았다. 소리를 지르며 물건을 던지기라도 할 줄 알았던 상대는 의외로 얌전한 목소리였다. 하지만 그건 그 마수보다도 더한 살기가 넘실거리는 얼굴을 보지 않았을 경우의 이야기였다.

"제가 알기론 그렇습니다. 거짓은 말하지 않았습니다."

"그녀가 죽는다고……?"

"……일단 기록에 따르면."

남자가 더듬더듬 대답했다. 눈도 제대로 마주치지 못할 정도로 기세가 매서웠다. 대답을 들은 밀라이언이 얼굴을 일그러뜨렸다.

"페리얼 칼로스!"

이를 으득 악문 밀라이언이 몸을 그대로 돌렸다. 그가 성큼성큼 화방을 빠져나갔다.

콰앙—!

올 때만큼이나 갈 때도 거침없는 사람이었다. 남자가 아직 반이나 남은 궐련을 깊게 빨았다.

'……죽는다고?'

그런 것치곤 그다지 그늘이 없는 사람이었다. 마치 끝을 모르는 것처럼 그렇게 웃고 있었다. 그런 병을 앓고 있으면 모를 리가 없을 텐데.

제 죽음이 얼마나 남았든, 죽을 시간을 안다는 것은 두려운 일이다. 자신은 두 팔을 잃는 것만으로도 그런 공포와 두려움에 떨어야 했다. 그런데 목숨이 저당 잡힌 심정은 어떠한 것인가.

'……그럼에도 그림 도구를 사 갔어.'

놓을 수 없는 거겠지, 자신이 그랬던 것처럼. 그림이 생명을 갉아 먹는다고 할지라도…….

달 밝은 밤인데도 어쩐지 기분이 좋지 못했다. 새어 들어오는 달빛이 오늘따라 유독 차갑게 느껴졌다. 남자는 한참 만에 궐련을 끄곤 의자에 몸을 깊이 묻었다.

'이미 없어진 왼팔이 아픈 것 같군.'

잠이 올 것 같지 않은 하루다.

히이이잉-!

밀라이언이 뛰어내리자 말이 길게 울었다. 밀라이언의 거친 움직임에 꾸역꾸역 달려온 참이었다. 말이 채 멈추기도 전에 제 위에서 뛰어내린 주인에게 불만이라도 표하듯 한 번 더 운다.

"페리얼."

페리얼 칼로스, 그 개새끼가 거짓말을 했어!

분노가 온몸을 휘감았다. 믿고 불렀다. 그를 전적으로 믿었기에 불확실하게 말함에도 입을 다물었던 것이다.

"감히……."

다른 것도 아니고 그녀의 목숨을 걸고 제게 장난질을 쳤다. 그녀는 알고 있었던 건가? 페리얼과 친해 보였던 이유는? 윈스턴도 전부 자신을 속인 건가?

"주인님……? 무슨 일 있으십니까?"

"페리얼 칼로스는 어디에 있지?"

"……아까 전 카리나 영애께 올라가는 것을 보았습니다."

곧장 지하실로 향하려던 밀라이언이 걸음을 돌렸다. 머리끝까지 차오른 분노에 눈앞이 새하얬다. 귓가에 이명이 울리는 듯 괴로웠다. 가장 괴로운 것은 지금 그와 카리나가 함께 있다는 사실이었다.

밀라이언이 계단을 두 개씩 뛰어올랐다. 체통이고 체면이고 유지할 여력이 없다. 그저, 그저…… 심장이 조이듯 아프고 숨이 멈출 것만 같아서 몸을 움직이지 않으면 안 될 것만 같았다.

"……같아요. 그냥 이대로 떠나는 게 옳을 것도 같고."

문손잡이를 붙잡은 밀라이언이 들려오는 목소리에 몸을 굳혔다. 자신이 대체 무슨 말을 들은 것일까. 떠난다고? 떠나겠다고? 누구와? 그녀는 대체…… 자신을 곁에 둔 채 누구와 무슨 이야기를 하는 것인가?

"페리얼, 난 죽어요."

쿵-!

뛰고 있던 심장이 순식간에 바닥으로 곤두박질쳤다. 자신이 무슨 이야기를 들었는지 잠시 고민했다.

이것은 꿈인가. 그것도 아니면…… 지독한 악몽인가. 발밑이 뻥 뚫려 그대로 무너져 내리는 기분이었다. 무저갱이 있다면 다른 곳을 찾을 것도 없이 이 방문 너머가 아닐까? 지독한 어둠 속으로 들어가는 길처럼 느껴졌다.

"하루하루, 발작이 심해지고 통증이 강해져서……."

무너져 내리는 목소리에 심장이 아팠다. 당장 쳐들어가 그녀를 끌어안아 주고 싶은 애틋함과 끝까지 제게는 얘기해 주지 않는 그녀를 향한 야속함이 동시에 들었다.

"끝이 오는 게 느껴져요."

방문 너머의 목소리는 담담했지만 물기에 젖어 있었다.

아아, 그녀가 울고 있다. 그는 더 이상 이 이야기를 듣고 있을 수 없었다. 그가 방문 너머에서 듣고 있다는 걸 알면 깊은 흉터가 될 것을 알면서도 모른 척할 수도, 모른 척을 해 줄 수도 없었다.

그가 이를 악문 채 천천히 문손잡이를 돌렸다.

"훗……."

밀라이언이 나간 지 얼마 되지 않아 뭉근한 통증이 가슴에서부터 올라오기 시작했다. 황급히 근처에 있던 하론을 손에 쥐었다. 한 손에 쥐기엔 큰 돌덩이 같은 것이었기에 그녀는 그것을 품에 끌어안았다. 새하얗게 질린 그녀의 눈동자가 공포에 떨렸다. 또다시 통증이 밀어닥칠 거다. 속절없이 신음을 내뱉으며 괴로움에 발버둥 칠 것을 알고 있다.

'싫어……'

싫었다. 그녀의 눈에 순식간에 물이 차올랐다. 아픈 건 싫다. 차라리, 차라리 죽는 편이 낫지 않을까. 이 끔찍한 고통과 미칠 것 같은 충동에서 벗어나려면.

한번 오고 말 통증이면 차라리 괜찮았다. 언제 끝날지 아는 통증이면 차라리 나은 편이다. 한 시간이든 두 시간이든 그저 버티면 될 일이니까.

가장 두려운 것은 이 통증이 언제 사라질지 모른다는 것, 그리고 점점 시간이 늘어나고 있다는 사실이다.

저번에만 해도 새벽에 시작된 통증이 해가 떠오를 때까지 이어졌다. 몇 시간이나 이어졌는지도 모른다. 그저 그녀는 이를 악문 채 숨을 죽이며 그저 통증이 가시길 기다렸다. 통증이 올 때마다 그저 그 시간이 밤이라는 것에 안도하며 이를 악물 수밖에 없었다. 처음에는 하론을 품에 안으면 분명 효과가 있었지만 이제는 그걸 끌어안고 있어도 끔찍한 통증이 이어졌다. 하론이 막아 주고 있으니 더 큰 통증을 느끼라는 듯이.

"흐윽……."

심장을 누군가 옥죄고 있는 듯했다. 카리나는 이러다 제 심장이 터져 버리는 것은 아닌가 고민했다. 얼굴이 벌겋게 물들 때까지 숨을 참으면 그때는 통증이 덜해졌다. 심해지는 것은 다시 숨을 내쉴 때였다. 심장만 아프던 것이 요즘은 숨을 쉴 때마다 아파졌다. 아마도 숨을 쉬는 기관에 문제가 생긴 듯했다.

'……점점 이렇게.'

번져 가고 번져 가서 결국 죽음을 맞이하는 건가. 나중에는 아프지 않은 곳이 없게 될 것이다. 결국 언젠가는 원하지 않아도 그림을 그리겠다고 패악을 부리게 될 때가 올 게 분명했다.

그림을 그리는 이유가 즐겁고 행복해서가 아니게 될 때가 올지도 모른다. 통증을 없애기 위해 붓을 들고 그저 살기 위해 붓을 들겠지. 페리얼이 알려 줬던 여느 창조자들과 다름없이.

그들의 마음을 알 것만 같았다. 왜 주변의 만류에도 불구하고 미친 것처럼 그림을 그리고 제 생명을 깎아 댔는지.

똑똑.

누군가 문을 두드렸다. 카리나가 황급히 제 입을 틀어막고 숨을 죽였다. 괜찮다는 목소리를 내야 하는데 자신이 없다. 그녀가 새하얗게 질린 채 얼굴을 쓸어내렸다.

"카리나, 저…… 아니, 페리얼 칼로스입니다."

"……페리…… 흐윽……."

한마디 말을 하는 순간 누군가 갈비뼈를 부수는 듯한 통증이 밀려왔다. 그녀가 심장을 부여잡은 채 끙끙 앓았다. 밖에서 소리를 들었는지 페리얼이 숨을 들이켜는 소리가 들리더니 곧장 문고리를 잡는 것이 느껴졌다.

"카리나, 실례하겠습니다."

"훗……."

대답할 힘도 없었다. 문이 열리는 것을 막을 방법도 없었고. 속절없이 열리는 문을 그녀가 침대를 나뒹굴며 가만히 바라봤다. 흐트러진 채 침대에서 밭은 숨을 내쉬는 카리나를 본 페리얼이 황급히 문을 닫았다.

"카리나!"

"흐읍……."

카리나가 아랫입술을 짓씹었다. 죽을 것 같았다. 차라리 죽고 싶었다. 통증이 몰려올 때마다 드는 생각이라곤 그것밖에 없다. 생리적인 눈물이 그녀의 눈꼬리에 달랑달랑 매달려 있다가 도르르 굴러 떨어졌다.

밀라이언이 보고 싶은 동시에 보고 싶지 않았다. 이런 비참하고 한심한 꼴을 보여 주고 싶지 않았다. 페리얼이라 다행이라는 생각을 하는 자신이 우습기 그지없다.

"발작입니까?"

"……훗."

고개조차 끄덕이지 못하고 몸을 웅크린 채 벌벌 떠는 카리나를 보며 페리얼이 얼굴을 일그러뜨렸다. 하론을 끌어안고 있음에도 저렇다는 건 그도 어떻게 해 줄 수가 없다는 거다.

'재울 수밖에는.'

기껏 할 수 있는 것이라곤 그녀를 재우는 일 정도였다.

"밀라이언이 내게서 하론 하나를 뺏어 갔습니다."

페리얼이 꺼낸 밀라이언의 이야기에 카리나의 귀가 쫑긋 움직였다. 그녀가 웅크렸던 몸을 힘겹게 펴며 고개를 들었다.

'……정말 맹목적이네.'

오로지 밀라이언만을 바라본다. 그가 뭘 해 줬다고 그렇게 구원자라도 되는 것처럼 구는지, 이해가 가지 않았다. 그러나 그가 지금 그녀의 통증을 버틸 수 있게 해 주는 것이 분명했다.

페리얼이 천천히 입을 열었다.

"어디에 쓸 건지 모르겠네요. 연구용을 뺏어 가면 어쩌냐고 화를 냈더니 아예 돈을 주고 하론을 사 모아서는 연구실 한쪽 가득히 쌓아 주더군요."

"핫……."

식은땀을 뚝뚝 흘리면서도 카리나가 흐리게 웃었다. 얼마나 그녀가 밀라이언을 좋아하는지 절로 느껴졌다. 페리얼의 표정이 어두웠다.

밀라이언의 이야기를 해 주자 카리나가 한 번씩 웃음을 흘렸다. 위태로운 겨울의 마지막 잎사귀처럼, 곧이라도 전부 떨어져 버릴 것 같은 위태로운 미소였지만 그녀가 웃는다는 것이 중요했다.

한참이나 지나서야 카리나는 하론을 끌어안은 채 천천히 몸을 일으켰다. 일그러진 얼굴과 꽉 악문 입술이 여전히 힘겨워 보였다. 그럼에도 아까보다는 혈색이 조금이나마 나았다.

"괜찮습니까?"

"……괜찮아요."

카리나가 고개를 떨구며 말했다. 사실은 그다지 괜찮지 않았다. 미친 것처럼 이어지던 통증은 조금 잦아들었지만 미약한 통증만큼은 여전했다. 카리나의 대답이 거짓이라는 것을 증명이라도 하듯 그녀의 몸이 조금씩 떨리고 있었다.

"정말로 괜찮습니까?"

"……솔직하게 말하라면 아니요, 괜찮지 않아요."

방금까지 자신이 몇 번이나 죽자고 생각했는지 모른다. 차라리 죽는 것이 낫다고 생각했다는 걸 페리얼은 분명히 모를 테지. 누구에게도 이야기할 수 없었다.

"페리얼."

"네."

"미안해요. 페리얼뿐만이 아니라 밀라이언에게도 미안하고요. 그냥 저랑 엮인 모든 사람에게 미안해요."

카리나가 고개를 떨궜다. 민폐도 이런 민폐가 없다. 엮인 사람은 전부 어찌할 것이며, 이미 자신에게 휘말린 사람은 또 어떡할 것인가. 안일하고 단순하게 생각했던 과거의 자신을 원망하고 싶어졌다.

"미안할 거 없습니다. 적어도 제게는요."

"페리얼은 상냥하네요."

"상냥하지 않습니다. 제가 상냥한 건……."

오직 당신에 한해서라고, 페리얼이 목까지 차오른 말을 애써 억눌렀다. 페리얼이 입을 다물었다. 카리나는 땀에 흠뻑 젖은 채 지친 듯 고개를 숙이고 있었다.

"전 지금 밀라이언에게 큰 죄를 짓고 있는 것 같아요. 그냥 이대로 떠나는 게 옳을 것도 같고."

그런 말 하지 말라고 말하려 입술을 달싹이던 페리얼이 결국 아무런 대답 없이 입을 닫았다. 차라리 떠나면 나을지도 모른다는 멍청한 생각마저 들었다.

카리나가 고개를 숙인 채 다시 입을 열었다.

"페리얼, 난 죽어요."

무척이나 지친 목소리로 그녀는 담담하게 이야기했다. 제 죽음을 아무렇지도 않게 혀끝에 올렸다. 스스로 얼마나 곱씹고 인정해야 이렇게 되는 것일까. 페리얼은 어떤 말도 내뱉을 수 없었다. 어떤 말도 그녀를 위로하진 못할 것이며 그녀는 어떤 말을 들어도 그저 웃어 보일 테니까.

"하루하루, 발작이 심해지고 통증이 강해져서…… 끝이 오는 게 느껴져요."

꺾일 듯 속삭이는 목소리에 심장이 아팠다. 심장이 누군가에게 난도질이라도 당하는 듯했다. 이미 끝을 기다리는 사람에게 대체 무슨 말을 해야 하는 것일까.

달칵.

쇠가 걸리는 소리에 카리나와 페리얼의 몸이 흠칫 떨렸다. 소리 없이 돌아가는 문고리는 적어도 시녀들의 것이 아니었다. 그들은 일단 들어오기 전에 문을 두드려 허락을 받으니까.

"……밀라이언."

낮게 읊조린 카리나의 눈이 크게 뜨였다. 그녀가 황급히 몸을 바로 세우고 흐트러진 머리카락을 정돈했다. 밀라이언이 성큼성큼 다가와 고개를 숙이고 물끄러미 카리나를 바라봤다.

'들었나?'

그녀가 긴장한 듯 숨을 죽였다. 괜한 허튼소리를 했다고 생각했다. 설마 듣진 않았겠지.

카리나의 떨리는 푸른 눈동자가 밀라이언의 눈에도 담겼다. 카리나의 모습이 흐트러져 있었다. 급히 정돈을 했어도 땀에 젖은 머리나 새파랗게 질린 입술, 창백한 얼굴을 숨길 순 없었다. 벌겋게 물든 그녀의 눈 밑을 보며 밀라이언이 주먹을 쥐었다.

페리얼이 난감한 듯 이마를 짚었다. 카리나가 혼란스러워 보였지만 그렇다고 밀라이언을 쫓아낼 수도 없는 일이다.

밀라이언이 조심스럽게 손을 뻗어 그녀를 품에 끌어안았다.

"몸이 뜨거워. 발작이 왔었나?"

"……네."

밀라이언은 목구멍까지 차오르는 감정을 꾹꾹 밀어 넣었다. 그 넘칠 것 같은 감정에 목구멍이 부풀기라도 한 듯 **뻑뻑하게** 아파 왔다. 밀라이언이 아무런 말없이 그녀를 품에 끌어안고 등을 쓰다듬었다.

"지금은?"

"괜찮아졌어요."

밀라이언에게서 별다른 말이 없었다. 듣지 못했구나. 안도한 카리나가 한층 편안한 모습으로 대답했다. 그가 품에 카리나를 안은 채 침대에 걸터앉았다.

"페리얼 칼로스."

"왜?"

"팽에게 일전에 주문했던 거 왔으면 가져오라고 말 좀 전해 줘."

밀라이언의 흉흉한 시선이 페리얼 칼로스를 난도질할 듯 바라봤다. 그 붉은 눈동자가 상당히 섬뜩했다. 페리얼이 입을 다물었다. 무엇에 그가 화가 났는지 잘 모르겠다.

"그리고…… 조금 있다 나 좀 보지."

하지만 지금 상황을 봤을 때 아주 조금 짐작이 가는 것도 있긴 했다. 페리얼이 잠시 고민했다. 차라리 한동안 어디 멀리 떠나 잠적해 있다가 돌아오는 것도 나쁘지 않겠다고.

"해 주겠지?"

낮은 목소리에 살기가 넘실거렸다. 그걸 카리나만 혼자 모르는 모양이다. 페리얼이 침을 꿀꺽 삼키곤 고개를 끄덕였다.

'미친개가 되겠군.'

오랜만에 한바탕할 수도 있겠다는 생각이 들었다.

밀라이언과 페리얼은 애초부터 전공 자체가 크게 달랐다. 아카데미에서 물론 후계자 수업을 함께 받긴 했지만 그 외의 분야에서 밀라이언이 검술을 맡았다면 페리얼은 예술 쪽에서 큰 두각을 나타냈으니까.

"이번만이야."

페리얼이 한숨을 내쉬며 몸을 돌렸다. 그 자신도 공작이면서 같은 공작의 심부름이나 해야 하다니.

그가 한숨을 푹 내쉬었다. 나가기 전 페리얼의 시선이 잠시 카리나에게 닿았다. 그녀는 언제 그랬냐는 듯 떨림이 멎어 있었다. 도리어 편안해 보이는 표정으로 그의 가슴팍에 얼굴을 기대고 있다. 자신은 결코 해 줄 수 없었던 일이다.

페리얼이 밖으로 나가자 밀라이언이 엄지로 그녀의 눈 밑을 조심스럽게 쓸었다.

"카리나."

"네."

"또 갑작스러운 발작인 건가?"

"……네."

"그렇군."

밀라이언이 입을 다물었다. 만나면 크게 화를 낼 거라고 생각했다. 왜 속였느냐고 추궁해야겠다고 생각했다. 머릿속의 자신은 그 생각으로 가득했다.

"이래서 숲에 따라갈 수 있겠어?"

"괜찮아요!"

카리나가 화들짝 놀라며 냉큼 대답했다. 고개를 치켜드는 그녀를 보며 밀라이언이 입을 닫았다. 그녀가 무엇이든 보기 위해서 필사적이었던 이유…….

"그래."

밀라이언이 그녀의 흐트러진 머리카락을 말없이 정리해 줬다. 축축하게 젖은 침대며 흐트러진 머리카락과 이불이며 그녀의 사투를 고스란히 보여 주는 것들이었다.

혼자서 숨을 죽이고 있었을 그녀의 시간. 어둠 속에서 그저 견디고 견뎠을 시간. 너덜너덜해진 피가 묻어나는 그녀의 아랫입술을 밀라이언이 엄지로 꾹 눌렀다.

"입술을 깨물면 어떡하나."

"아……."

밀라이언의 지적에 카리나가 서툴게 웃었다. 허물어진 그녀의 입꼬리를 보며 그가 쓰게 웃었다. 밀라이언이 카리나를 끌어안은 채 목덜미에 얼굴을 묻었다. 그녀는 분명히 살아 있었다. 살아 있음에도 죽음을 이야기하는 심정은 어떤 걸까.

그 역시 마수 토벌을 나갈 때든 전쟁에 나갈 때든 죽음은 각오한다. 그러나 그것은 어느 날 갑자기 손쓸 수 없이 찾아오는 일이다. 아마도 죽는 순간까지도 죽음의 공포를 느끼는 시간은 그리 길지 않으리라.

그녀는 언제부터…… 언제부터 이 공포를 속에 끌어안고 있었던 것일까.

"단도직입적으로 말하자면, 나는 반년에서 10개월 정도 여기서 지내고 싶어요. 대신 내가 여기에서 떠날 때 파혼해 드릴게요."

"그 전에 도대체 세상 물정도 모르는 귀족 영애가 뭘 안다고 혼자서 그 험한 길을 와?"

"……아마도 이게 내 첫 여행이자 마지막 여행일 테니까요."

첫 만남의 짤막하고 삭막했던 대화가 떠올랐다. 당당한 눈빛과 밑질 것이 없다는 표정. 그리고 의미심장한 말까지.

'……그때부터였나.'

여기에 왔을 때부터 그녀는 모든 것을 알았던 것이다. 수도에서 출발했던 두 달 전부터 죽음을 알았던 거다. 그러니까 병에 걸린 그녀가 걱정되어 담당 의원이었던 윈스턴이 이곳까지 발을 들인 것이다. 가벼운 병이었다면 직접 움직였을 리가 없다. 죽음이 연관되어 있었으니까 그가 이곳까지 온 거다.

그녀가 자신을 밀어냈던 이유도 스쳐 지나가는 태풍이 됐으면 한다고 했던 이유도…….

　조각나 있던 모든 퍼즐이 순식간에 자리를 잡았다. 카리나는, 그녀는 모든 것을 알고 있었다. 제게 파혼을 조건으로 내건 것도 아무렇지 않게 파혼 서류를 내민 것도 전부 이유가 있었던 거다. 제 끝을 알고 있으니, 자신의 마지막을 이미 알고 있었기에 포기했던 거다.

　꽈악―

　밀라이언이 그녀를 품에 끌어안은 채 주먹을 쥐었다. 끔찍했다. 멍청한 자신이, 둔하기 짝이 없는 자신의 아둔함이 한심하고, 한심했다.

　"밀라이언? 무슨 일 있었어요?"

　말없이 어린아이처럼 제 목덜미에 얼굴을 파묻은 채 움직이지 않는 그에게 카리나가 물었다. 움찔, 몸이 떨렸지만 밀라이언은 고개를 들지 않았다.

　'무슨 일 있었나?'

　생각해 보니 그녀에게 그렇게 말을 하고 나가선 얼마 지나지 않아 돌아왔다. 미안하다고 사과라도 하려던 것인지 아니면 괜한 죄책감을 느낀 것인지 모르겠다.

　카리나가 손을 뻗어 밀라이언의 머리카락을 살살 쓰다듬었다. 그래도 자신을 만나러 왔다는 건 자신이 그렇게 싫지만은 않다는 걸까.

　"몸은 어때?"

　"밀라이언이 안아 준 덕분에 나아졌어요."

　"방은…… 불편하지 않고?"

　한껏 가라앉은 목소리가 의미심장한 물음만을 담는다.

　카리나가 고개를 끄덕였다. 딱히 불편한 것은 없다. 밀라이언이 그녀의 목덜미에 입술을 맞췄다.

"오늘 나랑 함께 자지 않겠나?"

"……네?"

"그대의 옆에서 자고 싶어."

밀라이언의 말에 카리나가 결국 몸을 비틀어 돌렸다. 밀라이언이 천천히 고개를 들었다. 무너진 듯 일그러진 그의 표정에 그녀가 놀란 눈을 했다. 그러곤 조심스럽게 양팔을 뻗어 그의 머리를 품에 끌어안았다. 비틀린 허리가 제법 뻐근했다.

"무슨 일 있었군요."

"응."

"무슨 일이에요?"

"그냥……."

카리나의 품에 안겨 그녀의 체향에 코를 묻었던 밀라이언이 얼굴을 쓸어내렸다. 그가 아주 천천히 그녀의 목덜미에 입을 맞춘다.

"아주 슬픈 일."

나직하게 읊조리는 밀라이언의 목소리에 힘이 없었다. 평소와는 다르게 처연하게까지 느껴지는 그 목소리에 카리나는 심장이 지끈지끈 아팠다. 예술병으로 인한 통증과는 또 다른 종류의 아픔이었다.

"……가지고 싶은 귀한 꽃이 있어서 얼마 전부터 가꾸기 시작했는데 시들어 간다는 얘기를 들었어. 그래서 설마설마하면서 갔는데, 시들어서 곧 사라진다고 하더군."

"아……. 세상에, 그랬군요. 그, 밀라이언이 꽃을 가꿨어요?"

"비슷해."

"아, 정원사를 고용했구나. 밀라이언이 꽃을 좋아하는 줄은 몰랐는데……."

"무척 귀한 꽃이야. 나도 태어나서 처음으로 알게 됐거든."

분명히 밀라이언이 자신을 끌어안고 있을진대, 어쩐지 그가 그녀의 품에 파고 들려고 하는 듯한 기분을 지울 수가 없었다. 그럼에도 그것이 고깝거나 싫지가 않았다.

"괜찮을 거예요. 다른 곳에도 꽃은 있을 거예요. 다시 구해서 키우면 되죠."

"없어. 얼마나 기다려야 할지도 모르고."

밀라이언의 목소리가 짙은 슬픔에 흠뻑 젖어 있었다. 카리나의 눈동자가 열심히 도르르 도르르 굴러갔다.

"혹시 아직 죽지 않았으면 어떻게 살려 보면 안 될까요? 아니면……."

자신의 그 물약이라면 될지도 모르겠다. 그녀가 알고 있기론 굳이 사람에 한정될 건 없는 물약이다. 거기서 눈을 크게 뜬 카리나가 고개를 획 들었다.

"저번에 보여 드린 그 물약을 하나 드릴까요? 그거라면 효과가 있을지도 몰라요."

카리나의 목소리에 밀라이언의 붉은 눈이 한 차례 빛났다. 이채를 띤 그의 눈빛이 그녀에게 향했다.

"……그대는 왜 그 물약을 먹지 않지? 그게 만병통치약 같은 거라고 한다면 발작도 낫지 않을까?"

밀라이언이 넌지시 물었다. 다행히 카리나는 이상함을 감지하지 못했는지 선선하게 고개를 저었다.

"제가 만들어 낸 건 저한텐 효과가 없어요."

"써 봤나?"

"네, 예전에 넘어져서 난 생채기를 치료하려고 했었는데 저한텐 전혀 효과가 없더라고요. 근데 제 동생은 효과가 있었으니……."

처음 그 물약에 대해 알게 됐을 때였다. 괜히 다친 걸 가족들이 알게 되면 여자애가 조신하지 못하다고 혼이 날 것이 분명했기에 그것이 무서워서 일전에 보던 책에 있던 물약을 그려 본 것이었다. 하지만 그녀에게는 효과가 없었고, 아픈 동생에게 마음이 쓰여 밤중에 몰래 약을 먹였을 땐 상태가 금방 호전됐다.

'도대체 왜 그랬는지 모르겠네.'

어차피 그 아이에겐 자신이 아니더라도 걱정해 줄 사람이 아주 많을 텐데.

"동생에게도 먹였었다고? 그런데도 낫지 않았나?"

"글쎄요, 예전엔…… 잠시 거의 낫는 수준으로 호전됐다가 서서히 다시 돌아왔었어요. 그때는 어렸고 지금보단 좀 더 미숙했었거든요. 지금은 또 모르겠네요."

인간이 성장하는 것처럼, 예술병이라는 것이 실력이 늘어 갈수록 더 뛰어난 힘을 발휘하는 것이라면 지금 그런 약으론 완전히 나을지도 몰랐다.

"어쨌든 제게는 통하지 않아요. 그건 확실해요."

만약 그게 가능했다면 이미 창조자들은 그런 방법을 써서 수명도 늘리고 생명도 늘리고 아픈 몸의 통증도 없앴을 거다. 그들이 그러지 못했다는 건 그녀도 그럴 수 없다는 거다.

"그렇군."

밀라이언의 목소리가 낮게 가라앉았다. 그녀를 살릴 방법은 결국 유일하게 통증 완화에 효과가 있는 하론이라는 거다. 밀라이언이 미간을 좁혔다.

'죽이지도 못하겠군.'

페리얼을 반쯤 죽여 놓을까 했는데 그것도 불가능하게 됐다.

똑똑.

노크 소리에 밀라이언이 고개를 들었다.

"들어와."

낮은 목소리로 허락의 말을 내뱉자 문이 열렸다. 집사인 팽이었다. 팽이 들어오자마자 허리를 깊게 숙였다.

"죄송합니다. 연회장에 일이 생겨 조금 늦었습니다."

"일?"

"네……. 과음을 하신 분들이 계셔서."

팽이 난감한 표정으로 대답했다. 그가 이윽고 손에 든 작은 상자를 두 손으로 내밀었다.

"찾으신 물건입니다."

투박하지만 고급스러운 상자였다. 밀라이언이 손을 뻗어 그것을 받았다. 적당히 묵직한 것에 나름대로 기분이 좋아졌다.

"수고했다. 연회장은 적당히 해산시켜."

"……네, 능력이 닿는 한 해 보겠습니다."

팽이 씁쓸하게 말했다. 그렇게 말해 봐야 사실 그에겐 어려운 일이었다. 북부의 영주들은 기본적으로 호전적이고 자기 의사가 분명했다. 그런 이들이 술에 취하면 어찌 될지는 굳이 어려운 상상이 아니리라.

"가 봐."

"네."

팽이 다시금 허리를 굽히곤 지친 표정으로 몸을 돌렸다. 영주들이 사용인들을 얼마나 달달 볶아 대고 있을지 눈에 훤했다. 대개는 같이 술을 마시자거나 새 술을 가져오라는 종류의 명령이겠지만.

"이건 그대에게 주는 선물이야."

"제게 선물이요? 뭔데요?"

"열어 봐."

밀라이언의 말에 카리나가 그에게서 상자를 받아 들었다. 밀라이언의 품에 기댄 채 그녀가 조심스럽게 상자를 열었다. 카리나의 눈이 크게 뜨였다.

"이건……."

잘 세공된 목걸이와 팔찌였다. 양팔에 차는 용도인지 팔찌가 두 개 있었고 그 주변에 목걸이가 조심스럽게 놓여 있었다. 상자 안을 꽉 들어 채운 것을 보며 카리나가 떨리는 시선을 고개를 돌렸다.

"밀라이언, 이건……."

"하론으로 만든 팔찌와 목걸이야. 최대한 압축해서 무겁지 않게 만들어 달라고 했어. 시간이 좀 걸렸지만……."

세공이 무척 고급스러웠다. 원래 돌덩어리였다는 게 믿기지 않을 정도였다. 웬만한 보석에 지지 않을 정도로 광택이 있었고 빛에 비추는 것에 따라 색깔이 계속해서 바뀌었다.

"세상에……."

카리나가 입을 가렸다. 얼마나 번거로운 공정이었을지 상상조차 되지 않는다. 그녀가 아주 조심스럽게 상자 안에서 팔찌를 꺼내 들었다. 새끼손가락 정도 굵기의 팔찌였다. 엄청 가는 건 아니지만 그렇다고 착용하기에 부담스러운 수준도 아니었다. 카리나가 환하게 웃었다.

"고마워요, 밀라이언."

"……그래."

"정말, 정말로요!"

그녀가 냉큼 밀라이언의 목을 꽉 끌어안으며 말했다. 밀라이언의 등이 뻣뻣해졌다. 그가 당황한 시선으로 눈동자를 굴렸다. 카리나는 이미 액세서리에 푹 빠졌는지 그것에서 시선을 떼지 못했다.

'……이렇게 좋아할 줄은 몰랐는데.'

미리 다른 선물이라도 해 줄 것을 그랬나? 벌써 후회가 됐다. 카리나가 조심스럽게 팔찌를 차고 다른 쪽에도 팔찌를 끼웠다.

"밀라이언, 목걸이…… 채워 줄래요?"

"그래."

그의 굳은살이 가득한 손이 가느다랗기 짝이 없는 목걸이를 손에 쥐었다. 그가 쥐니 거의 장난감처럼 느껴졌다. 그뿐이랴, 고리는 얼마나 작은지 얼굴을 바싹 들이밀어야 간신히 보였다.

한참이나 끙끙거리던 밀라이언은 10분을 훌쩍 넘기고서야 간신히 그녀의 목에 목걸이를 채울 수 있었다.

목걸이의 장식도 목걸이를 연결하는 쇠도 전부 하론이 섞이지 않은 것은 없었다. 힘겹게 하론을 끄집어내는 그녀에게 조금이나마 도움이 됐으면 했다.

"정말 고마워요."

"고마우면 아까 하고 싶었던 일을 해도 되는 건가?"

"하고 싶었던 일이요?"

밀라이언이 짓궂게 미소 지으며 그녀의 코앞까지 얼굴을 들이밀었다.

카리나의 눈이 크게 뜨였다. 하지만 그녀는 피하지 않았다. 어쩐지 쓸쓸한 얼굴로 조용히 눈을 감을 뿐이었다.

"카리나."

"네."

'죽지 마.'

차마 그 한마디를 하지 못해서 밀라이언은 그저 말없이 그녀의 입술 위로 제 입술을 겹쳤다. 여전히 달콤하고 말캉한 그녀의 입술은 아직은 분명히 온기를 품고 있었다.

〈시한부 엑스트라의 시간〉 3권에서 계속